suhrkamp taschenbuch 3804

Hermann Hesse, Erzähler, Lyriker, Maler und zeitkritischer Essayist, am 2.7.1877 in Calw/Württemberg als Sohn eines baltischen Missionars und der Tochter eines schwäbischen Indologen geboren, 1946 ausgezeichnet mit dem Nobelpreis für Literatur, starb am 9.8.1962 in Montagnola bei Lugano. Seine Bücher sind mittlerweile in einer Auflage von mehr als 120 Millionen Exemplaren in aller Welt verbreitet und haben ihn zum meistgelesenen deutschsprachigen Autor u. a. in den USA, Japan und Korea gemacht.

Die Erzählungen des vierten Bandes unserer Edition schrieb Hesse im Alter von 31 bis 33 Jahren. Sechs davon, die populären Gerbersau-Geschichten »Die Verlobung«, »Die Heimkehr«, »Ladidel« und »Emil Kolb« sowie die Kurzgeschichten »Ein Mensch mit Namen Ziegler« und »Die Stadt« hat Hesse selbst in seine Bücher aufgenommen, die übrigen nur in Zeitschriften und Zeitungen veröffentlicht. Den größten Erfolg dieser weniger bekannten Arbeiten hatte die Erzählung »Freunde«. »Abschied« und die humoristischen Schilderungen »Die Wunder der Technik«, »Aus dem Briefwechsel eines Dichters« und »Wärisbühel« haben autobiographischen Charakter, aber auch Berichte wie »Taedium vitae« und »Haus zum Frieden«, einem Vorläufer von Hesses berühmten »Kurgast«-Aufzeichnungen von 1924. Die Kurzgeschichte »Die Stadt« ist Hesses wohl aktuellste Arbeit, die im Zeitraffertempo einen kompletten kultur- und entwicklungsgeschichtlichen Abriß des Werde- und Niedergangs unseres zivilisatorischen Fortschritts entwirft.

»Hermann Hesse ist von den Erzählern unserer Tage wohl der stillste, aber keiner tut beim Lesen so wohl. In ihm ist ruhende und verzichtende Harmonie. Seine Bücher sind so ausgeglichen, so ebenmäßig wie seine goldklare, nie laute, nie hastige, nie pathetische Sprache. Diese Ruhe ist das langsame Werk von vielen stürmischen Frühlingen und heißen Sommern der Seele; sie ist reif und süß geworden wie edler Wein am Stock, den man erst Ende Oktober abnimmt. Es gibt eine Kammermusik auch in der Literatur und Hesse ist ihr vornehmster Vertreter.« *Romain Rolland*

Hermann Hesse
Die Heimkehr

Sämtliche Erzählungen
1908–1910

Herausgegeben
und mit einem Nachwort von
Volker Michels

Suhrkamp

Der Text der Erzählungen folgt der Ausgabe
Hermann Hesse, »Sämtliche Werke«
Band 7 »Die Erzählungen 2«
Suhrkamp Verlag Frankfurt am Main 2001

Umschlagmotiv nach einem Aquarell von Hermann Hesse
aus dem Band
Hermann Hesse, »Spiel mit Farben. Der Dichter als Maler«,
Frankfurt am Main 2005

2. Auflage 2018

Erste Auflage 2006
suhrkamp taschenbuch 3804
© für diese Zusammenstellung und das Nachwort
Suhrkamp Verlag Frankfurt am Main 2006
Suhrkamp Taschenbuch Verlag
Satz: pagina GmbH, Tübingen
Druck: Druckhaus Nomos, Sinzheim
Printed in Germany
Umschlag: Göllner, Michels, Zegarzewski
ISBN 978-3-518-45804-4

Die Heimkehr

Freunde

Der niedere Kneipsaal war voll Rauch, Biergeruch, Staub und Getöse. Ein paar Füchse fuchtelten mit Schlägern gegeneinander und hieben flüchtige Wirbel in den dicken Tabaksrauch; ein schwer Betrunkener saß auf dem Fußboden und lallte ein sinnloses Lied; einige ältere Semester knobelten am Ende der Tafel.

Hans Calwer winkte seinem Freunde Erwin Mühletal und ging zur Tür.

»He, schon fort?« rief einer der Spieler herüber.

Hans nickte nur und ging, Mühletal folgte. Sie stiegen die alte, steile Holzstiege hinab und verließen das schon still werdende Haus. Kalte Winternachtluft und blaues Sternenlicht empfing sie auf dem leeren, weiten Marktplatz. Aufatmend und den eben zugeknöpften Mantel wieder öffnend, schlug Hans den Weg nach seiner Wohnung ein. Der Freund folgte ein Stück weit schweigend, er pflegte Calwer fast jeden Abend nach Hause zu begleiten. Bei der zweiten Gasse aber blieb er stehen. »Ja«, sagte er, »dann Gutnacht. Ich geh ins Bett.«

»Gutnacht«, sagte Hans unfreundlich kurz und ging weiter. Doch kehrte er nach wenigen Schritten wieder um und rief den Freund an.

»Erwin!«

»Ja?«

»Du, ich geh noch mit dir.«

»Auch recht. Ich geh aber ins Bett, ich schlafe schon halb.«

Hans kehrte um und nahm Erwins Arm. Er führte ihn aber nicht nach Hause, sondern zum Fluß hinab, über die alte Brücke und in die lange Platanenallee, und Erwin ging ohne Widerspruch mit. »Also was ist los?« fragte er endlich. »Ich bin wirklich müde.«

»So? Ich auch, aber anders.«

»Na?«

»Kurz und gut, das war meine letzte Mittwochs-kneipe.«

»Du bist verrückt.«

»Nein, du bist's, wenn dir der Betrieb noch Spaß macht. Lieder brüllen, sich auf Kommando vollsaufen, idiotische Reden anhören und sich von zwanzig Simpeln angrinsen und auf die Schulter klopfen lassen, das mach ich nicht mehr mit. Eingetreten bin ich seinerzeit, wie jeder, im Rausch. Aber hinaus gehe ich vernünftig und aus guten Gründen. Und zwar gleich morgen.«

»Ja aber –«

»Es ist beschlossen, und damit fertig. Du bist der ein-zige, der es schon vorher erfährt; du bist auch der einzige, den es etwas angeht. Ich wollte dich nicht um Rat bitten.«

»Dann nicht. Also du trittst aus. Ganz ohne Skandal geht es ja nicht.«

»Vielleicht doch.«

»Vielleicht. Nun, das ist deine Sache. Es wundert mich ja eigentlich nicht besonders, geschimpft hast du immer, und es geht ja auch bei uns soso zu. Nur, weißt du, an-derwärts ist es kein Haar besser. Oder willst du in ein Korps, mit deinem bißchen Wechsel?«

»Nein. Meinst du, ich springe heut aus und morgen irgendwo anders wieder ein? Dann könnte ich ja gleich bleiben, nicht? Korps oder Burschenschaft oder Lands-mannschaft, das ist eins wie das andere. Ich will mein eigener Herr sein und nimmer der Hanswurst von drei Dutzend Bundesbrüdern. Das ist alles.«

»Ja, das ist alles. Ich müßte dir ja eigentlich abraten, aber bei dir gewöhnt man sich das ab. Wenn es dir nach drei Wochen leid tut –«

»Du mußt wirklich Schlaf haben. Dann geh also in dein Bett und verzeih, daß ich deine kostbare Zeit mit solchen Dummheiten in Anspruch nahm. Gutnacht, ich geh noch spazieren.«

Erwin lief ihm erschrocken und etwas ärgerlich nach. »Es ist wahrhaftig schwer, mit dir zu reden. Wenn ich doch nichts dazu sagen darf, warum teilst du mir dann sowas mit?«

»Ach, ich dachte, es würde dich vielleicht interessieren.«

»Herrgott, Hans, jetzt sei vernünftig! Was soll die Reizerei zwischen uns?«

»Du hast mich eben nicht verstanden.«

»Ach schon wieder! Jetzt sei doch gescheit! Du sagst sechs Worte, und kaum geb ich Antwort, so hab ich dich nicht verstanden! Jetzt sag deutlich, was hast du eigentlich gewollt?«

»Dir mitteilen, daß ich morgen aus der Verbindung austrete.«

»Und weiter?«

»Das weitere ist wohl mehr deine Sache.«

Erwin begann zu begreifen.

»Ach so?« sagte er mit erzwungener Ruhe. »Du trittst morgen aus, nachdem du dir's lange genug überlegt hast, und nun meinst du, ich soll Hals über Kopf nachrennen. Aber weißt du, die sogenannte Tyrannei in der Verbindung drückt mich nicht so heftig, und es sind Leute dabei, die sind mir einstweilen gut genug. Die Freundschaft in Ehren, aber dein Pudel mag ich doch nicht sein.«

»Nun ja. Wie gesagt, es tut mir leid, daß ich dich bemüht hab. Grüß Gott.«

Er ging langsam davon, mit einem nervösen, künstlich leichten Schritt, den Erwin gut kannte. Er sah ihm nach, anfangs mit der Absicht, ihn zurückzurufen, von Augenblick zu Augenblick ward das aber schwerer. Da ging er fort!

»Geh nur! Geh nur!« grollte er halblaut und sah Hans nach, bis er im Dunkel und bläulichen Schneenachtlicht verschwunden war. Da kehrte er um und ging langsam die ganze Allee zurück, die Brückentreppe hinauf und seiner Wohnung zu. Schon tat ihm alles leid, und sein Herz schlug unbeirrt dem alten Freunde nach. Aber er dachte zugleich an die letzten Wochen, wie Hans immer schwerer zu befriedigen, immer stolzer und herrischer geworden war. Und jetzt wollte er ihn durch zwei Worte zu einem wichtigen Schritt bestimmen, wie er als Schulknabe ihn ohne weiteres und ungefragt zum Handlanger bei seinen Streichen angestellt hatte. Nein, das war doch zu viel. Er hatte recht, daß er Hans laufen ließ, es war vielleicht sein Heil. Ihm schien jetzt, während ihrer ganzen Freundschaft sei er immer der Geduldete, Mitgenommene, Untergebene gewesen; auch die Bundesbrüder hatten ihn oft genug damit aufgezogen.

Sein Schritt wurde schneller, ein unechtes Triumphgefühl trieb ihn an, er kam sich mutig und entschlossen vor. Schnell schloß er das Tor auf, stieg die Treppe hinauf und trat in sein Stübchen, wo er ohne Licht zu Bett ging. Zum Fenster sah der Stiftskirchenturm in einem blauen Sternenkranz hinein, im Ofen glomm müde eine verspätete Glut. Erwin konnte nicht schlafen.

Zornig suchte er eine Erinnerung um die andere hervor, die ihm in seine trotzige Stimmung paßte. Er stellte einen Anwalt in sich auf, der ihm recht geben und Hans verurteilen mußte, und der Anwalt hatte vielen Stoff gesammelt. Zuweilen war der Anwalt unfein in seinen Mitteln, er brachte sogar Spitznamen und Scheltworte ins Gefecht, die die Bundesbrüder gelegentlich auf Hans gemünzt hatten, und wiederholte die Argumente früherer empörter Stunden, deren Erwin sich nachher stets geschämt hatte. Er schämte sich auch jetzt ein wenig und fiel dem Anwalt gelegentlich ins Wort, wenn er gehässig wurde. Aber was hatte es schließlich für einen Sinn, jetzt noch Schonung zu üben und die Worte zu wägen? Bitter und grimmig schuf er das Bild seiner Freundschaft um, bis es nichts mehr darstellte als eine Vergewaltigung, die Hans sich an ihm hatte zuschulden kommen lassen.

Er wunderte sich über die Menge von Erinnerungen, die ihm zu Hilfe kamen. Da waren Tage, an denen er mit Sorgen und ernsten Gedanken zu Hans gekommen war, und der hatte ihn gar nicht ernstgenommen, hatte ihm Wein vorgesetzt oder ihn auf einen Ball mitgeschleppt. Andere Male, wenn er recht vergnügt und voller genußsüchtiger Pläne war, hatte Hans mit einem Blick und ein paar Worten ihn dahin gebracht, daß er sich selber seiner Lustigkeit schämte. Einmal hatte Hans sogar geradezu beleidigend über das Mädchen gesprochen, in das Erwin damals verliebt war. Ja, und schließlich war es seinerzeit nur auf Hansens Zureden und Hans zuliebe geschehen, als er in die Verbindung eintrat. Eigentlich hätte es ihm bei der Burschenschaft besser gefallen.

Erwin fand keine Ruhe. Er mußte immer mehr Verborgenes ans Licht ziehen, bis auf sagenhaft ferne, vergessene Abenteuer früher Schuljahre zurück. Immer und immer war er der Gutmütige, Geduldige, Dumme gewesen, und sooft es ein Zerwürfnis gegeben hatte, war immer er zuerst gekommen und hatte um Verzeihung gebeten oder Vergessen geheuchelt. Nun ja, er war eben einmal ein guter Kerl. Aber wozu das alles? Was war denn schließlich an diesem Hans Calwer, daß man ihm nachlaufen mußte? Ja, ein bißchen Witz und eine gewisse Sicherheit im Auftreten, das hatte er wohl, und er konnte geistreich sein, entschieden. Aber auf der andern Seite war er recht eingebildet, spielte den Interessanten, sah auf alle Leute herunter, vergaß Verabredungen und Versprechungen und wurde selber wütend, wenn man ihm einmal nicht wörtlich Wort hielt. Nun, das mochte hingehen, Hans war eben immer etwas nervös, aber dieser Stolz, diese Sicherheit, diese immer souveräne, verächtlich tuende, unbefriedigte Hochnäsigkeit, die war unverzeihlich.

Von den alten, törichten Erinnerungen war eine besonders hartnäckig. Sie waren damals beide dreizehn oder vierzehn Jahre alt und hatten bisher jeden Sommer von einem Baum, der Erwins Nachbarn gehörte, Frühpflaumen gestohlen. Auch diesmal hatte Erwin den Baum beobachtet und von Zeit zu Zeit untersucht, und nun war er eines Abends glücklich und geheimnisvoll zu Hans gekommen und hatte gesagt: »Du, sie sind reif.« »Was denn?« hatte Hans gefragt und ein Gesicht gemacht, als verstehe er nichts und denke an ganz anderes. Und dann, als Erwin ihn erstaunt und lachend an die Pflaumen erinnerte, hatte ihn Hans ganz fremd und mitleidig angesehen und gesagt: »Pflaumen? Ach, du meinst, ich solle Pflaumen stehlen? Nein, danke.«

Ah, der Großhans! Wie er sich immer interessant machte! So war es mit den Pflaumen gewesen, und genau so ging es mit dem Turnen, mit dem Deklamieren, mit den Mädchen, mit dem Radfahren. Was gestern noch selbstverständlich gewesen war, wurde heute mit einem Achselzucken und einem Blick des Nichtmehrkennens abgetan. Gerade wie jetzt wieder mit dem Ausspringen aus der Verbindung! Erwin hatte damals zur Burschenschaft gewollt, aber nein, Hans wollte das nun gerade nicht, und Erwin hatte nachgegeben. Und jetzt war mit keinem Wort mehr davon die Rede, daß es damals einzig und allein Hans gewesen war, der sich für die Verbindung entschied. Freilich hatte er Hans manchmal recht geben müssen, wenn er sich über das Verbindungsleben lustig machte oder darüber klagte. Aber darum ging man doch nicht hin und brach sein Wort und sprang wieder aus, einfach aus Langeweile. Er jedenfalls würde es nicht tun und Hans zuliebe erst recht nicht.

Die Stunden klangen vom Kirchturm durch die Nachtkühle, die Glut im Ofen war erloschen. Erwin beruhigte sich langsam, die Erinnerungen wurden wirr und verloren sich, die Argumente und Anklagen waren erschöpft, der strenge Anwalt verstummt, und doch konnte er nicht einschlafen. Er war ärgerlich. Warum nur? Erwin hätte nur sein Herz zu fragen brauchen. Das war unermüdlicher als alles andere und schlug, ob der Kopf zürnte und anklagte oder müde schwieg, unbeirrt und traurig nach dem Freund, der im blassen Schneelicht unter den Platanen weggegangen war.

Indessen ging Hans in den Anlagen flußabwärts, von Allee zu Allee. Sein unruhiger Schritt wurde im längeren Gehen gleichmäßig, da und dort blieb er stehen und sah aufmerksam in den dunklen Fluß und auf die dunkle, eingeschlafene Stadt. Er dachte nimmer an Erwin. Er überlegte, was morgen zu tun sei, was er sagen und wie er sich halten müsse. Es war unangenehm, seinen Austritt aus der Verbindung zu erklären, denn seine Gründe dafür waren derart, daß er sie nicht aussprechen und sich nicht auf Antworten und Zureden einlassen konnte. Er sah keinen anderen Weg, als auf alle Rechtfertigung zu verzichten und die Wölfe hinter sich her heulen zu lassen. Nur keine Auseinandersetzung, nur keine Erklärungen über Dinge, die ihn allein angingen, und mit Leuten, die ihn doch nicht verstanden. Er überlegte Wort für Wort das, was er sagen wollte. Zwar wußte er wohl, daß er morgen doch anders sprechen würde, aber je gründlicher er die Situation im voraus erschöpfte, desto ruhiger würde er bleiben. Und darauf kam alles an: ruhig zu bleiben, ein paar Mißverständnisse einzustecken, ein paar Vorwürfe zu überhören, vor allem aber Diskussionen abzulehnen, nicht den Unverstandenen, nicht den Leidenden, auch nicht den Ankläger oder Besserwisser oder Reformator zu spielen.

Hans suchte sich die Gesichter des Seniors und der anderen vorzustellen, besonders die ihm unsympathischen, von denen er fürchtete, sie könnten ihn reizen und aus der Ruhe bringen. Er sah sie erstaunt und unwillig werden, sah sie die Mienen des Richters, des beleidigten Freundes, des wohlwollenden Zusprechers annehmen und sah sie kalt werden, abweisen, nicht begreifen, beinahe hassen.

Schließlich lächelte er, als hätte er das alles schon hinter sich. Er dachte mit verwunderter und neugieriger Erinnerung an die Zeit seines Eintritts in die Verbindung, an das ganze merkwürdige erste Semester. Er war eigentlich ziemlich kühl hergekommen, wenn auch mit vielen Hoffnungen. Aber dann geriet er in jenen sonderbaren Rausch, der acht Tage dauerte, wo er von älteren Studenten liebenswürdig behandelt, aufmerksam ins Gespräch gezogen wurde. Man fand ihn aufgeweckt und geistreich und sagte ihm das, man rühmte seine geselligen Gaben, an denen er immer gezweifelt hatte, man fand ihn originell. Und in diesem Rausch ließ er sich täuschen. Ihm schien, er käme aus der Fremde und Einsamkeit zu seinesgleichen, an einen Ort und zu Menschen, wo er sich zugehörig fühlen könne, ja er sei überhaupt nicht so zum Sonderling bestimmt, wie er vorher geglaubt hatte. Ihm schien die oft vermißte Geselligkeit, das oft bitter entbehrte Aufgehen in einer Gemeinschaft hier nahe, möglich, erreichbar, ja selbstverständlich. Das hielt eine Weile an. Er fühlte sich wohl und gerettet, er war dankbar und offen gegen alle, drückte allen die Hand, fand alle lieb, lernte die Kneipsitten mit humoristischem Vergnügen und konnte bei manchen philosophisch-stumpfsinnigen Liedern ganz gerührt mitsingen.

Sehr lange dauerte es allerdings nicht. Er merkte bald, wie wenige den Stumpfsinn fühlten, wie stereotyp die Witzreden und wie konventionell die nachlässig-herzlichen Umgangsformen der Brüderschaft waren. Er konnte bald nicht mehr mit wirklichem Ernst von der Würde und Heiligkeit der Verbindung, ihres Namens, ihrer Farben, ihrer Fahne, ihrer Waffen reden hören, und sah mit neugieriger Grausamkeit das Gebaren alter Philister an, die bei einem Besuch in der Universitätsstadt bei ihren jungen Bundesbrüdern vorsprachen, mit Bier gefüllt wurden und mit verjährten Gesten in die junge Lustigkeit einstimmten, die noch die gleiche war wie zu ihren Zeiten. Er sah und hörte, wie seine Kameraden vom Studium, vom wissenschaftlichen Betrieb, vom künftigen Amt oder Beruf redeten und dachten. Er beobachtete, was sie lasen, wie sie die Lehrer beurteilten; gelegentlich kam ihm auch ihr Urteil über ihn selbst zu Ohren. Da sah er, es war alles wie früher und wie überall, und er paßte in diese Gemeinschaft so wenig wie in eine andere.

Von da bis heute hatte es gedauert, bis sein Entschluß reif geworden war. Ohne Erwin wäre es schneller gegangen. Der hatte ihn noch gehalten, teils durch seine alte herzliche Art, teils durch ein Verantwortungsgefühl, da jener ihm in die Verbindung gefolgt war. Es würde sich zeigen, wie Erwin sich nun hielt. Wenn ihm dort drüben wohler war, hatte Hans kein Recht, ihn wieder mit sich in ein anderes Leben zu ziehen. Er war reizbar und unfreundlich gewesen, auch heute wieder; aber warum ließ Erwin sich alles gefallen?

Erwin war kein Durchschnittsmensch, aber er war unsicher und schwach. Hans erinnerte sich ihrer Freundschaft bis in die ersten Jahre zurück, da Erwin ihn nach längeren schüchternen Bemühungen erobert hatte. Seither war alles von Hans ausgegangen: Spiele, Streiche, Moden, Sport, Lektüre. Erwin war den sonderbarsten Einfällen und rücksichtslosesten Gedanken seines Freundes mit Bewunderung und Verständnis gefolgt, er hatte ihn eigentlich nie allein gelassen. Aber selber hatte er wohl wenig getan und gedacht, meinte Hans. Er hatte ihn fast immer verstanden, ihn immer bewundert, er war auf alles eingegangen. Aber sie hatten nicht ein gemeinsames, aus zwei einzelnen Leben zusammengewachsenes Leben miteinander geführt, sondern Erwin hatte eben seines Freundes Leben mitgelebt. Das fiel Hans jetzt ein, und der Gedanke erschreckte ihn, daß er selbst in dieser jahrelangen Freundschaft gar nicht, wie er immer geglaubt hatte, der Durchschauende und Wissende gewesen war. Im Gegenteil, Erwin kannte ihn besser als sonst irgendein Mensch, aber er kannte Erwin kaum. Der war immer nur sein Spiegel, sein Nachahmer gewesen. Vielleicht hatte er in all den Stunden, in denen er nicht mit Hans zusammen war, ein ganz anderes eigenes Leben geführt. Wie gut hatte er sich mit manchen Schulkameraden und jetzt mit manchen Bundesbrüdern gestellt, zu denen Hans nie in ein Verhältnis, nicht einmal in das der Abneigung gekommen war! Es war traurig. Hatte er also wirklich gar keinen Freund gehabt, kein fremdes Leben mitbesessen? Er hatte einen Begleiter gehabt, einen Zuhörer, Jasager, Handlanger, mehr nicht.

Erwins letztes Wort an diesem ärgerlichen Abend fiel ihm ein: »Dein Pudel mag ich nicht sein.« Also hatte Erwin selber gefühlt, wie ihr Verhältnis war; er hatte sich zeitweilig zum Pudel hergegeben, weil er Hans bewunderte und gern hatte. Und gewiß hatte er das schon früher gefühlt und sich zuzeiten dagegen empört, es ihm aber verheimlicht. Er hatte ein zweites, eigenes, ganz anderes Leben geführt, an dem der Freund nicht teilhatte, von dem er nichts wußte, in das er nicht hineinpaßte.

In unwilliger Betrübnis suchte sich Hans von diesen Gedanken abzuwenden, die seinem Stolz weh taten und ihn arm machten. Er brauchte jetzt Besonnenheit und Kraft für anderes, um Erwin wollte er sich nicht kümmern. Und doch fühlte er erst jetzt, daß für ihn beim Austritt aus seiner Verbindung eigentlich nur die Frage und Sorge noch wesentlich war, ob Erwin mitkäme oder ihn im Stich ließe. Das andere war ja nur noch ein Abschluß, ein letzter formaler Schritt, innerlich längst abgetan. Ein Wagnis und eine Kraftprobe wurde es nur durch Erwin. Wenn dieser bei den andern blieb und auf ihn verzichtete, dann hatte Hans die Schlacht verloren, dann war sein Wesen und Leben wirklich weniger wert als das der anderen, dann konnte er nimmer hoffen, jemals einen anderen Menschen an sich zu fesseln und festzuhalten. Und wenn es so war, dann kam eine böse Zeit für ihn, viel böser als alles Bisherige.

Wieder ergriff ihn, wie schon manchesmal, ein hilfloser, kläglicher Zorn über all den Schwindel in der Welt und über sich selber, daß er ihm immer wieder trotz allem Besserwissen vertraut hatte. So war es auch mit der Universität und vor allem mit dem Studentenwesen. Die Universität war eine veraltete, schlecht organisierte Schule; sie gewährte dem Schüler eine scheinbar fast grenzenlose Freiheit, um ihn nachher durch ein mechanisch-formelhaftes Prüfungswesen wieder desto gründlicher einzufangen, ohne doch gegen Ungerechtigkeiten von der wohlwollenden Protektion bis zur Bestechung eine Sicherheit zu geben. Nun, das plagte ihn wenig. Aber das Studentenleben, die Abstufung der Gesellschaften nach Herkunft und Geld, die komische Uniformierung, das fahnenweihmäßige, an bürgerliche Männergesangvereine erinnernde Redenhalten, zu-Fahnen-und-Farben-Schwören, die schäbig und sinnlos gewordene Romantik mit Altheidelberg und Burschenfreiheit, während man zugleich der Bügelfalte huldigte, das alles existierte nicht nur fort, er war sogar selber in die lächerliche Falle gegangen!

Hans mußte an einen Studenten denken, der mehrmals in einer Vorlesung über orientalische Religionswissenschaft sein Banknachbar gewesen war. Der trug einen dicken, urgroßväterlichen Lodenmantel, schwere Bauernstiefel, geflickte Hosen und ein derbes, gestricktes Halstuch und war vermutlich ein theologiestudierender Bauernsohn. Dieser hatte für die ihm unbekannten, einer andern Welt zugehörigen, eleganten Kollegen mit Mützen und Bändern, feinen Überziehern und Galoschen, goldenen Zwickern und strohdünnen Modespazierstöckchen immer ein ganz feines, gutes, beinah anerkennendes und doch überlegenes Lächeln. Seine etwas komische Figur hatte für Hans öfters etwas Rührendes, manchmal auch Imponierendes gehabt. Nun dachte er, dieser Unscheinbare stehe ihm doch viel näher als alle bisherigen Kameraden, und er beneidete ihn ein wenig um die zufriedene Ruhe, mit der er seine Absonderung und seine groben Rohrstiefel trug. Da war einer, der gleich ihm ganz allein stand und der doch Frieden zu haben schien und der offenbar das beschämende Bedürfnis, den andern wenigstens äußerlich gleich zu sein, gar nicht kannte.

Hans Calwer quittierte aufatmend das kleine vom Vereinsdiener gebrachte Paketlein, das einen lakonischen letzten Brief des Schriftführers und sein Kommersbuch nebst einigen in der Kneipe liegengebliebenen Kleinigkeiten seines Besitzes enthielt. Der Diener war sehr steif und wollte anfangs nicht einmal ein Trinkgeld annehmen, es war ihm gewiß eigens verboten worden. Als Hans ihm aber einen Taler hinbot, nahm er ihn doch, dankte lebhaft und sagte wohlwollend:

»Das hätten Sie aber nicht tun sollen, Herr Calwer.«

»Was denn?« fragte Hans. »Den Taler hergeben?«

»Nein, austreten hätten Sie nicht sollen. Das ist immer bös, wissen Sie. Na, ich wünsch gute Zeit, Herr Calwer.«

Hans war froh, diese peinliche Sache hinter sich zu haben.

Von seinen drei Mützen hatte er schon gestern zwei verschenkt und die dritte als Andenken in seinen Reisekorb gelegt, dazu ein Band und ein paar Photographien von Bundesbrüdern. Nun legte er das mit einem dreifarbigen Schild geschmückte Kommersbuch an denselben Ort, schloß den Korb zu und wunderte sich, wie schnell man das alles loswerden konnte. Der Auftritt im Konvent war ja ein bißchen aufregend und ehrenrührig gewesen, aber jetzt war alles schön erledigt.

Er schaute nach der Tür. Darunter hatte er am meisten gelitten, daß ihm zu allen Tageszeiten bummelnde Bundesbrüder in die Wohnung gelaufen kamen, seine Bilder anschauten und kritisierten, den Tisch und Boden voll Zigarrenasche warfen und ihm seine Zeit und Ruhe stahlen, ohne irgend etwas dafür mitzubringen und ohne seine Andeutungen, daß er arbeiten und allein sein wolle, ernst zu nehmen. Einer hatte sogar eines Morgens, während Hans nicht da war, sich an seinem Tisch niedergelassen und in der Schublade ein Manuskript gefunden. Es war seine erste größere Arbeit und hatte den etwas eitlen Titel »Paraphrasen über das Gesetz von der Erhaltung der Kraft«, und Hans hatte sich nachher förmlich verteidigen und herauslügen müssen, um den Verdacht unheimlichen Strebertums von sich zu wälzen. Jetzt hatte er Ruhe und brauchte nimmer zu lügen. Er schämte sich jener widerwärtigen Augenblicke, da er atemlos hinter verschlossener Türe stand und sich still hielt, während ein Kamerad draußen klopfte, oder da er lachend und seine Verwunderung verbergend, zuhörte, wie über eine ihm wichtige Frage im Kneipjargon gewitzelt wurde. Das war vorüber. Jetzt wollte er seine Freiheit und Ruhe wie ein Schwelger genießen und ungestört an den Paraphrasen arbeiten. Auch ein Klavier wollte er wieder mieten. Er hatte im ersten Monat eins gehabt, es aber zurückgegeben, weil es Besuche anzog und weil einer seiner Bundesbrüder fast alle Tage gekommen war und Walzer gespielt hatte. Nun hoffte er wieder manchen guten, stillen Abend zu erleben, mit Lampenschein, Zigarettenduft, lieben Büchern und guter Musik. Auch üben wollte er wieder, um die verlorenen Monate einzubringen.

Da fiel ihm noch eine versäumte Pflicht ein. Der Professor für orientalische Sprachen, den er als Alten Herrn und Mitbegründer der Verbindung kennengelernt hatte und dessen Haus er oft besuchte, wußte noch nichts von seinem Austritt. Er ging noch am gleichen Tage hin.

Das einfache, vorstädtisch still gelegene Häuschen empfing ihn mit der wohlbekannten wohligen Sauberkeit, mit den kleinen, behaglichen Zimmern voller Bücher und alter Bilder und dem Duft von wohnlich stillem, doch gastfreiem Leben feiner, gütiger Menschen.

Der Professor empfing ihn im Studierzimmer, einem

durch Ausbrechen einer Wand gewonnenen, großen Raum mit unzähligen Büchern. »Guten Tag, Herr Calwer. Was führt Sie her? Ich empfange Sie hier, weil ich die Arbeit nicht lange unterbrechen kann. Aber da Sie zu ungewohnter Zeit kommen, haben Sie wohl auch einen besonderen Grund, nicht?«

»Allerdings. Erlauben Sie mir ein paar Worte, da ich nun doch leider schon gestört habe.«

Er nahm auf die Einladung des Professors Platz und erzählte seine Sache.

»Ich weiß nicht, wie Sie es auffassen, Herr Professor, und ob Sie meine Gründe gelten lassen. Zu ändern ist nichts mehr daran, ich bin ausgetreten.«

Der schlanke, magere Gelehrte lächelte.

»Lieber Herr, was soll ich dazu sagen? Wenn Sie getan haben, was Sie tun mußten, ist ja alles in Ordnung. Über das Verbindungsleben denke ich allerdings anders als Sie. Mir scheint es gut und wünschenswert, daß die Studentenfreiheit sich in diesen Gesellschaften selber Gesetze gibt und, meinetwegen im Spiel, eine Art von Organisation oder Staat schafft, dem der Einzelne sich unterordnet. Und gerade für etwas einsiedlerische, nicht sehr gesellige Naturen halte ich das für wertvoll. Was später jeder, und oft unter peinlichen Opfern, lernen muß, an das kann er hier sich unter bequemeren Formen gewöhnen: mit anderen zusammenzuleben, einer Gemeinschaft anzugehören, anderen zu dienen und sich doch selbständig zu halten. Das muß wohl jeder einmal lernen, und eine gesellschaftliche Vorschule erleichtert das nach meiner Erfahrung wesentlich. Ich hoffe, Sie finden andere Wege dahin und bauen sich nicht vorzeitig in eine gelehrten- oder künstlerhafte Einsamkeit hinein. Wo die nötig ist, kommt sie von selber, man muß sie nicht rufen. Zunächst sehe ich in Ihrem Entschluß nur die Notwehr und Reaktion eines empfindlichen Menschen auf die Enttäuschung, die jedes gesellschaftliche Leben einmal bringt.

Mir scheint, Sie sind ein wenig Neurastheniker, da ist es doppelt begreiflich. Eine weitere Kritik steht mir nicht zu.«

Es gab eine Pause, Hans sah verlegen und unbefriedigt aus. Da schaute der Mann ihn aus den etwas müden grauen Augen gütig an.

»Daß Ihr Entschluß«, sagte er lächelnd, »mein Urteil über Sie wesentlich ändern oder meine Achtung mindern könnte, haben Sie doch nicht geglaubt? – Also gut, soweit haben Sie mich doch gekannt.«

Hans erhob sich und dankte herzlich. Dann errötete er leicht und sagte: »Noch eine Frage, Herr Professor! Es ist das, was mich hauptsächlich hergeführt hat. Muß ich meinen Verkehr in Ihrem Haus nun einstellen oder einschränken? Ich bin darüber nicht im klaren und hoffe, daß Sie die Frage nicht falsch deuten, nicht etwa als Bitte. Ich möchte nur einen Wink haben.«

Der Professor gab ihm die Hand.

»Also ich winke, aber nicht hinaus. Kommen Sie nur wie bisher. Die Montagabende freilich nicht; sie sind zwar ›offen‹, aber es kommen doch regelmäßig Bundesbrüder her. Genügt das?«

»Ja, danke vielmals. Ich bin so froh, daß Sie mir nicht zürnen. Adieu, Herr Professor.«

Hans ging hinaus, die Treppe hinab und durch den dünn und zart beschneiten Garten auf die Straße. Er hatte eigentlich nichts anderes erwartet, und doch war er dankbar für diese Freundlichkeit. Wenn dies Haus ihm nimmer offengestanden wäre, hätte ihn nichts mehr an die Stadt gefesselt, die er doch nicht verlassen konnte. Der Professor und seine Frau, für die Hans eine fast verliebte Verehrung hatte, schienen ihm vom ersten Besuch an seiner Art verwandt. Er glaubte zu wissen, daß diese beiden zu den Menschen gehörten, die alles schwernehmen und eigentlich unglücklich sein müßten. Und doch sah er, daß sie es nicht waren, obwohl der Frau ihre Kinderlosigkeit sichtlich leid tat. Ihm wollte es so scheinen, als hätten diese Leute etwas erreicht, was zu erreichen vielleicht auch ihm nicht verwehrt war: einen Sieg über sich und die Welt und damit eine zarte, seelenvolle Wärme des Lebens, wie man sie bei Kranken findet, die nur noch körperlich krank sind und ihrer gefährdeten Seele über alles Leid hinaus ein geläutertes, schönes Leben gewonnen haben. Das Leiden, das andere hinabzieht, hat sie gut gemacht.

Mit Befriedigung dachte Hans daran, daß es jetzt die Zeit zum Dämmerschoppen in der Krone war und daß er nicht hingehen mußte. Er ging nach Hause, schob ein paar Schaufeln voll Kohlen in den Ofen, ging leise summend auf und ab und sah dem frühen Dunkelwerden zu. Ihm war wohl, und er meinte eine gute Zeit vor sich zu sehen, ein bescheiden fleißiges Arbeiten, schönen Zielen entgegen, und die ganze genügsame Zufriedenheit eines Gelehrtenlebens, dem das persönliche Dasein beinahe unbemerkt hinrinnt, da Leidenschaft und Kampf und Unruhe des Herzens sich ungeteilt auf dem unirdischen Boden der Spekulation umtreiben und verbluten können. Da er nun einmal kein Student war, wollte er desto mehr ein Studierender sein, nicht um ein Examen und irgendein Amt zu erarbeiten, sondern um seine Kraft und Sehnsucht an großen Gegenständen zu messen und zu steigern.

Er brach die Melodie ab, zündete die Lampe an und setzte sich, die Fäuste an den Ohren, über einen stark gelesenen, mit Bleistiftstrichen und Verweisen gefüllten Band Schopenhauer. Er begann bei dem schon doppelt angestrichenen Satz: »Dieses eigentümliche Genügen an Worten trägt mehr als irgend etwas bei zur Perpetuierung der Irrtümer. Denn gestützt auf die von seinen Vorgängern überkommenen Worte und Phrasen geht jeder getrost an Dunkelheiten oder Problemen vorbei, wodurch diese sich unbeachtet Jahrhunderte hindurch von Buch zu Buch fortpflanzen und der denkende Kopf, zumal in der Jugend, in Zweifel gerät, ob etwa nur er unfähig ist, das zu verstehen, oder ob hier wirklich nicht Verständliches vorliege.«

Hans war, wie die meisten höher begabten Menschen, scheinbar vergeßlich. Ein neuer Zustand, ein neuer Gedankenkreis konnte ihn zeitweilig so erfüllen und mitnehmen, daß er darüber Naheliegendes, eben noch gegenwärtig und lebendig Gewesenes, völlig vergaß. Das dauerte jeweils so lange, bis er das Neue ganz erfaßt und zu eigen genommen hatte. Dann war nicht nur seine peinlich gepflegte Erinnerung an den gesamten Zusammenhang seines Lebens wieder da, sondern es drängten sich ihm Erinnerungsbilder von großer Deutlichkeit in oft lästiger Fülle auf. In diesen Zeiten litt er die bittere Pein aller Selbstbeobachter, die nicht schöpferische Künstler sind.

Für den Augenblick hatte er Erwin ganz vergessen. Er brauchte ihn jetzt nicht, er fühlte sich in der wiedererworbenen Freiheit und Stille befriedigt und dachte weder voraus noch zurück, sondern stillte sein seit Monaten zum wahren Hunger gewordenes Verlangen nach Einsamkeit, Lektüre und Arbeit und fühlte die Zeit des Lärmens und der vielen Kameraden beinahe spurlos hinter sich versunken.

Erwin ging es anders. Er hatte eine Begegnung mit Hans vermieden und die Nachricht von seinem Austritt und die ärgerlichen, zum Teil auch bedauernden Bemerkungen der Bundesbrüder mit trotzigem Gleichmut angehört. Als Intimus des Ausreißers war er in den ersten Tagen manchen Anspielungen ausgesetzt, die seinen Ärger steigerten und seine Abwendung von Hans bestärkten. Denn er wollte diesmal durchaus nicht nachgeben. Doch konnte sein Wille nicht hindern, daß jedes unbillige und gehässige Wort über den Ausgeschiedenen ihm weh tat. Da er aber nicht gesonnen war, unnötig um den Undankbaren zu leiden, vermied er aus Instinkt Alleinsein und Nachdenken, war den ganzen Tag mit Kameraden zusammen und redete und trank sich in eine törichte Lustigkeit hinein.

Und eben dadurch überwand er die Sache nicht und wurde den lästigen Freund im Herzen nicht los. Vielmehr folgte dem künstlichen Rausch eine tiefe Beschämung und Niedergeschlagenheit. Zu der Trauer um den verlorenen Freund kam die Selbstanklage und reuige Erkenntnis seiner Feigheit und seiner unredlichen Versuche, ihn zu vergessen.

Eines Tages, zehn Tage nach Hansens Austritt aus der Verbindung, nahm Erwin an einem Straßenbummel teil. Es war ein sonniger Wintervormittag mit hellblauem Himmel und frischer, trockener Luft. Auf den Gassen der alten, engen Stadt leuchteten die farbigen Mützen der bummelnden Studenten in fröhlicher Pracht, flotte Reiter im Wichs trabten mit hellem Getön über den harten, trockenen Winterboden.

Erwin war mit einem Dutzend Kameraden unterwegs, alle in prahlend ziegelroten Mützen. Sie flanierten langsam durch die paar Hauptstraßen, begrüßten andersfarbige Bekannte mit großer Beflissenheit und Würde, nahmen demütige Grüße von Dienern, Wirten und Geschäftsleuten nachlässig-stolz entgegen, betrachteten Schaufenster, hielten stehend an belebten Straßenecken Rast und unterhielten sich laut und ungezwungen über vorübergehende Frauen und Mädchen, Professoren, Reiter und Pferde.

Als sie eben vor einer Buchhandlung Stand gefaßt hatten und ausgehängte Bilder, Bücher und Plakate flüchtig betrachteten, ging die Ladentür auf, und Hans Calwer trat heraus. Alle zwölf oder fünfzehn Rotmützen wandten sich verächtlich ab oder bemühten sich, mit starren Gesichtern und überhoch gezogenen Brauen Nichterkennung, Abweisung, Verachtung, vollständige Ignorierung, ja Vernichtung auszudrücken.

Erwin, der beinahe mit Hans zusammengeprallt wäre,

wurde dunkelrot und wandte sich scheu mit fliehender Gebärde dem Schaufenster zu. Hans ging mit unbewegtem Gesicht und ohne künstliche Eile vorüber; er hatte Erwin nicht bemerkt und fühlte sich vor den andern keineswegs befangen. Im Weitergehen freute er sich darüber, daß der Anblick der allzu bekannten Mützen und Gesichter ihn kaum erregt hatte, und dachte mit Erstaunen daran, daß er noch vor zwei Wochen zu diesen gehört habe.

Erwin gelang es nicht, seine Bewegung und Verlegenheit zu verbergen.

»Mußt dich nicht aufregen!« sagte sein Leibbursch gutmütig. Ein anderer schimpfte: »So ein hochnäsiger Kerl! Kaum daß er ausgewichen ist! Am liebsten hätt ich ihn gehauen.«

»Dummes Zeug«, beruhigte der Senior. »Er hat sich eigentlich sehr tadellos benommen. N'en parlons plus.«

Noch eine Straße weit ging Erwin mit, dann machte er sich mit kurzer Entschuldigung los und lief nach Hause. Er hatte bisher gar nicht daran gedacht, daß er ja Hans jeden Augenblick auf der Straße begegnen konnte, und wirklich hatte er ihn in diesen zehn Tagen nie gesehen. Er wußte nicht, ob Hans ihn bemerkt und erkannt habe, aber er hatte über diese lächerlich unwürdige Situation kein gutes Gewissen. Es war auch zu dumm; da ging zwei Schritte von ihm sein Herzensfreund vorbei, und er durfte ihm nicht einmal guten Morgen sagen. In den ersten trotzigen Tagen hatte er sogar seinem Leibburschen das Versprechen gegeben, keinen »inoffiziellen Verkehr« mit Hans Calwer zu pflegen. Er begriff das jetzt selbst nicht mehr und hätte sich nichts daraus gemacht, dies Wort zu brechen.

Aber Hans hatte gar nicht ausgesehen wie einer, der um einen verlorenen Schulfreund trauert. Sein Gesicht und sein Gang waren frisch und ruhig gewesen. Er sah dieses Gesicht so deutlich: die gescheiten, kühlen Augen, den schmalen, etwas hochmütigen Mund, die festen, rasierten Wangen und die helle, zu große Stirn. Es war der alte Kopf, wie in jenen ersten Schulknabenzeiten, als er ihn so sehr bewunderte und kaum zu hoffen wagte, daß dieser feine, sichere, still leidenschaftliche Knabe einmal sein Freund werden könnte. Nun war er's gewesen, und Erwin hatte ihn im Stich gelassen.

Da Erwin seinem Schmerz um den Bruch mit Hans Gewalt angetan und sich selber mit einem lustigen Gebaren betrogen hatte, fand die Selbstanklage ihn nun vollkommen schuldig. Er vergaß, daß Hans es ihm oft schwer genug gemacht hatte, sein Freund zu bleiben, daß er selber früher schon oft an Hansens Freundschaft gezweifelt hatte, daß Hans ihn längst hätte aufsuchen oder ihm schreiben können; er vergaß auch, daß er wirklich gewünscht hatte, das ungleiche Verhältnis zu brechen, daß er nimmer der Pudel hatte sein mögen. Er vergaß alles und sah nur noch seinen Verlust und seine Schuld. Und während er verzweifelt an seinem kleinen, unbequemen Schreibtisch saß, brachen ihm unvermutet reichliche Tränen aus den Augen und fielen auf seine Hand, auf die gelben Handschuhe und die rote Mütze.

Richtig betrachtet, war es Hans gewesen, der ihn einst Schritt für Schritt aus dem Kinderland ins Reich der Erkenntnis und der Verantwortung mit sich gezogen hatte. Nun aber wollte es Erwin scheinen, als habe ihn erst seit diesem Verlust die erste, ungebrochene Lebensfreude verlassen. Er dachte an alle Torheiten und Versäumnisse seiner Studentenzeit und kam sich befleckt und gefallen vor. Und so sehr er im Schmerz der schwachen Stunde übertrieb, indem er das alles in unklare Beziehung zu Hans brachte, es war doch eine gewisse Wahrheit darin. Denn Hans war, ohne es zu wollen und ganz zu wissen, sein Gewissen gewesen.

So fiel für Erwin wirklicher Schmerz und wirkliche Schuld mit seiner ersten Anwandlung von Heimweh nach der Kinderzeit zusammen, die fast alle jungen Leute gelegentlich befällt und je nach den Umständen alle Formen vom einfachen Katzenjammer bis zum echten, töricht sinnvollen Jugend-Weltschmerz annehmen kann. Das unbewehrte, widerstandslose Gemüt des Jungen beklagte in dieser Stunde den Freund, seine Verschuldung, seinen Leichtsinn, das verlorene Kinderparadies, alles miteinander, und es fehlte an einem wachen, kühlen Verstand, der ihm gesagt hätte, aller Übel Wurzel sei in seinem eigenen, weichen, leicht vertrauenden, allzu haltlosen Wesen zu suchen.

Eben darum dauerte die Anwandlung auch nicht lange. Tränen und Verzweiflung machten ihn müde; er ging früh zu Bett und tat einen langen, festen Schlaf. Und als in der animalisch-wohligen, ausgeschlafenen Stimmung des neuen Tages sich die Erinnerung an das Gestrige erheben und neue Schatten um sich verbreiten wollte, da war Erwin Mühletal schon wieder Kind genug, sich bei Kameraden und einem Likörfrühstück in der Konditorei Trost zu suchen. Von frischen Gesichtern umgeben und von lustigen Gesprächen, im Glanz der Farben, von einem hübschen und schlagfertigen Mädchen wortreich bedient, lehnte er wehmütig-froh im bequemen Stuhl, führte kleine Brötchen zum Munde und mischte sich aus verschiedenen Likörflaschen ein sonderbares Getränk zusammen, das zwar nicht eigentlich gut schmeckte, aber ihm und den anderen doch viel Vergnügen machte und im Kopf statt der Gedanken einen leichten, schwimmenden, behaglichen Nebel verbreitete. Auch die Bundesbrüder fanden, Mühletal sei heut ein feiner Kerl.

Nachmittags war ein Kolleg, in dem Erwin ein wenig schlummerte, dann machte die Reitstunde ihn wieder ganz munter, so daß er in den Roten Ochsen ging, um der neuen Kellnerin den Hof zu machen. Und da er dort kein Glück hatte, vielmehr die Begehrte von einem Rudel von Einjährigen in Anspruch genommen fand, beendete er den Tag schließlich zufrieden im Café.

So trieb er es eine gute Weile, ganz wie ein Kranker, der in klaren Stunden sein Übel genau erkennt, es aber durch Vergessen und Aufsuchen angenehmer Reize vor sich selbst verbirgt. Er kann lachen, reden, tanzen, trinken, arbeiten, lesen, aber ein dumpfes, selten bis zur Oberfläche des Bewußtseins herauf dringendes Gefühl wird er nicht los, und für Augenblicke kommt ihm deutlich die Erinnerung daran zurück, daß der Tod in seinem Leibe sitzt und im geheimen arbeitet und wächst.

Er ging spazieren, ritt, focht, kneipte und ging ins Theater, ein gesunder, schneidiger Bursch. Aber er war nicht mit sich einig und trug ein Übel in sich verborgen, von dem er wußte, daß es auch in seinen guten Stunden da war und an ihm fraß. Auf der Straße bangte er oft plötzlich vor der Möglichkeit, Hans zu begegnen. Und nachts, wenn er ermüdet schlief, ging seine unruhige Seele Erinnerungswege und wußte wieder genau, daß die Freundschaft mit Hans ihr bester Besitz gewesen war und daß es nichts half, das zu leugnen und zu vergessen.

Einmal machte ein Kamerad in Erwins Gegenwart die anderen lachend darauf aufmerksam, daß dieser so viele Ausdrücke brauche, die von Hans stammten. Erwin sagte nichts, konnte aber nicht mitlachen und ging bald weg. Also jetzt noch war er von Hans abhängig und konnte nicht verleugnen, daß er ihm angehörte und ganze Teile seines Lebens ihm verdankte.

In den Vorlesungen des Orientalisten war Hans Calwer seither jenem bäurisch aussehenden Zuhörer regelmäßig begegnet und hatte häufig neben ihm gesessen. Er hatte ihn aufmerksam betrachtet, und seine ganze Art gefiel ihm trotz dem hilflosen Äußeren mehr und mehr. Er hatte gesehen, daß jener die Vorträge sauber und mühelos stenographierte, und ihn um diese Kunst beneidet, die er aus Abneigung nie hatte lernen mögen.

Einst saß er wieder in seiner Nähe und beobachtete,

ohne den Vortrag außer acht zu lassen, den fleißigen Mann. Mit Befriedigung sah er in dessen Gesicht das Aufmerken und Verstehen ausgedrückt und in leisen Bewegungen lebend. Er sah ihn einigemal nicken, einmal lächeln, und während er dies lebendige Gesicht beobachtete, empfand er nicht nur Achtung, sondern Bewunderung und Zuneigung. Er beschloß, den Studenten kennenzulernen. Als die Vorlesung zu Ende war und die Zuhörer den kleinen Raum verließen, folgte Hans dem Lodenmantel aus der Ferne, um zu sehen, wo er wohne. Zu seinem Erstaunen machte der Unbekannte aber in keiner der alten Gassen halt, wo die meisten wohlfeilen Mietzimmer zu finden waren, sondern ging auf einen neueren, weit angelegten Stadtteil zu, wo Gärten, Privathäuser und Villen lagen und nur wohlhabende Leute wohnten. Nun wurde Hans neugierig und folgte in kleinerer Entfernung. Der im Lodenmantel schritt weiter und weiter, schließlich an den äußersten Villen und letzten Gartentoren vorbei, wo die bis dahin stattliche und gepflegte Straße in einen Feldweg verlief, der über einige kleine Bodenwellen, vermutlich Ackerland, hinweg in eine wenig besuchte, Hans völlig unbekannte Gegend hinaus führte.

Noch eine Viertelstunde oder länger ging Hans hinterher, dem Vorausschreitenden immer näher kommend. Nun hatte er ihn beinahe erreicht, jener hörte seine Schritte und wandte sich um. Er sah Hans fragend an, mit einem ruhigen Blick aus klaren, offenen, braunen Augen. Hans zog den Hut und sagte guten Tag. Der andere grüßte wieder, und beide blieben stehen.

»Sie gehen spazieren?« fragte Hans schließlich.

»Ich gehe heim.«

»Ja, wo wohnen Sie denn? Gibt es hier draußen noch Häuser?«

»Hier nicht, aber eine halbe Stunde weiter. Da liegt ein Dorf, Blaubachhausen, und da wohne ich. Aber Sie sind ja wohl hier schon lange bekannt?«

»Nein, ich bin zum erstenmal hier draußen«, sagte Hans. »Darf ich ein Stück mitgehen? Mein Name ist Calwer.«

»Ja, es freut mich. Ich heiße Heinrich Wirth. Aus dem Buddha-Kolleg her kenne ich Sie ja schon länger.«

Sie gingen nebeneinander weiter, und unwillkürlich richtete Hans seinen Schritt nach dem festeren seines Nachbarn. Nach einigem Schweigen sagte Wirth: »Sie haben früher immer so eine rote Kappe aufgehabt.«

Hans lachte: »Ja«, sagte er. »Aber das ist jetzt vorbei. Es war ein Mißverständnis, hat aber doch anderthalb Semester gedauert. Und winters bei der Kälte ist ein Hut auch besser.«

Wirth sah ihn an und nickte. Fast verlegen sagte er dann: »Es ist komisch, aber denken Sie, das freut mich.«

»Warum denn?«

»O, es hat keinen besonderen Grund. Ich hatte aber manchmal ein Gefühl, daß Sie nicht da hineinpassen.«

»Haben Sie mich denn beobachtet?«

»Nicht gerade. Aber man sieht einander doch. Im Anfang genierte es mich eigentlich, wenn Sie neben mir saßen. Ich dachte: das ist auch so ein Tadelloser, den man nicht anschauen darf, ohne daß er wild wird. Es gibt ja solche, nicht?«

»Ja, es gibt solche. O ja.«

»Also. Und dann sah ich, ich hatte Ihnen unrecht getan. Ich merkte ja, daß Sie wirklich zum Hören und Lernen herkamen.«

»Nun, das tun die andern doch wohl auch.«

»Meinen Sie? Ich glaube, nicht viele. Die meisten wollen eben einmal ein Examen machen, weiter nichts.«

»Dazu muß man doch aber auch lernen.«

»Auch, ja, aber nicht viel. Aber man muß dagewesen sein, die Vorlesung belegt haben und so weiter. Was man in einem Kolleg über Buddha lernen kann, kommt im Examen nicht vor.«

»Allerdings. Aber – erlauben Sie – zu einer Art von Erbauung sind eigentlich die Hochschulen auch wieder nicht da. Das Unwissenschaftliche, religiös Wertvolle an Buddha zum Beispiel kann man in einem Reclambändchen haben.«

»Das wohl. Das meine ich auch nicht. Ich bin übrigens nicht eine Art Buddhist, wie Sie vielleicht meinen, wenn ich die Inder auch gerne habe. – Sagen Sie, kennen Sie Schopenhauer?«

»Ja, ich glaube.«

»Also. Dann kann ich Ihnen das schnell erklären: Ich bin einmal beinah Buddhist gewesen, so wie ich's damals verstand. Und dabei hat Schopenhauer mir geholfen.«

»Ganz verstehe ich das nicht.«

»Nun, die Inder sehen das Heil im Erkennen, nicht wahr? Auch ihre Ethik ist nichts als eine Ermahnung zur Erkenntnis. Das hat mich angelockt. Aber nun saß ich da und wußte nicht, war das Erkennen überhaupt nicht der Weg zum Richtigen, oder hatte nur ich noch nicht genug erkannt. Und das wäre natürlich immer weiter gegangen und hätte mich kaputt gemacht. Da fing ich denn noch einmal mit Schopenhauer an, und dessen letzte Weisheit ist schließlich doch die, daß die Tätigkeit des Erkennens nicht die höchste ist, also auch nicht allein zum Ziele führen kann.«

»Zu welchem Ziel?«

»Ja, das ist viel gefragt.«

»Nun ja, ein andermal davon. Aber mir ist nicht recht klar, warum das Ihnen geholfen hat. Wie konnten Sie denn wissen, ob Schopenhauer recht hat oder die indische Lehre? Eins steht gegen das andere. Es war also einfach Ihre Wahl.«

»Doch nicht. Die Inder haben es im Erkennen ja weit gebracht, aber sie hatten keine Erkenntnistheorie. Die hat erst Kant gebracht, und wir können es nimmer ohne sie machen.«

»Das ist richtig.«

»Gut. Und Schopenhauer geht ja ganz von Kant aus. Ich mußte also zu ihm Vertrauen haben, gerade wie ein Luftschiffer zu Zeppelin mehr Vertrauen hat als zum Schneider von Ulm, einfach weil seither reale Fortschritte gemacht worden sind. Also stand die Waage doch nicht ganz gleich, sehen Sie. Aber die Hauptsache lag freilich anderswo. Es stand meinetwegen eine Wahrheit gegen die andere. Aber die eine konnte ich nur mit dem Verstand fassen, für den war sie fehlerlos. Die andere aber fand in mir Resonanz, ich konnte sie durch und durch fassen, nicht nur mit dem Kopf.«

»Ja, ich begreife. Darüber soll man auch nicht streiten. Und seither sind Sie also mit Schopenhauer zufrieden?«

Heinrich Wirth blieb stehen.

»Mensch, Mensch!« rief er lebhaft, doch lächelnd. »Mit Schopenhauer zufrieden! Was soll nun das bedeuten? Man ist einem Wegweiser dankbar, der einem viele Umwege gespart hat, aber man fragt doch den nächsten wieder. Ja, wenn man mit einem Philosophen zufrieden sein könnte! Dann wäre man ja am Ende.«

»Aber nicht am Ziel?«

»Nein, wahrhaftig nicht.«

Sie sahen einander an und hatten Freude aneinander. Sie nahmen das philosophische Gespräch nicht wieder auf, da sie beide fühlten, es sei dem andern nicht um Worte zu tun und sie müßten sich erst besser kennen, um weiter von solchen Dingen zu sprechen. Hans war es zumute, als hätte er unversehens einen Freund gefunden, doch wußte er nicht, ob der andere ihn ebenso ernst nahm, er hatte sogar ein mißtrauisches Gefühl, als sei Wirth trotz seiner sorglosen Offenheit viel zu sicher und fest, um sich leicht hinzugeben.

Es war das erstemal, daß er vor einem beinahe Gleichaltrigen eine solche Achtung hatte und sich als den Nehmenden fühlte, ohne sich darüber zu empören.

Hinter schwarzen, mit Schnee befleckten Ackerfurchen stiegen jetzt zwischen kahlen Obstbäumen helle Giebel eines Weilers auf. Dreschertakt und ein Kuhgebrüll tönte durch die Stille der leeren Felder herüber.

»Blaubachhausen«, sagte Wirth und deutete auf das Dörfchen. Hans wollte Abschied nehmen und umkehren. Er nahm an, sein Bekannter wohne ärmlich und möge das nicht zeigen, oder das Dorf sei vielleicht seine Heimat und er hause dort bei Vater und Mutter.

»Nun sind Sie gleich zu Hause«, sagte er, »und ich will nun auch umkehren und sehen, daß ich zum Mittagessen komme.«

»Tun Sie das nicht«, meinte Wirth freundlich. »Kommen Sie vollends mit und sehen Sie, wo ich wohne und daß ich kein Landstreicher bin, sondern eine ganz stattliche Bude habe. Essen können Sie im Dorf auch haben, und wenn Sie mit Milch zufrieden sind, können Sie mein Gast sein.«

Es war so unbefangen angeboten, daß er gerne annahm. Sie stiegen jetzt einen Hohlweg zwischen Dornengestrüpp zum Dorf hinab. Beim ersten Haus war ein Brunnentrog, ein Knabe stand davor und wartete, bis seine Kuh genug getrunken habe. Das Tier wandte den Kopf mit den schönen, großen Augen nach den Herankommenden um, und der Knabe lief hinüber und gab Wirth die Hand. Sonst war die Gasse winterlich leer und still. Es war Hans wunderlich, aus den Straßen und Hörsälen der Stadt unvermutet in diesen Dorfwinkel zu treten, und er wunderte sich auch über seinen Begleiter, der hier und dort lebte und heimisch schien und der den stillen, weiten Weg zur Stadt tagtäglich ein- oder mehrmals ging.

»Sie haben weit in die Stadt«, sagte er.

»Eine Stunde. Wenn man dran gewöhnt ist, kommt es einem viel weniger vor.«

»Und Sie leben wohl ganz einsam da draußen?«

»Nein, gar nicht. Ich wohne bei Bauersleuten und kenne das halbe Dorf.«

»Ich meine, Sie werden wenig Besuch da haben – Studenten, Freunde –«

»Diesen Winter sind Sie der erste, der mich besucht. Aber im Sommersemester kam öfter einer heraus, ein Theolog. Er wollte Plato mit mir lesen, und wir haben auch angefangen und es drei, vier Wochen getrieben. Dann blieb er allmählich aus. Der Weg war ihm doch zu weit, er hatte ja auch in der Stadt noch Freunde, da verleidete es ihm. Für den Winter ist er jetzt in Göttingen.«

Er sprach ruhig, fast gleichgültig, und Hans hatte den Eindruck, diesem Einsiedler könne Gesellschaft, Freundschaft, Bruch der Freundschaft wenig mehr anhaben.

»Sind Sie nicht auch Theolog?« fragte er.

»Nein. Ich bin als Philolog eingetragen. Ich höre, außer dem indischen Kolleg, griechische Kulturgeschichte und Althochdeutsch. Nächstes Jahr, hoffe ich, gibt es ein Sanskrit-Seminar, da will ich teilnehmen. Sonst arbeite ich privatim und bin drei Nachmittage in der Woche auf der Bibliothek.«

Sie waren vor Wirths Wohnung angekommen. Das Bauernhaus lag still und sauber mit weißem Verputz und rotgemaltem Fachwerk, von der Straße durch einen Obstgarten getrennt. Hühner liefen umher, jenseits des Hofes wurde auf einer großen Tenne Korn gedroschen. Wirth ging seinem Besucher voran ins Haus und die schmale Treppe hinauf, die nach Heu und getrocknetem Obst roch. Oben öffnete er in der halben Finsternis des fensterlosen Flurs eine Tür und machte den Gast auf die altväterisch hohe Schwelle aufmerksam, damit er nicht falle.

»Kommen Sie herein«, sagte Wirth, »hier ist meine Wohnung.«

Der Raum war, trotz seiner bäuerlichen Einfachheit,

weit größer und behaglicher als Hansens Stadtzimmer. Es war eine sehr große Stube mit zwei breiten Fenstern. In einer ziemlich dunklen Ecke stand ein Bett und ein kleiner Waschtisch mit einem ungeheuren, grau und blauen Wasserkrug aus Steingut. Nahe bei den Fenstern und von beiden her beleuchtet, stand ein sehr großer Schreibtisch aus Tannenholz, mit Büchern und Heften bedeckt, eine schlichte Holzstabelle dabei. Die eine, äußere Wand ward ganz von drei hohen, bis oben gefüllten Bücherständern eingenommen, an der Wand gegenüber stand ein gewaltiger braungelber Kachelofen, der reichlich geheizt war. Sonst war nur noch ein Kleiderschrank da und ein zweiter, kleiner Tisch. Auf diesem stand ein irdener Hafen voll Milch, daneben lag ein Holzteller mit einem Brotlaib. Wirth brachte einen zweiten Schemel herbei und bat Hans zu sitzen. »Wenn Sie mit mir halten wollen«, meinte er einladend, »so essen wir gleich. Die kalte Luft macht Hunger. Sonst bringe ich Sie ins Wirtshaus, ganz wie Sie wollen.«

Hans zog es vor, dazubleiben. Er bekam einen blau- und weißgestreiften Napf ohne Henkel, einen Teller und ein Messer. Wirth schenkte ihm Milch ein und schnitt ihm ein Stück Brot vom Laib, danach versorgte er sich selber. Er schnitt sein Brot in lange Streifen, die er in die Milch tauchte. Da er sah, daß seinem Besuch diese Art zu essen ungewohnt war, lief er nochmals hinaus und kam mit einem Löffel, den er ihm hinlegte.

Sie aßen schweigend, Hans nicht ohne Befangenheit. Als er fertig war und nichts mehr nehmen wollte, ging Wirth an den Schrank, brachte eine prächtige Birne und bot sie an: »Da hab ich noch etwas für Sie, damit Sie mir nicht hungrig bleiben. Nehmen Sie nur, ich habe noch einen ganzen Korb voll. Sie sind von meiner Mutter, die schickt mir alle Augenblicke so was Gutes.«

Calwer kam nicht aus der Verwunderung. Er war überzeugt gewesen, der Mann sei ein armer Schlucker und

Stipendientheolog, nun hatte er erfahren, daß er lauter brotlose Künste treibe, und sah außerdem an dem stattlichen Bücherschatz, daß er nicht arm sein könne. Denn es war nicht eine ererbte oder aus zufälligen Geschenken entstandene Verlegenheitsbibliothek, die man mit sich schleppt und beibehält, ohne sie zu brauchen, sondern eine Sammlung guter, zum Teil ganz neuer Bücher in einfachen, anständigen Einbänden, alles offenbar in wenigen Jahren erworben. Der eine Ständer enthielt Dichter aller Völker und Zeiten bis zu Hebbel und sogar Ibsen, nebst den antiken Autoren. Alles andere war Wissenschaft, aus verschiedenen Gebieten, ein Fach voll ungebundener Sachen enthielt vieles von Tolstoi, eine Masse Broschüren und Reclambändchen.

»Wieviel Bücher Sie haben!« rief Hans bewundernd. »Auch einen Shakespeare. Und Emerson. Und da ist Rhodes ›Psyche‹! Das ist ein Schatz.«

»Nun ja. Wenn Sachen dabei sind, die Sie lesen möchten und nicht selber haben, dann nehmen Sie nur mit! Es wäre ja schöner, wenn man ohne Bücher leben könnte, aber man kann es doch nicht.«

Nach einer Stunde brach Hans auf. Wirth hatte ihm geraten, einen anderen, schöneren Weg nach der Stadt zurückzugehen und begleitete ihn nun eine kleine Strecke, damit er nicht irrgehe. Als sie auf die untere Dorfstraße kamen, schien Hans die Umgebung bekannt, als sei er schon einmal hier gewesen. Und als sie an einem modernen Wirtshaus mit einem großen Kastaniengarten vorübergingen, fiel jener Tag ihm plötzlich wieder ein. Es war in seiner ersten Zeit gewesen, gleich nach seinem Eintritt in die Verbindung, sie waren in Landauern herausgefahren und hatten hier im Garten gesessen, alles fidel und schon angetrunken, in einer lärmigen Fröhlichkeit. Er schämte sich. Damals war vielleicht jener Theolog, der nachher untreu wurde, bei Wirth gewesen, und sie hatten Plato gelesen.

Beim Abschied wurde er zum Wiederkommen aufgefordert, was er gerne versprach. Erst nachher fiel ihm ein, daß er seine Adresse nicht angegeben habe. Doch war er ja sicher, seinen neuen Bekannten im indischen Kolleg wieder zu treffen. Während des ganzen Heimwegs machte er sich neugierige Gedanken über ihn. Seine plumpe Kleidung, sein Wohnen da draußen bei Bauern, sein Mittagsmahl von Brot und Milch, seine Mutter, die ihm Birnen schickte, das alles paßte gut zusammen, aber es paßte nicht zu den vielen Büchern und nicht zu Wirths Reden. Gewiß war er auch älter als er aussah und hatte schon manches erlebt und erfahren. Seine einfache, unbefangen freie Art zu sprechen, Bekanntschaft zu machen, sich im Gespräch herzugeben und doch in Reserve zu bleiben, war im Gegensatz zu seiner sonstigen Erscheinung beinahe weltmännisch. Unvergeßlich aber war sein Blick, der ruhige, klare, sichere Blick aus schönen, warmen, braunen Augen.

Auch was er über Schopenhauer und die indische Philosophie gesagt hatte, war zwar nicht neu, aber es klang ganz und gar erlebt, nicht wie gelesen oder auswendig gelernt. In Hansens Erinnerung klang noch mit unbestimmt erregendem, mahnendem Ton wie das Nachsummen einer tiefen Saite das Wort, das jener von seinem »Ziel« gesagt hatte.

Was war das für ein Ziel? Vielleicht dasselbe, das ihm selber noch so dunkel und doch als Ahnung schon da war, während jener es schon erkannt hatte und mit Bewußtsein verfolgte? Aber Hans meinte zu wissen, daß jeder Mensch sein eigenes Ziel habe, jeder ein anderes und daß scheinbare Übereinstimmungen hier nur Täuschungen sein könnten. Immerhin war es möglich, daß zwei Menschen große Wegstrecken gemeinsam gingen und Freunde waren. Und er fühlte, daß er dieses Menschen Freundschaft begehrte, daß er zum erstenmal bereit war, sich einem andern unterzuordnen und hinzugeben, eine fremde Überlegenheit willig und dankbar gelten zu lassen.

Etwas müde und durchfroren kam er in die Stadt zurück, als es schon dämmerte. Er ging nach Hause und ließ sich Tee machen; da erzählte ihm seine Wirtin, es sei zweimal ein Student dagewesen und habe nach ihm gefragt. Das zweitemal habe er sich Hansens Zimmer öffnen lassen und dort länger als eine Stunde auf ihn gewartet. Hinterlassen habe er nichts. Die Frau wußte seinen Namen nicht, beschrieb ihn aber so, daß Hans wußte, es sei Erwin gewesen.

Tags darauf begegnete er ihm am Eingang der Aula. Erwin sah blaß und übernächtigt aus. Er war in Couleur und in Gesellschaft von Bundesbrüdern, und als er Hans erkannte, wandte er das Gesicht und sah geflissentlich von ihm weg.

Hans überlegte sich, ob er ihn besuchen solle, kam aber zu keinem Entschluß. Er kannte Erwins Schwäche und Bestimmbarkeit wohl und zweifelte nicht daran, daß es nur auf ihn ankäme, um ihn wieder unter seinen Einfluß zu bringen. Doch wußte er selbst nicht, ob das für sie beide gut wäre. Daß Erwin ihn allmählich vergäße und im Umgang mit so vielen anderen selbständiger würde, war vielleicht doch die beste Lösung. Es tat ihm leid, keinen Freund mehr zu haben, und es war ihm sonderbar peinlich, daran zu denken, daß ein ihm fremd Gewordener ihn so gut kennen und so viele Erinnerungen mit ihm gemeinsam haben solle. Aber lieber das, als ein so einseitiges Verhältnis gewaltsam weiterführen! Er gestand sich, daß es ihm ein wenig wohl tat, die Verantwortung für den allzu unselbständigen Freund los zu sein.

Dabei vergaß er, daß er noch vor vierzehn Tagen ganz anders gedacht hatte. Damals kam es ihm wie eine beschämende Niederlage vor, wenn Erwin das Bleiben in der Verbindung seiner Freundschaft vorzog, jetzt ließ ihn das kühl. Das beruhte zwar zum Teil einfach auf seiner augenblicklichen Zufriedenheit mit dem Leben, die ihn ruhig machte, weit mehr aber noch und mehr als er selbst wußte, auf seiner jungen Bewunderung für Heinrich Wirth und auf seiner Hoffnung, an ihm einen neuen, ganz anders geliebten Freund zu bekommen. Erwin war ein Spielkamerad gewesen, der andere aber konnte ein wirklicher Teilnehmer an seinem Denken und Leben, ein Ratgeber, Führer und Weggefährte sein.

Indessen war es Erwin nicht wohl. Seine Kameraden mußten sein ungleiches, erregtes Wesen bemerken, und einige fühlten heraus, daß Hans die Ursache war. Das ließ man ihn gelegentlich merken, und einer, ein grober Patron, machte sich den Spaß, Erwins Freundschaft mit Hans eine »Liebschaft« zu nennen und ihn zu fragen, ob er sich jetzt, da Hans Gott sei Dank weg sei, nicht endlich in ein Weib verlieben wolle, wie es unter gesunden Jungen Sitte sei. Die rasende Wut, in die Erwin darüber geriet, hätte beinah zu einer blutigen Rauferei geführt. Er stürzte sich auf den Spötter, den man ihm mit Gewalt entreißen mußte, und die älteren Kameraden fanden kein Mittel, ihn zu beruhigen, als daß sie den Ungezogenen zwangen, Erwin um Verzeihung zu bitten. Da die Verzeihung so erzwungen war und so wenig von Herzen kam wie die Bitte darum, blieb der Riß klaffen, und Erwin hatte nicht nur einen Feind, den er täglich sehen mußte, sondern fühlte sich auch von den anderen mit einem gewissen Mitleid behandelt, das ihm alle Unbefangenheit nahm. Nun spielte er den Forschen nicht mehr nur sich selber, sondern ebensosehr den anderen vor, und es gelang ihm schlecht.

Am Tag jener Beleidigung hatte er die beiden Fehlgänge zu Hans getan. Nun nahm er ihm übel, daß er nicht zu finden gewesen war und sah mit einer traurigen Genugtuung den Augenblick verpaßt, in welchem Beleidigung und frischer Zorn ihm einen kühnen und befreienden Schritt erleichtert hätten. Er ließ jetzt alles wieder gehen wie es mochte, und es ging schlecht genug. Unter den Augen der Kameraden hielt er sich mit Gewalt aufrecht, indem er sich auf dem Hauboden und in der Reitschule besondere Mühe gab. Weiter reichte seine Kraft nicht, und da er sich bei den Kameraden beobachtet oder geschont fühlte und es doch zu Hause, bei der Arbeit oder auf einsamen Spaziergängen nicht lange aushielt, gewöhnte er sich daran, zu beliebigen Tagesstunden die Cafés und Trinkstuben aufzusuchen, da ein paar Gläser Bier, dort einen Schoppen Wein, hier ein Glas Likör zu nehmen, so daß er nahezu den größten Teil seiner Zeit in einer wüsten Betäubung umherlief. Richtig betrunken sah man ihn nie, aber auch selten vollkommen nüchtern, und in kürzester Zeit hatte er einige von den bekannten Trinkergewohnheiten und Gebärden angenommen, die gelegentlich so komisch drollig, auf die Dauer aber traurig und scheußlich sind. Ein in Freude oder Zorn getrunkener Rausch kann befreiend, lustig, liebenswürdig sein, während der halbwache Dusel des Wirtshausbruders, der sein Leben auf eine bequeme, langsame, träge Weise zerstört, stets ein Jammer und Ekel ist.

Eine heilsame Unterbrechung brachten die Weihnachtsferien. Erwin reiste nach Hause und blieb, da er sich krank fühlte, noch eine Woche länger, ließ sich von der Mutter und Schwester pflegen und erfreute sie, die anfangs über sein verändertes Wesen erschrocken waren, durch eine fast knabenhaft hervorbrechende Zärtlichkeit, die einer Reue über seine Dummheiten und einem Zufluchtbedürfnis seines unbeständigen Gemüts entsprach.

Er hatte einigermaßen damit gerechnet, Hans Calwer würde die Feiertage ebenfalls im Heimatstädtchen zubringen und es werde sich hier eine Versöhnung oder doch eine Aussprache ergeben. Dann sah er sich enttäuscht. Calwer, dessen Eltern nicht mehr lebten, hatte die Ferien zu einer Reise benutzt. Erwin in seiner krankhaften Unselbständigkeit ließ es dabei bewenden und begann nach der Rückkehr zur Universität das alte Leben. Es war ihm in nüchternen Stunden ganz klar, daß sein Zustand unhaltbar sei, und er war eigentlich längst entschlossen, die rote Mütze abzulegen und sich zu Hans zu bekennen. Doch ließ er sich, in seinem Zustand von Selbstbedauern und Schwäche, immer wieder treiben und erwartete von außen, was er nur in sich selber finden konnte. Dazu kam noch eine neue Torheit, die ihn bald gefährlich festhielt.

Nach der Art verbummelnder Studenten, denen es sowohl an richtiger Arbeit wie an rechten Freunden fehlte, suchte er seine Zerstreuung immer mehr außerhalb seiner Gesellschaft und fand in geringen Kneipen, deren Besuch ihm eigentlich verboten war, den Umgang armer Teufel, entgleister Studenten und Sumpfhühner. Bei diesen Leuten gab es, neben gänzlichem Stumpfsinn, auch manche begabte und originelle Köpfe, die im Dunkel liederlicher Trinkstuben ein melancholisch-revolutionäres Geniewesen trieben und den Eindruck bedeutender Originalität machen konnten, da sie nichts anderes taten als ihrem sinnlosen Leben einen erklügelten Sinn unterzulegen. Hier blühten boshafter Witz, frappierend kecke Redensarten und ein unverhüllter Zynismus.

Als Erwin in einer kleinen, schäbigen Vorstadtkneipe zum erstenmal einige dieser Leute kennenlernte – es war bald nach Weihnachten –, ging er mit Begier auf dies Unwesen ein. Er fand den Ton hier weit geistreicher als den Komment seiner Verbindung, und dabei merkte er doch, daß er hier als Mitglied einer angesehenen, farbentragenden Verbindung, trotz allen darüber gemachten Witzen, einen gewissen Respekt genoß.

Natürlich wurde er gleich beim erstenmal geschröpft. Man fand ihn »verhältnismäßig genießbar«, wenn auch einen »noch sehr jungen Hund«, und man tat ihm die

Ehre an, ihn die Zeche für die kleine Tafelrunde bezahlen zu lassen.

Das alles war am Ende nicht schlimm und hätte ihn kaum länger als einige Abende gefesselt. Aber man nahm ihn, sobald er sich als guter Kerl und gelegentlicher Spendierer erwiesen hatte, in ein merkwürdiges Café »Zum blauen Husaren« mit, wo man ihm unerhörte Genüsse in Aussicht gestellt hatte. Mit diesen Herrlichkeiten sah es nun zwar nicht allzu glänzend aus; die Bude war dunkel und schmierig, ein elendes, lichtscheues Loch mit einem alten Billard und schlechten Weinen, und die gefälligen Kellnerinnen waren nicht halb so verführerisch, als der arme Mühletal sich gedacht hatte. Immerhin atmete er hier eine diabolisch verdorbene Luft und genoß das mäßige und doch für Harmlose anziehende Vergnügen, mit schlechtem Gewissen an einem verpönten Ort zu weilen.

Und dann lernte er bei seinem zweiten Besuch im »Blauen Husaren« auch die Tochter der Wirtin kennen. Sie hieß Fräulein Elvira und führte das Regiment im Hause. Eine Art von bedauerlicher, gewissenloser Schönheit verlieh ihr Macht über die jungen Männer, die wie Fliegen auf den Leim gingen und über die sie unbedingt herrschte. Wenn ihr einer gefiel, setzte sie sich ihm auf den Schoß und küßte ihn, und wenn er arm war, gewährte sie ihm freie Zeche. War sie aber nicht bei Laune, so durfte auch der sonst Wohlgelittene sich keinen Scherz und keine Liebkosung erlauben. Wer ihr nicht paßte, den schickte sie fort und verbot ihm ganz oder zeitweise das Haus. Schwerbetrunkene ließ sie nicht herein, auch nicht, wenn es Freunde waren. Anfänger, die noch den Eindruck schüchterner Unschuld machten, behandelte sie mütterlich; sie duldete nicht, daß ein solcher sich betrank oder von den anderen um Geld gebracht oder gehänselt wurde. Zuzeiten war ihr wieder alles verleidet, dann war sie den ganzen Tag unsichtbar oder saß unnahbar in einem Polstersessel und las Romane, wobei niemand sie stören durfte. Ihre Mutter fügte sich in alle ihre Launen und war froh, wenn es ohne Stürme abging.

Als Erwin Mühletal sie zum ersten Male sah, saß Fräulein Elvira in ihrem gepolsterten Schmollsessel, hatte einen schlecht gebundenen Jahrgang einer illustrierten Zeitschrift vor sich liegen, in dem sie unaufmerksam und nervös blätterte und schenkte den Gästen und ihrem Treiben keinen Blick. Ihre nur scheinbar nachlässige Frisur ließ das gepflegte, schöne geschmeidige Haar weit über die Schläfen in das blasse, bewegliche und launische Gesicht hängen, schmale Lider mit langen Wimpern bedeckten die Augen. Ihre unbeschäftigte linke Hand lag auf dem Rücken einer großen, grauen Katze, die aus grünen, schrägen Augen schläfrig starrte.

Erst als Erwin mit seinen Begleitern längst mit Wein bedient und mit einem Würfelspiel beschäftigt waren, hob das Fräulein die Lider und betrachtete die neuen Gäste. Sie sah namentlich den Neuling an, und Erwin wurde verlegen unter ihrem unverhüllten, prüfenden Blick. Doch zog sie sich bald wieder hinter den Folianten zurück.

Aber als Erwin nach einer Stunde unbefriedigt aufstand, um zu gehen, erhob sie sich, zeigte ihre schlanke, biegsame Gestalt und nickte ihm, als er zum Abschied grüßte, fast unmerklich lächelnd und einladend zu.

Er ging verwirrt davon und konnte ihren zärtlichen, ironischen, versprechenden Blick und ihre feine, damenhafte Figur nicht vergessen. Er hatte nicht mehr den unbeirrt unschuldigen Blick, dem nur das fehlerlos Gesunde gefällt, und war doch unerfahren genug, das Gespielte für echt zu nehmen und in dem katzenhaften Fräulein zwar keinen Engel, aber dafür ein anziehend dämonisches Weib zu sehen.

Von da an suchte er, so oft er abends sich unkontrolliert seiner Gesellschaft entziehen konnte, den »Blauen Husaren« auf, um je nach der Laune Elviras ein paar aufregend glückliche Stunden oder Demütigung und Ärger zu haben. Sein Freiheitsverlangen, dem er seine einzige Freundschaft geopfert hatte und das auch die Gesetze und Pflichten seiner studentischen Vereinigung auf die Dauer lästig fand, unterwarf sich jetzt ohne Widerstand den Einfällen und Stimmungen eines koketten und herrschsüchtigen Mädchens, das dazu noch in einer widerwärtigen Höhle heimisch war und kein Geheimnis daraus machte, daß es zwar durchaus nicht jeden Beliebigen, aber doch mehrere, sei es nacheinander oder nebeneinander, lieben könne.

So ging Erwin den Weg, den schon mancher Besucher des »Blauen Husaren« gegangen war. Einmal forderte das Fräulein Elvira ihn auf, sie mit Champagner zu traktieren, ein andermal schickte sie ihn heim, da er Schlaf brauche; einmal war sie zwei, drei Tage unsichtbar, ein andermal bewirtete sie ihn mit guten Sachen und lieh ihm Geld.

Zwischenein empörten sich sein Herz und Verstand und schufen ihm verzweifelte Tage mit oft wiederholten Selbstanklagen und mit Entschlüssen, von denen er wußte, sie würden nicht zur Tat werden.

Eines Abends, nachdem er Elvira ungnädig gefunden hatte und unglücklich durch die Gassen strich, kam er an Hansens Wohnung vorbei und sah Licht in dessen Fenster. Er blieb stehen und sah mit Heimweh und Scham hinauf. Hans saß oben am Klavier und spielte aus dem Tristan; die Musik drang in die ruhige, dunkle Gasse heraus und hallte in ihr wider, und Erwin ging auf und ab und hörte zu, wohl eine Viertelstunde lang. Nachher, als das Klavier verstummt war, fehlte nicht viel, so wäre er hinaufgegangen. Da erlosch das Licht im Fenster, und bald darauf sah er seinen Freund, wie er in Begleitung eines großen, unfein gekleideten jungen Menschen das Haus verließ. Erwin wußte, daß Hans nicht jedem Beliebigen Tristan vorspielte.

Also hatte er schon wieder einen Freund gefunden!

In der Wohnung des Studiosus Wirth in Blaubachhausen saß Hans am braunen Kachelofen, indes Wirth in der geräumigen, niederen Stube auf und ab ging.

»Nun denn«, sagte Wirth, »das ist bald erzählt. Ich bin ein Bauernsohn, wie Sie wohl schon gemerkt haben. Aber allerdings war mein Vater ein besonderer Bauer. Er hat einer bei uns verbreiteten Sekte angehört und sein ganzes Leben, soweit ich davon weiß, damit hingebracht, den Weg zu Gott und zu einem richtigen Leben zu suchen. Er war wohlhabend, fast reich und besorgte seine große Wirtschaft gut genug, daß sie trotz seiner Gutmütigkeit und Wohltätigkeit eher zu- als abnahm. Das war ihm aber nicht die Hauptsache. Viel wichtiger war ihm das, was er das geistliche Leben nannte. Das nahm ihn beinahe ganz in Anspruch. Er ging zwar regelmäßig in die Kirche, war aber mit dieser nicht einverstanden, sondern fand seine Erbauung bei Sektenbrüdern in Laienpredigt und Bibelauslegung. In seiner Stube hatte er eine ganze Reihe Bücher: kommentierte Bibeln, Betrachtungen über die Evangelien, eine Kirchengeschichte, eine Weltgeschichte und eine Menge erbaulicher, zum Teil mystischer Literatur. Böhme und Eckart kannte er nicht, aber die deutsche Theologie, einige Pietisten des XVII. Jahrhunderts, namentlich Arnold, und dann noch einiges von Swedenborg.

Es war beinah ergreifend, wie er mit ein paar Glaubensbrüdern sich einen Weg durch die Bibel suchte, immer einem geahnten Licht nachspürend und immer im Gestrüpp irrgehend, und wie er mit zunehmendem Alter immer besser spürte, daß zwar sein Ziel das richtige, sein Weg aber der falsche sei. Er fühlte, daß es ohne methodisches Studieren nicht gehe, und da ich schon früh auf seine Sache einging, setzte er auf mich seine Hoffnung und dachte, wenn er mich studieren ließe, müßten andächtiges Suchen und wirkliche Wissenschaft zusammen doch zu einem Ziel führen. Es tat ihm leid um seinen Hof, und der Mutter noch mehr, aber er brachte das Opfer doch und schickte mich in städtische Schulen, obwohl ich als einziger Sohn den Hof hätte übernehmen müssen. Schließlich starb er, noch ehe ich Student war, und es war ihm vielleicht besser, als wenn er es erlebt hätte, daß ich weder ein Reformator und Schriftausleger, noch auch nur ein richtiger Christ in seinem Sinn wurde. In einem etwas anderen Sinn bin ich es ja, aber er hätte das kaum verstanden.

Nach seinem Tod wurde der Hof verkauft. Die Mutter machte vorher noch Versuche, mich wieder zum Bauer zu überreden, aber ich war schon entschieden, und so gab sie sich ungern darein. Sie zog zu mir in die Stadt, hielt es aber kaum ein Jahr lang aus. Seither lebt sie daheim in unserem Dorf bei Verwandten, und ich besuche sie jedes Jahr für ein paar Wochen. Ihr Schmerz ist jetzt, daß ich kein Brotstudium treibe und daß sie keine Aussicht hat, mich bald als Pfarrer oder Doktor oder Professor zu sehen. Aber sie weiß noch vom Vater her, daß denen, die der Geist treibt, nicht mit Bitten und nicht mit Gründen zu helfen ist. Sooft ich ihr davon erzähle, daß ich den Leuten hier bei der Ernte oder beim Mosten oder Dreschen geholfen habe, wird sie nachdenklich und stellt sich mit Seufzen vor, wie schön es wäre, wenn ich das als Herr auf unserem Hof täte, statt so bei fremden Leuten ein ungewisses Leben zu führen.«

Er lächelte und blieb stehen. Dann seufzte er leicht und sagte: »Ja, es ist sonderbar. Und schließlich weiß ich nicht einmal, ob ich nicht doch einmal als Bauer sterbe. Vielleicht kommt es doch noch so, daß ich eines Tages ein Stück Land kaufe und das Pflügen wieder lerne. Wenn einmal ein Beruf sein muß und wenn man nicht gerade ein Ausnahmemensch ist, gibt es doch am Ende nichts Besseres als das Feld bestellen.«

»Warum denn?« rief Hans.

»Warum? Weil der Bauer sein Brot selber sät und erntet und der einzige Mensch ist, der direkt von seiner Hände Arbeit leben kann, ohne Tag für Tag seine Arbeit in Geld und das Geld wieder auf Umwegen in Nahrung und Kleidung zu verwandeln. Und auch darum, weil seine Arbeit immer einen Sinn hat. Was der Bauer tut, das ist fast alles notwendig. Was andere Leute tun, ist selten notwendig, und die meisten könnten gerade so gut etwas anderes treiben. Ohne Frucht und Brot kann niemand leben. Aber ohne die meisten Handwerke, Fabriken, auch ohne Wissenschaft und Bücher, könnte man ganz gut leben, viele wenigstens.«

»Ja nun. Aber schließlich läuft der Bauer, wenn ihm was fehlt, zum Arzt, und die Bäuerin, wenn sie einen Trost haben muß, zum Pfarrer.«

»Manche schon, aber nicht alle. Jedenfalls brauchen sie den Tröster mehr als den Arzt. Ein gesunder Bauernschlag kennt nur ganz wenige Krankheiten, und für die gibt es Hausmittel, und schließlich stirbt man eben. Aber den Pfarrer oder statt seiner einen andern Ratgeber, das brauchen die meisten. Darum will ich auch nicht wieder Bauer werden, ehe ich nicht Rat geben kann, mindestens mir selber.«

»Das ist also Ihr Ziel?«

»Ja. Haben Sie ein anderes? Dem Unverständlichen gewachsen sein, den Tröster in sich selber haben, das ist alles. Dem einen hilft Erkennen, dem andern Glauben und mancher braucht beides, und den meisten hilft beides nicht viel. Mein Vater hat es auf seine Art probiert und ist fehlgegangen, wenigstens hat er eine vollkommene Ruhe nie erreicht.«

»Ich glaube, die erreicht niemand.«

»O doch. Denken Sie an Buddha! Und dann an Jesus. Was die erreicht haben, meine ich, dazu sind sie auf so menschlichen Wegen gekommen, daß man denken sollte, es müsse jedem möglich sein. Und ich glaube, es haben schon sehr viele Menschen das erreicht, ohne daß man davon weiß.«

»Glauben Sie wirklich?«

»Gewiß. Die Christen haben Heilige und Selige. Und die Buddhisten haben ja auch viele Buddhas, die für ihre Person die Buddhaschaft, die Vollendung und vollkommene Erlösung, gewonnen haben. Sie stehen darin dem großen Buddha ganz gleich, nur hat er das weitere getan, daß er seinen Erlösungsweg der Welt mitgeteilt hat. Ebenso hat Jesus seine Seligkeit und innere Vollendung nicht für sich behalten, sondern seine Lehre gegeben und ihr sein Leben zum Opfer gebracht. Wenn er der vollkommenste Mensch war, so wußte er auch, was er damit tat, und er wie jeder von den großen Lehrern, hat ausdrücklich das Mögliche gelehrt, nicht das Unmögliche.«

»Nun ja. Ich habe darüber wenig nachgedacht. Man kann ja dem Leben diesen oder jenen Sinn beilegen, um sich zu trösten. Aber es ist doch eine Selbsttäuschung.«

»Lieber Herr Calwer, damit kommen wir nicht weit. Selbsttäuschung ist ein Wort, Sie können stattdessen Mythus, Religion, Ahnung, Weltanschauung sagen. Was ist denn wirklich? Sie, ich, das Haus, das Dorf. Warum? Diese Rätsel sind unlösbar, selbstverständlich, aber sind sie denn so wichtig? Wir fühlen uns selbst, wir stoßen mit dem Körper an andere Körper und mit dem Verstand an Rätsel. Es gilt nicht, die Wand wegzuschaffen, sondern die Tür zu finden. Der Zweifel an der Realität der Dinge ist ein Zustand; man kann in ihm verharren, aber man tut es nicht, wenn man denkt. Denn Denken ist kein Verharren, sondern Bewegung. Und für uns kommt es nicht darauf an, das als unlösbar Erkannte zu lösen.«

»Ja, wenn wir aber doch einmal die Welt nicht erklären können, wozu dann noch denken?«

»Wozu? Um zu tun, was möglich ist. Wenn jeder sich so bescheiden wollte, dann hätten wir keinen Kopernikus und keinen Newton, auch keinen Plato und Kant. Es ist Ihnen ja auch nicht ernst damit.«

»Allerdings, so nicht. Ich meine nur, von allen Theorien sind die über die Ethik am gefährlichsten.«

»Ja. Aber ich sprach nicht von Theorien, sondern von Menschen, deren Leben eine Problemlösung, also eine Erlösung bedeutet. Aber wir sind noch zu weit auseinander; wir müssen uns erst besser kennen, dann findet sich schon ein Boden, auf dem wir uns richtig verstehen.«

»Ja, das hoffe ich. Wir sind wirklich weit auseinander, das heißt, Sie sind mir weit voraus. Sie fangen schon an zu bauen, und ich bin noch am Einreißen und Platzschaffen. Ich habe noch nichts gelernt als mißtrauisch sein und analysieren und weiß noch nicht, ob ich je etwas anderes können werde.«

»Wer weiß? Sie haben mir gestern vorgespielt und aus ein paar Proben und Stücken mir eine Vorstellung von einem Kunstwerk gegeben, so daß ich wirklich etwas davon hatte. Das ist nicht mehr Analyse. – Aber kommen Sie jetzt, wir wollen noch hinausgehen, eh es dunkel wird.«

Sie traten miteinander aus dem Hause in den kalten, sonnenlosen Januarnachmittag und suchten auf rauh gefrorenen Feldwegen einen Hügel auf, wo fein verästelte Birken standen und eine Aussicht auf zwei Bachtäler, die nahe Stadt und entfernte Dörfer und Höhen sich auftat.

Als die beiden wieder ins Sprechen kamen, war es über persönliche Angelegenheiten. Hans erzählte von seinen Eltern, von seiner burschikosen Zeit, von seinen bisherigen Studien. Sie stellten fest, daß Wirth beinahe vier Jahre älter war als Hans. Dieser ging neben Wirth her mit dem beinahe ängstlichen Gefühl, daß dieser Mensch ihm zum Freund bestimmt und daß es doch noch nicht und vielleicht noch lange nicht Zeit sei, davon zu reden. Er empfand, daß sein Bekannter ihm im Wesen unähnlich sei und daß eine Freundschaft mit ihm nicht auf Annäherung und Vermischung, sondern nur darauf beruhen könne, daß jeder im Bewußtsein seiner eigenen Art dem andern in Freiheit sich näherte und Rechte zugestand.

Und dabei fühlte Hans sich seiner selbst weniger sicher als jemals. Seit dem Erwachen seines Bewußtseins war er sich als ein nicht zur Menge gehörender, von allen andern genau unterschiedener sehr deutlich geprägter Mensch erschienen; es war ihm auch immer lästig gewesen, sich so jung zu wissen. Statt dessen kam er sich jetzt, Wirth gegenüber, unfertig und wirklich jung vor. Er merkte nun auch wohl, daß seine Überlegenheit über Erwin Mühletal und andere Kameraden ihm eine falsche Sicherheit verliehen hatte und von ihm mißbraucht worden war. Diesem Heinrich Wirth gegenüber genügte es nicht, ein wenig geistreich und dialektisch geschickt zu sein. Hier mußte er sich selbst ernster nehmen, bescheidener sein, seine Hoffnungen nicht wie Erfüllungen hinstellen. Diese Freundschaft würde denn auch kein Spiel und Luxus mehr sein, sondern ein Zusammenfassen und beständiges Messen seiner Kraft und seines Wertes am anderen. Wirth war ein Mensch, dem alle Probleme im Denken und Leben schließlich zu ethischen Aufgaben wurden, und Hans empfand nicht ohne Peinlichkeit, daß das eine ganz andere Rüstung war als sein geistiger Habitus, der allzuviel Schöngeisterei an sich hatte.

Wirth machte sich weniger Gedanken. Er spürte wohl, daß Hans ein Bedürfnis nach Freundschaft habe und hieß ihn im Herzen willkommen. Aber Hans war nicht der erste, der sich ihm so näherte, und er machte sich im voraus darauf gefaßt, eines Tages auch ihn wieder abfallen zu sehen. Vielleicht war Calwer auch einer von den vielen, die »sich für seine Ziele interessierten«, und Interesse war nicht das, was Wirth brauchte, sondern lebendiges Mitleben, Opfer, Hingabe. Was er sonst von niemand beanspruchte, würde er von einem Freund verlangen müssen. Doch zog ihn immerhin eine absichtslose, sanft zwingende Neigung zu Hans. Der hatte etwas, was Wirth fehlte und darum doppelt hoch schätzte, ein angeborenes Verhältnis zum Schönen, keinem Zwecke Dienenden, zur Kunst. Die Kunst war das einzige Gebiet des höheren Lebens, dem er mit Bedauern fremd geblieben war und von dem er doch ahnte, es berge Erlösung. Darum sah er in Hans nicht einen Schüler, der ihm einiges ablernen und dann weitergehen würde, sondern fühlte die Möglichkeit und Hoffnung, selbst von ihm zu lernen und einen Wegweiser an ihm zu haben.

Gedankenvoll nahmen sie voneinander Abschied, ohne einen herzlichen Ton zu finden. Sie waren sich allzu schnell nahe gekommen und empfanden beide ein instinktives Widerstreben vor der Hingabe und dem Augenblick vollkommener Offenheit, ohne den keine Bekanntschaft zur Freundschaft wird.

Nach hundert Schritten wendete Hans sich um und sah dem anderen nach, in der halben Hoffnung, auch er möchte zurückschauen. Aber dieser ging mit gleichmäßigem Schritt davon, seinem Dorf und der frühen Abenddämmerung entgegen, und sah ganz aus wie ein bewährter Mann, der seinen harten Weg allein so sicher geht wie zu zweien und sich von Neigungen und Wünschen nicht leicht beirren läßt.

»Er geht wie in einer Rüstung«, dachte Hans und spürte ein brennendes Verlangen, diesen wohl Bewehrten dennoch heimlich zu treffen und durch einen unbewachten Spalt zu verwunden. Und er beschloß zu warten und zu schweigen, bis auch dieser Zielbewußte einmal schwach und menschlich und liebebedürftig wäre. Seine Hoffnung und sein Verlangen und Leiden war, ohne daß er es wußte oder daran dachte, beinahe genau von derselben Art wie vor langer Zeit, in Knabenzeiten, die Werbung und sehnliche Geduld, mit der ihn damals Erwin verfolgt hatte. An ihn dachte Hans heute nicht und überhaupt nicht mehr viel. Er wußte nicht, daß einer um ihn und durch seine Schuld litt und in der Irre ging.

Erwin war noch immer in das Fräulein Elvira verliebt oder glaubte es zu sein. Trotzdem lag er seinem Lasterleben mit einer gewissen Vorsicht ob und hatte neuerdings wieder häufig Stunden der Abrechnung und der guten Vorsätze. Sein eigentliches Wesen, so sehr es im Augenblick betäubt und hilflos lag, wehrte sich heimlich gegen die unsäuberliche Umgebung mit einem moralischen Übelbefinden. Die launenhafte Elvira erleichterte ihm das, indem sie sich meistens spröd und bissig zeigte und zwei, drei andern Stammgästen vor ihm den Vorzug gab.

In manchen Augenblicken meinte Erwin, das alles schon hinter sich zu haben und den Rückweg zu Selbstachtung und Behagen zu wissen. Es brauchte ja nur einen kräftigen Entschluß, eine kurze Zeit standhafter Enthaltung, vielleicht eine Beichte. Allein das alles kam keineswegs von selber, und der noch gar zu knabenhafte Entgleiste mußte zu seinem Schrecken erfahren, daß begonnene üble Gewohnheiten sich nicht wechseln lassen wie ein Hemd und daß das Kind sich erst schmerzlich verbrannt haben muß, ehe es das Feuer kennt und meidet. Er glaubte allerdings verbrannt genug zu sein und Elend genug gekostet zu haben, aber darin täuschte er sich sehr. Es waren ihm noch Bitternisse vorbehalten, die er sich nicht vorgestellt hatte.

Eines Tages besuchte ihn, als er noch im Bett lag, sein Leibbursch, ein flotter und eleganter Student, den er anfangs gerngehabt hatte. In der letzten Zeit war aber sein Verhältnis zur ganzen Gesellschaft so gespannt und künstlich geworden, daß ein persönlicher Verkehr auch mit einzelnen kaum mehr bestanden hatte. Darum erweckte ihm der unerwartete Besuch Unbehagen und Mißtrauen.

»Servus, Leibbursch«, rief er, künstlich gähnend, und setzte sich im Bett aufrecht.

»Wie geht's denn, Kleiner? Noch im Bett?«

»Ja, ich steh gleich auf. Ist denn heut Hauboden?«

»Das mußt du selber wissen.«

»Na ja.«

»Nun hör mal zu, Kleiner! Mir scheint, es gibt einige

Sachen, die du zu meinem Erstaunen nicht selber weißt. Da muß ich mal ein bißchen revidieren.«

»Gerade jetzt?«

»Es wird am besten sein. Ich hätte dir's schon dieser Tage gesagt, aber du bist ja nie zu Haus. Und im ›Goldenen Stern‹ möchte ich dich doch nicht aufsuchen.«

»Im ›Goldenen Stern‹? Wieso?«

»Junge, mach keine unnötigen Sprünge! Du bist zweimal im ›Goldenen Stern‹ gesehen worden, und du weißt, daß dir das Lokal verboten ist.«

»Ich war nie in Couleur dort.«

»Das will ich hoffen! Du sollst aber überhaupt nicht hingehen, und auch nicht in den ›Walfisch‹. Und du sollst auch nicht mit stud. med. Häseler verkehren, den kein anständiger Mensch mehr ansieht, und auch nicht mit dem stud. phil. Meyer, der vor drei Semestern bei den Rhenanen wegen Falschspiels gewimmelt worden ist und bei zwei Forderungen gekniffen hat.«

»Herrgott, das konnte ich ja nicht wissen.«

»Desto besser, wenn du's nicht gewußt hast. Die Tatsache, daß du den Umgang dieser Herren dem mit deinen Bundesbrüdern vorziehst, wird für uns dadurch ein bißchen weniger beschämend.«

»Du weißt ganz gut, warum ich mich von den Kameraden ferngehalten habe.«

»Ja, die Geschichte mit Calwer –«

»Und die Art, wie ich bei euch beleidigt worden bin –«

»Bitte, das war einer, zugegeben ein Grobian, und er hat Abbitte getan.«

»Ja, was soll ich denn tun? Dann trete ich eben aus.«

»Das ist schnell gesagt. Aber wenn du ein anständiger Kerl bist, tust du das nicht. Du mußt nicht vergessen, daß du nicht Calwer bist. Bei dem lag der Fall anders. Sein Austritt war uns ja peinlich, aber – alle Achtung – der Mensch war einwandfrei. Bei dir steht es ein wenig anders.«

»So? Bin ich nicht einwandfrei?«

»Nein, Kleiner, es tut mir leid. Übrigens laß jetzt das Heftigwerden womöglich, mir zulieb. Mein Besuch ist nicht offiziell, wie du vielleicht meinst, ich kam ganz freundschaftlich. Also sei gescheit! – Siehst du, wenn du jetzt bei uns austreten wolltest, wäre es nicht sehr fein von dir, denn du hast Dummheiten gemacht und solltest das zuerst wieder in Ordnung bringen. Dazu gehört nicht viel. Ein paar Wochen tadellose Haltung, weiter nichts. Dann vergehen dir auch die unnützen Gedanken. Schau, es ist schon vielen so gegangen wie dir, deine kleinen Exzesse sind ja noch harmlos, und es sind viel bösere Sachen schon wieder in Ordnung gebracht worden. – Und dann, um auch das zu sagen, könnte es für dich peinlich werden, wenn du jetzt austreten wolltest.«

»Warum?«

»Begreifst du nicht? Man könnte dir dann zuvorkommen.«

»Du meinst, mich hinausschmeißen? Weil ich ein paarmal im ›Goldenen Stern‹ war?«

»Ja, es wäre ja eigentlich kein Grund. Aber weißt du, im Notfall würde man es vielleicht doch tun. Es wäre schroff, auch ungerecht, aber du könntest nichts dagegen tun. Und dann wärst du fertig. Es mag ja Spaß machen, gelegentlich mit so ein paar defekten Existenzen einen Schoppen zu trinken, aber auf sie angewiesen sein – nein, das wäre schlimm, auch für robustere Naturen als deine.«

»Aber was soll ich denn tun?«

»Gar nichts, als den Verkehr dort abbrechen. Du brauchst auch kein Verhör zu fürchten. Ich werde sagen, du habest eingesehen, daß dein Verhalten in letzter Zeit zu wünschen übrig ließ, und mir versprochen, es sofort und gründlich gutzumachen. Dann ist alles erledigt.«

»Wenn ich aber doch nicht zu euch passe und mich bei euch nicht wohl fühle?«

»Das ist deine Sache. Ich weiß nur, es ist schon vielen so gegangen und sie sind es vollkommen wieder losgeworden. So wird's dir auch gehen. Und wenn es schließlich nicht anders geht, kannst du immer noch austreten. Aber jetzt nicht, unter keinen Umständen.«

»Das sehe ich ein. Ich bin dir auch dankbar, daß du mir helfen willst, wirklich. Also ich werde nimmer in den ›Stern‹ gehen und mir Mühe geben, euch zufriedenzustellen. Genügt das?«

»Meinetwegen. Nur mußt du, bitte, daran denken, daß ich – – ich wollte sagen, ich habe die dumme Sache jetzt quasi auf mich genommen, damit dir eine offizielle Mahnung erspart bleibt. Natürlich kann ich das nur einmal tun, das siehst du ja ein. Wenn du je wieder –«

»Selbstverständlich. Du hast jetzt schon mehr getan, als du tun mußtest.«

»Nun gut. Jetzt nimm dich eben ein wenig zusammen: zeig dich häufiger bei uns, auch wenn nichts Offizielles los ist, geh öfter mit ins Café und zum Bummeln und gib dir auf dem Hauboden Mühe. Dann ist ja alles gut.«

Das war freilich Erwins Ansicht nicht. Er fand, es sei alles schlimmer geworden, und hatte weder die Hoffnung noch die Absicht, eine befriedigende Laufbahn als Couleurstudent zu vollenden. Er nahm sich vor, nur noch so lange in der Verbindung zu bleiben, bis er mit Anstand und Ehren freiwillig gehen könnte, etwa bis zum Schluß des Semesters.

Erwin vermied denn auch, ohne sie zu vermissen, jene verbotenen Kneipen und ihre Stammgäste von nun an vollkommen. Allerdings mit Ausnahme des »Blauen Husaren«. Den suchte er schon nach wenigen Tagen wieder auf, wenn auch mit der halben Absicht, es einen Abschiedsbesuch sein zu lassen. Da hatte er aber nicht mit Elvira gerechnet. Die merkte sofort, wie es um ihn stand, und war an jenem Tage so lieb und zugänglich, daß er gleich am folgenden wiederkam. Da lockte sie ihm das

Geheimnis seiner Sorgen ohne Mühe ab. Sie riet ihm sehr dringend, ja in seiner Verbindung zu bleiben, sonst möge sie ihn gar nimmer sehen.

So stahl er sich mit Diebesgefühlen immer wieder in das schlimme Haus und geriet so tief wie je unter die Gewalt des Mädchens. Und kaum war sie seiner wieder ganz sicher, da waren auch alle Launen wieder da. Darauf machte er in Zorn und wirklicher Erbitterung ihr eine heftige Szene, jedoch mit üblem Erfolg. Sie ließ ihn toben und brachte still ein kleines, unsauberes Büchlein zum Vorschein, in dem waren seine Zechschulden und die gelegentlich erhaltenen baren Darlehen, an die er längst nimmer gedacht und deren früher von ihm angebotene Rückzahlung sie damals lachend abgelehnt hatte, Summe auf Summe gebucht und machten einen ganz erstaunlich hohen Betrag aus. Es war oft an vergnügten Abenden Champagner und teurer Wein getrunken worden, ohne daß er ihn ausdrücklich bestellt hätte, und die Zechbrüder hatten fleißig mitgehalten und ihn einschenken lassen. Auch diese Flaschen und Bouteillen standen alle wohlgezählt hier in dem kleinen Büchlein und blickten ihn treulos grinsend an. Die ganze Summe war viel zu groß, als daß er sie, wenn auch allmählich, aus seinem monatlichen Gelde hätte abzahlen können, und außerdem waren das leider nicht seine einzigen Schulden.

»Stimmt das oder nicht?« fragte Fräulein Elvira mit stiller Majestät. Sie war ganz darauf gefaßt, daß er protestieren werde, und hätte äußerstenfalls einen guten Teil wieder gestrichen. Allein Erwin protestierte nicht.

»Ja, es wird schon so sein«, sagte er ergeben und kleinmütig. »Verzeih, ich hatte daran im Augenblick gar nicht gedacht. Natürlich will ich es so bald wie möglich bezahlen. Kannst du noch ein wenig warten?«

Dieser Erfolg übertraf ihre Erwartungen so sehr, daß sie gerührt wurde und ihn mütterlich streichelte.

»Siehst du«, sagte sie mild, »es ist nicht bös gemeint.

Ich wollte dich nur daran erinnern, daß ich nicht bloß Schimpfworte bei dir zugute habe. Wenn du brav bist, dann bleibt das Büchlein ruhig, wo es ist, ich brauche das Geld nicht, und wenn es mir einfällt, werf ich's ins Feuer. Aber wenn du nimmer zufrieden bist und mich aufregst, dann könnte es passieren, daß ich einmal über deine Rechnung mit den Herren von deiner Verbindung rede.«

Erwin wurde blaß und starrte sie an.

»Na«, lachte sie, »du mußt keine Angst haben.«

Das kam zu spät. Er hatte Angst, er wußte nun, daß er im Garn war und seine Tage von der Gnade einer Spekulantin fristete.

»Ja, ja«, sagte er und lächelte blöde. Und dann ging er demütig und traurig fort. Sein bisheriges Elend, das sah er jetzt wohl, war eine Kinderei gewesen und seine Verzweiflung lächerlich. Nun wußte er plötzlich, wohin ein bißchen Leichtsinn und Torheit führen kann, und sah die Umgebung, in die er mit ebensoviel Harmlosigkeit wie bösem Gewissen geraten war, auf einmal in unbarmherzig grellem Licht.

Jetzt mußte etwas geschehen. Mit der Schlinge um den Hals herumlaufen konnte er nicht. Und alles Unsäuberliche und Verfehlte dieser paar Monate, das gestern noch einen Schein von Liebenswürdigkeit und Unverbindlichkeit getragen hatte, umgab ihn jetzt unversehens scheußlich und übermächtig, wie der Sumpf einen umgibt, in den man nach ein paar tastenden Schritten plötzlich bis zum Halse einsinkt.

Früher hatte Erwin, wie jeder junge Mensch von einigem Leichtsinn, gelegentlich in Katerstunden den Gedanken vor sich spielen lassen, daß man ja, wenn alle Freude zu Ende wäre, einen Revolver nehmen und ein Ende machen könne. Jetzt, wo die Not da war, war auch dieser schlechte Trost verflogen und tauchte nicht einmal als Möglichkeit mehr auf. Es galt jetzt nicht, eine letzte Feigheit zu begehen, sondern eine schlimme, ärgerliche Reihe von dummen Streichen mit aller Verantwortung auf sich zu nehmen und womöglich abzubüßen. Er war aus einem traumhaften, verantwortungslosen, unbegreiflichen Dämmerzustand erwacht und dachte keinen Augenblick daran, wieder einzuschlafen.

Die Nacht verbrachte er mit Pläneschmieden. Allein so notwendig es war, nach Hilfe zu suchen, noch mächtiger trieb es ihn dazu, immer wieder und immer noch einmal mit Verwunderung und Grausen das Unbegreifliche zu betrachten. War er denn in ein paar Wochen ein ganz anderer Mensch geworden? War er blind gewesen? Er spürte ein Grausen darüber, aber er wußte, es war ein nachträglicher Schrecken, die Gefahr war vorbei. Nur mußte um jeden Preis diese Geldschuld sofort abgetan werden, alles andere würde von selber kommen.

Am Morgen war sein Plan fertig.

Er ging zu seinem Leibburschen, den er beim Rasieren antraf. Der erschrak über sein Aussehen und fürchtete, es sei ein Unglück im Gang. Erwin bat ihn, er möchte ihn für einen oder zwei Tage entschuldigen, da er sofort verreisen müsse.

»Ist dir jemand gestorben?« fragte der andere teilnehmend, und Erwin nahm in der Eile die so angebotene Notlüge willig an. »Ja«, sagte er rasch. »Aber ich kann jetzt keine Auskunft geben. Spätestens übermorgen bin ich wieder da. Sei so gut und entschuldige mich in der Fechtstunde! Später erzähl ich dir dann. Also danke schön und adieu!«

Er lief fort und zur Eisenbahn. Nachmittags kam er im Heimatstädtchen an und ging schnell, auf Umwegen das Haus seiner Mutter vermeidend, in die Schreibstube seines Schwagers. Der war Teilhaber an einer kleinen Fabrik und der einzige Mensch, an den sich Erwin zur Zeit um Geld wenden konnte.

Der Schwager war nicht wenig überrascht, ihn da zu sehen, und wurde ziemlich kühl, als er sofort erklärte, er sei in eine Geldverlegenheit gekommen. Dann setzten sie sich beide in einem Nebenzimmer einander gegenüber, und Erwin sah dem Mann seiner Schwester, für den er nie viel Interesse gehabt hatte, mit Verlegenheit in das bescheidene, solide Gesicht. Aber einmal mußte er sich doch weh tun und büßen, also tat er es lieber gleich jetzt, und nach einigem Atemholen gab er sich preis und legte dem erstaunten Kaufmann eine vollkommene Beichte ab. Sie dauerte, mit kurzen Zwischenfragen, eine gute Stunde.

Darauf folgte eine peinliche Pause. Schließlich fragte der Schwager: »Und was tust du, wenn ich dir das Geld nicht geben kann?«

Erwin hatte sich in seiner Beichte so weit hergegeben, daß er der Grenze nahe war und seine Offenheit schon fast bereute. Nun hätte er am liebsten gesagt: »Das geht dich nichts an.« Aber er hielt an sich und schluckte es hinunter. Schließlich sagte er zögernd: »Es gibt nur einen Weg. Wenn du nicht willst oder kannst, muß ich zu meiner Mutter gehen und ihr alles sagen. Du weißt, wie weh ihr das tun wird. Es wird ihr auch schwerfallen, das Geld gleich aufzubringen, obwohl sie es sicher tun wird. Ich könnte vielleicht auch zu einem Geldverleiher gehen, aber vorher wollte ich doch zu Haus anfragen.« Der Schwager stand auf und nickte ein paarmal nachdenklich.

»Ja«, sagte er zögernd, »ich gebe dir natürlich das Geld, zum gewöhnlichen Zinsfuß. Du kannst nachher im Büro den Schein unterschreiben. Ich kann dir keine Ratschläge geben, nicht wahr? Es tut mir leid, daß es dir so gegangen ist. Trinkst du nachher den Tee bei uns?«

Erwin dankte ihm verlegen, nahm aber die Einladung nicht an. Er wollte noch vor Abend wieder reisen. Das schien auch dem Schwager das Klügste zu sein.

»Ja, wie du meinst«, sagte er. »Den Wechsel kannst du dann gleich mitnehmen.«

Die philosophischen »Paraphrasen über das Gesetz von der Erhaltung der Kraft« waren zwar den ursprünglichen Gedanken nach ausgeführt worden, machten aber ihrem Autor kein rechtes Vergnügen mehr. Hans Calwer stand schon stark unter dem Einfluß des bäurischen Denkers Wirth, dessen Art, Probleme anzufassen, allerdings zwar einseitiger, aber weit zielsicherer und folgerichtiger war als die seine. Er hatte daran gedacht, sein Manuskript ihm vorzulesen, hatte aber sofort wieder auf dieses Vorhaben verzichtet, denn er glaubte genau zu wissen, daß jener seine Arbeit schöngeistig und unnütz finden würde. Und allmählich kam sie ihm selber so vor. Er fand, sie sei zu sehr auf das Interessante gerichtet, fast feuilletonmäßig und im Stil zu selbstgefällig. Vernichten mochte er die sorgfältig geschriebenen Blätter nicht, die er soeben nochmals gelesen hatte, aber er rollte sie zusammen, verschnürte sie und legte sie in die Ecke eines Schrankes, um sie nicht so bald wiederzusehen.

Es war Abend. Die Lektüre und die peinliche Selbstkritik hatten ihn erregt und schließlich traurig gemacht. Denn er sah wohl, daß er noch nicht dazu reif sei, etwas wirklich Wertvolles zu leisten, und doch plagte ihn der Trieb, sich heimlich auszusprechen und seinen Meditationen und Einfällen eine abschließende, sorgfältige Form zu geben. So hatte er als Schüler Gedichte und Aufsätze gemacht und ein-, zweimal im Jahr alles wieder durchgesehen und vernichtet, während doch sein Verlangen, etwas Bleibenderes zu leisten, immer sehnlicher wurde. Er warf seine ausgerauchte Zigarette in den Ofen, stand eine Weile am Fenster und ließ die Winterluft herein und ging schließlich ans Klavier. Eine Weile tastete er phantasierend. Dann nahm er nach kurzem Überlegen die dreiundzwanzigste Sonate von Beethoven vor und spielte sie mit wachsender Sorgfalt und Innigkeit durch.

Als er fertig war und noch geneigt auf dem Klavierstuhl

saß, klopfte es an der Tür. Er stand auf und öffnete. Erwin Mühletal kam herein.

»Du, Erwin?« rief Hans erstaunt und etwas befangen. »Ja, darf ich?«

»Natürlich. Komm herein!«

Er streckte ihm die Hand entgegen.

Sie setzten sich beide an den Tisch, bei Lampenlicht, und nun sah Hans das bekannte Gesicht verändert und merkwürdig älter geworden. »Wie geht's dir?« fragte er, um einen Anfang zu finden. Erwin sah ihn an und lächelte.

»Nun, es geht so. Ich weiß ja nicht, ob mein Besuch dir lieb ist, aber ich wollte es einmal versuchen. Ich wollte dir ein wenig erzählen und dich vielleicht auch um einen Dienst bitten.«

Hans hörte der wohlbekannten Stimme zu und war darüber verwundert, wie wohl sie ihm tat und wieviel verlorenes, kaum mehr vermißtes Behagen sie ihm brachte. Er bot ihm nochmals, über den Tisch hinweg, die Hand.

»Es ist lieb von dir«, sagte er herzlich. »Wir haben uns so lange nicht gesehen. Eigentlich hätte ich vielleicht zu dir kommen sollen, ich hatte dir weh getan. Nun, jetzt bist du da. Nimm dir eine Zigarette.«

»Danke. Es ist behaglich bei dir. Ein Klavier hast du ja auch wieder. Und noch die gleichen guten Zigaretten. – Bist du mir bös gewesen?«

»Ach bös! Weiß Gott, wie das gegangen ist. Die dumme Verbindung – ja so, verzeih!«

»Nur zu. Ich bleibe wohl auch nicht mehr lang.«

»Meinst du? Aber doch nicht meinetwegen? Natürlich, du hast ja durch mich gewiß viel Unangenehmes gehabt. Nicht?«

»Das auch, aber das ist schon lange vorbei. Wenn du Zeit hast, erzähl ich dir meine res gestae.«

»Sei so gut. Und schone mich nur nicht.«

»O, du kommst fast gar nicht darin vor, wenn ich auch die ganze Zeit an dich gedacht habe. Ich hätte damals mit dir austreten sollen. Du warst ja in jenen Tagen etwas kurz angebunden, und ich war trotzig und wollte nicht so durch dick und dünn mitgehen. Na, das weißt du schon. Es ist mir seither nicht gutgegangen, und ich war selber schuld daran.«

Er fing nun zu erzählen an, und Hans bekam zu seinem Erstaunen und Schrecken zu hören, wie es seinem Freund gegangen war, während er wenig an ihn gedacht und sich gut ohne ihn beholfen hatte.

»Ich weiß nicht recht, wie das kam«, hörte er ihn sagen. »Eigentlich sind ja solche Sachen gar nichts für mich. Aber ich war eben damals nie ganz bei mir. Ich lief immerfort in einem leichten Dusel herum und ließ es gehen, wie es mochte. Und jetzt kommt das Hauptkapitel. Es spielt im Café zum ›Blauen Husaren‹, von dessen Existenz du wohl nichts gewußt hast.«

Und nun kam die Geschichte mit dem Fräulein Elvira. Die erschien Hans so traurig und doch so lächerlich, daß Erwin über sein Gesicht lachen mußte.

»Und was jetzt?« fragte Hans zum Schluß. »Natürlich brauchst du Geld. Aber woher nehmen? Meines steht ja zur Verfügung, aber es reicht nicht.«

»Danke schön, das Geld ist schon da«, sagte Erwin fröhlich und berichtete auch noch das, worauf Hans seinen Schwager einen anständigen Kerl nannte.

»Aber womit kann ich dir helfen?« fragte er dann. »Du sprachst doch von so etwas.«

»Jawohl. Du kannst mir einen großen Dienst tun. Nämlich, wenn du morgen früh dorthin gehen und mir die dumme Rechnung einlösen wolltest.«

»Hm, ja, natürlich kann ich das besorgen. Ich frage mich nur, ob du das nicht selber tun solltest. Es wäre doch ein kleiner Triumph für dich und ein tadelloser Abgang.«

»Das wohl, Hans. Aber ich meine, ich verzichte darauf. Es ist nicht Feigheit, dessen bin ich ziemlich sicher, sondern einfach Widerwillen, daß ich die Bude und die ganze Gasse nicht mehr sehen mag. Und dann dachte ich, wenn du hingehst, siehst du das Milieu auch einmal, als Illustration zu meinem Bericht, und wir haben dann eine gemeinsame Erinnerung an diese Zeit und an den ›Blauen Husaren‹.«

Das leuchtete Hans ein, und er nahm den Auftrag nun mit ziemlicher Neugierde an. Als Erwin die Scheine und Goldstücke herauszog und auf den Tisch zählte, rief Hans lachend: »Herrgott, ist das ein Haufen Geld!« Und er fügte ernsthaft hinzu: »Weißt du, eigentlich ist es eine Schande und Dummheit, das alles zu zahlen. Die Elvira hat dir ja sicher das Dreifache angekreidet und ist froh und macht ein gutes Geschäft, wenn sie die Hälfte vom Ganzen kriegt. So ein Sündengeld! Das geht nicht. Ich kann ja für alle Fälle einen Schutzmann mitnehmen.« Aber davon wollte Erwin durchaus nichts wissen.

»Du magst ganz recht haben«, sagte er ruhig, »und übrigens hab ich mir's auch schon überlegt. Aber ich mag nicht. Sie soll ihr Geld haben, und wenn sie es vollständig und mit Zinsen kriegt, habe ich auch meine ganze Freiheit wieder. Und wenn das jetzt auch gründlich vorbei ist, ich war doch eine Zeitlang in sie verliebt.«

»Ach, Einbildung!« zürnte Hans.

»Meinetwegen. Ich war's doch. Und ich will, daß sie mich für einen Dummkopf und anständigen Kerl hält, aber nicht für ihresgleichen.«

»Nun denn«, gab Hans zu, »eine Donquichotterie ist freilich immer das Nobelste. Es ist dumm von dir, aber fein. Also besorge ich's morgen. Ich gebe dir dann Bericht.«

Sie trennten sich vergnügt, und Hans war froh, etwas für den Freund tun und damit einen kleinen Teil seiner Schuld abtragen zu können. Er ging am nächsten Morgen in den »Blauen Husaren«, wo ihn Elvira erst nach längerem Wartenlassen und mit großem Mißtrauen empfing. Einen unsicheren Versuch, sie über die Unlauterkeit ihres Manövers zur Rede zu stellen, gab er ihrer großartigen Miene gegenüber sofort wieder auf und begnügte sich damit, ihr das Sündengeld zu übergeben und eine Quittung dafür zu verlangen, die er denn auch bekam und der Sicherheit wegen auch noch von Elviras Mutter unterschreiben ließ. Mit diesem Dokument ging er zu Erwin, der es ihm aufatmend und lachend abnahm.

»Darf ich jetzt noch etwas fragen?« fing dieser dann befangen an.

»Ja, was denn?«

»Wer ist denn der Student, der manchmal abends bei dir war und dem du aus dem Tristan vorgespielt hast?«

Hans war verlegen und gerührt, wie er sah, daß Erwin sich so um sein Leben bekümmerte und sogar vor seinem Fenster gelauscht hatte.

»Der heißt Heinrich Wirth«, sagte er langsam, »vielleicht lernst du ihn auch noch kennen.«

»Habt ihr Freundschaft geschlossen?«

»Ein wenig, ja. Ich kannte ihn vom Kolleg her. Das ist ein bedeutender Mensch.«

»So? Nun, ich sehe ihn vielleicht einmal bei dir. Oder stört's dich?«

»Was denkst du! Ich freu mich, daß du wieder zu mir kommst.«

Ganz im stillen störte es ihn aber doch ein wenig. Ein leiser Ton der Eifersucht war in Erwins Frage gewesen, der gefiel ihm nicht, denn er hatte nicht im Sinn, Erwin Einfluß auf sein Verhältnis zu Wirth einzuräumen. Doch sprach er das nicht aus, und seine Freude über die Versöhnung war echt genug, um fürs erste keine Sorgen in ihm aufkommen zu lassen.

Es kam nun eine ruhige Zeit, zumal für Erwin, der mit dem Glücksgefühl eines Genesenen umherging und nun auch seine Kameraden und ihre Ansprüche an ihn milder und gerechter betrachtete. Er glaubte zu wissen, daß sein erneuter Umgang mit Calwer seinen Bundesbrüdern nicht verborgen geblieben sei, und freute sich, daß man ihn nicht darüber zur Rede stellte. Desto lieber gab er sich Mühe, seine Pflichten zu erfüllen. Er fehlte bei keiner Zusammenkunft, schloß sich seinem Leibburschen wieder freundlich an, machte die Exkneipen der älteren Semester mit, und da er das alles nimmer verdrossen und gelangweilt tat, sondern mit Laune und gutem Willen, fand man ihn bald hinlänglich gebessert und kam ihm mit neuer Freundlichkeit entgegen. Dabei wurde ihm wohl; er fand Gleichgewicht und Humor wieder, und es dauerte nicht lange, so war die Gesellschaft mit ihm und er mit sich selbst ganz zufrieden. Sein Austritt schien ihm durchaus keine Notwendigkeit mehr zu sein, jedenfalls hatte er es damit nicht mehr eilig.

Auch Hans befand sich dabei wohl. Erwin besuchte ihn zwei-, dreimal in der Woche, und wenn er selbständiger geworden war und keine Miene machte, sich wieder in die alte Abhängigkeit zu begeben, so blieb dafür Hans selber freier und empfand das lockerer gewordene Verhältnis nur angenehm.

Gegen Ende des Semesters kam Erwin einmal zu ihm und begann von seinem Verbindungsleben zu sprechen. Er meinte, jetzt sei der Augenblick, um entweder auszutreten, was er nun in allen Ehren tun könnte, oder aber aus freiem Entschluß Couleurstudent zu bleiben, da er jetzt zum Burschen vorrücken werde.

Und als ihm Hans lächelnd erklärte, er finde, die Farben stünden ihm gut, und er rate ihm, sie weiter zu tragen, rief er lebhaft: »Du hast recht! Sieh, wenn du ein Wort gesagt hättest, wär ich sofort ausgesprungen; du bist mir immer noch lieber als der ganze Rummel dort. Aber Spaß macht es mir doch, und da ich jetzt die Fuchsenzeit ausgehalten habe, wäre es dumm, wegzugehen, wo das eigentlich Lustige erst anfängt. Also wenn du mir's nicht übel nimmst, bleib ich dabei.«

So war zwar die alte Unzertrennlichkeit dahin, aber es gab auch keine Mißverständnisse, Händel und Stürme mehr; das leidenschaftliche Verhältnis von ehemals war friedlich, behaglich und ein wenig oberflächlicher geworden. Man ließ einander gelten, sprach nicht mehr alles zusammen durch, gönnte einander Ruhe und fühlte beim Zusammensein doch, daß man zueinander gehöre.

Erwin hatte sich freilich anfangs etwas mehr versprochen, doch gab ihm die muntere Geselligkeit in der Verbindung Ersatz für manches Vermißte, und ein unbewußter Stolz in ihm empfand sein allmähliches Freiwerden von Hansens Einfluß als einen Fortschritt. Und Hans war mit diesem Zustand um so mehr zufrieden, da ihm Heinrich Wirth mehr und mehr zu schaffen machte.

Kurz vor Semesterschluß traf eines Abends Erwin in Hansens Wohnung mit Wirth zusammen. Er betrachtete den Mann, auf den er eifersüchtig war, mit Aufmerksamkeit, und obwohl ihm jener freundlich entgegenkam, gefiel er ihm nicht sonderlich. Es störte ihn schon das Äußere des bäurischen Weisen, der ihm mit seiner unjugendlichen Würde und mit seinem vegetarischen Lebenswandel wenig imponierte, was Hans nicht ohne Ärger wahrnahm. Er versuchte sogar, den Fremdling ein wenig aufzuziehen und redete mit übertriebenem Interesse von studentischen Dingen. Und da Wirth ihn geduldig anhörte und ihn sogar durch Fragen ermunterte, ging er auf anderes über und fing an, über Abstinenz und Vegetarismus zu sprechen.

»Was haben Sie nun eigentlich für Vorteile von diesem Asketenleben?« fragte er. »Andere trinken und essen gut und haben doch keine Beschwerden.«

Wirth lachte gutmütig. »Nun ja, dann trinken Sie eben weiter! Die Beschwerden werden später schon kommen.

Aber es hätte auch jetzt schon Vorteile für Sie, wenn Sie anders leben würden.«

»Welche zum Beispiel? Sie meinen, daß ich viel Geld sparen könnte? Daran liegt mir wenig.«

»Warum auch? Aber ich denke an anderes. Ich lebe zum Beispiel seit drei Jahren auf meine Art, die Sie asketisch nennen, und habe kaum ein Bedürfnis nach Frauen. Früher habe ich darunter viel gelitten, und es geht wohl allen Studenten so. Was sie durch Reiten und Fechten an Gesundheit und Widerstandskraft gewinnen, geben sie auf der Kneipe wieder aus, und das finde ich schade.«

Erwin war etwas verlegen geworden und verzichtete auf eine Fortsetzung des Disputes. Er sagte nur noch: »Man könnte meinen, wir seien lauter Krüppel. Ich halte nicht viel von einer Gesundheit, an die man immerfort denken muß. Junge Leute sollten doch etwas vertragen können.«

Hans machte dem Gespräch ein Ende, indem er das Klavier öffnete.

»Was soll ich spielen?« fragte er Wirth.

»O, ich verstehe ja nichts von Musik, leider. Aber wenn Sie so gut sein wollen, möchte ich sehr gern noch einmal die Sonate von neulich hören.«

Hans nickte und schlug einen Band Beethoven auf. Während er spielte und wie er im Spielen zuweilen umschaute und Wirths Blick suchte, konnte Erwin wohl bemerken, daß er für diesen allein spiele und mit seiner Musik um ihn werbe. Er sah es, und er beneidete den Bauernlümmel darum. Aber als das Spiel zu Ende und wieder ein Gespräch im Gang war, zeigte er sich höflich und bescheiden. Er sah, daß dieser Mann Macht über seinen Freund gewonnen habe, und er sah auch, daß Hans bei einer Wahl ihn selber, nicht den andern preisgeben würde. Auf diese Wahl wollte er es nicht ankommen lassen.

Ihm schien der Einfluß, den Wirth auf Hans ausübte,

nicht gut. Ihm schien, er ziehe seinen Freund noch mehr auf die andere Seite hinüber, zu der er schon zuviel neigte, in ein Grüblertum und Sonderlingswesen, das ihm halb lächerlich, halb unheimlich war. Früher hatte Hans wohl etwas vom Schwärmer und Denker gehabt, doch war er dabei immer ein frischer, eleganter Kerl gewesen, dem alles Lächerliche unmöglich war. Nun aber, fand Erwin, verführte ihn dieser Wirth und ging darauf aus, ihn mehr und mehr zu einem Stubenhocker und Problemwälzer zu machen.

Wirth blieb ganz harmlos, während Hans die Stimmung fühlte und auf Erwin ärgerlich wurde. Er ließ es ihn auch merken und fiel im Gespräch mit ihm in den alten überlegenen Ton, den Erwin jetzt nicht mehr ertrug, so daß er frühzeitig Abschied nahm und gereizt fortging.

»Warum waren Sie denn so ruppig mit Ihrem Freund?« sagte Wirth nachher tadelnd. »Er hat mir gut gefallen.«

»Wirklich? Ich fand ihn heut unausstehlich. Was braucht er Sie so dumm aufzuziehen!«

»Das war doch nicht schlimm. Ich kann schon einen Spaß vertragen. Wenn es mich geärgert hätte, wäre ja ich der Dumme gewesen.«

»Es galt auch gar nicht Ihnen, es galt mir. Er meint, ich dürfe mit niemand Umgang haben als mit ihm. Dabei läuft er den ganzen Tag mit zwanzig Bundesbrüdern herum.«

»Aber Mann, Sie ärgern sich ja wirklich! Das sollten Sie verlernen, wenigstens Freunden gegenüber. Es war Ihrem Freund unangenehm, Sie nicht allein zu finden, und er hat uns das ein bißchen merken lassen. Aber sonst finde ich ihn nett und liebenswürdig; ich möchte ihn gern besser kennenlernen.«

»Nun lassen wir's gut sein. Ich begleite Sie noch ein Stück weit hinaus, wenn ich darf.«

Sie gingen in die dunkle Gasse hinab, durch die Stadt, die da und dort von Chorgesang widerhallte, und lang-

sam ins freie Feld hinaus, wo die milde, sternlose März-
nacht leise wehte. Von nördlichen Hügelabhängen schimmerte hie und da noch ein schmaler Streifen Schnee mit
blassem Schein herüber. Die Luft ging weich und lässig
durch das kahle Gesträuch, die Ferne lag schwarz in un-
durchdringlicher Nacht. Heinrich Wirth schritt wie immer ruhig und kräftig aus; Hans ging erregt neben ihm
her, wechselte oft den Schritt, blieb manchmal stehen und
sah in die bläuliche Nachtschwärze.

»Sie sind unruhig«, meinte Wirth. »Lassen Sie doch
den kleinen Ärger fahren!«

»Es ist nicht deswegen.«

Wirth gab keine Antwort.

Eine kleine Weile gingen sie schweigend weiter. Ganz
fern in einem Gehöft schlugen Hunde an. Im nächsten
Gebüsch sang eine Amsel.

Wirth hob den Finger auf. »Hören Sie?«

Hans nickte nur und schritt schneller aus. Dann blieb
er plötzlich stehen.

»Herr Wirth, wie denken Sie eigentlich über mich?«

»Das kann ich Ihnen nicht sagen.«

»Ich meine – wollen Sie nicht mein Freund sein?«

»Ich denke, das bin ich.«

»Noch nicht ganz. Ach, ich glaube, ich brauche Sie, ich
brauche einen Führer und Kameraden. Können Sie das
nicht verstehen?«

»Ich kann schon. Sie wollen etwas anderes als die anderen; Sie suchen sich einen Weg, und Sie denken, ich
könnte vielleicht den rechten wissen. Aber den weiß ich
nicht, und ich glaube, es muß jeder seinen eigenen finden.
Wenn ich Ihnen dazu helfen kann, dann gut! Dann müssen Sie eben eine Strecke weit meinen Weg mitgehen. Es
ist nicht Ihrer, und ich glaube, die Strecke wird nicht lang
sein.«

»Wer weiß? Aber wie soll ich es anfangen, Ihren Weg zu
gehen? Wohin führt er? Wie finde ich ihn?«

»Das ist einfach. Leben Sie, wie ich lebe, es wird Ihnen gut tun.«

»Wie denn?«

»Suchen Sie viel an der Luft zu sein, womöglich draußen zu arbeiten. Ich weiß Gelegenheit dazu. Weiter, essen Sie kein Fleisch, trinken Sie keinen Alkohol, auch nicht Kaffee und Tee, und rauchen Sie nicht mehr. Leben Sie von Brot, Milch und Früchten. Das ist der Anfang.«

»Ich soll also ganz Vegetarier werden? Und warum?«

»Damit Sie sich das ewige Fragen nach dem Warum abgewöhnen. Wenn man vernünftig lebt, wird sehr vieles selbstverständlich, was vorher problematisch aussah.«

»Meinen Sie? Es kann ja sein. Aber ich finde, die Praxis sollte das Ergebnis des Nachdenkens sein, nicht umgekehrt. Sobald ich einsehe, wozu dies Leben gut ist, kann ich es damit versuchen. Aber so ins Blaue hinein –«

»Ja, das ist Ihre Sache. Sie haben mich um Rat gefragt, und ich habe meinen Rat gegeben, den einzigen, den ich weiß. Sie wollten mit dem Denken anfangen und mit dem Leben aufhören, ich tue das Gegenteil. Das ist der Weg, von dem ich sprach.«

»Und wenn ich den nicht gehe, wollen Sie nicht mein Freund sein?«

»Es wird nicht gehen. Wir können ja trotzdem Gespräche führen und miteinander philosophieren, es ist eine angenehme Übung. Ich will Sie auch gar nicht bekehren. Aber wenn Sie mein Freund sein wollen, muß ich Sie ernst nehmen können.«

Sie gingen weiter. Hans war verwirrt und enttäuscht. Statt eines warmen Zuspruches, statt einer herzlichen Freundschaft wurde ihm eine Art von naturheilmäßigem Rezept geboten, das ihm nebensächlich und fast lächerlich vorkam. »Iß kein Fleisch mehr, so bin ich dein Freund.« Wenn er aber an seine früheren Unterhaltungen mit Wirth und an dessen ganzes Wesen dachte, dessen Ernst und Sicherheit ihn so mächtig angezogen hatte, konnte er ihn doch nicht für einen bloßen Apostel Tolstois oder des Vegetarismus halten.

Trotz seiner Ernüchterung begann er sich Wirths Vorschlag zu überlegen und dachte daran, wie verlassen er sein werde, wenn auch dieser einzige Mensch, der ihn anzog und von dem er sich Förderung versprach, ihn allein ließ.

Sie waren weit gegangen und standen schon vor den ersten Häusern von Blaubachhausen: da gab Hans seinem Freunde die Hand und sagte: »Ich will es mit Ihrem Rat versuchen.«

Hans begann sein neues Leben gleich am nächsten Morgen. Er tat es mehr, um sich Wirth willfährig zu zeigen als aus Überzeugung, und es fiel ihm weniger leicht als er gedacht hatte.

»Frau Ströhle«, sagte er morgens zu seiner Hausfrau, »ich trinke von jetzt an keinen Kaffee mehr. Bitte besorgen Sie mir jeden Tag einen Liter Milch.«

»Ja sind Sie denn krank?« fragte Frau Ströhle verwundert.

»Nicht gerade, aber Milch ist doch gesünder.«

Schweigend tat sie, was er wünschte; es gefiel ihr aber nicht. Bei ihrem Zimmerherrn war ein Sparren los, das sah sie wohl. Das viele Bücherlesen bei einem so jungen Studenten, das einsame Klavierspielen, der Austritt aus einer so stattlichen Gesellschaft, der Verkehr mit dem schäbig aussehenden Philologen und jetzt die Milchtrinkerei, das war nicht in Ordnung. Anfangs hatte sie sich ja gefreut, einen so stillen und bescheidenen Mietherrn zu haben, aber das ging zu weit, und sie hätte es lieber gesehen, wenn er wie die anderen zuweilen einen rechten Rausch heimgebracht und sich auf der Treppe schlafen gelegt hätte. Sie beobachtete ihn von jetzt an mit Mißtrauen, und was sie sah, freute sie keineswegs. Sie bemerkte, daß er nicht mehr ins Gasthaus zum Essen ging, dafür täglich verschämte Pakete heimbrachte, und als sie nachschaute, fand sie eine Tischlade voll von Brotresten, Nüssen, Äpfeln, Orangen und gedörrten Pflaumen.

»O je!« rief sie bei dieser Entdeckung, und um ihre Achtung vor Hans Calwer war es geschehen. Der war entweder verrückt oder bekam keinen Wechsel mehr. Und als er einige Tage später mitteilte, er werde im nächsten Semester die Wohnung wechseln, zuckte sie die Achseln und sagte nur: »Wie Sie wollen, Herr Calwer.«

Inzwischen hatte Hans eine Bauernstube in Blaubachhausen, in Wirths nächster Nähe, gemietet, die er nach den Ferien beziehen wollte.

Das Milchtrinken und Obstessen focht ihn wenig an, doch kam er sich bei diesem Leben wie in einer aufgenötigten Rolle vor. Seine Zigaretten aber entbehrte er schmerzlich, und mindestens einmal im Tag kam eine Stunde, in der er trotz allem eine anzündete und mit schlechtem Gewissen beim offenen Fenster rauchte. Nach einigen Tagen schämte er sich aber dessen und verschenkte alle seine Zigaretten, eine große Schachtel voll, an einen Austräger, der ihm eine Zeitschrift gebracht hatte.

Während Hans so seine Tage hinbrachte und nicht allzu heiter war, ließ Erwin sich nimmer sehen. Er war von jenem Abend her verstimmt und wollte durchaus mit Wirth nicht wieder zusammentreffen. Dazu war, da schon in einer Woche die Ferien beginnen sollten, seine Zeit sehr ausgefüllt, denn er wurde jetzt als vielversprechender Jungbursch behandelt und bereitete sich darauf vor, aus dem Fuchsentum in die Reihe der Angesehenen und Tonangebenden zu treten.

So kam es, daß er Hans erst am letzten Tage vor der Abreise wieder besuchte. Er fand ihn am Packen und sah sogleich, daß er die Wohnung nicht behalten wollte, da das Klavier weggeschafft und die Bilder von den Wänden genommen waren.

»Willst du ausziehen?« rief er überrascht.

»Ja. Nimm Platz!«

»Hast du schon eine neue Bude? Ja? Wo denn?«

»Vor der Stadt draußen, für den Sommer.«

»So – und wo?«

»In Blaubachhausen.«

Erwin sprang auf. »Wirklich? Nein, du machst ja Spaß.«

Hans schüttelte den Kopf.

»Also im Ernst?«

»Ja doch.«

»Nach Blaubachhausen! Zu dem Wirth hinaus, gelt? Zu dem Kohlrabifresser. – Du, sei gescheit und tu das nicht.«

»Ich habe schon gemietet und werde hinausziehen. Was geht's dich an?«

»Aber Hans! Laß doch den seine Grillen allein fangen! Das mußt du noch einmal überlegen. Hast du mir eine Zigarette?«

»Nein, ich rauche nimmer.«

»Aha. Also darum! Und jetzt ziehst du zu dem Waldmenschen hinaus und wirst sein Jünger? Du bist bescheiden geworden, muß ich sagen.«

Hans hatte sich vor dem Augenblick gefürchtet, wo er Erwin seinen Entschluß würde mitteilen müssen. Jetzt half ihm der Zorn über die Verlegenheit weg.

»Danke für dein freundliches Urteil«, sagte er kühl, »ich konnte mir das ja denken. Übrigens bin ich nicht gewohnt, mir von dir Ratschläge geben zu lassen.«

Erwin wurde heftig. »Nein, leider nicht. Dann mach eben deine Dummheiten allein!«

»Mit Vergnügen.«

»Ich meine es im Ernst. Wenn du da draußen mit deinem schmierigen Heiligen lebst, darf ich mich nimmer in deiner Nähe sehen lassen.«

»Das ist ja auch nicht nötig. Geh du nur zu deinen Couleuraffen.«

Nun hatte Erwin genug. Er hätte Hans schlagen können, wenn er ihm nicht immer noch ein wenig leid getan
hätte. Ohne Abschied lief er hinaus, schlug die Türe hinter sich zu und war fort. Hans rief ihn nicht zurück, obwohl seine Erregung schon nachließ.

Er hatte sich nun einmal hingegeben, um diesen eigen-
sinnigen, stillen Wirth durch Unterwerfung zu erobern;
nun hieß es aushalten und dabei bleiben. Im Herzen begriff er Erwin sehr wohl; diese Jüngerschaft war ihm selber fast lächerlich. Aber er wollte nun einmal diesen be-
schwerlichen Weg gehen; er wollte einmal seinen Willen
gefangen geben und auf seine Freiheit verzichten, einmal
von unten auf dienen. Vielleicht war das der Weg, der ihm
fehlte, vielleicht führte hier die schmale Brücke zur Erkenntnis und zur Zufriedenheit. Wie einst, als er im
Rausch einer Gesellschaft beigetreten war, zu der er nicht
paßte, so trieb ihn auch jetzt Schwäche und Unzufrieden-
heit, wieder einen Halt und eine Gemeinschaft zu suchen.

Übrigens war er überzeugt, Erwin würde nach einigem
Schmollen schon wieder zu ihm kommen. Darin täuschte
er sich freilich. Nach dem, was Erwin in der Zeit nach
seinem Austritt seinetwegen durchgemacht hatte, hätte er
ihn von neuem fester an sich fesseln müssen, um ihn für
immer zu halten. Jener hatte sich von seiner Rückkehr zu
Hans mehr versprochen. Und außerdem hatte er im
»Blauen Husaren«, im Kontor seines Schwagers und namentlich bei seinen Bundesbrüdern seither einiges gelernt, was Hans nicht ahnte und was die frühere beding-
ungslose Herrschaft Hansens über ihn zu Fall gebracht
hatte. Er war, trotz allen Burschentorheiten, in aller Stille
zu einem Mann geworden, und ohne selbst darüber im
klaren zu sein, hatte er damit Hansens frühere Überlegenheit überwunden und sehen gelernt, daß der bewunderte Freund mit all seinem Geist doch kein Held sei.

Kurz, Erwin nahm sich den neuen Bruch mit ihm nicht
übermäßig zu Herzen. Leid tat es ihm wohl, und er fühlte

sich nicht ganz ohne Schuld; im Grunde aber fand er, es geschehe Hans recht, und bald dachte er an diese Sache gar nicht mehr. Es kam jetzt anderes über ihn.

Als er, vom Stiftungsfest und den Nachfeiern angenehm ermüdet, nach Hause in die Osterferien gekommen war, hatte er in seiner neuen Burschenherrlichkeit auf die Mama und die Schwestern einen sehr guten Eindruck gemacht. Er war zufrieden, strahlend, liebenswürdig und launig, machte in einem feinen, neuen Sommeranzug Besuche, spielte mit der Mutter Domino und brachte den Schwestern Blumen mit, gewann die Herzen der Tanten durch kleine Dienste und befliß sich nach allen Seiten einer angenehmen Tadellosigkeit.

Das hatte seinen guten Grund. Erwin Mühletal hatte sich gleich am ersten Ferientage verliebt. Bei seinem Onkel war ein junges Mädchen, eine Freundin der Cousinen, zu Besuch. Die war hübsch, lebhaft, neckisch, spielte Tennis, sang, sprach von den Berliner Theatern und ließ sich von dem jungen Studenten, obschon sie ihn recht gern sah, nicht im mindesten imponieren. Desto mehr gab er sich Mühe und erschöpfte sich in Liebenswürdigkeit und Diensteifer, bis die Stolze gnädig und schließlich weich wurde und er die schönen Ferien mit einer heimlichen Verlobung krönend abschließen konnte.

Von Hans war nie die Rede. Als Erwins Mutter einmal nach ihm fragte, meinte er kurz: »Der Calwer! Ach, der ist ja nicht gescheit. Das Neueste ist, daß er zu den Abstinenten geht und mit einem Sonderling zusammenlebt, der Buddhist oder Theosoph oder so etwas ist und sich die Haare nur alle Jahre einmal schneiden läßt.«

Das Sommersemester fing prächtig an. Die Anlagen blühten und erfüllten die ganze Stadt mit dem süßen Duft von Flieder und Jasmin; die Tage waren glänzend blau und die Nächte schon sommerlich mild. Farbige Studentenhaufen zogen prahlend durch die Straßen, ritten, kutschierten und führten die grünen Keilfüchse spazieren. In den Nächten scholl Gesang aus offenen Fenstern und Gärten.

Von diesem Freudenleben bekam Hans nur wenig zu sehen. Er war in Blaubachhausen eingezogen, ging jeden Morgen mit Heinrich Wirth in die Stadt zu einem Sanskritkolleg, tunkte mittags Brot in seine Milch, ging spazieren oder versuchte bei ländlichen Arbeiten mitzuhelfen und fiel jeden Abend todmüde in sein hartes Strohsackbett, ohne doch gut zu schlafen.

Sein Freund machte es ihm nicht leicht. Er glaubte an seinen Ernst immer noch nur halb und hatte sich vorgenommen, ihn eine rauhe Schule durchmachen zu lassen. Ohne je aus seiner heiteren Ruhe zu fallen und ohne je zu befehlen, zwang er ihn, in allem nach seiner eigenen Weise zu leben. Er las mit ihm in den Upanishads der Veden, trieb mit ihm Sanskrit, lehrte ihn eine Sense in die Hände nehmen und Gras schneiden. War Hans ermüdet oder ärgerlich, so zuckte er die Achseln und ließ ihn in Ruhe. Fing Hans räsonierend über dies Leben zu reden an, so lächelte er und schwieg, auch wenn Hans wütend und beleidigend wurde.

»Es tut mir leid«, sagte er einmal, »daß es dir so schwer fällt. Aber ehe du die Not des Lebens nicht am eigenen Leib erfahren hast und begreifen lernst, was Unabhängigkeit von Lust und Reizen des äußeren Lebens bedeutet, kannst du nicht vorwärts kommen. Du gehst denselben Weg, den Buddha ging und den jeder gegangen ist, dem es mit der Erkenntnis ernst war. Die Askese selber ist wertlos und hat noch keinen Heiligen gemacht, aber als Vorstufe ist sie notwendig. Die alten Inder, deren Weisheit wir verehren und zu deren Büchern und Lehren jetzt Europa zurückkehren möchte, die haben vierzig und mehr Tage fasten können. Erst wenn die leiblichen Bedürfnisse ganz überwunden und nebensächlich geworden sind, kann ein ernstliches geistiges Leben anfangen. Du sollst kein indischer Büßer werden, aber du sollst den

Gleichmut lernen, ohne den keine reine Betrachtung möglich ist.«

Nicht selten war Hans so erschöpft und verstimmt, daß es ihm unmöglich war, mit zur Arbeit zu gehen oder auch nur mit Heinrich zusammen zu sein. Dann ging er hinter seinem Hause über die Matten zu einem Weide-hügel, wo ein paar breitästige Kiefern Schatten gaben, warf sich ins Gras und blieb lange Stunden so liegen. Er hörte die Geräusche der bäuerlichen Arbeiten herüber-tönen, das helle, scharfe Sensendengeln und das weiche Schneiden des Grases, hörte Hunde bellen und kleine Kinder schreien, zuweilen auch Studenten in Wagen durchs Dorf fahren und lärmend singen. Und er hörte geduldig und müde zu und beneidete sie alle, die Bauern, die Kinder, die Hunde, die Studenten. Er beneidete das Gras um sein stilles Wachsen und um seinen leichten Tod, die Vögel um ihr Schweben, den Wind um seinen lässigen Flug. Wie lebte das alles leicht und selbstverständlich da-hin, als wäre das Leben ein Vergnügen!

Zuweilen suchte ihn ein wehmütig schöner Traum heim – das waren seine besten Tage. Dann dachte er an die Abende, die er früher im Haus des Professors zugebracht hatte, und an dessen schöne, stille Frau, deren Bild fein und sehnsuchtweckend in ihm wohnte, und dann wollte es ihm scheinen, in jenem Hause werde ein ernsthaftes, wahrhaftiges Leben gelebt, mit notwendigen, sinnvollen Opfern und Leiden, während er selber sich ohne Not künstliche Leiden und Opfer schaffe, um dem Sinn des Lebens näher zu kommen.

Diese Gedanken kamen und gingen mit dem Wind, traumartig und ungewollt. Sobald die Müdigkeit und Seelenstille nachließ, stand wieder Heinrich Wirth in der Mitte seiner Gedanken und hielt das ruhige, stumm be-fehlende Auge fragend auf ihn gerichtet. Er kam von die-sem Manne nicht los, ob er es auch vielleicht zuzeiten schon wünschte.

Lange verhehlte er es vor sich selber, daß er anderes von Wirth erwartet habe und enttäuscht sei. Das spartanische Essen, die Feldarbeit, der Verzicht auf alle Bequemlichkeit tat ihm zwar weh, hätte ihn aber nicht sobald ernüchtert. Am meisten vermißte er die stillen Abendstunden beim Klavier, die langen, behaglichen Lesetage und die Dämmerstunden mit der Zigarette. Es schienen ihm Jahre vergangen, seit er zuletzt gute Musik gehört hatte, und manchmal hätte er alles darum gegeben, eine Stunde frisch und wohlgekleidet unter feinen Leuten zu sitzen. Wohl hätte er das leicht haben können, er brauchte nur in die Stadt und etwa zum Professor zu gehen. Aber er wollte und konnte nicht. Er wollte nicht von dem, worauf er feierlich verzichtet hatte, dennoch naschen. Außerdem war er beständig müde und lustlos, das ungewohnte Leben bekam ihm schlecht, wie jede Gewaltkur schlecht bekommt, wenn sie nicht aus eigenem Antrieb und innerer Notwendigkeit unternommen wird.

Am schwersten litt er darunter, daß sein Meister und Freund alle seine Anstrengungen mit stiller Ironie betrachtete. Er spottete nie, aber er sah zu und schwieg und schien wohl zu merken, daß Hans auf falschem Wege sei und sich unnütz abquäle.

Nach zwei heißen, sauren Monaten wurde der Zustand unerträglich. Hans hatte sich das Räsonieren abgewöhnt und schwieg verdrossen. An der Arbeit nahm er seit einigen Tagen nicht mehr teil, sondern lag, wenn er gegen Mittag vom Kolleg zurückkam, den Rest des Tages auf seiner Wiese, untätig und hoffnungslos. Da fand Wirth es an der Zeit, ein Ende zu machen.

Eines Morgens erschien er, der stets früh auf den Beinen war, bei Hans, der noch im Bett lag, setzte sich zu ihm und sah ihn mit seinem stillen Lächeln an.

»Nun, Hans?«

»Was ist? Schon Zeit ins Kolleg?«

»Nein, es ist kaum fünf Uhr. Ich wollte ein bißchen mit dir plaudern. Stört dich's?«

»Eigentlich ja, um diese Zeit. Ich habe wenig geschlafen. Was ist denn los?«

»Nichts. Laß uns ein wenig reden. Sag, bist du nun eigentlich zufrieden?«

»Nein, gar nicht.«

»Man sieht es. Ich glaube, für dich wäre es jetzt das Beste, du würdest dir in der Stadt eine nette Stube mieten, mit einem Klavier – –«

»Ach, laß die Scherze!«

»Ich weiß, es ist dir nicht zum Scherzen zumute. Mir auch nicht. Ich meine es ernst. – – Sieh, du hast meinen Weg gehen wollen, und ich muß sagen, du hast dir's sauer werden lassen. Es will aber nicht gehen, und ich denke, du solltest der Quälerei ein Ende machen, nicht? Du hast dich jetzt drein verbissen und deine Ehre drein gesetzt, nicht nachzulassen, aber es hat ja keinen Sinn mehr.«

»Ja, mir scheint es auch so. Es war eine Dummheit, die mich einen schönen Sommer gekostet hat. Und du hast zugesehen und deinen Spaß daran gehabt. O du Held! Und jetzt, wo es dir genug scheint und langweilig wird, winkst du gnädig ab und schickst mich wieder fort.«

»Nicht schimpfen, Hans! Es kommt dir vielleicht so vor, aber du weißt doch, die Sachen sind immer anders, als sie uns vorkommen. Ich habe mir zwar gedacht, es würde so gehen, aber meinen Spaß habe ich nicht daran gehabt. Ich meinte es gut und glaube, du hast doch dabei gelernt.«

»O ja, gelernt genug.«

»Vergiß nicht, daß es dein Wille war. Warum sollte ich dich nicht machen lassen, solange es nicht gefährlich schien? Aber jetzt ist's genug. Das Bisherige können wir beide noch verantworten, scheint mir.«

»Und was jetzt?«

»Das mußt du wissen. Ich hatte gehofft, du könntest vielleicht mein Leben zu deinem machen. Das ist nicht gegangen – was bei mir freiwillig war, ist für dich ein trauriger Zwang, bei dem du verkommst. Ich will nicht sagen, dein Wille habe nicht ausgereicht, obwohl ich an den freien Willen glaube. Du bist anders als ich, du bist schwächer, aber auch feiner, für dich sind Dinge Bedürfnis, die für mich Luxus sind. Wenn zum Beispiel deine Musik bloß Einbildung oder Getue gewesen wäre, würde sie dir jetzt nicht so fehlen.«

»Getue! Du denkst nett von mir.«

»Verzeih! Der Ausdruck war nicht so schlimm gemeint. Sagen wir statt dessen Selbsttäuschung. So war es mit deinen philosophischen Gedanken. Du warst mit dir unzufrieden, du hast deinen Freund, den guten Kerl, mißbraucht und tyrannisiert. Du hast es mit der roten Mütze probiert, dann mit Buddhastudien, schließlich mit mir. Aber das Opfer deiner selbst hast du nie ganz gebracht. Du hast dir Mühe gegeben, es zu tun, aber es ging nicht. Du hast dich selber noch zu lieb. Erlaube, daß ich alles sage! Du glaubtest, in einer großen Not zu sein, und warst bereit, alles dranzugeben, um deinen Frieden zu finden. Aber dich selbst hast du nicht drangeben können und kannst es vielleicht nie. Du hast versucht, das größte Opfer zu bringen, weil du mich dabei glücklich sahst. Du wolltest meinen Weg gehen und wußtest nicht, daß er nach Nirwana führt. Du wolltest dein persönliches Leben steigern und erhöhen, dazu konnte ich dir nicht helfen, weil es mein Ziel ist, kein persönliches Leben mehr zu haben und im Ganzen aufzugehen. Ich bin das Gegenteil von dir und kann dich nichts lehren. Denke, du seist in ein Kloster gegangen und enttäuscht worden.«

»Du hast recht, so ähnlich ist es.«

»Darum gehst du jetzt wieder hinaus und suchst dein Heil anderswo. Es war eben ein Umweg.«

»Und das Ziel?«

»Das Ziel ist Friede. Vielleicht bist du stark und Künstler genug – dann wirst du deine Ungenügsamkeit lieben lernen und Leben aus ihr schöpfen. Ich kann das nicht. Oder, wer weiß, kommst du doch noch einmal dahin, dich ganz zu opfern und wegzugeben, dann bist du wieder auf meinem Weg, ob du ihn nun Askese, Buddha, Jesus, Tolstoi oder sonstwie nennen wirst. Der steht dir immer wieder offen.«

»Ich danke dir, Heinrich, du meinst es gut. Sag mir nur noch: wie denkst du dir dein Leben weiter? Wohin führt schließlich dein Weg?«

»Ich hoffe, er führt zum Frieden. Ich hoffe, er führt dazu, daß ich einmal mich meines Bewußtseins freuen und doch unbekümmert in Gottes Hand ruhen kann wie ein Vogel und eine Pflanze. Wenn ich kann, werde ich einmal anderen von meinem Leben und Wissen mitteilen, sonst aber suche ich nichts, als daß ich für mich den Tod und die Furcht überwinde. Das kann ich nur, wenn ich mein Leben nicht mehr als ein Einzelnes und Losgetrenntes fühle, erst dann wird jeder Augenblick meines Lebens seinen Sinn haben.«

»Das ist viel.«

»Das ist alles. Das ist das einzige, was ein Wünschen und ein Leben lohnt.«

Am Abend des nächsten Tages klopfte es an Erwins Tür. Er rief herein und dachte, es sei ein Bundesbruder, den er erwartete. Als er sich umwandte, stand Hans vor ihm. Er sah ihn verlegen und überrascht an. »Du?«

»Ja, verzeih! Ich will nicht stören. Wir sind das letztemal ohne Abschied auseinander gegangen.«

»Ja, ich weiß. Nun – –«

»Es tut mir leid, ich war schuld. Bist du mir noch böse?«

»Ach nein. Aber verzeih, ich erwarte Besuch ...«

»Nur einen Augenblick! Ich reise morgen fort; ich bin

etwas krank, und im nächsten Sommer komme ich jedenfalls nicht mehr hierher.«

»Schade. Was fehlt dir denn. Doch nichts Schlimmes?«

»Nein, Kleinigkeiten. Ich wollte nur hören, wie dir's geht. Gut, nicht?«

»O ja. Aber du weißt ja gar nicht –«

»Was?«

»Ich bin verlobt, schon seit dem Frühjahr. Es war bis jetzt noch nicht öffentlich, aber nächste Woche fahre ich nach Berlin zur Verlobungsfeier. Meine Braut ist nämlich Berlinerin.«

»Da gratuliere ich. Du bist doch ein Glückskerl! Jetzt wirst du dich auch heftig hinter deine Medizin setzen.«

»Es geht an. Aber vom nächsten Semester an wird geschuftet. Und was hast du im Sinn?«

»Vielleicht Leipzig. Aber gelt, ich störe dich?«

»Na, wenn du's nicht übel nimmst – ich erwarte einen Bundesbruder. Du begreifst, es wäre ja auch für dich peinlich – –«

»Ja so! Daran hatte ich gar nicht mehr gedacht. Nun, bis wir uns wiedersehen, sind diese Geschichten wohl vergessen. Leb wohl, Erwin!«

»Adieu, Hans, und nichts für ungut! Es war nett von dir, daß du gekommen bist. Schreibst du mir einmal? – Danke. Und gute Reise!«

Hans ging die Treppe hinab. Er wollte dem Professor, mit dem er gestern eine lange Unterredung gehabt hatte, noch einen Abschiedsbesuch machen. Draußen sah er noch einmal an Erwins Fenster hinauf.

Im Weggehen dachte er an die fleißigen Bauern, an die Dorfkinder, an die Verbindung mit den ziegelroten Mützen, an Erwin und an alle die Glücklichen, denen die Tage leicht und unbedauert durch die Finger gleiten, und dann an Heinrich Wirth und an sich selber und an alle, denen das Leben zu schaffen macht und die er im Herzen als seine Freunde und Brüder begrüßte. *(1907/08)*

Abschied

Ein Landwirt, der in meiner Nachbarschaft ein Gut besaß, und den ich als einen stillen, etwas schüchternen Menschen mit einem schönen, zugleich traurigen und schamhaften Blick in Erinnerung habe, nahm sich eines Tages, kaum mehr als dreißigjährig, das Leben. Und wie das manchmal so gehen kann – kaum hatte ich die Nachricht vernommen, so schien es mir, als sei dieser Tod für diesen Mann der natürliche und wahrscheinliche gewesen, ja als habe ich diesen Tod für ihn immer ahnungsweise vorausgewußt. Später bekam ich durch den Arzt noch einige Auskünfte über den Nachbarn, und durch eben diesen Arzt kam auch das Schreiben in meine Hände, in welchem der Selbstmörder Abschied nahm und seinen Entschluß zu erklären versuchte. Das Dokument, das ich mir damals abgeschrieben habe, ist, wie mir scheint, der Beachtung und der Mitteilung wert. Es lautet so:

»Wenn jemand eine ganz besondere Leidenschaft für irgendeine Kunst oder einen Sport zeigt, ohne doch das geringste Geschick dazu zu haben, so findet man ihn mit Recht lächerlich. Über einen Halbblinden, der sich mit Scheibenschießen abgibt, und über einen Stotterer, der gerne Tischreden hält, kann man nur lachen. Es gibt solche Leute. Sie scheinen durchaus überflüssig zu sein und sind wahrscheinlich meistens sehr unglücklich; dennoch lacht der halbblinde Schütze mit, wenn er den Stotterer reden hört, und umgekehrt. Ich weiß es, weil ich selbst das Unglück habe, zu dieser Sorte von Menschen zu gehören.

Ich wäre nämlich um mein Leben gern ein Denker geworden. Mit nichts habe ich mich zu jeder Zeit so viel und so eifrig abgegeben wie mit dem Denken, und doch weiß ich seit langem genau, daß ich dafür ganz unbegabt bin und es nie zu nennenswerten eigenen Gedanken bringen werde. Wozu nun wurde dieses Bedürfnis nach Erkenntnis in mich gelegt, wenn mir die Erfüllung versagt ist? Eine Katze kann klettern und ist damit zufrieden. Ein Vogel kann fliegen und ist damit zufrieden. Ich aber bin mit dem, was von Natur leicht fällt, nicht zufrieden und strebe immerzu nach etwas, was zu erreichen meiner Natur unmöglich ist.

Jedermann hat ein gewisses dumpfes Interesse für philosophische Fragen. Es gehört ja auch zur Bildung. Er erstaunt vielleicht manchmal darüber, wie wenig man weiß. Aber er hat nicht das Gefühl, ohne Wissen nicht leben zu können, und er verzweifelt nicht am Leben, weil er das Leben nicht verstehen und es theoretisch nicht rechtfertigen kann. Ich aber habe dieses Gefühl, und ich habe diese Verzweiflung.

Natürlich habe ich viel gelesen. Ich weiß längst, daß es keine allgemein gültige Wahrheit gibt. Ich weiß, daß jedes System nur eine einmalige und vergängliche Form ist und daß eine Weltanschauung nicht das Ergebnis einer Forschergabe, sondern das Werk eines Kombinationstalents oder eines Künstlergeistes ist. Und eben dieses fehlt mir. Ich kann irgendeine Lehre studieren und alles einzelne in ihr verstehen und billigen, aber diese Lehre im ganzen als Trost und Wahrheit hinnehmen, das kann ich nicht. Jede Lehre hat zum Mittelpunkt den Lehrer, einen Menschen also, welcher Mut, Selbstvertrauen und Pathos genug besaß, sich selbst als Zentrum der Welt zu setzen und von da aus Sinn und Ordnung in die Vielheit der Erscheinungen zu bringen. Ein Denker nun, der dies Pathos und Selbstvertrauen aufbringt, kann ein System bauen, er kann Freude an seinem Denken haben. Es gehört dazu nicht einmal ein sehr großer Geist – ich habe Systeme kennengelernt, die recht albern waren und die dennoch den Reiz eines Ganzen hatten und ihren Schöpfern sicherlich Freude gemacht haben.

Ich wollte Vieles sagen, aber schon jetzt merke ich, daß ich lauter Selbstverständlichkeiten niederschreibe. Nach mehr als zehnjährigem Nachdenken ist dies das Resultat! Aber dies eine muß ich doch noch sagen: daß ich nicht aus Hochmut so spreche, nur aus Verzweiflung. Es liegt mir fern, jene Männer verächtlich machen zu wollen, die es unternahmen, von ihrem Punkt aus die Welt zu deuten. Ich sage nur: es gehört dazu Selbstvertrauen, unter Umständen auch eine gewisse Beschränktheit. Jedenfalls gehört dazu etwas, was ich nicht habe. Gewiß, auch aus tiefster Demut kann ein Denker sein Gebäude bauen, dann aber ist nicht er der Mittelpunkt seiner Weltansicht, sondern Gott. Und wer von uns Heutigen, der durch die Schule der neueren Philosophen gegangen ist, wäre dazu fähig? Ach nein, zu Gott haben wir alle kein anderes Verhältnis als das einer ungeheuren Furcht und einer ungeheuren Sehnsucht. Dies Verhältnis, der eigentliche Ausdruck unserer Gottlosigkeit, ist denn auch wohl der Kern und Grund meiner Verzweiflung.

Einerlei! Wenn einer sich selbst porträtieren will, ist es schließlich dasselbe, ob er seine Lebensphilosophie darlegt oder ob er eine Anekdote erzählt. Man wird aus beidem sein Wesen spüren, es wird aus beidem seine Tauglichkeit oder Minderwertigkeit abzulesen sein. Er wird seine Minderwertigkeit mit allen Darstellungskünsten nicht verbergen können. Dies ist mein Fall. Also gehe ich zu den Anekdoten über. Ich könnte ebensogut die Feder weglegen und verzichten. Aber das Gefühl, daß meine Person und mein Leben, die mir einstmals so ungemein wichtig schienen, tatsächlich wertlos sind, beschäftigt mich noch allzu stark. Wenn einem Bauern sein Hof abbrennt, kann er oft geradezu geschwätzig werden, so sehr erfüllt ihn sein Verlust und die Erinnerung an das, was er einst besaß und was ihm jetzt noch viel wertvoller und schöner erscheint, als es war.

Ich sagte schon, daß ich weiß, wie lächerlich ich bin.

Vielleicht ist das Lächerlichste noch, daß ich jetzt das Bedürfnis fühle, mein Leben zu erklären – denn mein Leben scheitert ja eben an meinem Unvermögen, das Leben überhaupt zu erklären.

Jetzt also meine Anekdote: In meinen Knabenjahren, ehe noch meine spätere Grübelsucht entwickelt war, hatte ich eine kaum minder starke Leidenschaft. Das war meine Liebe zur Musik. Eine ältere Schwester von mir spielte Klavier, und ich weiß noch genau, mit welcher fast peinigenden Wollust ich vom Nebenzimmer aus zuhörte, wenn sie abends spielte. Damals schien mir Musik das Herrlichste, was es geben konnte. Beim Anhören jenes Spiels empfand ich ein gesteigertes Leben, heroische Entschlüsse und großzügige Zukunftspläne stiegen in mir auf, während ich sonst auch innerlich schüchtern und wenig begehrlich war. Jedesmal, wenn ich Musik hörte, hatte ich die Empfindung, ich schaue durch ein plötzlich geöffnetes Tor in ein wunderbares Land, wo Wiese und Wald viel üppiger, Wolken und Lüfte weicher, farbiger und beglückender wären als man sie alltäglich sieht.

Auf das Gefühl, daß ich ein Fremdling im Leben sei, habe ich damals sogar einen gewissen jugendlichen Stolz gehabt. Ich weiß noch, daß dies Gefühl mir ebenso teuer wie schmerzlich war und daß ich nie daran dachte, dies Gefühl könnte eine Krankheit, könnte etwas Minderwertiges und im Grunde Schmähliches sein. Darauf kam ich erst viel später, erst in den letzten Jahren.

Also in meinen Knabenjahren schien die Musik mir das Tor, durch das ich der mißliebigen Nüchternheit der alltäglichen Dinge entrinnen und in ein Jenseits entfliehen könnte, wo ich die Lebensbedingungen für meine besondere Natur zu finden dachte. Ich wußte nicht, daß es für Schwerkranke keine Lebensbedingungen gibt.

Ich sehe ein, daß dies keine Erzählung ist. Um es denn kurz zu melden: Mit zwölf Jahren setzte ich es durch, daß ich Musikunterricht bekam. Ich wollte durchaus Violine spielen, also ließ mein Vater einen Lehrer kommen. Nach etwa einem Jahr, in dem ich mich jämmerlich abgequält hatte, gab der Lehrer den Unterricht als hoffnungslos auf. Wenn ich ihn spielen hörte, zitterte ich vor Ungeduld, es auch so weit zu bringen, und in meine Geige war ich ganz verliebt, aber zum Spielen fehlte mir alles, namentlich brachte das Zählen der Takte mich fast zur Verzweiflung.

Es folgte eine trübe Pause und dann ein neuer, verzweifelter Versuch mit dem Klavier, der ebenso endete. Damals war ich nahe daran, wirklich zur Selbsterkenntnis zu kommen. Ein sehr freundlicher Pastor, der mich zur Konfirmation vorbereitete, brachte mich dann auf andere Gedanken. Ich war eine Weile fast abergläubisch fromm, fand aber mit der Zeit gerade in meiner religiösen Lektüre die ersten Verlockungen der Philosophie.

Das ist nun bald fünfzehn Jahre her. Und jetzt bin ich endlich mit der Philosophie so weit, wie ich es damals mit dem Klavier und der Geige war.

Seit mein Tod beschlossen ist, hat die erdrückende Bangigkeit der letzten Monate mich ein wenig losgelassen. Fröhlich bin ich nicht, ich bin weit eher traurig, aber es ist eine Trauer ohne große Unruhe. Man ist nur unruhig, solange man noch Hoffnungen hat. Meine Rechnung ist abgeschlossen, und sie stimmt genau, es sind keine Sentimentalitäten mehr da.

Ein Denkerleben, ein geistiges Leben – das weiß ich heute – ist nur in Gott möglich. Wir Gottlosen haben hier nichts zu suchen.

Wenn ich jetzt die Menschen um mich her in ihrer Sorglosigkeit leben sehe, betrachte ich sie mit dem selben bewundernden Neid, wie damals meinen Violinlehrer, der auf seinen vier Saiten alles Schöne so rein und sicher herunterspielte, während ich mit aller Qual keinen sauberen Strich herausbrachte.

Wieviel Virtuosität überall! Wie klingt und lacht und lockt es allerwärts, das liebe Lied des Lebens! Jeder von meinen Taglöhnern und jede von meinen Stallmägden spielt das Lied so keck und meisterhaft und denkt nicht daran, wieviel Klippen da sind, wieviel Sechzehntel zu zählen, wieviel Fehler zu vermeiden. Ihr Lied stimmt, ihr Takt ist in Ordnung, es geht alles wie von selber, es ist alles kinderleicht. Ein Narr, wer es schwierig finden und gar eine Kunst darin sehen wollte! Es gibt jedoch solche Narren, und ich bin einer von ihnen, und um das zu erkennen, habe ich dreißig Jahre gebraucht.« *(1908)*

Die Wunder der Technik

Unser Freund Olaf ist ein guter, aber etwas sonderbarer Kerl, der uns schon manche Sorge gemacht hat. Zu seinen vielen Eigentümlichkeiten gehört auch eine bis ins Phantastische übertriebene Abneigung gegen kleine praktische Erfindungen und Erzeugnisse der modernen Technik. Er wird wild, wenn er ein vernickeltes Taschenfeuerzeug sieht, und jene kleinen Wunder der Technik wie elektrische Miniaturlaternen hält er direkt für Erzeugnisse des Satans. Diese Abneigung lag von jeher in seinem Wesen und seiner Denkart begründet, zum vollen Ausbruch aber kam sie erst in neuerer Zeit unter dem Druck mehrerer Erfahrungen, deren eine mich besonders interessiert, da ich unschuldigerweise an ihrem Zustandekommen beteiligt bin. Ich erspare mir alle weiteren Einleitungen und teile ohne jeden Kommentar die traurige Geschichte mit, wie sie mir Olaf damals in einem langen Brief aus Rapallo geschrieben hat:

»Rapallo, den 15. März
Ich lebe also noch und will dir in Kürze erzählen, wie es mir auf dieser Reise ergangen ist. Anfangs war ich sehr enttäuscht und trostlos darüber, aber jetzt hat sich das Gröbste gesetzt und ich kann zur Not an die Geschichte denken, ohne mit dem Kopf gegen die Wände zu rennen. Ich beginne sogar schon aus meinen traurigen Schicksalen zu lernen.

Was das Reisen betrifft, so habe ich ja damit niemals viel Glück gehabt. Schon als ganz junger Mensch, als ich noch Schopenhauer las, habe ich mir einmal folgende Reisesprüche ins Notizbuch geschrieben:

1) Suche jegliche Reise, auch die kleinste, zu vermeiden!

2) Jener Zeitungsmensch, der zum erstenmal das Wort

›Vergnügungsreise‹ in unsere beklagenswerte Sprache eingeführt hat, muß wahnsinnig gewesen sein. Reisen und Vergnügen sind zwei Begriffe, die einander schlechthin ausschließen.

3) Verliebe dich niemals, am wenigsten aber auf Reisen!

Ich bin jetzt in der Lage, diesen Sprüchen aus neuester Erfahrung einige neue hinzu zu fügen. Ich will sie dir nicht alle aufzählen, aber einer davon heißt: ›Hüte dich vor allen Apparaten, Maschinen und Gebrauchsgegenständen, welche von Erfindern erfunden, von Verkäufern empfohlen und von kaiserlichen, königlichen oder republikanischen Ämtern patentiert worden sind!‹ Ich gestehe, daß ich dabei leider auch an den Füllfederhalter denken muß, den du mir vor der Reise geschenkt hast. Es war lieb von dir, und deine Absichten mögen die edelsten gewesen sein, aber ich muß dir sagen: ich habe den Federhalter und dich mit furchtbaren Worten verflucht. Hoffentlich bist du gesund geblieben.

Aber genug, ich muß erzählen.

Also du weißt ja schon halb und halb, warum ich neulich diese unselige Reise angetreten habe. Ich kann es jetzt ruhig gestehen, es geschah lediglich wegen Meta Hagemann. Ihr habt mir ja die Sache durch guten Rat zu versalzen gesucht und das hübsche Mädchen ein gefährliches Flirtfüllen gescholten. Na, ich wußte also, daß ihre Eltern mit ihr nach Rapallo fahren wollten, und ich wußte auch, mit welchem Zug. Ich ging also an meine Reisevorbereitungen, kaufte einen neuen Anzug und einen neuen Hut, versetzte mein Motorrad und rüstete mich so gut als möglich aus. Ich habe, wie du weißt, einen fabelhaften Respekt vor jenen beneidenswerten jungen Leuten, die immerzu so tip top und tadellos sind, und ich machte wieder einmal einige Anläufe in diese Richtung. Ich wußte ja freilich: ich konnte tun was ich wollte und es würde doch immer etwas mißglücken und fehlen; aber diesmal wollte ich das Schicksal herausfordern. Als ich mich kurz vor der Reise einmal beim Rasieren schnitt, fiel es mir ein, ich müsse einen modernen Patent-Rasier-Apparat haben, und ich kaufte die Marke ›Siegfried‹. Es war ein geheimnisvoller versilberter Apparat in einem feinen schwarzen Lederetui. Auf dem Etui war ein eleganter junger Mann abgebildet, genau so einer wie ich auch immer gern einer geworden wäre; dieser Jüngling saß in einem fahrenden Automobil und rasierte sich mit kaltblütigem Lächeln. Darunter standen in Golddruck die Worte: ›Wir Deutsche fürchten Gott und sonst nichts auf der Welt.‹ Nachher fiel mir noch ein, daß jene patenten jungen Herren immer eine kurze englische Pfeife im Mund oder in der Hand haben. Ich wußte zwar, wie scheußlich das Rauchen aus solchen Dingern schmeckt, und daß eigentlich nur Engländer und Amerikaner es aushalten können, aber ich war bereit, Opfer zu bringen, und kaufte mir eine verwegene Sportspfeife, so kurz daß mir der Rauch direkt in die Augen stieg. In demselben Laden, wo ich sie kaufte, ließ ich mich dann auch zu einem mechanischen Zigarrenabschneider verlocken, deutsches Reichspatent. Eine seidene Reisemütze hatte ich auch, und dann die goldene Uhrkette, und für etwaige besonders festliche Ansprüche nahm ich mein Vereinsabzeichen vom Vorarlberger Skiklub mit.

So erschien ich am Bahnhof. Ich hasse jene scheußliche Hast, die in den Momenten vor der Abreise die meisten Menschen ergreift, darum hatte ich mir das Rundreisebillett schon am Tag vorher besorgt. Die bestellte Droschke kam pünktlich, der Dienstmann schulterte meinen Koffer und turnte mit ihm davon, ich aber nahm – es waren noch zwanzig Minuten Zeit – in aller Ruhe am Büffet eine Tasse Kaffee. Als dann der Zug dastand, ging ich langsam und gelassen hinüber. Der Koffer war versorgt, ich hatte nichts als Stock und Schirm zu tragen und konnte mir jetzt mit Muße den besten Platz im ganzen

Zug aussuchen – ich kam mir fast wie ein Lebenskünstler vor. Da kam die Perronsperre und mir fehlte das Billett! Ich erschrak – also war alle Vorsicht umsonst, es fing auch diese Reise gleich mit Kalamitäten an! Manteltasche, Brusttasche, Westentaschen, Hosentaschen ergaben nichts. Endlich glaubte ich mich zu erinnern, daß das Billett im Koffer liege. Der aber war schon längst im Zug. Es dauerte eine bange Viertelstunde, bis ich ihn wieder hatte. Der Beamte am Perronschalter blickte meiner immer wachsenden Aufregung mit unsäglicher Verachtung zu; der Träger, der meinen Koffer wieder hatte holen müssen, gab mir unter dem Beifall der Umstehenden den freundlichen Rat, ich möchte doch das nächstemal meine Mama mitnehmen, wenn ich verreise.

Während ich nun meinen armen Koffer aufriß, auf dem schmutzigen Zementboden mitten unter den Leuten, während ich Wäsche und Pantoffel, Bücher und Haarbürste herauswühlte, um das Billett zu finden, während mir der Schweiß übers Gesicht lief und die Reisenden mich mit höhnischem Interesse umstanden, kam gerade auch die Familie Hagemann, und ich sah, wie die Damen lachten. Doch hoffte ich unerkannt geblieben zu sein. Eben kam unter meinen verzweifelt wühlenden Händen der Rasierapparat ans Tageslicht, sprang aus der Tasche und rollte über den glatten Perron dahin. ›Aha, Marke Siegfried‹, rief ein Geschäftsreisender, und alles lachte.

In der letzten halben Minute kam ich samt meinem Koffer doch noch in den Zug. Schweißbedeckt und zu Tod erschöpft zerrte ich das schwere Ding durch den Gang, schob die nächste Coupeetüre auf und zwängte den Koffer vor mir her und zwischen den Knieen der Passagiere hindurch. Mit meinen letzten Kräften versuchte ich ihn in einem verzweifelten Schwung ins Gepäcknetz zu spedieren, schwang aber etwas zu kurz und rannte den Koffer einem Herrn vor die Brust, der entsetzt hintenüber sank, so daß ich ihn einen Augenblick für tot hielt. Er stand aber sofort wieder auf und schrie mich entrüstet an, und da erkannte ich ihn, es war Herr Hagemann. Es war ja nicht angenehm, aber immerhin, man kannte sich und entschuldigte sich und schloß grollend wieder Frieden. Dann begrüßte ich die Damen und merkte erst jetzt, wie schlecht ich mit meinem verbeulten Hut, meinem verschwitzten Gesicht, den herabgerutschten Manschetten und den vom Knieen auf dem Perron beschmutzten Kleidern aussehe; denn die Damen empfingen mich kühl und befremdet.

Da Herr Hagemann sich jetzt eine Zigarre ansteckte, bat auch ich um die Erlaubnis zum Rauchen. Ich zog meine neue Sportspfeife hervor und den Tabak, und stopfte sorgfältig, und die glänzende Patentpfeife sowie der ganze umständliche Apparat des Stopfens und Anzündens interessierte das Fräulein. Aber die Pfeife zog nicht und stank erbärmlich, und als sie nach Vergeudung meiner ganzen Lungenkraft und unzähliger Zündhölzer noch immer keine Luft bekam und ich verzweifelt hinein blies, da flog der ganze Inhalt von Tabak, Asche, Ruß und Feuer explosiv in die Lüfte und erfüllte das Coupee mit einem infernalischen Aschenregen. Durch seine grauen Schleier konnte ich noch sehen, wie Frau Hagemann sich verzweifelt beide Augen rieb und wie ihr Gatte mit einem Hustenanfall kämpfte, während die Tochter mit den Fingern einige glühende Tabakreste zu entfernen suchte, die auf ihre creme-farbenen Stoffschuhe gefallen waren. Ich stotterte ein Wort der Entschuldigung und floh, mich selbst und die Pfeife und das Reisen verfluchend, auf den Gang hinaus.

Das war der Anfang meiner italienischen Reise. Ich kenne aus langer Erfahrung die Tücke und Hartnäckigkeit, mit welcher an solchen Tagen das erbitterte Schicksal seine Opfer verfolgt, und ich beschloß für heute zu resignieren. Ich bin ganz überzeugt: wäre ich in mein Coupee zurückgekehrt, so wären weitere Unglücksfälle

Schlag auf Schlag gefolgt und ich hätte mich auf ewig bei der Familie unmöglich gemacht. Ich wäre der Mutter auf die Zehen getreten und hätte der Tochter den Ellbogen ins Auge gestoßen, dem Vater aber statt eines Cognac die Flasche mit Birkenhaarwasser angeboten. Oder ich hätte beim Versuch, für die Damen ein Fenster zu öffnen, versehentlich an der Notleine gezogen und Skandal bekommen, ich hätte mich und die unschuldige Familie in Schande, Gefahr und endlose Verlegenheit gestürzt. Ich kenne das.

Darum verlor ich mich lautlos im Seitengang und stahl mich in ein anderes Coupee, wo ich die zwölf Stunden bis Mailand allein und traurig zwischen kartenspielenden Geschäftsreisenden hinbrachte, aber doch keinen neuen Schaden anrichtete. Die englische Pfeife warf ich samt dem Tabak zum Fenster hinaus. Erst bei der Zollrevision sah ich die Hagemanns einen Augenblick wieder. Die Alten ignorierten mich und sahen noch immer erbittert aus, das Mädchen aber schenkte mir einen teilnehmenden Blick und lächelte mitfühlend, als sie meine Trauer und Zerknirschung sah. Ich gab noch nicht alles verloren. Schließlich hatte ich doch manchmal mit ihr getanzt und manches kleine Zeichen freundlicher Gesinnung von ihr erhalten. Ich setzte meine Hoffnung auf Rapallo. Schließlich mußte ja mein Reisepech auch einmal ein Ende nehmen.

Aber ich dachte nicht daran, daß ich des Teufels Werkzeuge im eigenen Koffer mit mir führte. Die englische Pfeife war ich glücklich los, aber ich hätte ihr gleich auch den Rasierapparat, den Zigarrenabschneider, den Füllfederhalter nachwerfen sollen. Nun, es kam alles, wie es kommen mußte.

In Rapallo nahm ich ein Zimmer und packte aus. Am ersten Morgen wollte ich nun vor allem den Siegfriedapparat benützen, den neuen Hut und Anzug einweihen und mir ein anständiges Debut sichern. Aber wie es nun ging – sei es daß der Apparat falsch zusammengesetzt war, sei es daß er beim Sturz aus dem Koffer Not gelitten hatte – mein Versuch mit dem Patent ›Siegfried‹ lief nicht gut ab. Ich las noch einmal den Wahlspruch: ›Wir Deutsche fürchten Gott usw.‹, dann begann ich zu arbeiten. Es gab eine furchtbare Katastrophe. Von oben bis unten blutend, zerschnitten und wundgescheuert sah mein Gesicht mir aus dem schäbigen Hotelspiegel entgegen. Unter Schmerzen mußte ich einige Tage das Zimmer hüten. Dann kroch ich entstellt und mutlos wieder hervor und machte gegen Abend meinen ersten Spaziergang, noch mit einigen Heftpflastern im Gesicht.

Aber siehe, jetzt kam das Glück. Am Strande begegnete mir Herr Hagemann mit seiner Tochter, ohne Mama, und sie fanden die Landschaft so schön und waren so befriedigt und guter Laune, daß sie mich mit der größten Freundlichkeit begrüßten. Fräulein Meta war noch nie so nett mit mir gewesen. Sie merkte offenbar mit instinktiver Ahnung, daß ich nur ihretwegen in Rapallo sei, und sie kam meinem stummen Werben so offen entgegen, daß ich alles Ungemach im Augenblick vergaß.

Es war ein wunderschöner Abend und die Herrschaften wollten sich aufs Meer hinaus rudern lassen. Da ich Italienisch konnte, nahmen sie meine Hilfe dankbar an und luden mich ein, mitzukommen. Ich verhandelte mit dem Bootsmann und gab ihm insgeheim sechs Franken, während ich dem entzückten Herrn Hagemann vorlog, ich hätte ihn auf zwei heruntergehandelt. Jetzt war ich beinah zum Helden und jedenfalls zum anerkannten Hausfreund geworden.

Eine kleine Störung dieses Glückes muß ich allerdings erwähnen. Während wir auf dem blauen Wasser spazieren fuhren, bereitete sich Metas Vater auf einen ganz besonderen Genuß vor. Er hatte, wie er mir weitläufig erzählte, ein paar feine Importzigarren mit über die Grenze geschmuggelt, und die letzte davon hatte er bis zur Stunde aufgespart. Jetzt wollte er sie rauchen. Aber er hatte sein Taschenmesser vergessen und konnte nicht abschneiden. Das war Wasser auf meine Mühle. Begeistert zog ich meinen Patent-Zigarrenabschneider aus der Tasche und bot ihn an. Herr Hagemann betrachtete das neumodische Instrument und äußerte Mißtrauen, bat mich aber dann, ihm die Zigarre abzuschneiden. Ich erinnerte mich genau der Anweisung, steckte die Zigarre mit der Spitze in den kleinen Trichter, hielt sie fest und warf einen triumphierenden Blick auf Hagemann, der mit Spannung zuschaute. Dann drückte ich, genau nach der Vorschrift, mit der rechten Hand die Feder rasch zusammen. Der Erfolg war schrecklich. Die schöne Zigarre spaltete sich der Länge nach und war verloren, mir aber schwoll der mit eingezwickte Zeigefinger unter heftigen Schmerzen bläulich an.

Ich muß sagen, mein Freund benahm sich glänzend. Natürlich war er wütend, aber er tat sich Gewalt an und brachte ein saures Lachen zustande, und Meta stimmte mit hellem Kichern ein. Ich verbiß meinen Schmerz, der mich nur noch mehr blamiert hätte, und die Fahrt ging weiter. Die Sonne sank ins Meer, und alles war violett und golden, und hinter dem Rücken des Vaters hatte sich plötzlich Metas Hand in meine gefunden, und meinetwegen konnte jetzt die ganze Welt untergehen, so glücklich war ich. Es wurde dämmerig, ich hielt Metas Hand und spielte mit ihren Fingern, und als nun Herr Hagemann erklärte, er wolle selber ein wenig rudern, da half ich ihm auf die Ruderbank hinüber und instruierte den Bootsknecht mit meinem besten Italienisch. Jetzt saß ich ungetrennt neben Meta, und ihr weißes Kleid schimmerte matt in der dunkeln Bläue, und als ich ihr die Jacke umlegte, küßte ich sie rasch und heimlich aufs Haar.

Der Alte saß uns in der Dämmerung gegenüber und wir mußten vorsichtig sein. Anfangs hielt ich mich stramm von dem Mädchen getrennt und hielt die Hände in den

Rocktaschen, wo ich aus Erregung mit dem Portemonnaie und mit der Zündholzschachtel und dann mit einem runden Stäbchen spielte, das mir in die Finger geriet und das ich dem Gefühl nach für einen Bleistift hielt.

Als es aber dunkler wurde und wir uns schon wieder bedauerlich dem Lande näherten, konnte ich nicht länger an mich halten. Ich nahm die Hände aus der Tasche, tat als wollte ich mir den Rockkragen hochstellen und legte dann den rechten Arm von hinten sacht um Metas Taille. So fuhren wir selig dahin und fühlten uns im Paradiese, aber der erleuchtete Strand kam näher und näher, und endlich mußten wir aufstehen und aussteigen. Ich half dem Mädchen über die Bänke und den Steg ans Land, der Alte bezahlte dem Knecht seine zwei Lire und ich blieb bei den beiden, um sie noch bis zu ihrem Hotel zu begleiten.

Wir kamen eben an einem hell erleuchteten Schaufenster vorüber, da blieb ein aus dem Laden kommender Herr auffallend stehen und starrte Meta an, und dann mich, und dann wieder Meta. Sie merkte es, wurde unruhig und blickte an sich hinunter. Einen Augenblick blieb sie erbleichend stehen, dann zog sie in wilder Aufregung ihre Jacke enger zusammen, warf mir aus dem hübschen erbleichten Gesicht einen Blick voll Zorn und tödlicher Verachtung zu und begann zu laufen, zu laufen, was sie konnte. Ihr Vater, der wohl dachte, sie fühle sich krank, sah ihr hilflos nach und begann dann gleichfalls zu traben. Ich blieb erstarrt und fassungslos zurück. Was war nun das wieder?!

Da näherte sich mir jener Herr, der Meta so erschreckt hatte, und wies mit diskretem Lächeln auf meine rechte Hand. Mein Gott, sie war rabenschwarz, und ich dachte zuerst an eine furchtbare Strafe des Himmels, bis mir langsam der ganze traurige Zusammenhang klar wurde. Das Ding, mit dem ich in nervöser Unachtsamkeit in meiner Rocktasche gespielt hatte, war mein Füllfederhalter, und er war leck geworden, und meine Hand und Manschette war voll unzerstörbarer blauschwarzer Patenttinte, und meine Tintenhand war um Metas Taille gelegen, und dort stand nun jeder zärtliche Fingerdruck schwarz auf weiß verewigt!

Ich sank am nächsten Marmortischchen nieder und ließ mir einen Vermouth geben, und dann noch einen, und darauf ging ich zum Bootshafen hinüber und blickte lange und grimmig in das dunkle Meer hinaus. Dann fischte ich den tropfenden Federhalter aus der nassen Rocktasche und schleuderte ihn in die Wellen. Ich wollte, ich läge bei ihm, mir wäre besser zu Mut.

Die Familie Hagemann ist abgereist, und ich wäre auch längst nicht mehr hier, aber ich habe noch nicht den Mut gefunden, mich wieder einer Eisenbahn anzuvertrauen. «

(um 1908)

Aus dem Briefwechsel
eines Dichters

Hans Schwab an den Verlagsbuchhändler
E. W. Mundauf

B., 15. April 06

Hochgeehrter Herr Verleger!

Dieses Paket enthält ein Werk von mir, den Roman »Paul Weigel«. Ich weiß nicht, ob die Bezeichnung »Roman« eigentlich recht paßt; das Buch ist weniger erzählend als idyllisch-lyrisch. Fürs große Publikum wird es keine Speise sein, und erhebliche Geschäfte werden sich nicht damit machen lassen; aber eine kleine bescheidene Leserzahl findet sich vielleicht doch zusammen, namentlich wenn das Buch in einem guten Verlag wie dem Ihren erscheint. Das wäre mir eine große Freude und Ehre. Ich habe bisher nur ein Bändchen Gedichte herausgegeben, die ganz unbeachtet geblieben sind.

Um ganz ehrlich zu sein, muß ich gestehen, daß das Manuskript bereits einem andern Verleger zur Prüfung vorgelegen hat. Ich sandte es an die Firma L. Biersohn und bekam die Antwort, die Arbeit sei brauchbar und habe Aussicht auf gute Aufnahme, doch sei Herrn Biersohn das Risiko des Druckes immerhin zu groß, und er schlage mir daher vor, drei Viertel der Druckkosten selber zu tragen. Ich war dazu nicht in der Lage und möchte das auch Ihnen im voraus mitteilen, falls Sie mir ähnliche Vorschläge zu machen gesonnen wären.

Auf Ihre Antwort bin ich nun sehr gespannt. Die Sonntage und stillen Nachtstunden, in denen das Büchlein entstanden ist, liegen hinter mir und sind mir fremd und wesenlos geworden, während das Manuskript daliegt und mich unglücklich anschaut, wie ein illegitim Geborenes den leichtsinnigen Vater. Auf alle Fälle möchte ich Sie herzlich bitten, mir über die Arbeit Ihr Urteil recht offen mitzuteilen; ich kann Kritik vertragen und bin, wie ich hoffe, ziemlich frei von Autoreneitelkeit.

In Hochachtung Ihr sehr ergebener
Hans Schwab

Hans Schwab an die Redaktion der Zeitschrift
»Dichterlust«

B., 25. April 06

Hochgeschätzter Herr Redakteur!

Vor zwei Jahren waren Sie so freundlich, in Ihrem Blatt ein Gedicht von mir abzudrucken. Sie schrieben mir damals, daß Sie Gutes von mir erwarteten, und machten mir Hoffnung, ich könnte später etwa auch Honorar für meine Mitarbeit erhalten, während Sie jenes Gedicht als Talentprobe honorarlos abdrucken wollten.

Ich wagte es nicht, Sie schon bald wieder zu belästigen. Jetzt aber glaube ich, manche Fehler der Anfängerschaft überwunden zu haben und sicherer, namentlich aber einfacher und knapper in der Form geworden zu sein. Ich habe inzwischen eine Art von Roman geschrieben (er liegt zur Prüfung bei einem Berliner Verleger) und glaube durch die intensive Beschäftigung mit der Prosa und einer andern Kunstform etwas gelernt zu haben. Wenigstens bin ich, nachdem ich längere Zeit gar keine Verse mehr gemacht hatte, mit neuer Lust und hoffentlich bereichert zur Lyrik zurückgekommen.

Hier sind nun drei Gedichte, alle aus der letzten Zeit, die ich Ihnen anbieten möchte. Es würde mich freuen, wenn sie Ihren Beifall fänden. Doch möchte ich, falls Sie noch nicht geneigt sind, die Sachen zu honorieren, lieber um Rücksendung bitten, da ich in ziemlich mageren Umständen lebe und zur Zeit weniger auf Ehre als auf Geld bedacht sein muß. Auch ein bescheidenes Honorar wäre mir willkommen, da jede Mark für mich einen ersehnten und wertvollen Verdienst bedeutet.

In Hochschätzung ergebenst
Hans Schwab

Die Redaktion der »Dichterlust« an Hans Schwab
L., 4. Mai 06

Sehr geehrter Herr!

Anbei senden wir Ihnen die eingesandten Gedichte mit Dank zurück. Gerne hätten wir eines oder das andere davon zum Abdruck gebracht; doch sind wir nicht in der Lage, völlig unbekannten Verfassern Honorare für Lyrik zu bezahlen.

Etwaigen weitern Einsendungen bitten wir gefl. Rück-porto beizufügen.
Ergebenst
Redaktion der »Dichterlust«

Die Redaktion der »Neuzeit« an Hans Schwab
München, 8. Mai 06

Werter Herr Schwab!

Danke für die freundlich eingesandte Novelle. Es hat uns interessiert zu hören, daß Sie sich neuerdings mehr der Prosadichtung widmen wollen. Doch sind wir unse-rerseits der Meinung, daß die Lyrik doch Ihr eigentliches Gebiet ist. Die eingesandte Novelle hat gewiß manche Reize, ist aber doch wohl allzu lyrisch und dürfte sich für unsern Leserkreis kaum eignen. Vielleicht versuchen Sie es damit anderwärts. Wir senden das Manuskript gleich-zeitig eingeschrieben an Sie retour.

Honorar für Ihr letztes hübsches Gedicht folgt Anfang nächsten Monats. Wir würden uns freuen, wenn Sie uns bald wieder etwas Lyrisches zur Prüfung einsenden.
Ergebenst
Redaktion der »Neuzeit«

Der Verlag E. W. Mundauf an Hans Schwab
Berlin, den 23. Juli 06

Sehr geehrter Herr Schwab!

Es hat etwas lange gedauert, bis wir Zeit fanden, Ihr im Frühjahr uns eingesandtes Roman-Manuskript zu prüfen. Bitte die Verzögerung freundlichst zu entschuldigen.

Die Arbeit hat uns, trotz gewisser Mängel, die ja allen Erstlingsarbeiten anhaften, recht wohl gefallen, und wir machen uns ein Vergnügen daraus, sie in unserem Verlage zu publizieren. Sie haben eine gewisse erdgeborene Kraft der Anschauung und des Ausdrucks, die mit manchen technischen und formalen Mängeln versöhnt, und es wäre nicht unmöglich, daß Ihr Buch einen guten Erfolg fände. Jedenfalls werden wir uns Mühe geben, das unsere zu tun. Über das Geschäftliche werden wir uns, denke ich, leicht einigen. Ein Verlagskontrakt geht Ihnen dieser Tage zu. Sollte Ihnen mit einem kleinen Vorschuß gedient sein, so bitte, sagen Sie es nur offen.

So viel für heute. Die Drucklegung möchten wir gerne sogleich beginnen und bitten Sie daher, etwaige Vorschläge betreffs der Ausstattung uns sofort mitzuteilen.

Mit besten Grüßen ergebenst Ihr
Verlag E. W. Mundauf

Hans Schwab an den Verleger E. W. Mundauf

B., den 30. Juli 06

Hochgeehrter Herr!

Danke herzlichst für Ihren freundlichen Brief und für den Verlagskontrakt, mit dem ich natürlich durchaus einverstanden bin, und den ich hier unterschrieben beilege.

Es ist mir eine Ehre und Freude, nun zu den Autoren Ihres Verlags zu zählen. Hoffentlich erleben Sie keine allzu große Enttäuschung mit mir! Denn offen gestanden, ich kann an die Möglichkeit eines Erfolges bei der ganzen Art meines Buches nicht glauben. Auch plagen mich schon jetzt, da das Manuskript einige Monate aus meinen Händen ist, die vielen Fehler und Ungeschicklichkeiten, die darin stehen. Und doch könnte ich es, wenigstens jetzt, nicht besser machen. Einige kleinere Korrekturen kann ich wohl während des Drucks noch ausführen, der

Hauptfehler des Buches aber ist leider unkorrigierbar. Nun, ein Schelm gibt mehr als er hat, wennschon das eine schlechte Ausrede ist.

Ihr Anerbieten, mir einen Vorschuß zu gewähren, nehme ich dankbar an. Die Höhe desselben sei Ihnen überlassen. Ich bin einigermaßen in Not und könnte etwa 50 bis 100 Mark wohl brauchen, falls das nicht zu unbescheiden ist.

Mit schönsten Grüßen und nochmaligem Dank
Ihr sehr ergebener
Hans Schwab

Der Verleger E. W. Mundauf an Hans Schwab

Berlin, den 1. September 06

Mein lieber Herr Schwab!

Danke für die rasche Erledigung der Korrekturen! Das Buch wird nun bald fertig gedruckt sein. Haben Sie irgendwelche besonderen Wünsche wegen der Versendung der Rezensionsexemplare? Falls Sie Bekannte bei der Presse haben, bitte uns die Adressen zu nennen.

Dann noch eine Frage. Sie schreiben sich einfach Hans Schwab. Haben Sie nicht Lust, das Hans, wie es jetzt bei Autoren Sitte ist, mit zwei »n«, also Hanns zu schreiben? Und haben Sie nicht ein gutes Porträt von sich, das wir in den Reklameprospekten reproduzieren könnten?

Ich verspreche mir, trotz Ihres Mißtrauens, einen schönen Erfolg von dem »Paul Weigel«. Die Presse beginnt schon, sich dafür zu interessieren, und ich glaube, wir werden mit der Kritik zufrieden sein können. Wahrscheinlich drucke ich gleich eine zweite Auflage. Machen Sie sich also wegen des kleinen Vorschusses keine Sorgen und sagen Sie es unbedenklich, wenn Sie einen weiteren brauchen sollten!   Mit besten Grüßen Ihr

E. W. Mundauf

Der Verleger E. W. Mundauf an Hans Schwab

Berlin, den 20. September 06

Lieber Herr Schwab!

Danke schön für Ihren Brief vom 4. h., der uns gefreut und belustigt hat. Natürlich haben wir nicht das Geringste dagegen, daß Sie Ihren Namen in der alten Weise schreiben, und vielleicht haben Sie recht, wenn Sie jene Sitte etwas hart als eine »dumme Interessantmacherei« bezeichnen. Daß Sie Ihr Porträt nicht hergeben wollen, tut mir leid. Vielleicht lernen Sie darüber mit der Zeit anders denken.

Von Ihrem »Paul Weigel« ist nun also die zweite Auflage im Druck. Ich schicke Ihnen heute als Drucksache vier Kritiken großer Blätter über die erste Auflage. Sie wird überall mit wahrer Begeisterung aufgenommen! Gewiß wird es nicht bei diesen zwei Auflagen bleiben. Wenn auch Sie selbst in übertriebener Selbstkritik sehr bescheiden von dem Werke denken, wir Fachleute sind andrer Ansicht und halten es für eine bedeutende, ja meisterhafte Leistung.

Mit herzlichen Grüßen
E. W. Mundauf

Die Redaktion der »Dichterlust« an Hans Schwab

L., 28. November 06

Hochgeschätzter Herr Schwab!

Sie werden sich kaum mehr daran erinnern, daß vor bald drei Jahren ein sehr schönes Gedicht von Ihnen in unserer Zeitschrift stand. Wir forderten Sie damals auf, uns doch bald wieder Einsendungen zu machen, und heute möchten wir, da Sie uns vergessen zu haben scheinen, diese Aufforderung dringend wiederholen. Gewiß haben Sie manches schöne Gedicht, das Sie uns senden könnten.

Wir freuen uns und sind stolz darauf, schon vor Jahren, als Sie noch unbekannt und noch nicht der berühmte Verfasser des »Paul Weigel« waren, unsern Lesern einen Beitrag aus Ihrer geschätzten Feder gebracht zu haben.

Hoffentlich gestalten sich unsere Beziehungen nun zu recht guten und dauernden.

Soweit wir uns erinnern, blieb jenes Gedicht von Ihnen seinerzeit unhonoriert. Es sind eben wenige Blätter in der Lage, lyrische Beiträge von unbekannten Urhebern zu honorieren, so bedauerlich das auch sein mag. Es ist wohl unnötig zu bemerken, daß selbstverständlich jede Einsendung von Ihnen nicht nur mit Vergnügen angenommen und baldmöglichst gedruckt, sondern auch anständig honoriert werden wird.

In aufrichtiger Hochschätzung
Ihre sehr ergebene
Redaktion der »Dichterlust«

Schriftsteller Fedor Pappenau an Hans Schwab
Würstlingen, den 15. Dezember 06

Geehrter Herr!

Dieser Tage erhielt ich von Ihrem Verleger den Roman »Paul Weigel« zur Rezension überschickt. Ich habe das Buch gelesen und muß sagen, ich war über die Ruhe und Kühnheit erstaunt, mit der Sie Gedanken und Stimmungen, ja sogar einzelne Figuren meines vor zwei Jahren im »Courier« erschienenen Romans »Sintflut« benützt haben.

Immerhin, Gedanken sind zollfrei, und es liegt mir ferne, kleinlich mit Ihnen rechten zu wollen, falls Sie sich geneigt zeigen, auch Ihrerseits mir entgegenzukommen. Die »Sintflut« erscheint soeben in Buchform bei dem Verleger Biersohn, der sie Ihnen zusenden wird. Ich denke, es wird Ihnen ein Leichtes sein, das Buch in einer größern Zeitung oder Zeitschrift empfehlend und ausführlich zu besprechen. Sobald dies geschehen sein wird, soll auch meinerseits im hiesigen »Beobachter« Ihr Roman eine eingehende Würdigung erfahren.

Ergebenst
Fedor Pappenau, Schriftsteller

Die Redaktion der »Neuzeit« an Hans Schwab

München, 18. Januar 07

Hochgeschätzter Herr Schwab!

Es ist schon manche Monate her, seit Sie uns zuletzt durch Einsendung von Gedichten erfreut haben. Dürfen wir hoffen, bald wieder solche von Ihnen zu erhalten? Sie werden uns wie immer willkommen sein.

Und dann haben wir diesmal einen neuen Vorschlag. Schon früher haben wir manchmal beim Lesen Ihrer Gedichte gedacht, Ihr bedeutendes Talent werde sich vermutlich auch auf dem Gebiet des Romans und der Novelle betätigen. Wie recht wir damit hatten, das beweist uns Ihr prächtiger Roman »Paul Weigel«, von dessen Lektüre wir eben kommen. Gewiß haben Sie auch andere, noch unveröffentlichte Erzählungen geschrieben, die Sie uns anbieten könnten. Bezüglich des Honorars sehen wir Ihren Vorschlägen entgegen.

In alter Verehrung ergebenst Ihre
Redaktion der »Neuzeit«

Die Redaktion des »Komet« an Hans Schwab

H., den 16. Februar 07

Sehr geehrter Herr!

Wir haben mit ungeteiltem Vergnügen Ihren Roman »Paul Weigel« gelesen und möchten Ihnen nun den Vorschlag machen, uns Ihre nächste Arbeit zum Vorabdruck zu überlassen. Für einen neuen Roman von ähnlichem Umfang würden wir Ihnen ein Honorar von 3000 Mark anbieten.

In der Hoffnung, keine Fehlbitte getan zu haben, und mit dem Ausdruck aufrichtiger Hochachtung

Ihre ergebene
Redaktion des »Komet«

Die Redaktion des »Familienonkel« an Hans Schwab

S., den 11. März 07

Verehrter Herr!

Wir haben mit ungeteiltem Vergnügen Ihren Roman »Paul Weigel« gelesen und möchten Ihnen nun den Vorschlag machen, uns Ihre nächste Arbeit zum Vorabdruck zu überlassen. Für einen Roman von etwa demselben Charakter und Umfang würden wir Ihnen ein Honorar von 4000 Mk. anbieten.

In der angenehmen Hoffnung, keine Fehlbitte getan zu haben, begrüßen wir Sie, verehrter Herr, als Ihre sehr ergebene Redaktion des »Familienonkel«

Der Verleger E. W. Mundauf an Hans Schwab

Berchtesgaden, den 2. Juni 07

Lieber und verehrter Herr Schwab!

Aus der majestätischen Pracht des Hochgebirges sollen diese Zeilen Ihnen meine Grüße übermitteln. Ich muß Ihnen nämlich das Geständnis machen, daß ich Ihren herrlichen »Paul Weigel« erst hier gelesen habe. War ich auch nach dem Urteil meiner Herren Lektoren und nach dem überraschenden Erfolg des Buches – wir drucken eben die achtzehnte Auflage – von dem hohen Werte Ihrer Arbeit durchaus überzeugt, so hat die Lektüre mich doch ergriffen und zu Ihrem Bewunderer gemacht. Ich werde mich nun mit verdoppeltem Eifer für das Buch verwenden. Namentlich die prächtige Figur des alten Bauern hat mir imponiert!

Sie schrieben kürzlich, daß Sie an der Fertigstellung eines neuen Buches arbeiten. Darf ich Näheres erfahren? Wann? Welcher Umfang? Welches Genre? Wir würden die Novität wohl vorbereiten und im voraus Stimmung für das neue Werk machen können.

Beste Grüße von Ihrem aufrichtig ergebenen
E. W. Mundauf

Hans Schwab an den Verleger E. W. Mundauf

B., den 10. Juni 07

Werter Herr Mundauf!

Danke schön für Ihre freundlichen Zeilen über den »Paul Weigel«. Es kommt zwar kein alter Bauer darin vor, doch ist ja daran wenig gelegen. Ich muß mich heute kurz fassen, meine Zeit wird immer knapper, namentlich nimmt mich die viele Korrespondenz sehr in Anspruch. Zwar sind die meisten Briefe verlogen und bezwecken nichts als ein Geschäft, doch mache ich gute Miene dazu und habe gelegentlich meinen Spaß an der merkwürdigen Beliebtheit, die ich gewonnen habe, und die mit den Auflagen des Weigel Schritt hält. Dabei ist der Erfolg des Buches mir immer noch ein Rätsel; der Roman ist weder gut noch auch schlecht genug für so viele Auflagen, und seine Beliebtheit kommt mir immer mehr wie ein Mißverständnis vor.

Genug davon. Mein neues Buch kriegt allmählich Form und Ordnung. Fertig ist es längst, doch macht die Anordnung und Durchsicht mir noch viel Arbeit. Es ist nämlich ein Band Gedichte. Ich glaube damit mein Bestes zu geben, jedenfalls weit mehr als mit dem Weigel, und hoffe, das Buch werde auch Sie nicht enttäuschen. Könnte man es etwa diesen Winter herausgeben? Den Umfang kann ich noch nicht recht schätzen, es werden wohl zehn Bogen werden.

Mit Grüßen ergebenst Ihr
Hans Schwab

Der Verleger E. W. Mundauf an Hans Schwab

Berchtesgaden, den 3. Juli 07

Lieber Herr Schwab!

Es tut mir leid zu hören, daß Sie gerade jetzt einen Band Gedichte herausgeben wollen. Natürlich mache ich mir ein Vergnügen und eine Ehre daraus, das Buch zu verlegen, falls Sie darauf bestehen wollen. Vorher aber möchte ich Sie bitten, sich das nochmals gut zu überlegen! Es wird Ihr Schade nicht sein, wenn Sie in dieser Sache fachmännischen Rat annehmen.

Der schöne Erfolg Ihres Romans ist, um ein Bild zu gebrauchen, ein Fundament, eine erste Stufe, auf der wir weiter bauen müssen. Nun wäre es sehr falsch, wenn wir das Publikum, dessen Vertrauen Sie sich eben erst erworben haben, durch eine so unerwartete und wenig hoffnungsvolle Publikation scheu machen würden. Bringen Sie bald wieder einen neuen Roman, am liebsten ganz wieder im Genre des ersten, ich garantiere Ihnen einen noch größeren Erfolg als den bisherigen. Und später, sagen wir in fünf, sechs Jahren, wenn Sie Ihrer Gemeinde sicher sind und fest im Sattel sitzen, können Sie ja Gedichte oder was immer bringen, ohne damit etwas zu riskieren. Nur jetzt nicht! Überlegen Sie sich das bitte, recht gut, und geben Sie mir ohne Eile Antwort.

In alter Hochachtung bestens grüßend Ihr
E. W. Mundauf

(um 1908)

Taedium vitae

Erster Abend

Es ist Anfang Dezember. Der Winter zögert noch, Stürme heulen und seit Tagen fällt ein dünner, hastiger Regen, der sich manchmal, wenn es ihm selber zu langweilig wird, für eine Stunde in nassen Schnee verwandelt. Die Straßen sind ungangbar, der Tag dauert nur sechs Stunden.

Mein Haus steht allein im freien Feld, umgeben vom heulenden Westwind, von Regendämmerung und Geplätscher, von dem braunen, triefenden Garten und schwimmenden bodenlos gewordenen Feldwegen, die nirgendshin führen. Es kommt niemand, es geht niemand, die Welt ist irgendwo in der Ferne untergegangen. Es ist alles, wie ich mir's oft gewünscht habe – Einsamkeit, vollkommene Stille, keine Menschen, keine Tiere, nur ich allein in einem Studierzimmer, in dessen Kamin der Sturm jammert und an dessen Fensterscheiben Regen klatscht.

Die Tage vergehen so: Ich stehe spät auf, trinke Milch, besorge den Ofen. Dann sitze ich im Studierzimmer, zwischen dreitausend Büchern, von denen ich zwei abwechselnd lese. Das eine ist die »Geheimlehre« der Frau Blavatsky, ein schauerliches Werk. Das andere ist ein Roman von Balzac. Manchmal stehe ich auf, um ein paar Zigarren aus der Schublade zu holen, zweimal um zu essen. Die »Geheimlehre« wird immer dicker, sie wird nie ein Ende nehmen und mich ins Grab begleiten. Der Balzac wird immer dünner, er schwindet täglich, obwohl ich nicht viel Zeit an ihn wende.

Wenn mir die Augen weh tun, setze ich mich in den Lehnstuhl und schaue zu, wie die dürftige Tageshelle an den bücherbedeckten Wänden hinstirbt und versiegt.

Oder ich stelle mich vor die Wände und schaue die Bücherrücken an. Sie sind meine Freunde, sie sind mir geblieben, sie werden mich überleben; und wenn auch mein Interesse für sie im Schwinden begriffen ist, muß ich mich doch an sie halten, da ich nichts anderes habe. Ich schaue sie an, diese stummen, zwangsweise treu gebliebenen Freunde, und denke an ihre Geschichten. Da ist ein griechischer Prachtband, in Leyden gedruckt, irgendein Philosoph. Ich kann ihn nicht lesen, ich kann schon lang kein Griechisch mehr. Ich kaufte ihn in Venedig, weil er billig war und weil der Antiquar ganz überzeugt war, ich lese Griechisch geläufig. So kaufte ich ihn aus Verlegenheit, und schleppte ihn in der Welt herum, in Koffern und Kisten, sorgfältig eingepackt und ausgepackt, bis hierher, wo ich nun festsitze und wo auch er seinen Stand und seine Ruhe gefunden hat.

So vergeht der Tag, und der Abend vergeht bei Lampenlicht, Büchern, Zigarren, bis gegen zehn Uhr. Dann steige ich im kalten Nebenzimmer ins Bett, ohne zu wissen warum, denn ich kann wenig schlafen. Ich sehe das Fensterviereck, den weißen Waschtisch, ein weißes Bild überm Bett in der Nachtblässe schwimmen, ich höre den Sturm im Dach poltern und an den Fenstern zittern, höre das Stöhnen der Bäume, das Fallen des gepeitschten Regens, meinen Atem, meinen leisen Herzschlag. Ich mache die Augen auf, ich mache sie wieder zu; ich versuche an meine Lektüre zu denken, doch gelingt es mir nicht. Statt dessen denke ich an andere Nächte, an zehn, an zwanzig vergangene Nächte, da ich ebenso lag, da ebenso das bleiche Fenster schimmerte und mein leiser Herzschlag die blassen, wesenlosen Stunden abzählte. So vergehen die Nächte.

Sie haben keinen Sinn, so wenig wie die Tage, aber sie vergehen doch, und das ist ihre Bestimmung. Sie werden kommen und vergehen, bis sie wieder irgendeinen Sinn erhalten oder auch bis sie zu Ende sind, bis mein Herzschlag sie nimmer zählen kann. Dann kommt der Sarg, das Grab, vielleicht an einem hellblauen Septembertag, vielleicht bei Wind und Schnee, vielleicht im schönen Juni, wenn der Flieder blüht.

Immerhin sind meine Stunden nicht alle so. Eine, eine halbe von hundert ist doch anders. Dann fällt mir plötzlich das wieder ein, an was ich eigentlich immerfort denken will und was mir die Bücher, der Wind, der Regen, die blasse Nacht immer wieder verhüllen und entziehen. Dann denke ich wieder: Warum ist das so? Warum hat Gott dich verlassen? Warum ist deine Jugend von dir gewichen? Warum bist du so tot?

Das sind meine guten Stunden. Dann weicht der erdrückende Nebel. Geduld und Gleichgültigkeit fliehen fort, ich schaue erwacht in die scheußliche Öde und kann wieder fühlen. Ich fühle die Einsamkeit wie einen gefrorenen See um mich her, ich fühle die Schande und Torheit dieses Lebens, ich fühle den Schmerz um die verlorene Jugend grimmig flammen. Es tut weh, freilich, aber es ist doch Schmerz, es ist doch Scham, es ist doch Qual, es ist doch Leben, Denken, Bewußtsein.

Warum hat Gott dich verlassen? Wo ist deine Jugend hin? Ich weiß es nicht, ich werde es nie erdenken. Aber es sind doch Fragen, es ist doch Auflehnung, es ist doch nicht mehr Tod.

Und statt der Antwort, die ich doch nicht erwarte, finde ich neue Fragen. Zum Beispiel: Wie lang ist es her? Wann war's das letzte Mal, daß du jung gewesen bist?

Ich denke nach, und die erfrorene Erinnerung kommt langsam in Fluß, bewegt sich, schlägt unsichere Augen auf und strahlt unversehens ihre klaren Bilder aus, die unverloren unter der Todesdecke schliefen.

Anfangs will es mir scheinen, die Bilder seien ungeheuer alt, zum mindesten zehn Jahre alt. Aber das taub gewordene Zeitgefühl wird zusehends wacher, legt den vergessenen Maßstab auseinander, nickt und mißt. Ich erfahre, daß alles viel näher beieinander liegt, und nun tut auch das entschlafene Identitätsbewußtsein die hochmütigen Augen auf und nickt bestätigend und frech zu den unglaublichsten Dingen. Es geht von Bild zu Bild und sagt: »Ja, das war ich«, und jedes Bild rückt damit sofort aus seiner kühlschönen Beschaulichkeit heraus und wird ein Stück Leben, ein Stück meines Lebens. Das Identitätsbewußtsein ist eine zauberhafte Sache, fröhlich zu sehen, und doch unheimlich. Man hat es, und man kann doch ohne es leben und tut es oft genug, wenn nicht meistens. Es ist herrlich, denn es vernichtet die Zeit; und ist schlimm, denn es leugnet den Fortschritt.

Die erwachten Funktionen arbeiten, und sie stellen fest, daß ich einmal an einem Abend im vollen Besitz meiner Jugend war, und daß es erst vor einem Jahr gewesen ist. Es war ein unbedeutendes Erlebnis, viel zu klein, als daß es sein Schatten sein könnte, in dem ich nun so lange lichtlos lebe. Aber es war ein Erlebnis, und da ich seit Wochen, vielleicht Monaten vollkommen ohne Erlebnisse war, dünkt es mir eine wunderbare Sache, schaut mich wie ein Paradieslein an und tut viel wichtiger, als nötig wäre. Allein mir ist das lieb, ich bin dafür unendlich dankbar. Ich habe eine gute Stunde. Die Bücherreihen, die Stube, der Ofen, der Regen, das Schlafzimmer, die Einsamkeit, alles löst sich auf, zerrinnt, schmilzt hin. Ich rege, für eine Stunde, befreite Glieder.

Das war vor einem Jahr, Ende November, und es war ein ähnliches Wetter wie jetzt, nur war es fröhlich und hatte einen Sinn. Es regnete viel, aber melodisch schön, und ich hörte nicht vom Schreibtisch aus zu, sondern ging im Mantel und auf leisen, elastischen Gummischuhen draußen umher und betrachtete die Stadt. Ebenso wie der Regen war mein Gang und meine Bewegungen und mein Atem, nicht mechanisch, sondern schön, freiwillig, voller Sinn. Auch die Tage schwanden nicht so totgeboren hin, sie verliefen im Takt, mit Hebungen und Senkungen, und die Nächte waren lächerlich kurz und erfrischend, kleine Ruhepausen zwischen zwei Tagen, nur von den Uhren gezählt. Wie herrlich ist es, so seine Nächte zu verbringen, ein Drittel seines Lebens guten Mutes zu verschwenden, statt dazuliegen und die Minuten nachzuzählen, von denen doch keine den geringsten Wert hat.

Die Stadt war München. Ich war dorthin gereist, um ein Geschäft zu besorgen, das ich aber nachher brieflich abtat, denn ich traf so viele Freunde, sah und hörte so viel Hübsches, daß an Geschäfte nicht zu denken war. Einen Abend saß ich in einem schönen, wundervoll erleuchteten Saal und hörte einen kleinen, breitschultrigen Franzosen namens Lamond Stücke von Beethoven spielen. Das Licht glänzte, die schönen Kleider der Damen funkelten freudevoll, und durch den hohen Saal flogen große, weiße Engel, verkündeten Gericht und verkündeten frohe Botschaft, gossen Füllhörner der Lust aus und weinten schluchzend hinter vorgehaltenen, durchsichtigen Händen.

Eines Morgens fuhr ich, nach einer durchgezechten Nacht, mit Freunden durch den Englischen Garten, sang Lieder und trank beim Aumeister Kaffee. Einen Nachmittag war ich ganz von Gemälden umgeben, von Bildnissen, von Waldwiesen und Meerufern, von denen viele wunderbar erhöht und paradiesisch atmeten wie eine neue, unbefleckte Schöpfung. Abends sah ich den Glanz der Schaufenster, der für Landleute unendlich schön und gefährlich ist, sah Photographien und Bücher ausgestellt, und Schalen voll fremdländischer Blumen, teure Zigarren in Silberpapier gewickelt und feine Lederwaren von lachender Eleganz. Ich sah elektrische Lampen in den feuchten Straßen spiegelnd blitzen und die Helme alter Kirchentürme in der Wolkendämmerung verschwinden.

Mit alledem verging die Zeit schnell und leicht, wie ein Glas leer wird, aus dem jeder Schluck Vergnügen macht.

Es war Abend, ich hatte meinen Koffer gepackt und mußte morgen abreisen, ohne daß es mir leid tat. Ich freute mich schon auf die Eisenbahnfahrt an Dörfern, Wäldern und schon beschneiten Bergen vorbei, und auf die Heimkehr.

Für den Abend war ich noch eingeladen, in einem schönen neuen Hause in einer vornehmen Schwabinger Straße, wo es mir bei lebhaften Gesprächen und feinen Speisen wohl erging. Es waren auch einige Frauen da, doch bin ich im Verkehr mit solchen schamhaft und behindert, so daß ich mich lieber zu den Männern hielt. Wir tranken Weißwein aus dünnen Kelchgläsern, und rauchten gute Zigarren, deren Asche wir in silberne, innen vergoldete Becher fallen ließen. Wir sprachen von Stadt und Land, von der Jagd und vom Theater, auch von der Kultur, die uns nahe herbeigekommen schien. Wir sprachen laut und zart, mit Feuer und mit Ironie, ernst und witzig, und schauten uns klug und lebhaft in die Augen.

Erst spät, als der Abend beinahe vorüber war und das Männergespräch sich zur Politik wandte, wovon ich wenig verstehe, sah ich mir die eingeladenen Damen an. Sie wurden von einigen jungen Malern und Bildhauern unterhalten, die zwar arme Teufel, aber sämtlich mit großer Eleganz gekleidet waren, so daß ich ihnen gegenüber nicht Mitleid fühlen konnte, sondern Achtung und Respekt empfinden mußte. Doch ward ich auch von ihnen liebenswürdig geduldet, ja als zugereister Gast vom Lande freundlich ermuntert, so daß ich meine Schüchternheit ablegte und auch mit ihnen ganz brüderlich ins Reden kam. Daneben warf ich neugierige Blicke auf die jungen Damen.

Unter ihnen entdeckte ich nun eine ganz junge, vielleicht neunzehn Jahre alt, mit hellblonden, kinderhaften Haaren und einem blauäugigen, schmalen Mädchengesicht. Sie trug ein helles Kleid mit blauen Besätzen und saß horchend und zufrieden auf ihrem Sessel. Ich sah sie kaum, da ging auch schon ihr Stern mir auf, daß ich ihre feine Gestalt und innige, unschuldige Schönheit im Herzen begriff und die Melodie erfühlte, in welche eingehüllt sie sich bewegte. Eine stille Freude und Rührung machte meinen Herzschlag leicht und schnell, und ich hätte sie gerne angeredet, doch wußte ich nichts Stichhaltiges zu sagen. Sie selber sprach wenig, lächelte nur, nickte und sang kurze Antworten mit einer leichten, hold schwebenden Stimme. Über ihr dünnes Handgelenk fiel eine Manschette aus Spitzen, daraus die Hand mit den zarten Fingern kindlich und beseelt hervorschaute. Ihr Fuß, den sie spielend schaukelte, war mit einem feinen, hohen Stiefel aus braunem Leder bekleidet, und seine Form und Größe stand, wie auch die ihrer Hände in einem richtigen, wohlgefälligen Verhältnis zu der ganzen Gestalt.

»Ach du!« dachte ich mir und sah sie an, »du Kind, du schöner Vogel du! Wohl mir, daß ich dich in deinem Frühling sehen darf.«

Es waren noch andere Frauen da, glänzendere und verheißungsvolle in reifer Pracht, und kluge mit durchdringenden Augen, doch hatte keine einen solchen Duft und keine war so von sanfter Musik umflossen. Sie sprachen und lachten und führten Krieg mit Blicken aus Augen aller Farben. Sie zogen auch mich gütig und neckend ins Gespräch und erwiesen mir Freundlichkeit, doch gab ich nur wie im Schlummer Antwort und blieb mit dem Gemüt bei der Blonden, um ihr Bild in mich zu fassen und die Blüte ihres Wesens nicht aus der Seele zu verlieren.

Ohne daß ich darauf achtete, wurde es spät, und plötzlich waren alle aufgestanden und unruhig geworden, gingen hin und her und nahmen Abschied. Da erhob auch ich mich schnell und tat dasselbe. Draußen zogen wir Mäntel und Kragen an, und ich hörte einen von den Malern zu der Schönen sagen: »Darf ich Sie begleiten?« Und sie sagte: »Ja, aber das ist ein großer Umweg für Sie. Ich kann ja auch einen Wagen nehmen.«

Da trat ich rasch hinzu und sagte: »Lassen Sie mich mitgehen, ich habe den gleichen Weg.«

Sie lächelte und sagte: »Gut, danke schön.« Und der Maler grüßte höflich, sah mich verwundert an und ging davon.

Nun schritt ich neben der lieben Gestalt die nächtliche Straße hinab. An einer Ecke stand eine späte Droschke und schaute uns aus müden Laternen an. Sie sagte: »Soll ich nicht lieber die Droschke nehmen? Es ist eine halbe Stunde weit.« Ich bat sie jedoch, es nicht zu tun. Nun fragte sie plötzlich: »Woher wissen Sie denn, wo ich wohne?«

»O, das ist ja gleichgültig. Übrigens weiß ich es gar nicht.«

»Sie sagten doch, Sie hätten den gleichen Weg?«

»Ja, den habe ich. Ich wäre ohnehin noch eine halbe Stunde spazieren gegangen.«

Wir schauten an den Himmel, der war klar geworden und stand voll von Sternen, und durch die weiten, stillen Straßen strich ein frischer, kühler Wind.

Anfangs war ich in Verlegenheit, da ich durchaus nichts mit ihr zu reden wußte. Sie schritt jedoch frei und unbefangen dahin, atmete die reine Nachtluft mit Behagen und tat nur hie und da, wie es ihr einfiel, einen Ausruf oder eine Frage, auf die ich pünktlich Antwort gab. Da wurde auch ich wieder frei und zufrieden, und es ergab sich im Takt unserer Schritte ein ruhiges Plaudern, von dem ich heute kein Wort mehr weiß.

Wohl aber weiß ich noch, wie ihre Stimme klang; sie klang rein, vogelleicht und dennoch warm, und ihr Lachen ruhig und fest. Ihr Schritt nahm meinen gleichmäßig mit, ich bin nie so froh und schwebend gegangen, und die schlafende Stadt mit Palästen, Toren, Gärten und Denkmälern glitt still und schattenhaft an uns vorüber.

Es begegnete uns ein alter Mann in schlechten Kleidern, der nicht mehr gut zu Fuß war. Er wollte uns ausweichen, doch nahmen wir das nicht an, sondern machten ihm zu beiden Seiten Platz, und er drehte sich langsam um und blickte uns nach.

»Ja, schau du nur!« sagte ich, und das blonde Mädchen lachte vergnügt.

Von hohen Türmen schollen Stundenschläge, flogen klar und frohlockend im frischen Winterwind über die Stadt und vermischten sich fern in den Lüften zu einem verhallenden Brausen. Ein Wagen fuhr über einen Platz, die Hufschläge tönten klappernd auf dem Pflaster, die Räder aber hörte man nicht, sie liefen auf Gummireifen.

Neben mir schritt heiter und frisch die schöne junge Gestalt, die Musik ihres Wesens umschloß auch mich, mein Herz schlug denselben Takt wie ihres, meine Augen sahen alles, was ihre Augen sahen. Sie kannte mich nicht, und ich wußte ihren Namen nicht, aber wir waren beide sorgenlos und jung, wir waren Kameraden wie zwei Sterne und wie zwei Wolken, die denselben Weg ziehen, dieselbe Luft atmen und sich ohne Worte wunschlos wohlfühlen. Mein Herz war wieder neunzehn Jahre alt und unversehrt.

Mir schien, wir beide müßten ohne Ziel und unermüdet weiter wandern. Mir schien, wir gingen schon unausdenklich lange nebeneinander, und es könnte nie ein Ende nehmen. Die Zeit war ausgeloscht, ob auch die Uhren schlugen.

Da aber blieb sie unvermutet stehen, lächelte, gab mir die Hand und verschwand in einem Haustor.

Zweiter Abend

Ich habe den halben Tag gelesen und meine Augen schmerzen, ohne daß ich weiß, warum ich sie eigentlich so anstrenge. Aber auf irgendeine Art muß ich die Zeit doch hinbringen. Jetzt ist es wieder Abend, und indem ich überlese, was ich gestern schrieb, richtet sich jene vergangene Zeit wieder auf, blaß und entrückt, aber doch erkennbar. Ich sehe Tage und Wochen, Ereignisse und Wünsche, Gedachtes und Erlebtes schön verknüpft und in sinnvoller Folge aneinander gereiht, ein richtiges Leben mit Kontinuität und Rhythmus, mit Interessen und Zielen, und mit der wunderbaren Berechtigung und Selbstverständlichkeit eines gewöhnlichen, gesunden Lebens, was alles mir seither so völlig abhanden gekommen ist.

Also ich war, am Tag nach jenem schönen Abendgang mit dem fremden Mädchen, abgereist und in meine Heimat gefahren. Ich saß fast ganz allein im Wagen und freute mich über den guten Schnellzug und über die fernen Alpen, die eine Zeitlang klar und glänzend zu sehen waren. In Kempten aß ich am Büffet eine Wurst und unterhielt mich mit dem Schaffner, dem ich eine Zigarre kaufte. Später wurde das Wetter trüb, und den Bodensee sah ich grau und groß wie ein Meer im Nebel und leisem Schneegeriesel liegen.

Zu Hause in demselben Zimmer, in dem ich auch jetzt sitze, machte ich mir ein gutes Feuer in den Ofen und ging mit Eifer an meine Arbeit. Es kamen Briefe und Bücherpakete und gaben mir zu tun, und einmal in der Woche fuhr ich ins Städtchen hinüber, machte meine paar Einkäufe, trank ein Glas Wein und spielte eine Partie Billard.

Dabei merkte ich doch allmählich, daß die freudige Munterkeit und zufriedene Lebenslust, mit der ich noch kürzlich in München umhergegangen war, sich anschickte zur Neige zu gehen und durch irgendeinen kleinen, dummen Riß zu entrinnen, so daß ich langsam in einen minder hellen, träumerischen Zustand hineingeriet. Im Anfang dachte ich, es werde ein kleines Unwohlsein sich ausbrüten, darum fuhr ich in die Stadt und nahm ein Dampfbad, das jedoch nichts helfen wollte. Ich sah auch bald ein, daß dieses Übel nicht in den Knochen und im Blut steckte. Denn ich begann jetzt, ganz wider oder doch ohne meinen Willen, zu allen Stunden des Tages mit einer gewissen hartnäckigen Begierde an München zu denken, als ob ich in dieser angenehmen Stadt etwas Wesentliches verloren hätte. Und ganz allmählich nahm dieses Wesentliche für mein Bewußtsein Gestalt an, und es war die liebliche schlanke Gestalt der neunzehnjährigen Blonden. Ich merkte, daß ihr Bildnis und jener dankbar frohe abendliche Gang an ihrer Seite in mir nicht zur stillen Erinnerung, sondern zu einem Teil meiner selbst geworden war, der jetzt zu schmerzen und zu leiden anfing.

Es ging schon leis in den Frühling hinein, da war die Sache reif und brennend geworden und ließ sich auf keine Weise mehr unterschlagen. Ich wußte jetzt, daß ich das liebe Mädchen wiedersehen müsse, ehe an anderes zu denken war. Wenn alles stimmte, so durfte ich den Gedanken nicht scheuen, meinem stillen Leben Fahrwohl zu sagen und mein harmloses Schicksal mitten in den Strom zu lenken. War es auch bisher meine Absicht gewesen, meinen Weg allein als ein unbeteiligter Zuschauer zu gehen, so schien doch jetzt ein ernsthaftes Bedürfnis es anders zu wollen.

Darum überlegte ich mir alles Notwendige gewissenhaft und kam zu dem Schluß, es sei mir durchaus möglich und erlaubt, mich einem jungen Mädchen anzutragen, falls es dazu kommen sollte. Ich war wenig über dreißig Jahre alt, auch gesund und gutartig, und besaß so viel Vermögen, daß eine Frau, wenn sie nicht zu sehr verwöhnt war, sich mir ohne Sorge anvertrauen konnte. Gegen Ende März fuhr ich denn wieder nach München, und diesmal hatte ich auf der langen Eisenbahnfahrt recht viel zu denken. Ich nahm mir vor, zunächst die nähere Bekanntschaft des Mädchens zu machen und hielt es nicht für völlig unmöglich, daß dann vielleicht mein Bedürfnis sich als minder heftig und überwindbar erweisen könnte. Vielleicht, meinte ich, werde das bloße Wiedersehen meinem Heimweh Genüge tun und das Gleichgewicht in mir sich dann von selber wiederherstellen.

Das war nun allerdings die törichte Annahme eines Unerfahrenen. Ich erinnere mich nun wieder wohl daran, mit wieviel Vergnügen und Schlauheit ich diese Reisegedanken spann, während ich im Herzen schon fröhlich war, da ich mich München und der Blonden nahe wußte.

Kaum hatte ich das vertraute Pflaster wieder betreten, so stellte sich auch ein Behagen ein, das ich wochenlang vermißt hatte. Es war nicht frei von Sehnsucht und verhüllter Unruhe, aber doch war mir längere Zeit nicht mehr so wohl gewesen. Wieder freute mich alles, was ich sah, und hatte einen wunderlichen Glanz, die bekannten Straßen, die Türme, die Leute in der Trambahn mit ihrer Mundart, die großen Bauten und stillen Denkmäler. Ich gab jedem Trambahnschaffner einen Fünfer Trinkgeld, ließ mich durch ein feines Schaufenster verleiten, mir einen eleganten Regenschirm zu kaufen, gönnte mir auch in einem Zigarrenladen etwas Feineres, als eigentlich meinem Stande und Vermögen entsprach, und fühlte mich in der frischen Märzluft recht unternehmungslustig.

Nach zwei Tagen hatte ich schon in aller Stille mich nach dem Mädchen erkundigt und nicht viel anderes erfahren, als ich ungefähr erwartet hatte. Sie war eine Waise und aus gutem Hause, doch arm, und besuchte eine kunstgewerbliche Schule. Mit meinem Bekannten in der Leopoldstraße, in dessen Haus ich sie damals gesehen hatte, war sie entfernt verwandt.

Dort sah ich sie auch wieder. Es war eine kleine Abendgesellschaft, fast alle Gesichter von damals tauchten wieder auf, manche erkannten mich wieder und gaben mir freundlich die Hand. Ich aber war sehr befangen und erregt, bis endlich mit anderen Gästen auch sie erschien. Da wurde ich still und zufrieden, und als sie mich erkannte, mir zunickte und mich sogleich an jenen Abend im Winter erinnerte, fand sich bei mir das alte Zutrauen ein, und ich konnte mit ihr reden und ihr in die Augen sehen, als wäre seither keine Zeit vergangen und wehte noch derselbe winterliche Nachtwind um uns beide. Doch hatten wir einander nicht viel mitzuteilen, sie fragte nur, wie es mir seither gegangen sei und ob ich die ganze Zeit auf dem Land gelebt habe. Als das besprochen war, schwieg sie ein paar Augenblicke, sah mich dann lächelnd an und wendete sich zu ihren Freunden, während ich sie nun aus einiger Ferne nach Lust betrachten konnte. Sie schien mir ein wenig verändert, doch wußte ich nicht wie und in welchen Zügen, und erst nachher, als sie fort war und ich ihre beiden Bilder in mir streiten fühlte und vergleichen konnte, fand ich heraus, daß sie ihr Haar jetzt anders aufgesteckt hatte und auch zu etwas volleren Wangen gekommen war. Ich betrachtete sie still und hatte dabei dasselbe Gefühl der Freude und Verwunderung, daß es etwas so Schönes und innig Junges gebe und daß es mir erlaubt war, diesem Menschenfrühling zu begegnen und in die hellen Augen zu sehen.

Während des Abendessens und nachher beim Moselwein ward ich in die Herrengespräche hineingezogen, und wenn auch von anderen Dingen die Rede war als bei meinem letzten Hiersein, schien mir das Gespräch doch wie eine Fortsetzung des damaligen, und ich nahm mit einer kleinen Genugtuung wahr, daß diese lebhaften und verwöhnten Stadtleute doch auch trotz aller Augenlust und Neuigkeiten einen gewissen Zirkel haben, in dem ihr Geist und Leben sich bewegt, und daß bei allem Vielerlei und Wechsel doch auch hier der Zirkel unerbittlich und verhältnismäßig eng ist. Obschon mir in ihrer Mitte recht wohl war, fühlte ich mich doch durch meine lange Abwesenheit im Grunde um nichts betrogen und konnte die Vorstellung nicht ganz unterdrücken, diese Herrschaften seien alle noch von damals her sitzen geblieben und redeten noch am selben Gespräch von damals fort. Dieser Gedanke war natürlich ungerecht und kam nur daher, daß meine Aufmerksamkeit und Teilnahme diesmal häufig von der Unterhaltung abwich.

Ich wandte mich auch, sobald ich konnte, dem Nebenzimmer zu, wo die Damen und jungen Leute ihre Unterhaltung hatten. Es entging mir nicht, daß die jungen Künstler von der Schönheit des Fräuleins stark angezogen wurden und mit ihr teils kameradschaftlich, teils ehrerbietig umgingen. Nur einer, ein Bildnismaler namens Zündel, hielt sich kühl bei den älteren Frauen und schaute uns Schwärmern mit einer gutmütigen Verachtung zu. Er sprach lässig und mehr horchend als redend mit einer schönen, braunäugigen Frau, von der ich gehört hatte, sie stehe im Ruf großer Gefährlichkeit und vieler gehabter oder noch schwebender Liebesabenteuer.

Doch nahm ich alles das nur nebenbei mit halben Sinnen wahr. Das Mädchen nahm mich ganz in Anspruch, doch ohne daß ich mich ins allgemeine Gespräch mischte. Ich fühlte, wie sie in einer lieblichen Musik befangen lebte und sich bewegte, und der milde, innige Reiz ihres Wesens umgab mich so dicht und süß und stark wie der Duft einer Blume. So wohl mir das jedoch tat, so konnte ich doch unzweifelhaft spüren, daß ihr Anblick mich nicht stillen und sättigen könne und daß mein Leiden, wenn ich jetzt wieder von ihr getrennt würde, noch weit quälender werden müsse. Mir schien in ihrer zierlichen Person mein eigenes Glück und der blühende Frühling meines Lebens mich anzublicken, daß ich ihn fasse und an mich nehme, der sonst nie wieder käme. Es war nicht eine Begierde des Blutes nach Küssen und nach einer Liebesnacht, wie es manche schöne Frau schon für Stunden in mir erweckt und mich damit erhitzt und gequält hatte. Vielmehr war es ein frohes Vertrauen, daß in dieser lieben Gestalt mein Glück mir begegnen wolle, daß ihre Seele mir verwandt und freundlich und mein Glück auch ihres sein müsse.

Darum beschloß ich, ihr nahe zu bleiben und zur rechten Stunde meine Frage an sie zu tun.

Dritter Abend

Es soll nun einmal erzählt sein, also weiter!

Ich hatte nun in München eine schöne Zeit. Meine Wohnung lag nicht weit vom Englischen Garten, den suchte ich jeden Morgen auf. Auch in die Bildersäle ging ich häufig, und wenn ich etwas besonders Herrliches sah, war es immer wie ein Zusammentreffen der äußeren Welt mit dem seligen Bilde, das ich in mir bewahrte.

Eines Abends trat ich in ein kleines Antiquariat, um mir etwas zum Lesen zu kaufen. Ich stöberte in staubigen Regalen und fand eine schöne, zierlich eingebundene Ausgabe des Herodot, die ich erwarb. Darüber kam ich mit dem Gehilfen, der mich bediente, in ein Gespräch. Es war ein auffallend freundlicher, still höflicher Mann mit einem bescheidenen, doch heimlich durchleuchteten Gesicht, und in seinem ganzen Wesen lag eine sanfte, friedliche Güte, die man sofort spürte und auch aus seinen Zügen und Gebärden lesen konnte. Er zeigte sich belesen, und da er mir so gut gefiel, kam ich mehrmals wieder, um etwas zu kaufen und mich eine Viertelstunde mit ihm zu unterhalten. Ohne daß er dergleichen gesagt hätte, hatte ich von ihm den Eindruck eines Mannes, der die Finsternis und Stürme des Lebens vergessen oder überwunden habe und ein friedvolles und gutes Leben führe.

Nachdem ich den Tag in der Stadt bei Freunden oder in Sammlungen hingebracht, saß ich abends vor dem Schlafengehen stets noch eine Stunde in meinem Mietzimmer, in die Wolldecke gehüllt, las im Herodot oder ließ meine

Gedanken hinter dem schönen Mädchen hergehen, dessen Namen Maria ich nun auch erfahren hatte.

Beim nächsten Zusammentreffen mit ihr gelang es mir, sie etwas besser zu unterhalten, wir plauderten ganz vertraulich, und ich erfuhr manches über ihr Leben. Auch durfte ich sie nach Hause begleiten, und es war mir wie im Traum, daß ich wieder mit ihr denselben Weg durch die ruhigen Straßen ging. Ich sagte ihr, ich habe oft an jenen Heimweg gedacht und mir gewünscht, ihn noch einmal gehen zu dürfen. Sie lachte vergnügt und fragte mich ein wenig aus. Und schließlich, da ich doch am Bekennen war, sah ich sie an und sagte: »Ich bin nur Ihretwegen nach München gekommen, Fräulein Maria.«

Ich fürchtete sogleich, das möchte zu dreist gewesen sein, und wurde verlegen. Aber sie sagte nichts darauf und sah mich nur ruhig und ein wenig neugierig an. Nach einer Weile sagte sie dann: »Am Donnerstag gibt ein Kamerad von mir ein Atelierfest. Wollen Sie auch kommen? Dann holen Sie mich um acht Uhr hier ab.«

Wir standen vor ihrer Wohnung. Da dankte ich und nahm Abschied.

So war ich denn von Maria zu einem Fest eingeladen worden. Eine große Freudigkeit kam über mich. Ohne daß ich mir von diesem Fest allzuviel versprach, war es mir doch ein wunderlich süßer Gedanke, von ihr dazu aufgefordert zu sein und ihr etwas zu verdanken. Ich besann mich, wie ich ihr dafür danken könne, und beschloß, ihr am Donnerstag einen schönen Blumenstrauß mitzubringen.

In den drei Tagen, die ich noch warten mußte, fand ich die heiter zufriedene Stimmung nicht wieder, in der ich die letzte Zeit gewesen war. Seit ich ihr das gesagt hatte, daß ich ihretwegen hierher gereist sei, war meine Unbefangenheit und Ruhe verloren. Es war doch so gut wie ein Geständnis gewesen, und nun mußte ich immer denken, sie wisse um meinen Zustand und überlege sich vielleicht, was sie mir antworten solle. Ich brachte diese Tage meist auf Ausflügen außerhalb der Stadt zu, in den großen Parkanlagen von Nymphenburg und von Schleißheim oder im Isartal in den Wäldern.

Als der Donnerstag gekommen war und es Abend wurde, zog ich mich an, kaufte im Laden einen großen Strauß rote Rosen und fuhr damit in einer Droschke bei Maria vor. Sie kam sogleich herab, ich half ihr in den Wagen und gab ihr die Blumen, aber sie war aufgeregt und befangen, was ich trotz meiner eigenen Verlegenheit wohl bemerkte. Ich ließ sie denn auch in Ruhe, und es gefiel mir, sie so mädchenhaft vor einer Festlichkeit in Aufregung und Freudenfieber zu sehen. Bei der Fahrt im offenen Wagen durch die Stadt überkam auch mich all-mählich eine große Freude, indem es mir scheinen wollte, als bekenne damit Maria, sei es auch nur für eine Stunde, sich zu einer Art von Freundschaft und Einverständnis mit mir. Es war mir ein festtägliches Ehrenamt, sie für diesen Abend unter meinem Schutz und meiner Beglei-tung zu haben, da es ihr hierzu doch gewiß nicht an an-deren erbötigen Freunden gefehlt hätte.

Der Wagen hielt vor einem großen kahlen Miethaus, dessen Flur und Hof wir durchschreiten mußten. Dann ging es im Hinterhause unendliche Treppen hinauf, bis uns im obersten Korridor ein Schwall von Licht und Stim-men entgegenbrach. Wir legten in einer Nebenstube ab, wo ein eisernes Bett und ein paar Kisten schon mit Män-teln und Hüten bedeckt waren, und traten dann in das Atelier, das hell erleuchtet und voll von Menschen war. Drei oder vier waren mir flüchtig bekannt, die andern samt dem Hausherrn aber alle fremd.

Diesem stellte mich Maria vor und sagte dazu: »Ein Freund von mir. Ich durfte ihn doch mitbringen?«

Das erschreckte mich ein wenig, da ich glaubte, sie habe mich angemeldet. Aber der Maler gab mir unbeirrt die Hand und sagte gleichmütig: »Ist schon recht.«

Es ging in dem Atelier recht lebhaft und freimütig zu. Jeder setzte sich, wo er Platz fand, und man saß nebeneinander, ohne sich zu kennen. Auch nahm sich jedermann nach Belieben von den kalten Speisen, die da und dort herumstanden, und vom Wein oder Bier, und während die einen erst ankamen oder ihr Abendbrot aßen, hatten andere schon die Zigarren angezündet, deren Rauch sich allerdings anfänglich in dem sehr hohen Raume leicht verlor.

Da niemand nach uns sah, versorgte ich Maria und dann auch mich mit einigem Essen, das wir ungestört an einem kleinen niederen Zeichentisch verzehrten, zusammen mit einem fröhlichen, rotbärtigen Mann, den wir beide nicht kannten, der uns aber munter und anfeuernd zunickte. Hie und da griff jemand von den später Gekommenen, für die es an Tischen fehlte, über unsre Schultern hinweg nach einem Schinkenbrot, und als die Vorräte zu Ende waren, klagten viele noch über Hunger, und zwei von den Gästen gingen aus, um noch etwas einzukaufen, wozu der eine von seinen Kameraden kleine Geldbeiträge erbat und erhielt.

Der Gastgeber sah diesem munteren und etwas lärmigen Wesen gleichmütig zu, aß stehend ein Butterbrot und ging mit diesem und einem Weinglas in den Händen plaudernd bei den Gästen hin und wider. Auch ich nahm an dem ungebundenen Treiben keinen Anstoß, doch wollte es mir im stillen leid tun, daß Maria sich hier anscheinend wohl und heimisch fühlte. Ich wußte ja, daß die jungen Künstler ihre Kollegen und zum Teil sehr achtenswerte Leute waren, und hatte keinerlei Recht, etwas anders zu wünschen. Dennoch war es mir ein leiser Schmerz und fast eine kleine Enttäuschung, zu sehen, wie sie diese immerhin robuste Geselligkeit befriedigt hinnahm. Ich blieb bald allein, da sie nach der kurzen Mahlzeit sich erhob und ihre Freunde begrüßte. Den beiden ersten stellte sie mich vor und suchte mich mit in ihre Unterhaltung zu ziehen, wobei ich freilich versagte. Dann stand sie bald da, bald dort bei Bekannten, und da sie mich nicht zu vermissen schien, zog ich mich in einen Winkel zurück, lehnte mich an die Wand und schaute mir die lebhafte Gesellschaft in Ruhe an. Ich hatte nicht erwartet, daß Maria sich den ganzen Abend in meiner Nähe halten würde, und war damit zufrieden, sie zu sehen, etwa einmal mit ihr zu plaudern und sie dann wieder nach Hause zu begleiten. Trotzdem kam allmählich ein Mißbehagen über mich, und je munterer die andern wurden, desto unnützer und fremder stand ich da, nur selten von jemand flüchtig angeredet.

Unter den Gästen bemerkte ich auch jenen Porträtmaler Zündel sowie jene schöne Frau mit den braunen Augen, die mir als gefährlich und etwas übel berufen bezeichnet worden war. Sie schien in diesem Kreis wohlbekannt und ward von den meisten mit einer gewissen lächelnden Vertrautheit, doch ihrer Schönheit wegen auch mit freimütiger Bewunderung betrachtet. Zündel war ebenfalls ein hübscher Mensch, groß und kräftig, mit scharfen dunklen Augen und von einer sichern, stolzen und überlegenen Haltung wie ein verwöhnter und seines Eindrucks gewisser Mann. Ich betrachtete ihn mit Aufmerksamkeit, da ich von Natur für solche Männer ein merkwürdiges, mit Humor und auch mit etwas Neid vermischtes Interesse habe. Er versuchte den Gastgeber wegen der mangelhaften Bewirtung aufzuziehen.

»Du hast ja nicht einmal genug Stühle«, meinte er geringschätzig. Aber der Hausherr blieb unangefochten. Er zuckte die Achseln und sagte: »Wenn ich mich einmal zum Porträtmalen hergeb', wird's bei mir schon auch fein werden.« Dann tadelte Zündel die Gläser: »Aus den Kübeln kann man doch keinen Wein trinken. Hast du nie gehört, daß zum Wein feine Gläser gehören?« Und der Gastgeber antwortete unverzagt: »Vielleicht verstehst du was von Gläsern, aber vom Wein verstehst du nichts.

Mir ist alleweil ein feiner Wein lieber als ein feines Glas.«

Die schöne Frau hörte lächelnd zu, und ihr Gesicht sah merkwürdig zufrieden und selig aus, was kaum von diesen Witzen herrühren konnte. Ich sah denn auch bald, daß sie unterm Tisch ihre Hand tief in den linken Rockärmel des Malers gesteckt hielt, während sein Fuß leicht und nachlässig mit ihrem spielte. Doch schien er mehr höflich als zärtlich zu sein, sie aber hing mit einer unangenehmen Inbrunst an ihm, und ihr Anblick wurde mir bald unerträglich.

Übrigens machte sich auch Zündel nun von ihr los und stand auf. Es war jetzt ein starker Rauch im Atelier, auch Frauen und Mädchen rauchten Zigaretten, Gelächter und laute Gespräche klangen durcheinander, alles ging auf und ab, setzte sich auf Stühle, auf Kisten, auf den Kohlenbehälter, auf den Boden. Eine Pickoloflöte wurde geblasen, und mitten in dem Getöse las ein leicht angetrunkener Jüngling einer lachenden Gruppe ein ernsthaftes Gedicht vor.

Ich beobachtete Zündel, der gemessen hin und wider ging und völlig ruhig und nüchtern blieb. Dazwischen sah ich immer wieder zu Maria hinüber, die mit zwei andern Mädchen auf einem Diwan saß und von jungen Herren unterhalten wurde, die mit Weingläsern in den Händen dabeistanden. Je länger die Lustbarkeit dauerte und je lauter sie wurde, desto mehr kam eine Trauer und Beklemmung über mich. Es schien mir, ich sei mit meinem Märchenkind an einen unreinen Ort geraten, und ich begann darauf zu warten, daß sie mir winke und fortzugehen begehre.

Der Maler Zündel stand jetzt abseits und hatte sich eine Zigarre angezündet. Er beschaute sich die Gesichter und blickte auch aufmerksam zu dem Diwan hin. Da hob Maria den Blick, ich sah es genau, und sah ihm eine kleine Weile in die Augen. Er lächelte, sie aber blickte ihn fest und gespannt an, und dann sah ich ihn ein Auge schließen und den Kopf fragend heben, sie aber leise nicken.

Da wurde mir schwül und dunkel im Herzen. Ich wußte ja nichts, und es konnte ein Scherz, ein Zufall, eine kaum gewollte Gebärde sein. Allein ich tröstete mich damit nicht. Ich hatte gesehen, es gab ein Einverständnis zwischen den beiden, die den ganzen Abend kein Wort miteinander gesprochen und sich fast auffallend voneinander fern gehalten hatten.

In jenem Augenblick fiel mein Glück und meine kindische Hoffnung zusammen, es blieb kein Hauch und kein Glanz davon übrig. Es blieb nicht einmal eine reine, herzliche Trauer, die ich gern getragen hätte, sondern nur eine Scham und Enttäuschung, ein widerwärtiger Geschmack und Ekel. Wenn ich Maria mit einem frohen Bräutigam oder Liebhaber gesehen hätte, so hätte ich ihn beneidet und mich doch gefreut. Nun aber war es ein Verführer und Weiberheld, dessen Fuß noch vor einer halben Stunde mit dem der braunäugigen Frau gespielt hatte.

Trotzdem raffte ich mich zusammen. Es konnte immer noch eine Täuschung sein, und ich mußte Maria Gelegenheit geben, meinen bösen Verdacht zu widerlegen.

Ich ging zu ihr und sah ihr betrübt in das frühlinghafte, liebe Gesicht. Und ich fragte: »Es wird spät Fräulein Maria, darf ich Sie nicht heimbegleiten?«

Ach, da sah ich sie zum erstenmal unfrei und verstellt. Ihr Gesicht verlor den feinen Gotteshauch, und auch ihre Stimme klang verhüllt und unwahr. Sie lachte und sagte laut: »O verzeihen Sie, daran hatte ich gar nicht gedacht. Ich werde abgeholt. Wollen Sie schon gehen?«

Ich sagte: »Ja, ich will gehen. Adieu, Fräulein Maria.«

Ich nahm von niemand Abschied und wurde von niemand aufgehalten. Langsam ging ich die vielen Treppen hinunter, über den Hof und durch das Vorderhaus. Draußen besann ich mich, was nun zu tun sei, und kehrte wieder um und verbarg mich im Hof hinter einem leeren Wagen. Dort wartete ich lang, beinahe eine Stunde. Dann kam der Zündel, warf einen Zigarrenrest weg und knöpfte seinen Mantel zu, ging durch die Einfahrt hinaus, kam aber bald wieder und blieb am Ausgang stehen.

Es dauerte fünf, zehn Minuten, und immerfort verlangte es mich, hervorzutreten, ihn anzurufen, ihn einen Hund zu heißen und an der Kehle zu packen. Aber ich tat es nicht, ich blieb still in meinem Versteck und wartete. Und es dauerte nicht lang, da hörte ich wieder Schritte auf der Treppe, und die Türe ging, und Maria kam heraus, schaute sich um, schritt zum Ausgang und legte still ihren Arm in den des Malers. Rasch gingen sie miteinander fort, ich sah ihnen nach und machte mich dann auf den Heimweg.

Zu Hause legte ich mich ins Bett, konnte aber keine Ruhe finden, so daß ich wieder aufstand und in den Englischen Garten ging. Dort lief ich die halbe Nacht herum, kam dann wieder in mein Zimmer und schlief nun fest bis in den Tag hinein.

Ich hatte mir nachts vorgenommen, gleich am Morgen fortzureisen. Dafür war ich nun aber zu spät erwacht und hatte also noch einen Tag hinzubringen. Ich packte und zahlte, nahm von meinen Freunden schriftlich Abschied, aß in der Stadt und setzte mich in ein Kaffeehaus. Die Zeit wollte mir lang werden, und ich sann nach, womit ich den Nachmittag verbringen könne. Dabei fing ich an, mein Elend zu fühlen. Seit Jahren war ich nicht mehr in dem scheußlichen und unwürdigen Zustand gewesen, daß ich die Zeit fürchtete und verlegen war, wie ich sie umbringe. Spazierengehen, Gemälde sehen, Musik hören, ausfahren, eine Partie Billard spielen, lesen, alles lockte mich nicht, alles war dumm, fad, sinnlos. Und wenn ich auf der Straße um mich blickte, sah ich Häuser, Bäume, Menschen, Pferde, Hunde, Wagen, alles unendlich langweilig, reizlos und gleichgültig. Nichts sprach zu mir, nichts machte mir Freude, erweckte mir Teilnahme oder Neugierde.

Während ich eine Tasse Kaffee trank, um die Zeit hinter mich zu bringen und eine Art von Pflicht zu erfüllen, fiel mir ein, ich müsse mich umbringen. Ich war froh, diese Lösung gefunden zu haben, und überlegte sachlich das Notwendige. Allein meine Gedanken waren zu unstet und haltlos, als daß sie länger als für Minuten bei mir geblieben wären. Zerstreut zündete ich mir eine Zigarre an, warf sie wieder weg, bestellte die zweite oder dritte Tasse Kaffee, blätterte in einer Zeitschrift und schlenderte schließlich weiter. Es kam mir wieder in den Sinn, daß ich hatte abreisen wollen, und ich nahm mir vor, es morgen gewiß zu tun. Plötzlich machte mich der Gedanke an meine Heimat warm, und für Augenblicke fühlte ich statt des elenden Ekels eine rechte, reinliche Trauer. Ich erinnerte mich daran, wie schön es in der Heimat war, wie dort die grünen und blauen Berge weich aus dem See emporstiegen, wie der Wind in den Pappeln tönte und wie die Möwen kühn und launisch flogen. Und mir schien, ich müsse nur aus dieser verfluchten Stadt hinaus und wieder in die Heimat kommen, damit der böse Zauber breche und ich die Welt wieder in ihrem Glanze sehen, verstehen und liebhaben könne.

Im Hinschlendern und Denken verlor ich mich in den Gassen der Altstadt, ohne genau zu wissen, wo ich war, bis ich unversehens vor dem Laden meines Antiquars stand. Im Fenster hing ein Kupferstich ausgestellt, das Bildnis eines Gelehrten aus dem siebzehnten Jahrhundert, und ringsum standen alte Bücher in Leder, Pergament und Holz gebunden. Das weckte in meinem ermüdeten Kopf eine neue, flüchtige Reihe von Vorstellungen, in denen ich eifrig Trost und Ablenkung suchte. Es waren angenehme, etwas träge Vorstellungen von Studien und mönchischem Leben, von einem stillen, resignierten und etwas staubigen Winkelglück bei Leselampe und Büchergeruch. Um den flüchtigen Trost noch eine Weile festzuhalten, trat ich in den Laden und wurde sogleich von jenem freundlichen Gehilfen empfangen. Er führte mich eine enge Wendeltreppe hinauf in das obere Stockwerk, wo mehrere große Räume ganz mit wandhohen Bücherschäften gefüllt waren. Die Weisen und Dichter vieler Zeiten schauten mich traurig aus blinden Bücheraugen an, der schweigsame Antiquar stand wartend da und sah mich bescheiden an.

Da geriet ich auf den Einfall, diesen stillen Mann um Trost zu fragen. Ich sah in sein gutes, offenes Gesicht und sagte: »Bitte nennen Sie mir etwas, was ich lesen soll. Sie müssen doch wissen, wo etwas Tröstliches und Heilsames zu finden ist; Sie sehen gut und getröstet aus.«

»Sind Sie krank?« fragte er leise.

»Ein wenig«, sagte ich.

Und er: »Ist es schlimm?«

»Ich weiß nicht. Es ist *taedium vitae*.«

Da nahm sein einfaches Gesicht einen großen Ernst an. Er sagte ernst und eindringlich: »Ich weiß einen guten Weg für Sie.«

Und als ich ihn mit den Augen fragte, fing er an zu reden und erzählte mir von der Gemeinde der Theosophen, zu der er gehörte. Manches davon war mir nicht unbekannt, doch war ich nicht fähig, ihm mit rechter Aufmerksamkeit zuzuhören. Ich vernahm nur ein mildes, wohlgemeintes, herzliches Sprechen, Sätze von Karma, Sätze von der Wiedergeburt, und als er innehielt und beinah verlegen schwieg, wußte ich gar keine Antwort. Schließlich fragte ich, ob er mir Bücher zu nennen wisse, in denen ich diese Sache studieren könne. Sofort brachte er mir einen kleinen Katalog theosophischer Bücher.

»Welches soll ich lesen?« fragte ich unsicher.

»Das grundlegende Buch über die Lehre ist von Madame Blavatsky«, sagte er entschieden.

»Geben Sie mir das!«

Wieder wurde er verlegen. »Es ist nicht hier, ich müßte es für Sie kommen lassen. Aber allerdings – – das Werk hat zwei starke Bände, es braucht Geduld zum Lesen. Und leider ist es sehr teuer, es kostet über fünfzig Mark. Soll ich versuchen, es Ihnen leihweise zu verschaffen?«

»Nein danke, bestellen Sie es mir!«

Ich schrieb ihm meine Adresse auf, bat ihn, das Buch gegen Nachnahme dahin zu schicken, nahm Abschied von ihm und ging.

Ich wußte schon damals, daß die »Geheimlehre« mir nicht helfen würde. Ich wollte nur dem Antiquar eine kleine Freude machen. Und warum sollte ich nicht ein paar Monate hinter den Blavatskybänden sitzen?

Ich ahnte auch, daß meine anderen Hoffnungen nicht haltbarer sein würden. Ich ahnte, daß auch in meiner Heimat alle Dinge grau und glanzlos geworden seien, und daß es überall so sein würde, wohin ich ginge.

Diese Ahnung hat mich nicht getäuscht. Es ist etwas verlorengegangen, was früher in der Welt war, ein gewisser unschuldiger Duft und Liebreiz, und ich weiß nicht, ob das wiederkommen kann. *(1908)*

Die Verlobung

In der Hirschengasse gibt es einen bescheidenen Weißwarenladen, der gleich seiner Nachbarschaft noch unberührt von den Veränderungen der neuen Zeit dasteht und hinreichenden Zuspruch hat. Man sagt dort noch beim Abschied zu jedem Kunden, auch wenn er seit zwanzig Jahren regelmäßig kommt, die Worte: »Schenken Sie mir die Ehre ein andermal wieder«, und es gehen dort noch zwei oder drei alte Käuferinnen ab und zu, die ihren Bedarf an Band und Litzen in Ellen verlangen und auch im Ellenmaß bedient werden. Die Bedienung wird von einer ledig gebliebenen Tochter des Hauses und einer angestellten Verkäuferin besorgt, der Besitzer selbst ist von früh bis spät im Laden und stets geschäftig, doch redet er niemals ein Wort. Er kann nun gegen siebzig alt sein, ist von sehr kleiner Statur, hat nette rosige Wangen und einen kurz geschnittenen grauen Bart, auf dem vielleicht längst kahlen Kopfe aber trägt er allezeit eine runde steife Mütze mit stramingestickten Blumen und Mäandern. Er heißt Andreas Ohngelt und gehört zur echten, ehrwürdigen Altbürgerschaft der Stadt.

Dem schweigsamen Kaufmännlein sieht niemand etwas Besonderes an, es sieht sich seit Jahrzehnten gleich und scheint ebensowenig älter zu werden, als jemals jünger gewesen zu sein. Doch war auch Andreas Ohngelt einmal ein Knabe und ein Jüngling, und wenn man alte Leute fragt, kann man erfahren, daß er vorzeiten »der kleine Ohngelt« geheißen wurde und eine gewisse Berühmtheit wider Willen genoß. Einmal, vor etwa fünfunddreißig Jahren, hat er sogar eine »Geschichte« erlebt, die früher jedem Gerbersauer geläufig war, wenn sie auch jetzt niemand mehr erzählen und hören will. Das war die Geschichte seiner Verlobung.

Der junge Andreas war schon in der Schule aller Rede und Geselligkeit abgeneigt, er fühlte sich überall überflüssig und von jedermann beobachtet und war ängstlich und bescheiden genug, jedem andern im voraus nachzugeben und das Feld zu räumen. Vor den Lehrern empfand er einen abgründigen Respekt, vor den Kameraden eine mit Bewunderung gemischte Furcht. Man sah ihn nie auf der Gasse und auf den Spielplätzen, nur selten beim Bad im Fluß, und im Winter zuckte er zusammen und duckte sich, sobald er einen Knaben eine Handvoll Schnee aufheben sah. Dafür spielte er daheim vergnügt und zärtlich mit den hinterbliebenen Puppen seiner älteren Schwester und mit einem Kaufladen, auf dessen Waage er Mehl, Salz und Sand abwog und in kleine Tüten verpackte, um sie später wieder gegeneinander zu vertauschen, auszuleeren, umzupacken und wieder zu wiegen. Auch half er seiner Mutter gern bei leichter Hausarbeit, machte Einkäufe für sie oder suchte im Gärtlein die Schnecken vom Salat.

Seine Schulkameraden plagten und hänselten ihn zwar häufig, aber da er nie zornig wurde und fast nichts übelnahm, hatte er im ganzen doch ein leichtes und ziemlich zufriedenes Leben. Was er an Freundschaft und Gefühl bei seinesgleichen nicht fand und nicht weggeben durfte, das gab er seinen Puppen. Den Vater hatte er früh verloren, er war ein Spätling gewesen, und die Mutter hätte ihn wohl anders gewünscht, ließ ihn aber gewähren und hatte für seine fügsame Anhänglichkeit eine etwas mitleidige Liebe.

Dieser leidliche Zustand hielt jedoch nur so lange an, bis der kleine Andreas aus der Schule und aus der Lehre war, die er am obern Markt im Dierlammschen Geschäft abdiente. Um diese Zeit, etwa von seinem siebzehnten Jahre an, fing sein nach Zärtlichkeiten dürstendes Gemüt andere Wege zu gehen an. Der klein und schüchtern gebliebene Jüngling begann mit immer größeren Augen nach den Mädchen zu schauen und errichtete in seinem Herzen einen Altar der Frauenliebe, dessen Flamme desto höher loderte, je trauriger seine Verliebtheiten verliefen.

Zum Kennenlernen und Beschauen von Mädchen jeden Alters war reichliche Gelegenheit vorhanden, denn der junge Ohngelt war nach Ablauf seiner Lehrzeit in den Weißwarenladen seiner Tante eingetreten, den er später einmal übernehmen sollte. Da kamen Kinder, Schulmädchen, junge Fräulein und alte Jungfern, Mägde und Frauen tagaus, tagein, kramten in Bändern und Linnen, wählten Besätze und Stickmuster aus, lobten und tadelten, feilschten und wollten beraten sein, ohne doch auf Rat zu hören, kauften und tauschten das Gekaufte wieder um. Alledem wohnte der Jüngling höflich und schüchtern bei, er zog Schubladen heraus, stieg die Bockleiter hinauf und herunter, legte vor und packte wieder ein, notierte Bestellungen und gab über Preise Auskunft, und alle acht Tage war er in eine andere von seinen Kundinnen verliebt. Errötend pries er Litzen und Wolle an, zitternd quittierte er Rechnungen, mit Herzklopfen hielt er die Ladentür und sagte den Spruch vom Wiederbeehren, wenn eine schöne Junge hoffärtig das Geschäft verließ.

Um seinen Schönen recht gefällig und angenehm zu sein, gewöhnte Andreas sich feine und sorgfältige Manieren an. Er frisierte sein hellblondes Haar jeden Morgen sorgfältig, hielt seine Kleider und Leibwäsche sehr sauber und sah dem allmählichen Erscheinen eines Schnurrbärtchens mit Ungeduld entgegen. Er lernte beim Empfang seiner Kunden elegante Verneigungen machen, lernte beim Vorlegen der Zeuge sich mit dem linken Handrükken auf den Ladentisch stützen und auf nur anderthalb Beinen stehen und brachte es zur Meisterschaft im Lächeln, das er bald vom diskreten Schmunzeln bis zum innig glücklichen Strahlen beherrschte. Außerdem war er stets auf der Jagd nach neuen schönen Phrasen, die zumeist aus Umstandsworten bestanden und deren er immer neue und köstlichere erlernte und erfand. Da er von Hause aus im Sprechen unbeholfen und ängstlich war und schon früher nur selten einen vollkommenen Satz mit Subjekt und Prädikat ausgesprochen hatte, fand er nun in diesem sonderbaren Wortschatz eine Hilfe und gewöhnte sich daran, unter Verzicht auf Sinn und Verständlichkeit sich und andern eine Art von Sprechvermögen vorzutäuschen.

Sagte jemand: »Heut ist aber ein Prachtswetter«, so antwortete der kleine Ohngelt: »Gewiß – o ja – denn, mit Verlaub – allerdings –.« Fragte eine Käuferin, ob dieser Leinenstoff auch haltbar sei, so sagte er: »O bitte, ja, ohne Zweifel, sozusagen, ganz gewiß.« Und erkundigte sich jemand nach seinem Befinden, so erwiderte er: »Danke gehorsamst – freilich wohl – sehr angenehm –.« In besonders wichtigen und ehrenvollen Lagen scheute er auch vor Ausdrücken wie »nichtsdestoweniger, aber immerhin, keinesfalls hingegen« nicht zurück. Dabei waren alle seine Glieder vom geneigten Kopf bis zur wippenden Fußspitze ganz Aufmerksamkeit, Höflichkeit und Ausdruck. Am ausdrucksvollsten aber sprach sein verhältnismäßig langer Hals, der mager und sehnig und mit einem erstaunlich großen und beweglichen Adamsapfel ausgestattet war. Wenn der kleine schmachtende Ladengehilfe eine seiner Antworten im Stakkato gab, hatte man den Eindruck, er bestehe zu einem Drittel aus Kehlkopf.

Die Natur verteilt ihre Gaben nicht ohne Sinn, und wenn der bedeutende Hals des Ohngelt in einem Mißverhältnis zu dessen Redefähigkeit stehen mochte, so war er als Eigentum und Wahrzeichen eines leidenschaftlichen Sängers desto berechtigter. Andreas war in hohem Grade ein Freund des Gesanges. Auch beim wohlgelungensten Kompliment, bei der feinsten kaufmännischen Gebärde, beim gerührtesten »Immerhin« und »Wennschon« war ihm vielleicht im Innersten der Seele nicht so schmelzend wohl wie beim Singen. Dieses Talent war in den Schulzeiten verborgen geblieben, kam aber nach vollendetem Stimmbruch zu immer schönerer Entfaltung, wenn auch nur im Geheimen. Denn es hätte zu der ängstlich scheuen Befangenheit Ohngelts nicht gepaßt, daß er seiner heimlichen Lust und Kunst anders als in der sichersten Verborgenheit froh geworden wäre.

Am Abend, wenn er zwischen Mahlzeit und Bettgehen ein Stündlein in seiner Kammer verweilte, sang er im Dunkeln seine Lieder und schwelgte in lyrischen Entzückungen. Seine Stimme war ein ziemlich hoher Tenor, und was ihm an Schulung gebrach, suchte er durch Temperament zu ersetzen. Sein Auge schwamm in feuchtem Schimmer, sein schön gescheiteltes Haupt neigte sich rückwärts zum Nacken, und sein Adamsapfel stieg mit den Tönen auf und nieder. Sein Lieblingslied war »Wenn die Schwalben heimwärts ziehn«. Bei der Strophe »Scheiden, ach Scheiden tut weh« hielt er die Töne lang und zitternd aus und hatte manchmal Tränen in den Augen.

In seiner geschäftlichen Laufbahn kam er mit schnellen Schritten vorwärts. Es hatte der Plan bestanden, ihn noch einige Jahre nach einer größeren Stadt zu schicken. Nun aber machte er sich im Geschäft der Tante bald so unentbehrlich, daß diese ihn nicht mehr fortlassen wollte, und da er später den Laden erblich übernehmen sollte, war sein äußeres Wohlergehen für alle Zeiten gesichert. Anders stand es mit der Sehnsucht seines Herzens. Er war für alle Mädchen seines Alters, namentlich für die hübschen, trotz seiner Blicke und Verbeugungen nichts als eine komische Figur. Der Reihe nach war er in sie alle verliebt, und er hätte jede genommen, die ihm nur einen Schritt entgegen getan hätte. Aber den Schritt tat keine, obwohl er nach und nach seine Sprache um die gebildetsten Phrasen und seine Toilette um die angenehmsten Gegenstände bereicherte.

Eine Ausnahme gab es wohl, allein er bemerkte sie kaum. Das Fräulein Paula Kircher, das Kircherspäule genannt, war immer nett gegen ihn und schien ihn ernst zu nehmen. Sie war freilich weder jung noch hübsch, vielmehr einige Jahre älter als er und ziemlich unscheinbar, sonst aber ein tüchtiges und geachtetes Mädchen aus einer wohlhabenden Handwerkerfamilie. Wenn Andreas sie auf der Straße grüßte, dankte sie nett und ernsthaft, und wenn sie in den Laden kam, war sie freundlich, einfach und bescheiden, machte ihm das Bedienen leicht und nahm seine geschäftsmännischen Aufmerksamkeiten wie bare Münze hin. Daher sah er sie nicht ungern und hatte Vertrauen zu ihr, im übrigen aber war sie ihm recht gleichgültig, und sie gehörte zu der geringen Anzahl lediger Mädchen, für die er außerhalb seines Ladens keinen Gedanken übrig hatte.

Bald setzte er seine Hoffnungen auf feine, neue Schuhe, bald auf ein nettes Halstuch, ganz abgesehen vom Schnurrbart, der allmählich sproßte und den er wie seinen Augapfel pflegte. Endlich kaufte er sich von einem reisenden Handelsmann auch noch einen Ring aus Gold mit einem großen Opal daran. Damals war er sechsundzwanzig Jahre alt.

Als er aber dreißig wurde und noch immer den Hafen der Ehe nur in sehnsüchtiger Ferne umsegelte, hielten Mutter und Tante es für notwendig, fördernd einzugreifen. Die Tante, die schon recht hoch in den Jahren war, machte den Anfang mit dem Angebot, sie wolle ihm noch zu ihren Lebzeiten das Geschäft abtreten, jedoch nur am Tage seiner Verheiratung mit einer unbescholtenen Gerbersauer Tochter. Dies war denn auch für die Mutter das Signal zum Angriff. Nach manchen Überlegungen kam sie zu dem Befinden, ihr Sohn müsse in einen Verein eintreten, um mehr unter Leute zu kommen und den Umgang mit Frauen zu lernen. Und da sie seine Liebe zur Sangeskunst wohl kannte, dachte sie ihn an dieser Angel zu fangen und legte ihm nahe, sich beim Liederkranz als Mitglied anzumelden.

Trotz seiner Scheu vor Geselligkeit war Andreas in der Hauptsache einverstanden. Doch schlug er statt des Liederkranzes den Kirchengesangverein vor, weil ihm die ernstere Musik besser gefalle. Der wahre Grund war aber der, daß dem Kirchengesangverein Margret Dierlamm angehörte. Diese war die Tochter von Ohngelts früherem Lehrprinzipal, ein sehr hübsches und fröhliches Mädchen von wenig mehr als zwanzig Jahren, und in sie war Andreas seit neuestem verliebt, da es schon seit geraumer Zeit keine ledigen Altersgenossinnen mehr für ihn gab, wenigstens keine hübschen.

Die Mutter hatte gegen den Kirchengesangverein nichts Triftiges einzuwenden. Zwar hatte dieser Verein nicht halb soviel gesellige Abende und Festlichkeiten wie der Liederkranz, dafür war aber die Mitgliedschaft hier viel wohlfeiler, und Mädchen aus guten Häusern, mit denen Andreas bei Proben und Aufführungen zusammenkommen würde, gab es auch hier genug. So ging sie denn ungesäumt mit dem Herrn Sohn zum Vorstand, einem greisen Schullehrer, der sie freundlich empfing.

»So, Herr Ohngelt«, sagte er, »Sie wollen bei uns mitsingen?«

»Ja, gewiß, bitte –«

»Haben Sie denn schon früher gesungen?«

»O ja, das heißt, gewissermaßen –«

»Nun, machen wir eine Probe. Singen Sie irgendein Lied, das Sie auswendig können.«

Ohngelt wurde rot wie ein Knabe und wollte um alles nicht anfangen. Aber der Lehrer bestand darauf und wurde schließlich fast böse, so daß er am Ende doch sein Bangen überwand und mit einem resignierten Blick auf die ruhig dasitzende Mutter sein Leiblied anstimmte. Es riß ihn mit, und er sang den ersten Vers ohne Stocken.

Der Dirigent winkte, es sei genug. Er war wieder ganz höflich und sagte, das sei allerdings sehr nett gesungen und man merke, daß es con amore geschehe, allein vielleicht wäre er doch mehr für weltliche Musik veranlagt, ob er es nicht etwa beim Liederkranz probieren wolle. Schon wollte Herr Ohngelt eine verlegene Antwort stammeln, da legte seine Mutter sich für ihn ins Zeug. Er singe wirklich schön, meinte sie, und sei jetzt nur ein wenig verlegen gewesen, und es wäre ihr gar so lieb, wenn er ihn aufnähme, der Liederkranz sei doch etwas ganz anderes und nicht so fein, und sie gebe auch jedes Jahr für die Kirchenbescherung, und kurz, wenn der Herr Lehrer so gut sein wollte, wenigstens für eine Probezeit, man werde ja alsdann schon sehen. Der alte Mann versuchte noch zweimal begütigend davon zu reden, daß das Kirchensingen kein Spaß sei und daß es ohnehin schon so eng hergehe auf dem Orgelpodium, aber die mütterliche Beredtsamkeit siegte zuletzt doch. Es war dem bejahrten Dirigenten noch nie vorgekommen, daß ein Mann von über dreißig Jahren sich zum Mitsingen gemeldet und seine Mutter zum Beistand mitgebracht hatte. So ungewohnt und eigentlich unbequem ihm dieser Zuwachs zu seinem Chore war, machte ihm die Sache im stillen doch ein Vergnügen, wenn auch nicht um der Musik willen. Er bestellte Andreas zur nächsten Probe und ließ die beiden lächelnd ziehen.

Am Mittwoch abend fand sich der kleine Ohngelt pünktlich in der Schulstube ein, wo die Proben abgehalten wurden. Man übte einen Choral für das Osterfest. Die allmählich ankommenden Sänger und Sängerinnen begrüßten das neue Mitglied sehr freundlich und hatten alle ein so aufgeräumtes und heiteres Wesen, daß Ohngelt sich selig fühlte. Auch Margret Dierlamm war da, und auch sie nickte dem Neuen mit freundlichem Lächeln zu. Wohl hörte er manchmal hinter sich leise lachen, doch war er ja gewöhnt, ein wenig komisch genommen zu werden, und ließ es sich nicht anfechten. Was ihn hingegen befremdete, war das zurückhaltend ernste Betragen des Kircherspäule, das ebenfalls anwesend war und, wie er bald bemerkte, sogar zu den geschätzteren Sängerinnen gehörte. Sie hatte sonst immer eine wohltuende Freundlichkeit gegen ihn gezeigt, und jetzt war gerade sie merkwürdig kühl und schien beinahe Anstoß daran zu nehmen, daß er hier eingedrungen war. Aber was ging ihn das Kircherspäule an?

Beim Singen verhielt sich Ohngelt überaus vorsichtig. Wohl hatte er von der Schule her noch eine leise Ahnung vom Notenwesen, und manche Takte sang er mit gedämpfter Stimme den andern nach, im ganzen aber fühlte er sich seiner Kunst wenig sicher und hegte bange Zweifel daran, ob das jemals anders werden würde. Der Dirigent, den seine Verlegenheit lächerte und rührte, schonte ihn und sagte beim Abschied sogar: »Es wird mit der Zeit schon gehen, wenn Sie sich dranhalten.« Den ganzen Abend aber hatte Andreas das Vergnügen, in Margrets Nähe sein und sie häufig anschauen zu dürfen. Er dachte daran, daß bei dem öffentlichen Singen vor und nach dem Gottesdienst auf der Orgel die Tenöre gerade hinter den Mädchen aufgestellt waren, und malte sich die Wonne aus, am Osterfest und bei allen künftigen Anlässen so nahe bei Fräulein Dierlamm zu stehen und sie ungescheut betrachten zu können. Da fiel ihm zu seinem Schmerz wieder ein, wie klein und niedrig er gewachsen war und daß er zwischen den andern Sängern stehend nichts würde sehen können. Mit großer Mühe und vielem Stottern machte er einem der Mitsinger diese seine künftige Notlage auf der Orgel klar, natürlich ohne den wahren Grund seines Kummers zu nennen. Da beruhigte ihn der Kollege lachend und meinte, er werde ihm schon zu einer ansehnlichen Aufstellung verhelfen können.

Nach dem Schluß der Probe lief alles davon, kaum daß man einander grüßte. Einige Herren begleiteten Damen nach Hause, andere gingen miteinander zu einem Glas Bier. Ohngelt blieb allein und kläglich auf dem Platze vor dem finstern Schulhaus stehen, sah den andern und namentlich der Margret beklommen nach und machte ein enttäuschtes Gesicht, da kam das Kircherspäule an ihm vorbei, und als er den Hut zog, sagte sie: »Gehen Sie heim? Dann haben wir ja einen Weg und können miteinander gehen.« Dankbar schloß er sich an und lief neben ihr her durch die feuchten, märzkühlen Gassen heimwärts, ohne mehr Worte als den Gutenachtgruß mit ihr zu tauschen.

Am nächsten Tag kam Margret Dierlamm in den Laden, und er durfte sie bedienen. Er faßte jeden Stoff an, als wäre er Seide, und bewegte den Maßstab wie einen Fiedelbogen, er legte Gefühl und Anmut in jede kleine Dienstleistung, und leise wagte er zu hoffen, sie würde ein Wort von gestern und vom Verein und von der Probe sagen. Richtig tat sie das auch. Gerade noch unter der Türe fragte sie: »Es war mir ganz neu, daß Sie auch singen, Herr Ohngelt. Singen Sie denn schon lang?« Und während er unter Herzklopfen hervorstieß: »Ja – vielmehr nur so – mit Verlaub«, entschwand sie leicht nickend in die Gasse.

»Schau, schau!« dachte er bei sich und spann Zukunftsträume, ja er verwechselte beim Einräumen zum erstenmal in seinem Leben die halbwollenen Litzen mit den reinwollenen.

Indessen kam die Osterzeit immer näher, und da sowohl am Karfreitag wie am Ostersonntag der Kirchenchor singen sollte, gab es mehrmals in der Woche Proben. Ohngelt erschien stets pünktlich und gab sich alle Mühe, nichts zu verderben, wurde auch von jedermann mit Wohlwollen behandelt. Nur das Kircherspäule schien nicht recht mit ihm zufrieden zu sein, und das war ihm nicht lieb, denn sie war schließlich doch die einzige Dame, zu der er ein volles Vertrauen hatte. Auch fügte es sich regelmäßig, daß er an ihrer Seite nach Hause ging, denn der Margret seine Begleitung anzutragen, war wohl stets sein stiller Wunsch und Entschluß, doch fand er nie den

Mut dazu. So ging er denn mit dem Päule. Die ersten Male wurde auf diesem Heimgang kein Wort geredet. Das nächstemal nahm die Kircher ihn ins Gebet und fragte, warum er nur so wortkarg sei, ob er sie denn fürchte.

»Nein«, stammelte er erschrocken, »das nicht – vielmehr – gewiß nicht – im Gegenteil.«

Sie lachte leise und fragte: »Und wie geht's denn mit dem Singen? Haben Sie Freude dran?«

»Freilich ja – sehr – jawohl.«

Sie schüttelte den Kopf und sagte leise: »Kann man denn mit Ihnen wirklich nicht reden, Herr Ohngelt? Sie drücken sich auch um jede Antwort herum.«

Er sah sie hilflos an und stotterte.

»Ich meine es doch gut«, fuhr sie fort. »Glauben Sie das nicht?«

Er nickte heftig.

»Also denn! Können Sie denn gar nichts reden als wieso und immerhin und mit Verlaub und dergleichen Zeug?«

»Ja, schon, ich kann schon, obwohl – allerdings.«

»Ja obwohl und allerdings. Sagen Sie, am Abend mit Ihrer Frau Mutter und mit der Tante reden Sie doch auch deutsch, oder nicht? Dann tun Sie's doch auch mit mir und mit andern Leuten. Man könnte dann doch ein vernünftiges Gespräch führen. Wollen Sie nicht?«

»Doch ja, ich will schon – gewiß –«

»Also gut, das ist gescheit von Ihnen. Jetzt kann ich doch mit Ihnen reden. Ich hätte nämlich einiges zu sagen.«

Und nun sprach sie mit ihm, wie er es nicht gewöhnt war. Sie fragte, was er denn im Kirchengesangverein suche, wenn er doch nicht singen könne und wo fast nur Jüngere als er seien. Und ob er nicht merke, daß man sich dort manchmal über ihn lustig mache und mehr von der Art. Aber je mehr der Inhalt ihrer Rede ihn demütigte, desto eindringlicher empfand er die gütige und wohlmeinende Art ihres Zuredens. Etwas weinerlich schwankte er zwischen kühler Ablehnung und gerührter Dankbarkeit. Da waren sie schon vor dem Kircherschen Hause. Paula gab ihm die Hand und sagte ernsthaft:

»Gute Nacht, Herr Ohngelt, und nichts für ungut. Nächstesmal reden wir weiter, gelt?«

Verwirrt ging er heim, und so weh ihm war, wenn er an ihre Enthüllungen dachte, so neu und tröstlich war es ihm, daß jemand so freundschaftlich und ernst und wohlgesinnt mit ihm gesprochen hatte.

Auf dem Heimweg von der nächsten Probe gelang es ihm schon, in ziemlich deutscher Sprache zu reden, etwa wie daheim mit der Mutter, und mit dem Gelingen stieg sein Mut und sein Vertrauen. Am folgenden Abend war er schon so weit, daß er ein Bekenntnis abzulegen versuchte, er war sogar halb entschlossen, die Dierlamm mit Namen zu nennen, denn er versprach sich Unmögliches von Päules Mitwisserschaft und Hilfe. Aber sie ließ ihn nicht dazu kommen. Sie schnitt seine Geständnisse plötzlich ab und sagte: »Sie wollen heiraten, nicht wahr? Das ist auch das Gescheiteste, was Sie tun können. Das Alter haben Sie ja.«

»Das Alter, ja das schon«, sagte er traurig. Aber sie lachte nur, und er ging ungetröstet heim. Das nächstemal kam er wieder auf diese Angelegenheit zu sprechen. Das Päule entgegnete bloß, er müsse ja wissen, wen er haben wolle; gewiß sei nur, daß die Rolle, die er im Gesangverein spiele, ihm nicht förderlich sein könnte, denn junge Mädchen nähmen schließlich bei einem Liebhaber alles lieber in Kauf als Lächerlichkeit.

Die Seelenqualen, in welche ihn diese Worte versetzt hatten, wichen endlich der Aufregung und den Vorbereitungen zum Karfreitag, an welchem Ohngelt zum erstenmal im Chor auf der Orgeltribüne sich zeigen sollte. Er kleidete sich an diesem Morgen mit besonderer Sorgfalt an und kam mit gewichstem Zylinder frühzeitig in die

Kirche. Nachdem ihm sein Platz angewiesen worden war, wandte er sich nochmals an jenen Kollegen, der ihm bei der Aufstellung behilflich zu sein versprochen hatte. Wirklich schien dieser die Sache nicht vergessen zu haben, er winkte dem Orgeltreter, und dieser brachte schmunzelnd ein kleines Kistlein, das wurde an Ohngelts Stehplatz hingesetzt und der kleine Mann daraufgestellt, so daß er nun im Sehen und Gesehenwerden dieselben Vorteile genoß wie die längsten Tenöre. Nur war das Stehen auf diese Art mühevoll und gefährlich, er mußte sich genau im Gleichgewicht halten und vergoß manchen Tropfen Schweiß bei dem Gedanken, er könnte umfallen und mit gebrochenen Beinen unter die an der Brüstung postierten Mädchen hinabstürzen, denn der Orgelvorbau neigte sich in schmalen, stark abfallenden Terrassen niederwärts gegen das Kirchenschiff. Dafür hatte er aber das Vergnügen, der schönen Margret Dierlamm aus beklemmender Nähe in den Nacken schauen zu können. Da der Gesang und der ganze Gottesdienst vorüber war, fühlte er sich erschöpft und atmete tief auf, als die Türen geöffnet und die Glocken gezogen wurden.

Tags darauf warf ihm das Kircherspäule vor, sein künstlich erhobener Standpunkt sehe recht hochmütig aus und mache ihn lächerlich. Er versprach, sich späterhin seines kurzen Leibes nicht mehr zu schämen, doch wollte er morgen am Osterfeste ein letztesmal das Kistlein benutzen, schon um den Herrn, der es ihm angeboten, nicht zu beleidigen. Sie wagte nicht zu sagen, ob er denn nicht sehe, daß jener die Kiste nur hergebracht habe, um sich einen Spaß mit ihm zu machen. Kopfschüttelnd ließ sie ihn gewähren und war über seine Dummheit so ärgerlich wie über seine Arglosigkeit gerührt.

Am Ostersonntag ging es im Kirchenchor noch um einen Grad feierlicher zu als neulich. Es wurde eine schwierige Musik aufgeführt, und Ohngelt balancierte tapfer auf seinem Gerüste. Gegen den Schluß des Chorals hin

nahm er jedoch mit Entsetzen wahr, daß sein Standört-
lein unter seinen Sohlen zu wanken und unfest zu werden
begann. Er konnte nichts tun, als stillhalten und womöglich den Sturz über die Terrasse vermeiden. Dieses gelang
ihm auch, und statt eines Skandals und Unglücks er-
eignete sich nichts, als daß der Tenor Ohngelt unter
leisem Krachen sich langsam verkürzte und mit angster-
fülltem Gesicht abwärtssinkend aus der Sichtbarkeit verschwand. Der Dirigent, das Kirchenschiff, die Emporen
und der schöne Nacken der blonden Margret gingen
nacheinander seinem Blick verloren, doch kam er heil zu
Boden, und in der Kirche hatte außer den grinsenden San-
gesbrüdern nur ein Teil der nahe sitzenden männlichen
Schuljugend den Vorgang wahrgenommen. Über die
Stätte seiner Erniedrigung hinweg jubilierte und froh-
lockte der kunstreiche Osterchoral.

Als unterm Kehraus des Organisten das Volk die Kirche verließ, blieb der Verein auf seiner Tribüne noch auf
ein paar Worte beieinander, denn morgen, am Ostermontag, sollte wie jedes Jahr ein festlicher Vereinsausflug unternommen werden. Auf diesen Ausflug hatte Andreas
Ohngelt von Anfang an große Erwartungen gestellt. Er
fand jetzt sogar den Mut, Fräulein Dierlamm zu fragen,
ob sie auch mitzukommen gedenke, und die Frage kam
ohne viel Anstoß über seine Lippen.

»Ja, gewiß gehe ich mit«, sagte das schöne Mädchen
mit Ruhe, und dann fügte sie hinzu: »Übrigens, haben Sie
sich vorher nicht weh getan?« Dabei stieß sie das verhal-
tene Lachen so, daß sie auf keine Antwort mehr wartete
und davonlief. In demselben Augenblick schaute das
Päule herüber, mit einem mitleidigen und ernsthaften
Blick, der Ohngelts Verwirrung noch steigerte. Sein flüchtig aufgeloderter Mut war nicht minder eilig wieder um-
geschlagen, und wenn er von dem Ausflug nicht schon mit
seiner Mama geredet und diese nicht schon zum Mitgehen aufgefordert gehabt hätte, so wäre er jetzt am liebsten

vom Ausflug, vom Verein und von allen seinen Hoffnungen zurückgetreten.

Der Ostermontag war blau und sonnig, und um zwei Uhr kamen fast alle Mitglieder des Gesangvereins mit mancherlei Gästen und Verwandten oberhalb der Stadt in der Lärchenallee zusammen. Ohngelt brachte seine Mutter mit. Er hatte ihr am vergangenen Abend gestanden, daß er in Margret verliebt sei, und zwar wenig Hoffnungen hege, dem mütterlichen Beistand aber und dem Ausflugsnachmittage doch noch einiges zutraue. So sehr sie ihrem Kleinen das Beste gönnte, so schien ihr doch Margret zu jung und zu hübsch für ihn zu sein. Man konnte es ja versuchen; die Hauptsache war, daß Andreas bald eine Frau bekam, schon des Ladens wegen.

Man rückte ohne Gesang aus, denn der Waldweg ging ziemlich steil und beschwerlich bergauf. Frau Ohngelt fand trotzdem Sammlung und Atem genug, um ernstlich ihrem Sohn die letzten Verhaltungsmaßregeln für die kommenden Stunden einzuschärfen und hernach ein aufgeräumtes Gespräch mit Frau Dierlamm anzufangen. Margrets Mutter bekam, während sie Mühe hatte, im Bergansteigen Luft für die notwendigsten Antworten zu erübrigen, eine Reihe angenehmer und interessanter Dinge zu hören. Frau Ohngelt begann mit dem prächtigen Wetter, ging von da zu einer Würdigung der Kirchenmusik, einem Lob für Frau Dierlamms rüstiges Aussehen und einem Entzücken über das Frühlingskleid der Margret über, sie verweilte bei Angelegenheiten der Toilette und gab schließlich eine Darstellung von dem erstaunlichen Aufschwung, den der Weißwarenladen ihrer Schwägerin in den letzten Jahren genommen habe. Frau Dierlamm konnte auf dieses hin nicht anders, als auch des jungen Ohngelt lobend zu erwähnen, der so viel Geschmack und kaufmännische Fähigkeiten zeige, was ihr Mann schon vor manchen Jahren während Andreas' Lehrzeit bemerkt und anerkannt habe. Auf diese Schmeichelei antwortete die entzückte Mutter mit einem halben Seufzer. Freilich, der Andreas sei tüchtig und werde es noch weit bringen, auch sei der prächtige Laden schon so gut wie sein Eigentum, ein Jammer aber sei es mit seiner Schüchternheit gegen die Frauenzimmer. Seinerseits fehle es weder an Lust noch an den wünschenswerten Tugenden für das Heiraten, wohl aber an Zutrauen und Unternehmungsmut.

Frau Dierlamm begann nun die besorgte Mutter zu trösten, und wenn sie dabei auch weit davon entfernt war, an ihre Tochter zu denken, versicherte sie doch, daß eine Verbindung mit Andreas für jede ledige Tochter der Stadt nur willkommen sein könnte. Diese Worte sog die Ohngelt wie Honig ein.

Unterdessen war Margret mit anderen jungen Leuten der Gesellschaft weit vorangeeilt, und diesem kleinen Kreise der Jüngsten und Lustigsten schloß sich auch Ohngelt an, obwohl er alle Not hatte, mit seinen kurzen Beinen nachzukommen.

Wieder waren alle ausnehmend freundlich gegen ihn, denn für diese Spaßvögel war der ängstliche Kleine mit seinen verliebten Augen ein gefundenes Fressen. Auch die hübsche Margret tat mit und zog den Anbeter je und je mit scheinbarem Ernst ins Gespräch, so daß er vor glücklicher Erregung und verschluckten Satzteilen ganz heiß wurde.

Allein das Vergnügen dauerte nicht lange. Allmählich merkte der arme Teufel doch, daß er hinterrücks ausgelacht wurde, und wenn er sich auch darein zu schicken wußte, so ward er doch niedergeschlagen und ließ die Hoffnung wieder sinken. Äußerlich ließ er sich jedoch möglichst wenig anmerken. Die Ausgelassenheit der jungen Leute stieg mit jeder Viertelstunde, und er lachte angestrengt desto lauter mit, je deutlicher er alle Witze und Andeutungen als auf sich selber gemünzt erkannte. Schließlich endete der Keckste von den Jungen, ein baumlanger Apothekergehilfe, die Neckereien durch einen recht groben Scherz.

Man kam gerade an einer schönen alten Eiche vorüber, und der Apotheker bot sich an, zu versuchen, ob er den untersten Ast des hohen Baumes mit den Händen erreichen könne. Er stellte sich auf und sprang mehrmals in die Höhe, aber es reichte nicht ganz, und die im Halbkreis umherstehenden Zuschauer begannen ihn auszulachen. Da kam er auf den Einfall, sich durch einen Witz wieder in Ehren und einen andern an die Stelle des Ausgelachten zu bringen. Plötzlich griff er den kleinen Ohngelt um den Leib, hob ihn in die Höhe und forderte ihn auf, den Ast zu fassen und sich daran zu halten. Der Überraschte war empört und wäre gewiß nicht darauf eingegangen, hätte er nicht in seiner schwebenden Lage Furcht vor einem Sturz gehabt. So packte er denn zu und klammerte sich an; sobald sein Träger dies aber bemerkte, ließ er ihn los, und Ohngelt hing nun unter dem Gelächter der Jugend hilflos hoch am Ast, mit den Beinen zappelnd und zornige Schreie ausstoßend.

»Herunter!« schrie er heftig. »Nehmen Sie mich sofort wieder herunter, Sie!«

Seine Stimme überschlug sich, er fühlte sich vollkommen vernichtet und ewiger Schande preisgegeben. Der Apotheker aber meinte, nun müsse er sich loskaufen, und alle jubelten Beifall.

»Sie müssen sich loskaufen«, rief auch Margret Dierlamm.

Da konnte er doch nicht widerstehen.

»Ja, ja«, rief er, »aber schnell!«

Sein Peiniger hielt nun eine kleine Rede des Inhalts, daß Herr Ohngelt schon seit drei Wochen Mitglied des Kirchengesangvereins wäre, ohne daß jemand ihn habe singen hören. Nun könne er nicht eher aus seiner hohen und gefährlichen Lage befreit werden, als bis er der Versammlung ein Lied vorgesungen habe.

Kaum hatte er gesprochen, so begann Andreas auch schon zu singen, denn er fühlte sich von seinen Kräften verlassen. Halb schluchzend fing er an: »Gedenkst du noch der Stunde« – und war noch nicht mit der ersten Strophe fertig, so mußte er loslassen und stürzte mit einem Schrei herab. Alle waren nun doch erschrocken, und wenn er ein Bein gebrochen hätte, wäre er gewiß eines reumütigen Mitleids sicher gewesen. Aber er stand zwar blaß, doch unversehrt wieder auf, griff nach seinem Hut, der neben ihm im Moos lag, setzte ihn sorgfältig wieder auf und ging schweigend davon – denselben Weg zurück, den sie gekommen waren. Hinter der nächsten Wegbiegung setzte er sich am Straßenrand nieder und suchte sich zu erholen.

Hier fand ihn der Apotheker, der ihm mit schlechtem Gewissen nachgeschlichen war. Er bat um Verzeihung, ohne eine Antwort zu erhalten.

»Es tut mir wirklich sehr leid«, sagte er nochmals bittend, »ich hatte gewiß nichts Böses im Sinn. Bitte verzeihen Sie mir, und kommen Sie wieder mit!«

»Es ist schon gut«, sagte Ohngelt und winkte ab, und der andere ging unbefriedigt davon.

Wenig später kam der zweite Teil der Gesellschaft mit den älteren Leuten und den beiden Müttern dabei langsam angerückt. Ohngelt ging zu seiner Mutter hin und sagte:

»Ich will heim.«

»Heim? Ja warum denn? Ist was passiert?«

»Nein. Aber es hat doch keinen Wert, ich weiß es jetzt gewiß.«

»So? Hast du einen Korb gekriegt?«

»Nein. Aber ich weiß doch –«

Sie unterbrach ihn und zog ihn mit.

»Jetzt keine Faxen! Du kommst mit, und es wird schon recht werden. Beim Kaffee setz ich dich neben die Margret, paß auf.«

Er schüttelte bekümmert den Kopf, gehorchte aber und ging mit. Das Kircherspäule versuchte eine Unterhaltung mit ihm anzufangen und mußte es wieder aufgeben, denn er blickte schweigend geradeaus und hatte ein so gereiztes und verbittertes Gesicht, wie es niemand an ihm je gesehen hatte.

Nach einer halben Stunde erreichte die Gesellschaft das Ziel des Ausflugs, ein kleines Walddorf, dessen Wirtshaus durch seinen guten Kaffee bekannt war und in dessen Nähe die Ruinen einer Raubritterburg lagen. Im Wirtsgarten war die schon länger angekommene Jugend lebhaften Spielen hingegeben. Jetzt wurden Tische aus dem Hause gebracht und zusammengerückt, die jungen Leute trugen Stühle und Bänke herbei; frisches Tischzeug wurde aufgelegt und die Tafeln mit Tassen, Kannen, Tellern und Backwerk bestellt. Frau Ohngelt gelang es richtig, ihren Sohn an Margrets Seite zu bringen. Er aber nahm seines Vorteils nicht wahr, sondern dämmerte im Gefühl seines Unglücks trostlos vor sich hin, rührte gedankenlos mit dem Löffel im erkaltenden Kaffee und schwieg hartnäckig trotz allen Blicken, die seine Mutter ihm sandte.

Nach der zweiten Tasse beschlossen die Anführer der Jungen, einen Gang nach der Burgruine zu tun und dort Spiele zu machen. Lärmend erhob sich die Jungmannschaft samt den Mädchen. Auch Margret Dierlamm stand auf, und im Aufstehen übergab sie dem mutlos verharrenden Ohngelt ihr hübsches perlenbesticktes Handtäschlein mit den Worten:

»Bitte bewahren Sie mir das gut, Herr Ohngelt, wir gehen zum Spielen.« Er nickte und nahm das Ding zu sich. Die grausame Selbstverständlichkeit, mit der sie annahm, er werde bei den Alten bleiben und sich nicht an den Spielen beteiligen, wunderte ihn nicht mehr. Ihn wunderte nur noch, daß er das alles nicht von Anfang an bemerkt hatte, die merkwürdige Freundlichkeit bei den Proben, die Geschichte mit dem Kistlein und alles andere.

Als die jungen Leute gegangen waren und die Zurückgebliebenen weiter Kaffee tranken und Gespräche spannen, verschwand Ohngelt unvermerkt von seinem Platz und ging hinterm Garten übers Feld dem Walde zu. Die hübsche Tasche, die er in der Hand trug, glitzerte freudig im Sonnenlicht. Vor einem frischen Baumstrunk machte er halt. Er zog sein Taschentuch heraus, breitete es über das noch lichte, feuchte Holz und setzte sich darauf. Dann stützte er den Kopf in die Hände und brütete über traurigen Gedanken, und als sein Blick wieder auf die bunte Tasche fiel und als zugleich mit einem Windzug die Schreie und Freudenrufe der Gesellschaft herüberklangen, neigte er den schweren Kopf tiefer und begann lautlos und kindlich zu weinen.

Wohl eine Stunde lang blieb er sitzen. Seine Augen waren wieder trocken und seine Erregung verflogen, aber das Traurige seines Zustandes und die Hoffnungslosigkeit seiner Bestrebungen waren ihm jetzt noch klarer als zuvor. Da hörte er einen leichten Schritt sich nähern, ein Kleid rauschen, und ehe er von seinem Sitz aufspringen konnte, stand die Paula Kircher neben ihm.

»Ganz allein?« fragte sie scherzend. Und da er nicht antwortete und sie ihn genauer anschaute, wurde sie plötzlich ernst und fragte mit frauenhafter Güte: »Wo fehlt es denn? Ist Ihnen ein Unglück geschehen?«

»Nein«, sagte Ohngelt leise und ohne nach Phrasen zu suchen. »Nein. Ich habe nur eingesehen, daß ich nicht unter die Leute passe. Und daß ich ihr Hanswurst gewesen bin.«

»Nun, so schlimm wird es nicht sein –«

»Doch, gerade so. Ihr Hanswurst bin ich gewesen, und besonders noch den Mädchen ihrer. Weil ich gutmütig gewesen bin und es redlich gemeint habe. Sie haben recht gehabt, ich hätte nicht in den Verein gehen sollen.«

»Sie können ja wieder austreten, und dann ist alles gut.«

»Austreten kann ich schon, und ich tu es lieber heut als morgen. Aber damit ist noch lange nicht alles gut.«

»Warum denn nicht?«

»Weil ich zum Spott für sie geworden bin. Und weil jetzt vollends keine mehr –«

Das Schluchzen übernahm ihn beinahe. Sie fragte freundlich: »– und weil jetzt keine mehr –?«

Mit zitternder Stimme fuhr er fort: »Weil jetzt vollends kein Mädchen mehr mich achtet und mich ernst nehmen will.«

»Herr Ohngelt«, sagte das Päule langsam, »sind Sie jetzt nicht ungerecht? Oder meinen Sie, ich achte Sie nicht und nehme Sie nicht ernst?«

»Ja, das wohl. Ich glaube schon, daß Sie mich noch achten. Aber das ist es nicht.«

»Ja, was ist es denn?«

»Ach Gott, ich sollte gar nicht davon reden. Aber ich werde ganz irr, wenn ich denke, daß jeder andere es besser hat als ich, und ich bin doch auch ein Mensch, nicht? Aber mich – mich will – mich will keine heiraten!«

Es entstand eine längere Pause. Dann fing das Päule wieder an:

»Ja, haben Sie denn schon die eine oder andre gefragt, ob sie will oder nicht?«

»Gefragt! Nein, das nicht. Zu was auch? Ich weiß ja vorher, daß keine will.«

»Dann verlangen Sie also, daß die Mädchen zu Ihnen kommen und sagen: ach Herr Ohngelt, verzeihen Sie, aber ich möchte so schrecklich gern haben, daß Sie mich heiraten! Ja, auf das werden Sie freilich noch lang warten können.«

»Das weiß ich wohl«, seufzte Andreas. »Sie wissen schon, wie ich's meine, Fräulein Päule. Wenn ich wüßte, daß eine es so gut mit mir meint und mich ein wenig gut leiden könnte, dann –«

»Dann würden Sie vielleicht so gnädig sein und ihr

zublinzeln oder mit dem Zeigefinger winken! Lieber Gott, Sie sind – Sie sind –«

Damit lief sie davon, aber nicht etwa mit einem Gelächter, sondern mit Tränen in den Augen. Ohngelt konnte das nicht sehen, doch hatte er etwas Sonderbares in ihrer Stimme und in ihrem Davonlaufen bemerkt, darum rannte er ihr nach und als er bei ihr war und beide keine Worte fanden, hielten sie sich plötzlich umarmt und gaben sich einen Kuß. Da war der kleine Ohngelt verlobt.

Als er mit seiner Braut verschämt und doch tapfer Arm in Arm in den Wirtsgarten zurückkehrte, war alles schon zum Aufbruch bereit und hatte nur noch auf die zwei gewartet. In dem allgemeinen Tumult, Erstaunen, Kopfschütteln und Glückwünschen trat die schöne Margret vor Ohngelt und fragte: »Ja, wo haben Sie denn meine Handtasche gelassen?«

Bestürzt gab der Bräutigam Auskunft und eilte in den Wald zurück, und das Päule lief mit. An der Stelle, wo er so lang gesessen und geweint hatte, lag im braunen Laub der schimmernde Beutel und die Braut sagte: »Es ist gut, daß wir noch einmal herüber sind. Da liegt ja auch noch dein Sacktuch.«   (1908)

Ein Mensch mit Namen Ziegler

Einst wohnte in der Brauergasse ein junger Herr mit Namen Ziegler. Er gehörte zu denen, die uns jeden Tag und immer wieder auf der Straße begegnen und deren Gesicht wir uns nie recht merken können, weil sie alle miteinander dasselbe Gesicht haben: ein Kollektivgesicht.

Ziegler war alles und tat alles, was solche Leute immer sind und tun. Er war nicht unbegabt, aber auch nicht begabt, er liebte Geld und Vergnügen, zog sich gern hübsch an und war ebenso feige wie die meisten Menschen: sein Leben und Tun wurde weniger durch Triebe und Bestrebungen regiert als durch Verbote, durch die Furcht vor Strafen. Dabei hatte er manche honette Züge und war überhaupt alles in allem ein erfreulich normaler Mensch, dem seine eigene Person sehr lieb und wichtig war. Er hielt sich, wie jeder Mensch, für eine Persönlichkeit, während er nur ein Exemplar war, und sah in sich, in seinem Schicksal den Mittelpunkt der Welt, wie jeder Mensch es tut. Zweifel lagen ihm fern, und wenn Tatsachen seiner Weltanschauung widersprachen, schloß er mißbilligend die Augen.

Als moderner Mensch hatte er außer vor dem Geld noch vor einer zweiten Macht unbegrenzte Hochachtung: vor der Wissenschaft. Er hätte nicht zu sagen gewußt, was eigentlich Wissenschaft sei, er dachte dabei an etwas wie Statistik und auch ein wenig an Bakteriologie, und es war ihm wohl bekannt, wieviel Geld und Ehre der Staat für die Wissenschaft übrig habe. Besonders respektierte er die Krebsforschung, denn sein Vater war an Krebs gestorben, und Ziegler nahm an, die inzwischen so hoch entwickelte Wissenschaft werde nicht zulassen, daß ihm einst dasselbe geschähe.

Äußerlich zeichnete sich Ziegler durch das Bestreben aus, sich etwas über seine Mittel zu kleiden, stets im Einklang mit der Mode des Jahres. Denn die Moden des Quartals und des Monats, welche seine Mittel allzusehr überstiegen hätten, verachtete er natürlich als dumme Afferei. Er hielt viel auf Charakter und trug keine Scheu, unter seinesgleichen und an sichern Orten über Vorgesetzte und Regierungen zu schimpfen. Ich verweile wohl zu lange bei dieser Schilderung. Aber Ziegler war wirklich ein reizender junger Mensch, und wir haben viel an ihm verloren. Denn er fand ein frühes und seltsames Ende, allen seinen Plänen und berechtigten Hoffnungen zuwider.

Bald nachdem er in unsre Stadt gekommen war, beschloß er einst, sich einen vergnügten Sonntag zu machen. Er hatte noch keinen rechten Anschluß gefunden und war aus Unentschiedenheit noch keinem Verein beigetreten. Vielleicht war dies sein Unglück. Es ist nicht gut, daß der Mensch allein sei.

So war er darauf angewiesen, sich um die Sehenswürdigkeiten der Stadt zu kümmern, die er denn gewissenhaft erfragte. Und nach reiflicher Prüfung entschied er sich für das Historische Museum und den Zoologischen Garten. Das Museum war an Sonntagvormittagen unentgeltlich, der Zoologische nachmittags zu ermäßigten Preisen zu besichtigen.

In seinem neuen Straßenanzug mit Tuchknöpfen, den er sehr liebte, ging Ziegler am Sonntag ins Historische Museum. Er nahm seinen dünnen, eleganten Spazierstock mit, einen vierkantigen, rotlackierten Stock, der ihm Haltung und Glanz verlieh, der ihm aber zu seinem tiefsten Mißvergnügen vor dem Eintritt in die Säle vom Türsteher abgenommen wurde.

In den hohen Räumen war vielerlei zu sehen, und der fromme Besucher pries im Herzen die allmächtige Wissenschaft, die auch hier ihre verdienstvolle Zuverlässigkeit erwies, wie Ziegler aus den sorgfältigen Aufschriften

an den Schaukästen schloß. Alter Kram, wie rostige Tor-
schlüssel, zerbrochene grünspanige Halsketten und dergleichen, gewann durch diese Aufschriften ein erstaunli-
ches Interesse. Es war wunderbar, um was alles die Wissenschaft sich kümmerte, wie sie alles beherrschte, alles
zu bezeichnen wußte – o nein, gewiß würde sie schon bald
den Krebs abschaffen und vielleicht das Sterben überhaupt.

Im zweiten Saal fand er einen Glasschrank, dessen
Scheibe so vorzüglich spiegelte, daß er in einer stillen
Minute seinen Anzug, Frisur und Kragen, Hosenfalte und
Krawattensitz mit Sorgfalt und Befriedigung kontrollieren konnte. Froh aufatmend schritt er weiter und wür-
digte einige Erzeugnisse alter Holzschnitzer seiner Aufmerksamkeit. Tüchtige Kerle, wenn auch reichlich naiv,
dachte er wohlwollend. Und auch eine alte Standuhr mit
elfenbeinernen, beim Stundenschlag Menuett tanzenden
Figürchen betrachtete und billigte er geduldig. Dann begann die Sache ihn etwas zu langweilen, er gähnte und
zog häufig seine Taschenuhr, die er wohl zeigen durfte, sie
war schwer golden und ein Erbstück von seinem Vater.

Es blieb ihm, wie er bedauernd sah, noch viel Zeit bis
zum Mittagessen übrig, und so trat er in einen andern
Raum, der seine Neugierde wieder zu fesseln vermochte.
Er enthielt Gegenstände des mittelalterlichen Aberglau-
bens, Zauberbücher, Amulette, Hexenstaat und in einer
Ecke eine ganze alchimistische Werkstatt mit Esse, Mör-
sern, bauchigen Gläsern, dürren Schweinsblasen, Blase-
bälgen und so weiter. Diese Ecke war durch ein wollenes
Seil abgetrennt, eine Tafel verbot das Berühren der Gegenstände. Man liest ja aber solche Tafeln nie sehr genau,
und Ziegler war ganz allein in dem Raum.

So streckte er unbedenklich den Arm über das Seil hinweg und betastete einige der komischen Sachen. Von diesem Mittelalter und seinem drolligen Aberglauben hatte
er schon gehört und gelesen; es war ihm unbegreiflich,

wie die Leute sich damals mit so kindischem Zeug befassen konnten, und daß man den ganzen Hexenschwindel und all das Zeug nicht einfach verbot. Hingegen die Alchimie mochte immerhin entschuldigt werden können, da aus ihr die so nützliche Chemie hervorgegangen war. Mein Gott, wenn man so daran dachte, daß diese Goldmachertiegel und all der dumme Zauberkram vielleicht doch notwendig gewesen waren, weil es sonst heute kein Aspirin und keine Gasbomben gäbe!

Achtlos nahm er ein kleines dunkles Kügelchen, etwas wie eine Arzneipille, in die Hand, ein vertrocknetes Ding ohne Gewicht, drehte es zwischen den Fingern und wollte es eben wieder hinlegen, als er Schritte hinter sich hörte. Er wandte sich um, ein Besucher war eingetreten. Es genierte Ziegler, daß er das Kügelchen in der Hand hatte, denn er hatte die Verbotstafel natürlich doch gelesen. Darum schloß er die Hand, steckte sie in die Tasche und ging hinaus.

Erst auf der Straße fiel ihm die Pille wieder ein. Er zog sie heraus und dachte sie wegzuwerfen, vorher aber führte er sie an die Nase und roch daran. Das Ding hatte einen schwachen, harzartigen Geruch, der ihm Spaß machte, so daß er das Kügelchen wieder einsteckte.

Er ging nun ins Restaurant, bestellte sich Essen, schnüffelte in einigen Zeitungen, fingerte an seiner Krawatte und warf den Gästen teils achtungsvolle, teils hochmütige Blicke zu, je nachdem sie gekleidet waren. Als aber das Essen eine Weile auf sich warten ließ, zog Herr Ziegler seine aus Versehen gestohlene Alchimistenpille hervor und roch an ihr. Dann kratzte er sie mit dem Zeigefingernagel, und endlich folgte er naiv einem kindlichen Gelüst und führte das Ding zum Mund; es löste sich im Mund rasch auf, ohne unangenehm zu schmecken, so daß er es mit einem Schluck Bier hinabspülte. Gleich darauf kam auch sein Essen.

Um zwei Uhr sprang der junge Mann vom Straßenbahnwagen, betrat den Vorhof des Zoologischen Gartens und nahm eine Sonntagskarte.

Freundlich lächelnd, ging er ins Affenhaus und faßte vor dem großen Käfig der Schimpansen Stand. Der große Affe blinzelte ihn an, nickte ihm gutmütig zu und sprach mit tiefer Stimme die Worte: »Wie geht's, Bruderherz?«

Angewidert und wunderlich erschrocken wandte sich der Besucher schnell hinweg und hörte im Fortgehen den Affen hinter sich her schimpfen: »Auch noch stolz ist der Kerl! Plattfuß, dummer!«

Rasch trat Ziegler zu den Meerkatzen hinüber. Die tanzten ausgelassen und schrien: »Gib Zucker her, Kamerad!«, und als er keinen Zucker hatte, wurden sie bös, ahmten ihn nach, nannten ihn Hungerleider und bleckten die Zähne gegen ihn. Das ertrug er nicht; bestürzt und verwirrt floh er hinaus und lenkte seine Schritte zu den Hirschen und Rehen, von denen er ein hübscheres Betragen erwartete.

Ein großer herrlicher Elch stand nahe beim Gitter und blickte den Besucher an. Da erschrak Ziegler bis ins Herz. Denn seit er die alte Zauberpille geschluckt hatte, verstand er die Sprache der Tiere. Und der Elch sprach mit seinen Augen, zwei großen braunen Augen. Sein stiller Blick redete Hoheit, Ergebung und Trauer, und gegen den Besucher drückte er eine überlegen ernste Verachtung aus, eine furchtbare Verachtung. Für diesen stillen, majestätischen Blick, so las Ziegler, war er samt Hut und Stock, Uhr und Sonntagsanzug nichts als ein Geschmeiß, ein lächerliches und widerliches Vieh.

Vom Elch entfloh Ziegler zum Steinbock, von da zu den Gemsen, zum Lama, zum Gnu, zu den Wildsäuen und Bären. Insultiert wurde er von diesen allen nicht, aber er wurde von allen verachtet. Er hörte ihnen zu und erfuhr aus ihren Gesprächen, wie sie über die Menschen dachten. Es war schrecklich, wie sie über sie dachten. Namentlich wunderten sie sich darüber, daß ausgerechnet diese häßlichen, stinkenden, würdelosen Zweibeiner in ihren geckenhaften Verkleidungen frei umherlaufen durften.

Er hörte einen Puma mit seinem Jungen reden, ein Gespräch voll Würde und sachlicher Weisheit, wie man es unter Menschen selten hört. Er hörte einen schönen Panther sich kurz und gemessen in aristokratischen Ausdrücken über das Pack der Sonntagsbesucher äußern. Er sah dem blonden Löwen ins Auge und erfuhr, wie weit und wunderbar die wilde Welt ist, wo es keine Käfige und keine Menschen gibt. Er sah einen Turmfalken trüb und stolz in erstarrter Schwermut auf dem toten Ast sitzen und sah die Häher ihre Gefangenschaft mit Anstand, Achselzucken und Humor ertragen.

Benommen und aus allen seinen Denkgewohnheiten gerissen, wandte sich Ziegler in seiner Verzweiflung den Menschen wieder zu. Er suchte ein Auge, das seine Not und Angst verstünde, er lauschte auf Gespräche, um irgend etwas Tröstliches, Verständliches, Wohltuendes zu hören, er beachtete die Gebärden der vielen Gäste, um auch bei ihnen irgendwo Würde, Natur, Adel, stille Überlegenheit zu finden.

Aber er wurde enttäuscht. Er hörte die Stimmen und Worte, sah die Bewegungen, Gebärden und Blicke, und da er jetzt alles wie durch ein Tierauge sah, fand er nichts als eine entartete, sich verstellende, lügende, unschöne Gesellschaft tierähnlicher Wesen, die von allen Tierarten ein geckenhaftes Gemisch zu sein schienen.

Verzweifelt irrte Ziegler umher, sich seiner selbst unbändig schämend. Das vierkantige Stöcklein hatte er längst ins Gebüsch geworfen, die Handschuhe hinterdrein. Aber als er jetzt seinen Hut von sich warf, die Stiefel auszog, die Krawatte abriß und schluchzend sich an das Gitter des Elchstalls drückte, ward er unter großem Aufsehen festgenommen und in ein Irrenhaus gebracht.

(1908)

Die Heimkehr

Die Gerbersauer wandern nicht ungern, und es ist Herkommen, daß ein junger Mensch ein Stück Welt und fremde Sitte sieht, ehe er sich selbständig macht, heiratet und sich für immer in den Bann der heimischen Gewohnheiten begibt. Doch pflegen die meisten schon nach kurzen Wanderzeiten die Vorzüge der Heimat einzusehen und wiederzukehren, und es ist eine Rarität, daß einer bis in die höheren Mannesjahre oder gar für immer in der Fremde hängenbleibt. Immerhin kommt es je und je einmal vor und macht den, der es tut, zu einer widerwillig anerkannten, doch vielbesprochenen Berühmtheit in der Heimatstadt.

Ein solcher war August Schlotterbeck, der einzige Sohn des Weißgerbers Schlotterbeck an der Badwiese. Er ging wie andere junge Leute auf Wanderschaft, und zwar als Kaufmann, denn er war als Knabe schwächlich gewesen und für die Gerberei untauglich befunden worden. Später freilich zeigte sich, daß die Zartheit und Schwäche nur eine Laune der Wachstumsjahre gewesen und dieser August ein recht kräftiger und zäher Bursche war. Jedoch hatte er nun schon den Handelsberuf ergriffen und schaute im Schreibstubenrock auf die Handwerker mit einigem Mitleid herab, seinen Vater nicht ausgenommen. Und sei es nun, daß der alte Schlotterbeck dadurch an Vaterzärtlichkeit verlor, sei es, daß er in Ermangelung weiterer Söhne doch einmal darauf verzichten mußte, die alte Schlotterbecksche Gerberei der Familie zu erhalten – kurz, er begann gegen seine alten Tage das Geschäft sichtlich zu vernachlässigen und es sich wohl sein zu lassen und endete damit, daß er seinem einzigen Sohn das Geschäft so verschuldet hinterließ, daß August froh sein mußte, es um ein Geringes an einen jungen Gerber loszuwerden.

Vielleicht war dies die Ursache, daß August länger als nötig in der Fremde verblieb, wo es ihm übrigens gut erging, und schließlich überhaupt nimmer an die Heimkehr dachte. Als er etwas über dreißig Jahre alt war und weder zur Begründung eines eigenen Geschäftes noch zu einer Heirat Veranlassung gefunden hatte, erfaßte ihn spät ein Reisedurst. Er hatte die letzten Jahre bei gutem Gehalt in einer Fabrikstadt der Ostschweiz gearbeitet, nun gab er diese Stellung auf und begab sich nach England, um mehr zu lernen und nicht einzurosten. Obwohl ihm England und die Stadt Glasgow, in der er Arbeit genommen hatte, nicht sonderlich gefiel, geschah es doch, daß er dort sich an ein Weltbürgertum und eine unbeschränkte Freizügigkeit gewöhnte und das Zugehörigkeitsgefühl zur Heimat verlor oder auf die ganze Welt ausdehnte. Und da ihn nichts hielt, kam ihm ein Angebot aus Chicago, als Direktor eine Fabrik zu leiten, ganz gelegen, und er war bald in Amerika so heimisch oder so wenig heimisch geworden wie an den früheren Orten. Längst sah ihm niemand mehr den Gerbersauer an, und wenn er einmal Landsleute traf, was alle paar Jahre vorkam, begrüßte und behandelte er sie nett und höflich wie andere Leute auch, wodurch ihm in der Heimat der Ruf erwuchs, er sei zwar reich und gewaltig, aber auch hochmütig und amerikanisch geworden.

Als er nach Jahren in Chicago genug gelernt und genug gespart zu haben meinte, folgte er seinem einzigen Freunde, einem Deutschen aus Südrußland, in dessen Heimat und tat dort in Bälde eine kleine Fabrik auf, die ihn ernährte und einen guten Ruf genoß. Er heiratete die Tochter seines Freundes und dachte nun für den Rest seines Lebens unter Dach zu sein. Aber das Weitere ging nicht nach seinem Sinn. Zunächst verdroß und bekümmerte es ihn, daß er ohne Kinder blieb, worüber seine Ehe an Frieden und Genüge viel verlor. Dann starb die Frau, was ihm trotz allem weh tat und den rüstigen Mann etwas älter und nachdenklicher machte. Nach einigen weiteren Jahren begannen die Geschäfte sich zu verschlechtern und infolge von politischen Unruhen am Ende bedenklich zu stocken. Als aber wiederum ein Jahr später auch noch sein Freund und Schwiegervater starb und ihn ganz allein ließ, war es um die Ruhe und Seßhaftigkeit des Mannes geschehen. Er merkte, daß doch nicht ein guter Fleck Erde gleich dem andern ist, wenigstens nicht für einen, dessen Jugend und Glückszeit sich gegen das Ende neigt. Er dachte mehr und mehr daran, wie er sich noch eines zufriedenen Alters versichern möchte, und da die Geschäfte wenig Lockung mehr für ihn hatten, andrerseits der Wandertrieb und die Schwungkraft der früheren Jahre sich verloren hatten, kreiste die Sehnsucht und Hoffnung des alternden Fabrikanten zu seiner eigenen Verwunderung immer enger und begehrlicher um das Heimatland und um das Städtlein Gerbersau, dessen er in Jahrzehnten nur selten und ohne Rührung gedacht hatte.

Eines Tages faßte er mit der Schnelligkeit und Ruhe seiner früheren Zeiten den Beschluß, die kaum noch rentierende Fabrik aufzugeben und das Land zu verlassen. Ohne Übereilung betrieb er den Verkauf seines Geschäftes, dann den des Hauses und endlich des gesamten Hausrats, brachte das ledig gewordene Vermögen vorläufig in süddeutschen Banken unter, brach sein Zelt ab und reiste über Venedig und Wien nach Deutschland.

Mit Behagen trank er an einer Grenzstation das erste bayrische Bier seit vielen Jahren, aber als die Namen der Städte heimatlicher zu tönen begannen und als die Mundart der Mitreisenden immer deutlicher nach Gerbersau hinwies, ergriff den Weltreisenden eine starke Unruhe, bis er, über sich selber verwundert, beinahe mit Herzklopfen die Stationen ausrufen hörte und in den Gesichtern der Einsteigenden lauter wohlbekannte und fast verwandtschaftlich anmutende Züge fand. Und endlich fuhr der Zug die letzte steile Strecke in langen Windungen talabwärts, und unten lag zuerst klein und von Windung zu Windung größer und näher und wirklicher das Städtlein am Fluß, zu Füßen der Tannenwaldberge. Dem Reisenden lag ein starker Druck auf dem Herzen. Das Nochvorhandensein dieser ganzen Welt, des Flusses und des Rathaustürmchens, der Gassen und Gärten bedrückte ihn mit einer Art von Tadel, daß er das alles so lang vernachlässigt und vergessen und aus dem Herzen verloren hatte. Doch dauerte diese Rührung nicht lange, und am Bahnhof stieg Herr Schlotterbeck aus und ergriff seine gelblederne Reisetasche wie ein Mann, der in Geschäften unterwegs ist und sich freut, bei der Gelegenheit einen von früher her bekannten Ort einmal wiederzusehen. Er fand an der Station die Knechte von drei Gasthöfen, was ihm einen Eindruck von Fortschritt und Entwicklung machte, und da der eine auf seiner Mütze den Namen des alten Gasthauses zum Schwanen trug, dessen sich Schlotterbeck aus der Vergangenheit her erinnerte, gab er diesem sein Gepäck und ging allein zu Fuß stadteinwärts.

Der Fremde zog bei seinem langsamen Dahinschreiten manche Blicke auf sich, ohne darauf zu achten. Er hatte die alte beobachtungsfrohe Reiselaune wiedergefunden und betrachtete das alte Nest mit Aufmerksamkeit, ohne es mit Begrüßungen und Fragen und Auftritten des Wiedererkennens eilig zu haben. Zunächst wandelte er durch die etwas veränderte Bahnhofstraße dem Flusse zu, auf dessen grünem Spiegel wie sonst die Gänse schwammen und dem wie ehemals die Häuser ihre ungepflegten Rückseiten und winzigen Hintergärtchen zukehrten. Dann schritt er über den oberen Steg und durch unveränderte, arme enge Gassen der Gegend zu, wo einst die Schlotterbecksche Weißgerberei gewesen war. Da suchte er jedoch das hohe Giebelhaus und den großen Grasgarten mit den Lohgruben vergebens. Das Haus war verschwunden und der Garten und Gerberplatz überbaut. Etwas betreten und unwillig wandte er sich ab und weiter, um den

Marktplatz zu besuchen, den er im alten Zustand fand, nur schien er kleiner geworden, und auch das stattliche Rathaus war weniger ansehnlich, als er es in der Erinnerung getragen hatte.

Der Heimgekehrte hatte nun fürs erste genug gesehen und fand ohne Mühe den Weg zum Schwanen, wo er ein gutes Essen verlangte und auf die erste Erkennungsszene gefaßt war. Doch fand er die frühere Wirtsfamilie nicht mehr und ward ganz wie ein willkommener, doch fremder Gast behandelt. Jetzt bemerkte er auch erst, daß seine Redeweise und Aussprache, die er in allen den Jahren immer für gut schwäbisch und kaum verändert gehalten hatte, hier fremd und sonderbar klang und von der Kellnerin mit einiger Mühe verstanden wurde. Es fiel auch auf, daß er beim Essen den Salat zurückwies und neuen verlangte, den er sich selbst anmachte, und daß er statt der süßen Mehlspeise, aus der in Gerbersau jedes Dessert besteht, Eingemachtes verlangte, von dem er dann einen ganzen Topf ausaß. Und als er nach Tisch sich einen zweiten Stuhl heranzog und die Füße auf ihn legte, um ein wenig zu ruhen, waren Wirtsleute und Mitgäste darüber heftigst erstaunt. Ein Gast am Nebentisch, den diese fremde Sitte aufregte, stand auf und wischte seinen Stuhl mit dem Sacktuch ab, wobei er sagte: »Ich hab ganz vergessen abzuwischen. Wie leicht könnt einer seine drekkigen Stiefel drauf gehabt haben!« Man lachte leise, Schlotterbeck drehte aber nur den Kopf hinüber und schnell wieder zurück, dann legte er die Hände zusammen und pflegte der Verdauung.

Eine Stunde später machte er sich auf und streifte nochmals durch die ganze Stadt. Neugierig schaute er durch die Scheiben in manchen Laden und manche Werkstatt, um zu sehen, ob da oder dort etwa noch einer von den ganz Alten, die zu seiner Zeit schon die Alten gewesen waren, übrig wäre. Von diesen sah er jedoch fürs erste einzig einen Lehrer, bei dem er einstmals sein erstes Al-

phabet auf die Tafel gemalt hatte, auf der Straße vorübergehen. Der Mann mußte zumindest hoch in den Siebzig sein und ging, altgeworden und wohl schon lange außer Amtes, doch noch deutlich am Schwung der Nase und
sogar an den Bewegungen erkennbar, noch leidlich aufrecht und zufrieden einher. Schlotterbeck hatte Lust, ihn
anzusprechen, doch hielt ihn immer noch eine leise Angst
vor dem Sturm der Begrüßungen und Händedrücken zurück. Er ging weiter, ohne jemand zu grüßen, von vielen
betrachtet, doch von keinem erkannt, und brachte so diesen ersten Tag in der Heimat als ein Fremder und Unbe-
kannter zu.

Wenn es nun auch an menschlicher Bewillkommnung
mangelte, sprach doch die Stadt selbst desto deutlicher
und eindringlicher zu ihrem heimgekehrten Kinde. Wohl
gab es überall Veränderungen und Neues, das Angesicht
des Städtleins aber war nicht älter noch anders geworden
und sah den Ankömmling vertraut und mütterlich an, so
daß es ihm wohl und geborgen zu Mute ward und die
Jahrzehnte der Fremde und Reisen und Abenteuer wunderlich zusammengingen und einschmolzen, als wären sie
nur ein Abstecher und kleiner Umweg gewesen. Geschäfte gemacht und Geld verdient hatte er da und dort,
er hatte auch in der Ferne ein Weib genommen und verloren, sich wohl gefühlt und Leid erfahren, allein zugehörig und daheim war er doch nur hier, und während er
für einen Fremden galt und sogar als Ausländer betrachtet wurde, kam er sich selber ganz zu Hause und gleich-
artig mit diesen Leuten, Gassen und Häusern vor.

Die Neuerungen in der Stadt gefielen ihm nicht übel. Er
fand, es sei auch hier Arbeit und Bedürfnis gewachsen,
wenn auch mit Maß, und sowohl die Gasanstalt wie das
neue Volksschulhaus fanden seine Billigung. Die Bevölkerung schien ihm, der dafür in der Welt ein Auge bekommen hatte, recht wohlerhalten, ob auch nicht mehr so
ungemischt einheimisch wie vor Zeiten, da die Enkel von

Zugewanderten noch durchaus für Fremde gegolten hatten. Die ansehnlicheren Geschäfte schienen alle noch in den Händen von ortsbürtigen Leuten zu sein, der Zuwachs aus Eindringlingen war nur unter der Arbeiterschaft deutlich zu spüren. Es mußte also das bürgerliche Leben von einstmals noch wohlerhalten fortbestehen, und es war zu hoffen, daß ein Heimkommender auch nach langer Abwesenheit sich bald zurechtfinden und wieder heimisch machen könne.

Kurz, dem Manne kam die Heimat, die er sich nicht in den Zeiten der Fremde durch Heimweh und Erinnerungslust unnütz verklärt hatte, nun lieblich vor und atmete einen Zauber, dem er nicht widerstand. Als er zeitig am Abend in das Gasthaus zurückkehrte, war er in guter Stimmung und bereute nicht, diese Reise getan zu haben. Er nahm sich vor, zunächst einige Zeit hier zu bleiben und abzuwarten, und wenn dann die Befriedigung anhielte, sich am Ort niederzulassen.

Wunderlich war es ihm, so wie in einer Maske zwischen lauter Schulfreunden, Jugendgenossen und Verwandten einherzugehen. Aber das behaglich erwartungsvolle Inkognito des alten Weltfahrers nahm bald sein Ende. Nach dem Abendessen brachte der Schwanenwirt seinem Gaste das Logierbuch und ersuchte ihn höflich, die Rubriken auszufüllen. Er tat es weniger, weil es unbedingt notwendig war, als weil er selber es satt hatte, sich über Herkunft und Rang des Fremdlings den Kopf zu zerbrechen. Und der Gast nahm das dicke Buch, las eine Weile die Namen vormaliger Gäste durch, nahm dann dem wartenden Wirt die eingetauchte Feder aus der Hand und schrieb mit kräftigen, deutlichen Buchstaben, alle Fächlein gewissenhaft ausfüllend. Der Wirt sagte Dank, streute Sand auf und entfernte sich mit dem Folianten wie mit einer Beute, um hinter der Türe sofort seine Neugierde zu stillen. Er las: Schlotterbeck, August – aus Rußland – auf Geschäftsreisen. Und wenn er auch die

Herkunft und Geschichte des Mannes nicht kannte, so schien der Name Schlotterbeck doch auf einen Gebersauer hinzudeuten. In die Gaststube zurückkehrend, fing der Wirt mit dem Fremden ein respektvolles Gespräch an. Er begann mit dem Gedeihen und Wachstum der hiesigen Stadt, kam auf Straßenverbesserungen und neue Eisenbahnanschlüsse zu sprechen, berührte die Stadtpolitik, äußerte sich über die letztjährige Dividende der Wollspinnerei-Aktiengesellschaft und schloß nach einem Viertelstündchen mit der harmlosen Frage, ob der Herr nicht Verwandte am Orte habe. Darauf antwortete Schlotterbeck gelassen, ja, er habe Verwandte hier, fragte aber nach keinem und zeigte so wenig Neugier, daß das Gespräch bald in sich selbst versank und der Wirt sich zurückziehen mußte. Der Gast las unberührt von den Gesprächen des Nachbartisches eine Zeitung und suchte früh seine Schlafstube auf.

Inzwischen taten der Eintrag ins Fremdenbuch und die Unterhaltung mit dem Schwanenwirt in aller Stille ihre Wirkung, und während August Schlotterbeck ahnungslos und zufrieden in dem guten, auf heimische Art geschichteten Wirtsbette den ersten Schlaf und Traum im Vaterland tat, machte das Gerücht von seiner Ankunft manche Leute munter und gesprächig und einen sogar schlaflos. Dieser war Augusts leiblicher Vetter und nächster Verwandter, der Kaufmann Lukas Pfrommer aus der Spitalgasse. Eigentlich war er Buchbinder und hatte früher lange Zeit den Schulkindern ihre ruinierten Fibeln wieder geflickt und der Frau Amtsrichter halbjährlich die Gartenlaube eingebunden, auch Schreibhefte hergestellt und Haussegen eingerahmt, vom Untergang bedrohte Holzschnitte durch Hinterkleben und Aufziehen der Welt erhalten und den Kanzleien graue und grüne Aktendeckel, Mappen und Kartonbände geliefert. Dabei hatte er unmerklich etwas erspart und hinter sich gebracht, jedenfalls keine Sorgen gehabt. Alsdann hatten die Zeiten sich verändert, die kleinen Handwerker hatten fast alle irgendein Ladengeschäft angefangen, die größeren waren Fabrikanten geworden. Da hatte auch Pfrommer die Vorderwand seines Häusleins durchschlagen und ein Schaufenster eingesetzt, sein Erspartes von der Bank genommen und einen Papier- und Galanteriewarenladen eröffnet, wo seine Frau den Verkauf betrieb und Haushalt und Kinder drüber zu kurz kommen ließ, indessen der Mann weiter in seiner Werkstatt schaffte. Doch war der Laden jetzt die Hauptsache, wenigstens vor den Leuten, und wenn er nicht mehr einbrachte als das Handwerk, so kostete er doch mehr und machte mehr Sorgen. So war Pfrommer Kaufmann geworden. Mit der Zeit gewöhnte er sich an diese geachtete und stattlichere Stellung, zeigte sich in Straßen nicht mehr in der grünen Schürze, sondern stets im guten Rock, lernte mit Kredit und Hypotheken arbeiten und konnte sich zwar in Ehren halten, hatte die Ehre aber weit teurer als früher. Die Vorräte an unverkäuflich gewordenen Neujahrskarten, Bildchen, Alben, an abgelegenen Zigarren und im Schaufenster verbleichtem Trödelkram wuchsen und kamen ihm nicht selten im Traum vor. Und seine Frau, die früher ein lustiges und erfreuliches Weibchen gewesen war, verwandelte sich allmählich in eine unruhige Sorgerin, der das seßhaft gewordene süße Ladenlächeln gar nimmer in das altgewordene Gesicht paßte.

Schlotterbecks Vetter hatte gestern abend gegen neun Uhr, als er mit der Zeitung bei der Lampe saß, zu seiner großen Überraschung einen Besuch des Schwanenwirtes erhalten. Er hatte ihn erstaunt empfangen, jener aber hatte nicht Platz nehmen wollen, sondern erklärt, er müsse sofort zu seinen Gästen zurück, unter denen er übrigens den Herrn Pfrommer in letzter Zeit leider nur selten habe sehen dürfen. Aber er sei der Meinung, unter Mitbürgern und Nachbarn sei ein kleiner Liebesdienst selbstverständlich und Ehrensache, darum wolle er ihm in allem Vertrauen mitteilen, daß bei ihm seit heute ein fremder Herr logiere, mit wohlhabenden Manieren, der sich Schlotterbeck schreibe und aus Rußland zu kommen vorgebe. Da war Lukas Pfrommer aufgesprungen und hatte der Frau gerufen, die schon im Bett war, nach Stiefeln, Stock und Sonntagshut gekeucht und sich sogar in aller Eile noch die Hände gewaschen, um dann im Laufschritt hinter dem Wirte her in den Schwanen zu eilen. Dort hatte er aber den russischen Vetter nicht mehr im Gastzimmer angetroffen, und ihn in der Schlafstube aufzusuchen, wagte er doch nicht, denn er mußte sich sagen, wenn der Vetter extra seinetwegen die große Reise getan hätte, so hätte er ihn wohl schon bei sich gesehen. So trank er denn erregt und halb enttäuscht einen halben Liter Heilbronner zu sechzig, um dem Wirt eine Ehre anzutun, lauschte auf die Unterhaltung einiger Stammgäste und hütete sich, etwas von dem eigentlichen Zweck seines Hierseins zu verraten.

Am Morgen war Schlotterbeck kaum zum Kaffee heruntergekommen, als ein älterer Mann von kleinem Wuchs, der offenbar schon eine gute Weile bei seinem Gläschen Kirschengeist gewartet hatte, sich seinem Tisch in Befangenheit näherte und ihn mit einem schüchternen Kompliment begrüßte. Schlotterbeck sagte guten Morgen und fuhr fort, sein Butterbrot mit Honig zu bestreichen; der Besucher aber blieb stehen, sah zu und räusperte sich wie ein Redner, ohne doch etwas Deutliches herauszubringen. Erst als ihn der Fremde fragend anblickte, entschloß er sich, mit einem zweiten Kompliment an den Tisch heranzutreten und mit seinen Eröffnungen zu beginnen.

»Mein Name ist Lukas Pfrommer«, sagte er und schaute den Rußländer erwartungsvoll an.

»So«, sagte dieser, ohne sich aufzuregen. »Sind Sie Buchbinder, wenn ich fragen darf?«

»Ja, Kaufmann und Buchbinder, an der Spitalgasse. Sind Sie – –«

Schlotterbeck sah ein, daß er jetzt preisgegeben sei, und suchte nicht länger hinterm Berg zu halten.

»Dann bist du mein Vetter«, sagte er einfach. »Hast du schon gefrühstückt?«

»Also doch!« rief Pfrommer triumphierend. »Ich hätte dich kaum mehr gekannt.«

Er streckte mit plötzlicher Freudigkeit dem Vetter die Hand entgegen und konnte erst nach manchen Gebärden der Ergriffenheit am Tische Platz nehmen.

»Ja, du lieber Gott«, rief er bewegt, »wer hätt es gedacht, daß wir dich einmal wiedersehen würden. Aus Rußland! Ist es eine Geschäftsreise?«

»Ja, nimmst du eine Zigarre? Was hat dich eigentlich hergeführt?«

Ach, den Buchbinder hatte vieles hergeführt, wovon er jedoch vorerst schwieg. Er hatte ein Gerücht gehört, der Vetter sei wieder im Land, und da habe er keine Ruhe mehr gehabt. Gott sei Dank, nun habe er ihn gesehen und begrüßt; es hätte ihm sein Leben lang leid getan, wenn ihm jemand zuvorgekommen wäre. Der Vetter sei doch wohl? Und was denn die liebe Familie mache?

»Danke. Meine Frau ist vor vier Jahren gestorben.«

Entsetzt fuhr Pfrommer zurück. »Nein, ist's möglich?« rief er mit tiefem Schmerz. »Und wir haben gar nichts gewußt und haben nicht einmal kondolieren können! Meine herzliche Teilnahme, Vetter!«

»Laß nur, es ist ja schon lang her. Und wie geht's bei dir? Du bist Kaufmann geworden?«

»Ein bißchen. Man sucht sich eben über Wasser zu halten und womöglich was für die Kinder auf die Seite zu tun. Ich führe auch recht gute Zigarren. – Und du? Was macht die Fabrik?«

»Die hab ich aufgegeben.«

»Im Ernst? Ja warum denn?«

»Die Geschäfte sind nimmer gegangen. Wir haben Hungersnot und Aufstände gehabt.«

»Ja, dieses Rußland! Ich habe mich immer ein bißchen gewundert, daß du gerade in Rußland ein Geschäft angefangen hast. Schon dieser Despotismus, und dann die Nihilisten, und die Beamtenwirtschaft muß ja arg sein. Ich habe mich immer ein bißchen auf dem laufenden gehalten, du begreifst, wenn ich doch einen Verwandten dort wußte. Der Pobjedonoszeff – –«

»Ja, der lebt auch noch. Aber verzeih, von Politik verstehst du sicher mehr als ich.«

»Ich? Man liest ja so ein bißchen im Blatt, aber – – Nun, und was machst du denn jetzt für Geschäfte? Hast du viel verloren?«

»Ja, tüchtig.«

»Das sagt er so ruhig! Mein Beileid, Vetter! – Wir haben hier ja keine Ahnung gehabt.«

Schlotterbeck lächelte ein wenig.

»Ja«, sagte er nachdenklich, »ich dachte damals in der schlimmsten Zeit daran, mich vielleicht an euch hier zu wenden. Nun, es ist schließlich auch so gegangen. Es wäre auch dumm gewesen. Wer wird einem so entfernten Verwandten, den man kaum mehr kennt, noch Geld in die Pleite nachwerfen.«

»Ja, du mein Gott – Pleite, sagst du?«

»Nun ja, es hätte so kommen können. Wie gesagt, ich fand dann anderwärts Hilfe ...«

»Das war wirklich nicht recht von dir! Sieh, wir sind ja arme Teufel und brauchen unser Bißchen nötig genug; aber daß wir dich hätten stecken lassen, nein, es ist nicht recht von dir, daß du das hast meinen können.«

»Na, tröste dich, es ist ja besser so. Wie geht's denn deiner Frau?«

»Danke, gut. Ich Esel, fast hätt ich's in der Freude vergessen, ich soll dich ja zum Mittagessen einladen. Du kommst doch?«

»Gut. Danke schön. Ich hab unterwegs einige Kleinigkeiten für die Kinder eingekauft, das könntest du

mitnehmen und deine Frau einstweilen von mir grüßen.«

Damit wurde er ihn los. Der Buchbinder zog erfreut
mit einem Paketchen nach Hause, und da der Inhalt sich
als recht nobel erwies, nahm seine Meinung von des Vetters Geschäften wieder einen Aufschwung. Dieser war
indessen froh, den gesprächigen Mann vom Hals zu haben, und begab sich aufs Rathaus, um seinen Paß vor-
zulegen und sich zu einem hiesigen Aufenthalt für unbe-
stimmte Zeit anzumelden.

Es hätte dieser Anmeldung nicht bedurft, um Schlotterbecks Heimkehr in der Stadt bekannt zu machen. Dies
geschah ohne sein Bemühen durch eine geheimnisvolle
drahtlose Telegraphie, so daß er jetzt auf Schritt und Tritt
angerufen, begrüßt oder zumindest angeschaut und
durch Lüften der Hüte bewillkommnet wurde. Man
wußte schon gar viel von ihm, namentlich aber nahm sein
Vermögen in der Leute Mund schnell einen fürstlichen
Umfang an. Einige verwechselten beim Weiterberichten
in der Eile Chicago mit San Franzisko und Rußland mit
der Türkei, nur das mit unbekannten Geschäften erworbene Vermögen blieb ein fester Glaubenssatz, und in den
nächsten Tagen wimmelte es in Gerbersau von Lesarten,
die zwischen einer halben und zehn Millionen und zwischen den Erwerbsarten vom Kriegslieferanten bis zum
Sklavenhändler, je nach Temperament und Phantasie der
Erzähler, auf und nieder spielten. Man erinnerte sich des
längstverstorbenen alten Weißgerbers Schlotterbeck und
der Jugendgeschichte seines Sohnes, es fanden sich solche, die ihn als Lehrling und als Schulbuben und als Kon-
firmanden noch im Gedächtnis hatten, und eine verstor-
bene Fabrikantenfrau wurde zu seiner unglücklichen Jugendliebe ernannt.

Er selber bekam, da es ihn nicht interessierte, wenig
von diesen Historien zu hören. An jenem Tage, da er bei
seinem Vetter zu Tisch geladen war, hatte ihn vor dessen

Frau und Kindern ein unüberwindliches Grauen erfaßt, so übel maskiert war ihm die Spekulation auf den Erbvetter entgegengetreten. Er hatte um des Friedens willen dem Verwandten, der viel zu klagen gewußt hatte, ein mäßiges Darlehn gewährt, zugleich aber war er sehr kühl und wortkarg geworden und hatte sich für weitere Einladungen einstweilen im voraus freundlich bedankt. Die Frau war enttäuscht und gekränkt, doch ward im Hause Pfrommer von dem Vetter vor Zeugen nur ehrerbietig geredet.

Dieser blieb noch ein paar Tage im Schwanen wohnen. Dann fand er ein Quartier, das ihm zusagte. Es war oberhalb der Stadt gegen die Wälder hin eine neue Straße entstanden, vorerst nur für den Bedarf einiger Steinbrüche, die weiter oben lagen. Doch hatte ein Baumeister, der in dieser etwas beschwerlich zu erreichenden, doch wunderschönen Lage künftige Geschäfte witterte, auf dem noch für wenige Kreuzer käuflichen Boden am Beginn des neuen Weges drei kleine Häuschen gebaut, weiß verputzt mit braunem Gebälk. Man schaute von hier aus hoch auf die Altstadt hinab, weiterhin sah man talabwärts den Fluß durch die Wiesen laufen und gegenüber die roten Felsenhöhen hängen, und rückwärts hatte man in nächster Nähe den Tannenwald. Von den drei Spekulantenhäuslein stand eines fertig, doch leer, eines hatte schon vor drei Jahren ein pensionierter Gerichtsvollzieher gekauft, und das dritte war noch im Bau. Der Gerichtsvollzieher war schon nicht mehr da. Er hatte das untätige Leben nicht ertragen und war einem alten Leiden, das er bis dahin manche Jahrzehnte lang mit Arbeit und Humor überwunden hatte, nach kurzer Zeit erlegen. In dem Häuschen saß nun ganz allein mit einer ältlichen Schwägerin die Witwe des Gerichtsvollziehers, ein recht frisches und sauberes Frauchen, von welcher noch zu reden sein wird.

In dem mittleren Haus, das je hundert Schritt von dem

Witwensitz und dem Neubau entfernt lag, richtete nun Schlotterbeck sich ein. Er mietete den unteren Stock, der drei Zimmer und eine Küche enthielt, und da er keine Lust hatte, seine Mahlzeiten hier oben in völliger Einsamkeit einzunehmen, kaufte und mietete er nur Bett, Tische, Stühle, Kanapee, ließ die Küche leer und dingte zur täglichen Aufwartung eine Frau, die zweimal des Tages kam. Den Kaffee kochte er sich am Morgen, wie früher in langen Junggesellenjahren, selber auf Weingeist, mittags und abends aß er in der Stadt. Die kleine Einrichtung gab ihm eine Weile angenehm zu tun, auch trafen nun seine Koffer aus Rußland ein, deren Inhalt die leeren Wandschränke füllte. Täglich erhielt und las er einige Zeitungen, darunter zwei ausländische, auch ein lebhafter Briefwechsel kam in Gang, und dazwischen machte er da und dort in der Stadt seine Besuche, teils bei Verwandten und alten Bekannten, teils bei den Geschäftsleuten, namentlich in den Fabriken. Denn er suchte ohne Hast, doch aufmerksam nach einer Gelegenheit, sich mit Geld und Arbeit an einem gewerblichen Unternehmen zu beteiligen. Dabei trat er allmählich auch zu der bürgerlichen Gesellschaft seiner Vaterstadt wieder in einige Beziehung. Er wurde da und dort eingeladen, auch zu den geselligen Vereinen und an die Stammtische der Honoratioren. Freundlich und mit den Manieren eines gereisten Mannes von Vermögen nahm er da und dort teil, ohne sich fest zu verpflichten, aber auch ohne zu wissen, wieviel Kritik hinter seinem Rücken an ihm geübt wurde.

August Schlotterbeck war trotz seines offenen Blickes in einer Täuschung über sich selbst befangen. Er meinte zwar ein wenig über seinen Landsleuten zu stehen, lebte aber doch in dem Gefühl, ein Gerbersauer zu sein und in allem Wesentlichen recht wieder an den alten Ort zu passen. Und das stimmte nicht so ganz. Er wußte nicht, wie sehr er in der Sprache und Lebensweise, in Gedanken und Gewohnheiten von seinen Mitbürgern abstach.

Diese empfanden das desto besser, und wenn auch Schlotterbecks guter Ruf im Schatten seines Geldbeutels Sicherheit genoß, wurde doch im einzelnen gar viel über ihn gesprochen, was er nicht gern gehört hätte. Manches, was er ahnungslos in alter Gewohnheit tat, erregte hier Kritik und Mißfallen, man fand seine Sprache zu frei, seine Ausdrücke zu fremd, seine Anschauungen amerikanisch und sein ungezwungenes Benehmen mit jedermann anspruchsvoll und unfein. Er sprach mit seiner Aufwärterin wenig anders als mit dem Stadtschultheißen, er ließ sich zu Tisch laden, ohne innerhalb sieben Tagen eine Verdauungsvisite abzustatten. Er machte zwar im Männerkreis kein Zotenflüstern mit, sagte aber Dinge, die ihm natürlich schienen, auch in Familien in Gegenwart der Damen harmlos heraus. Namentlich in den Beamtenkreisen, die in der Stadt zuoberst standen und den Ton angaben, in der Sphäre zwischen Oberamtmann und Oberpostmeister, machte er keine Eroberungen. Diese kleine, ängstlich behütete Welt amtlicher Machthaber und ihrer Frauen, voll von gegenseitiger Hochachtung und Rücksicht, wo jeder des anderen Verhältnisse bis auf den letzten Faden kennt und jeder in einem Glashaus sitzt, hatte an dem heimgekehrten Weltfahrer keine Freude, um so mehr, da sie von seinem sagenhaften Reichtum doch keinen Vorteil zu ziehen hoffen konnte. Und in Amerika hatte Schlotterbeck sich angewöhnt, Beamte einfach für Angestellte zu halten, die wie andere Leute für Geld ihre Arbeit tun, während er sie in Rußland als eine schlimme Kaste kennengelernt hatte, bei der nur Geld etwas vermochte. Da war es schwer für ihn, dem niemand Anweisungen gab, die Heiligkeit der Titel und die ganze zarte Würde dieses Kreises richtig zu begreifen, am rechten Ort Eifersucht zu zeigen, Obersekretäre nicht mit Untersekretären zu verwechseln und im geselligen Verkehr überall den rechten Ton zu treffen. Als Fremder kannte er auch die verwickelten Familiengeschichten nicht, und es konnte gelegentlich ohne seine Schuld passieren, daß er im Hause des Gehenkten vom Strick redete. Da sammelten sich denn unter der Decke unverwüstlicher Höflichkeit und verbindlichsten Lächelns die kleinen Posten seiner Verfehlungen zu säuberlich gebuchten Summen an, von denen er keine Ahnung hatte, und wer konnte, sah mit Schadenfreude zu. Auch andere Harmlosigkeiten, die Schlotterbeck mit dem besten Gewissen beging, wurden ihm übelgenommen. Er konnte jemand, dessen Stiefel ihm gefielen, ohne lange Einleitungen nach ihrem Preis fragen. Und eine Advokatenfrau, die zu ihrem Kummer unbekannte Sünden der Vorfahren dadurch büßen mußte, daß ihr von Geburt an der linke Zeigefinger fehlte, und dies Gebrechen mit Kunst und Eifer zu verbergen suchte, wurde von ihm mit aufrichtigem Mitleid gefragt, wann und wo sie denn ihres Fingers verlustig geworden sei. Der Mann, der Jahrzehnte in mancherlei Ländern sich seiner Haut gewehrt und seine Geschäfte getrieben hatte, konnte nicht wissen, daß man einen Amtsrichter nicht fragen darf, was seine Hosen kosten. Er hatte wohl gelernt, im Gespräch mit jedermann höflich zu sein, er wußte, daß manche Völker kein Schweinefleisch oder keine Taube verzehren, daß man zwischen Russen, Armeniern und Türken es vermeidet, sich zu einer allein wahren Religion zu bekennen; aber daß mitten in Europa es große Gesellschaftskreise und Stände gab, in welchen es für roh gilt, von Leben und Tod, Essen und Trinken, Geld und Gesundheit freiweg zu reden, das war diesem entarteten Gerbersauer unbekannt geblieben.

Auch konnte es ihm im Grunde einerlei sein, ob man mit ihm zufrieden sei, da er wenig Ansprüche an die Menschen machte, viel weniger als sie an ihn. Er ward zu allerlei guten Zwecken um Beiträge angegangen und gab sie jeweils nach seinem Ermessen. Man dankte dafür höflichst und kam bald mit neuen Anliegen wieder, doch war man auch hier nur halb zufrieden und hatte Gold und Banknoten erwartet, wo er Silber gab.

Bei jedem Gang in die Stadt hinab, also täglich mehrere Male, kam Herr Schlotterbeck an dem netten kleinen Haus der Frau Entriß vorbei, der Witwe des Gerichtsvollziehers, die hier in Gesellschaft einer schweigsamen und etwas blöden Schwägerin ein sehr stilles Leben führte.

Diese noch wohlerhaltene und dem Leben nicht abgestorbene Witwe hätte im Genuß ihrer Freiheit und eines kleinen Vermögens ganz angenehme und unterhaltsame Tage haben können. Es hinderte sie daran aber sowohl ihr eigener Charakter wie auch der Ruf, den sie sich im Lauf ihrer Gerbersauer Jahre erworben hatte. Sie stammte aus dem Badischen, und man hatte sie einst, schon aus Rücksicht auf ihren in der Stadt wohlbeliebten Mann, freundlich und erwartungsvoll aufgenommen. Doch hatte mit der Zeit sich ein abfälliger Leumund über sie gebildet, dessen eigentliche Wurzel ihre übertriebene Sparsamkeit war. Daraus machte das Gerede einen giftigen Geiz, und da man einmal kein Gefallen an der Frau gefunden hatte, hängte sich beim Plaudern eins ans andre, und sie wurde nicht nur als ein Geizkragen und eine Pfennigklauberin, sondern auch als Hausdrache verrufen. Der Gerichtsvollzieher selber war nun nicht der Mann, der über die eigene Frau schlecht gesprochen hätte, aber immerhin blieb es nicht verborgen, daß der heitere und gesellige Mann seine Freude und Erholung weniger daheim bei der Frau als im Rößle oder Schwanen bei abendlichen Biersitzungen suchte. Nicht daß er ein Trinker geworden wäre, Trinker gab es in Gerbersau unter der angesehenen Bürgerschaft überhaupt nicht. Aber doch gewöhnte er sich daran, einen Teil seiner Mußezeit im Wirtshaus hinzubringen und auch tagsüber zwischenein gelegentlich einen Schoppen zu nehmen. Trotz seiner schlechten Gesundheit setzte er dieses Leben so lange fort, bis ihm vom Arzt und auch von der Behörde nahegelegt ward, sein anstrengendes Amt aufzugeben und im Ruhestand seiner bedürftigen Gesundheit zu leben. Doch war es nach seiner Pensionierung eher schlimmer gegangen, und jetzt war alles darüber einig, daß die Frau ihm das Haus verleidet und von Anfang an den Untergang des braven Mannes verschuldet habe. Sie blieb allein mit der Schwägerin sitzen und fand weder Frauentrost noch männliche Beschützer, obwohl außer dem schuldenfreien Haus auch noch einiges Vermögen vorhanden war.

Die unbeliebte Witwe schien jedoch unter der Einsamkeit nicht unerträglich zu leiden. Sie hielt Haus und Hausrat, Bankbüchlein und Garten in bester Ordnung und hatte damit genug zu tun, denn die Schwägerin litt an einer leisen Verdunkelung des Verstandes und tat nichts anderes als zuschauen und sich die stillen Tage mit Murmeln, Reiben der Nase und häufigerem Betrachten eines alten Bilderalbums vertreiben. Die Gerbersauer, damit das Gerede über die Frau auch nach des Mannes Tode nicht aufhöre, hatten sich ausgedacht, sie halte das arme Wesen zu kurz, ja in furchtbarer Gefangenschaft. Es hieß, die Gemütskranke leide Hunger, werde zu schwerer Arbeit angehalten und werde das alles sicherlich nimmer lange aushalten, was ja auch im Interesse der Entriß liege und ihre Absicht sei. Da diese Gerüchte immer offener hervortraten, mußte schließlich von Amts wegen etwas getan werden, und eines Tages erschien im Haus der erstaunten Frau der Stadtschultheiß mit dem Oberamtsarzt, sagte ernstlich mahnende Worte über die Verantwortung, verlangte zu sehen, wie die Kranke wohne und schlafe, was sie arbeite und esse, und schloß mit der Drohung, wenn nicht alles einwandfrei befunden werde, müsse die Gestörte in einem staatlichen Krankenhaus versorgt werden, natürlich auf Kosten der Frau Entriß. Diese verhielt sich kühl und gab zur Antwort, man möge nur alles untersuchen. Ihre Schwägerin sei harmlos und ungefährlich, und wenn man die Kranke anderwärts versorgen wolle, könne es ihr nur lieb sein, es müsse das aber auf Kosten der Stadt geschehen, und sie zweifle, ob das arme Geschöpf es dann besser haben werde als bei ihr. Die Untersuchung ergab, daß die Kranke keinerlei Mangel litt und bei der wohlwollenden Frage, ob sie etwa gern anderswo leben möchte, wo sie es sehr gut haben werde, furchtbar erschrak und flehentlich sich an ihrer Schwägerin festhielt. Der Arzt fand sie wohlgenährt und ohne alle Spuren harter Arbeit, und er ging samt dem Stadtschultheiß verlegen wieder fort.

Was nun den Geiz der Frau Entriß betrifft, so kann man darüber verschieden urteilen. Es ist leicht, Charakter und Lebensführung einer schutzlosen Frau zu tadeln. Daß sie sparsam war, steht fest. Sie hatte nicht nur vor dem Gelde, sondern vor jeder Habe und jedem noch so kleinen Werte eine tiefe Hochachtung, so daß es schwerfiel, etwas auszugeben, und unmöglich war, etwas wegzuwerfen oder umkommen zu lassen. Von dem Geld, das ihr Mann seinerzeit in die Wirtshäuser getragen hatte, tat ihr ein jeder Kreuzer heute noch leid wie ein unsühnbares Unrecht, und es mag wohl sein, daß darüber die Eintracht ihrer Ehe entzweigegangen war. Desto eifriger hatte sie, was der Mann so leichtfertig vertat, durch genaue Rechnung im Hause und durch fleißige Arbeit einzubringen gesucht. Und nun, da er gestorben war, da kein Taler mehr unnütz aus dem Hause ging und ein Teil der Zinsen jährlich zum Kapital geschlagen werden konnte, erlebte die gute Haushälterin ein spätes Behagen. Nicht daß sie sich irgend etwas über das Notwendige gegönnt hätte, sie sparte eher mehr als früher, aber das Bewußtsein, daß es Früchte trug und sich langsam summierte, verlieh ihr eine Zufriedenheit, die sie nimmer aufs Spiel zu setzen entschlossen war.

Eine ganz besondere Freude und Genugtuung empfand Frau Entriß, wenn sie irgend etwas Wertloses zu Wert bringen, etwas finden oder erobern konnte, etwas Weggeworfenes doch noch brauchen und etwas Verachtetes verwerten. Diese Leidenschaft war keineswegs nur auf den baren Nutzen gerichtet, sondern hier verließ ihr Denken und Begehren den engen Kreis des Notwendigen und erhob sich in das Gebiet des Ästhetischen. Die Frau Gerichtsvollzieher war dem Schönen und dem Luxus nicht abgeneigt, sie mochte es auch gerne hübsch und wohlig haben, nur durfte das kein bares Geld kosten. So war ihre Kleidung bescheiden, aber sauber und nett, und seit sie mit dem Häuslein auch ein kleines Stück Boden besaß, hatte ihr Bedürfnis nach Schönem und Erfreulichem ein lohnendes Ziel gefunden. Sie wurde eine eifrige Gärtnerin.

Wenn August Schlotterbeck am Zaun seiner Nachbarin vorüberschritt, schaute er jedesmal mit Freude und einem leisen Neid in die kleine Gartenpracht der Witwe. Nett bestellte Gemüsebeete waren appetitlich von Rabatten mit Schnittlauch und Erdbeeren, aber auch mit Blumen eingefaßt, und Rosen, Levkojen, Goldlack und Reseden schienen ein anspruchsloses Glück zu verkünden.

Es war nicht leicht gewesen, auf dem steilen Gelände und in dem Sandboden einen solchen Wuchs zu erzielen. Hier hatte Frau Entrißens Leidenschaft Wunder getan und tat sie noch immer. Sie brachte mit eigenen Händen aus dem Wald schwarze Erde und Laub herbei, sie ging des Abends auf den Spuren der schweren Steinbruchwagen und sammelte mit zierlichem Schäufelein den goldeswerten Dung, den die Pferde liegen ließen. Hinterm Haus tat sie jeden Abfall und jede Kartoffelschale sorgsam auf den Haufen, der im nächsten Frühling durch seine Verwesung das Land schwerer und reicher machen mußte. Sie brachte aus dem Walde auch wilde Rosen und Setzlinge von Maiblumen und Schneeglöckchen mit, und den Winter hindurch zog sie im Zimmer und Keller ihre Ableger mit Sorgfalt auf. Ein ahnungsvolles Begehren nach Schönheit, das in jedem Menschengemüt verborgen duftet, eine Freude am Nutzen des Brachliegenden und Verwenden des umsonst zu Habenden und vielleicht unbewußt auch ein Rest unbefriedigter Weiblichkeit machten sie zu einer vortrefflichen Gartenmutter.

Ohne von der Nachbarin etwas zu wissen, tat Herr Schlotterbeck täglich mehrmals anerkennende Blicke in die von jedem Unkraut reinen Beete und Wegchen, labte seine Augen an dem frohen Grün der Gemüse, dem zarten Rosenrot und den lustigen Farben der Winden, und wenn ein leichter Wind ging und, ihm beim Weitergehen eine Handvoll süßen Gartenduftes nachwehte, freute er sich dieser lieblichen Nachbarschaft mit einer zunehmenden Dankbarkeit. Denn es gab immerhin Stunden, in denen er ahnte, daß der Heimatboden ihm das Wurzelfassen nicht eben leicht mache, und er sich einigermaßen vereinsamt und betrogen vorkam.

Als er sich gelegentlich bei Bekannten nach der Gartenbesitzerin erkundigte, bekam er die Geschichte des seligen Gerichtsvollziehers und viel arge Urteile über seine Witwe zu hören, so daß er nun eine Zeitlang das friedvolle Haus im Garten mit einem Erstaunen darüber betrachtete, daß die anmutende Lieblichkeit der Wohnsitz einer so verworfenen Seele sein müsse.

Da begab es sich, daß er sie eines Morgens zum erstenmal hinter ihrem niederen Zaun sah und anredete. Bisher war sie stets, wenn sie ihn von weitem daherkommen sah, ins Haus gewichen. Diesmal hatte sie ihn, über ein Beet gebückt, im Arbeitseifer nicht kommen hören, und nun stand er am Zaune, hielt höflich den Hut in der Hand und sagte guten Morgen. Sie gab den Gruß zurück, und er hatte es nicht eilig, sondern fragte sie: »Schon fleißig, Frau Nachbarin?«

»Ein bißchen«, sagte sie, und er fuhr ermunternd fort: »Was Sie für einen schönen Garten haben.«

Sie gab darauf keine Antwort, und er schaute sie, die schon wieder an ihren Gräslein zupfte, verwundert an. Er hatte sie sich, jenem Gerede nach, mehr furienmäßig vorgestellt, und nun war sie zu seinem angenehmen Erstaunen recht gefällig von Gestalt, das Gesicht ein wenig streng und ungesellig, aber frisch und ohne Hinterhalt, und so im ganzen eine gar nicht unerquickliche Erscheinung.

»Ja, dann will ich weitergehen«, sagte er freundlich. »Adieu, Frau Nachbarin.«

Sie blickte auf und nickte, wie er den Hut schwang, sah ihm drei, vier Schritte weit nach und fuhr darauf in ihrer Arbeit fort, ohne sich über den Nachbarn Gedanken zu machen. Dieser aber dachte noch eine Weile an sie. Es war ihm wunderlich, daß diese Person ein solches Greuel sein solle, und er nahm sich vor, sie ein wenig zu beobachten. Er nahm wahr, wie sie ihre paar Einkäufe in der Stadt ohne langes Herumschweifen und Reden besorgte, er sah sie den Garten pflegen und ihre Wäsche sonnen, stellte fest, daß sie keine Besuche empfing, und belauschte das kleine, einsame Leben der fleißigen Frau mit Hochachtung und Rührung. Auch ihre etwas scheuen abendlichen Gänge nach den Roßäpfeln, um die sie sehr verschrien war, blieben ihm nicht verborgen. Doch fiel es ihm nicht ein, darüber zu spotten, wenn er auch darüber lächeln mußte. Er fand sie ein wenig scheu geworden, aber ehrenwert und tapfer, und er dachte sich, es sei schade, daß so viel Sorge und Achtsamkeit an so kleine Zwecke gewendet werde. Zum erstenmal begann er jetzt, durch diesen Fall stutzig geworden, dem Urteil der Gerbersauer zu mißtrauen und manches faul zu finden, was er bislang gläubig hingenommen hatte.

Inzwischen traf er die Frau Nachbarin je und je wieder und wechselte ein paar Worte mit ihr. Er redete sie jetzt mit ihrem Namen an, und auch sie wußte ja, wer er sei, und sagte Herr Schlotterbeck zu ihm. Er wartete gern mit dem Ausgehen, bis er sie im Freien sah, und ging dann nicht vorüber, ohne ein kleines Gespräch über Witterung und Gartenaussichten anzuknüpfen und sich an ihren ehrlichen und gescheiten Antworten zu freuen.

Einst brachte er einen seiner Bekannten abends im Adler auf die Frau zu sprechen. Er erzählte, wie der saubere Garten ihm aufgefallen sei, wie er die Frau in ihrem stillen Leben beobachtet habe und nicht begreifen könne, daß sie in so üblem Ruf stehe. Der Mann hörte ihm höflich zu, dann meinte er: »Sehen Sie, Sie haben ihren Mann nicht gekannt. Ein Prachtkerl, wissen Sie, immer witzig, ein lieber Kamerad, und so gut wie ein Kind! Und den hat sie einfach auf dem Gewissen.«

»An was ist er denn gestorben?«

»An einem Nierenleiden. Aber das hat er schon jahrelang gehabt und ist fidel dabei gewesen. Dann nach seiner Pensionierung, statt daß ihm die Frau es jetzt nett und freundlich daheim gemacht hätte, ist er ganz hausscheu geworden. Manchmal ist er schon zum Mittagessen ausgegangen, weil sie ihm zu schlecht gekocht hat! Ein bißchen leichtsinnig mag er ja von Natur gewesen sein, aber daß er am Ende gar zu viel geschöppelt hat, daran ist allein sie schuld gewesen. Sie ist ein Ripp, wissen Sie. Da hat sie zum Beispiel eine Schwägerin im Haus, ein armes krankes Ding, das seit Jahren tiefsinnig ist. Die hat sie wahrhaftig so behandelt und hungern lassen, daß die Behörde sich darum bekümmern und sie kontrollieren mußte.«

Schlotterbeck traute dem Erzähler nicht recht, aber die Sache ward ihm überall bestätigt, wo er darum anklopfte. Es schien ihm wunderlich und wollte ihm leid tun, daß er sich in der Frau so hatte täuschen können. Aber sooft er sie wiedersah und einen Gruß mit ihr wechselte, schwand aller Verdacht wieder dahin. Er entschloß sich und ging zum Stadtschultheiß, um etwas Sicheres zu erfahren. Er wurde mit Freundlichkeit aufgenommen; als er jedoch seine Frage vorbrachte, wie es denn mit der Frau Entriß und ihrer Schwägerin stehe, ob sie wirklich im Verdacht der Mißhandlung und unter Kontrolle sei, da meinte der Stadtschultheiß abweisend: »Es ist ja nett, daß Sie sich für Ihre Nachbarin so interessieren, aber ich glaube doch, daß diese Sachen Sie eigentlich wenig angehen. Ich denke, Sie können es uns ruhig überlassen, daß wir zum Rechten sehen. Oder haben Sie eine Beschwerde vorzubringen?«

Da wurde Schlotterbeck eiskalt und schneidig, wie er es in Amerika manchmal hatte sein müssen. Er ging leise und machte die Tür zu, setzte sich dann wieder und sagte: »Herr Stadtschultheiß, Sie wissen, wie über die Frau Entriß geredet wird, und da Sie selber bei ihr waren, müssen Sie auch wissen, was wahr daran ist. Ich brauche ja keine Antwort mehr, es ist alles verlogen und böswilliger Klatsch. Oder nicht? – Also. Warum dulden Sie das?«

Der Herr war anfangs erschrocken, hatte sich aber schnell wieder gefaßt. Er zuckte die Achseln und sagte: »Lieber Herr, ich habe anderes zu tun, als mich mit solchen Sachen zu befassen. Es kann sein, daß da und dort der Frau etwas nachgeredet wird, was nicht recht ist, aber dagegen muß sie sich selber wehren. Sie kann ja klagen.«

»Gut«, sagte Schlotterbeck, »das genügt mir. Sie geben mir also die Versicherung, daß die Kranke dort Ihres Wissens in guter Behandlung ist?«

»Ihretwegen, ja, Herr Schlotterbeck. Aber wenn ich Ihnen raten darf, lassen Sie die Finger davon! Sie kennen die Leute hier nicht und machen sich bloß mißliebig, wenn Sie sich in ihre Sachen mischen.«

»Danke, Herr Stadtschultheiß. Ich will mir's überlegen. Aber einstweilen, wenn ich wieder einen so über die Frau reden höre, werde ich ihn einen Ehrabschneider heißen und mich dabei auf Ihr Zeugnis berufen.«

»Tun Sie das nicht! Der Frau nutzen Sie damit doch nichts, und Sie haben nur Verdruß davon. Ich warne Sie, weil es mir leid täte, wenn –«

»Ja, ich danke schön.«

Die Folge dieses Besuches war zunächst, daß Schlotterbeck von seinem Vetter Pfrommer aufgesucht wurde. Es hatte sich herumgeredet, daß er ein merkwürdiges Interesse für die schlimme Witwe zeige, und Pfrommer war von einer Angst ergriffen worden, der verrückte Vetter möchte auf seine alten Tage noch Torheiten machen. Wenn es zum Schlimmsten käme und er die Frau heiratete, würden seine Kinder von den ganzen Millionen keinen Taler kriegen. Mit Vorsicht unterhielt er seinen Vetter von der hübschen Lage seiner Wohnung, kam langsam auf die Nachbarschaft zu sprechen und ließ vermuten, er wisse viel über die Frau Entriß zu erzählen, falls es den Vetter interessiere. Der winkte jedoch gleichmütig ab, bot dem Buchbinder einen vortrefflichen Kognak an und ließ ihn zu alledem, was er hatte sagen wollen, gar nicht kommen.

Aber noch am selben Nachmittag sah er seine Nachbarin im Garten erscheinen und ging hinüber. Zum erstenmal hatte er ein langes, vertrauliches Gespräch mit ihr. Sie ging klug und bescheiden darauf ein, des eigentlichen Plauderns ungewohnt und doch mit frauenhafter Anpassung und, wie es schien, auch Anmut.

Diese Unterhaltungen wiederholten sich von jetzt an täglich, immer über den Staketenzaun hinweg, denn seine Bitte, ihn auch einmal im Garten selber oder gar im Hause zu empfangen, lehnte sie mit Entschiedenheit ab.

»Das geht nicht«, sagte sie lächelnd. »Wir sind ja beide keine jungen Leute mehr, aber die Gerbersauer haben immer gern was zu plappern, und es wäre schnell ein dummes Gerede beieinander. Ich bin ohnehin übel angeschrieben, und Sie gelten auch für eine Art Sonderling, wissen Sie.«

Ja, das wußte er jetzt, im zweiten Monat seines Hierseins, und seine Freude an Gerbersau und den Landsleuten hatte schon bedeutend nachgelassen. Es belustigte ihn, daß man sein Vermögen weit überschätzte, und die ängstliche Beflissenheit seines Vetters Pfrommer und anderer Angelkünstler machte ihm einen gewissen Spaß, aber für die beginnende Enttäuschung konnte ihn das nicht entschädigen, und er hatte den Wunsch, sich dauernd hier niederzulassen, heimlich schon wieder zurückgenommen. Vielleicht wäre er einfach wieder abgereist und hätte nochmals wie in jungen Jahren die Wanderschaft gekostet, wovor ihm nicht bange war. Es hielt ihn aber jetzt ein feiner Dorn zurück, sodaß er spürte, er werde nicht gehen können, ohne sich zu verletzen und ein Stücklein von sich hängen zu lassen.

Darum blieb er, wo er war, und ging häufig an dem kleinen, weiß und braunen Nachbarhaus vorüber. Das Schicksal der Frau Entriß war ihm jetzt nicht mehr so dunkel, da er sie besser kannte und sie ihm auch manches erzählt hatte. Namentlich vermochte er sich den seligen Gerichtsvollzieher jetzt recht deutlich vorzustellen, von dem die Witwe ohne Tadel sprach, der aber doch ein Windbeutel gewesen sein mußte, daß er es nicht verstanden hatte, unter der Herbe und Strenge dieser Frau den köstlichen Kern aufzuspüren und ans Licht zu bringen: Herr Schlotterbeck war überzeugt, daß sie neben einem verständigen Manne, vollends in reichlichen Verhältnissen, eine Perle abgeben mußte.

Je mehr er die Frau kennenlernte, desto besser begriff er, daß sie in Gerbersau unmöglich verstanden werden konnte. Denn auch der Gerbersauer Charakter schien ihm nun verständlicher geworden, wenn auch dadurch nicht lieber. Jedenfalls erkannte er, daß er selber diesen Charakter nicht oder nicht mehr habe und hier ebensowenig gedeihen und sich entfalten könne wie die Frau Entriß. Diese Gedanken waren aber lauter spielende Paraphrasen zu seinem stillen Verlangen nach einem nochmaligen Ehebund und Versuch, sein einsam gebliebenes Leben doch noch fruchtbar und unsterblich zu machen.

Der Sommer hatte seine Höhe erreicht, und der Garten der Witwe duftete mitten in der sandigen und glühenden Umgebung triumphierend weit über seinen niederen Zaun hinaus, besonders am Abend, wenn vom nahen Waldrand die Vögel den schönen Tag lobten und aus dem Tal in der Stille nach dem Schluß der Fabriken der Fluß leise heraufrauschte. An einem solchen Abend kam August Schlotterbeck zu Frau Entriß und trat ungefragt nicht nur in den Garten, sondern auch in die Haustüre, wo eine dünne, erschrockene Glocke ihn anmeldete und die Hausfrau ihn verwundert und fast ein wenig ungehalten ansprach. Er erklärte aber, heute durchaus hereinkommen zu müssen, und ward denn von ihr in die Stube geführt, wo er sich umblickte und es allerdings etwas kahl und schmucklos, doch reinlich und abendsonnig fand. Die Frau legte schnell ihre Schürze ab, setzte sich auf einen Stuhl beim Fenster und hieß auch ihn sich setzen.

Da fing Herr Schlotterbeck eine lange, hübsche Rede an. Er erzählte sein ganzes Leben, seine erste kurze Ehe nicht ausgenommen, mit einfacher Trockenheit, schilderte dann etwas wärmer seine Heimkehr nach Gebersau, seine erste Bekanntschaft mit ihr und erinnerte sich an manche Gespräche, in denen sie einander so gut verstanden hätten. Und nun sei er da, sie wisse schon warum, und hoffe, sie sei nicht gar zu sehr überrascht.

»Ich bin kein Millionär, wie die Leute hier herumreden, aber etwas wird schon da sein. Im übrigen meine ich, wir seien beide noch zu jung und kräftig, als daß es schon Zeit wäre, Verzicht zu leisten und sich einzuspinnen. Was soll eine Frau wie Sie schon allein sitzen und sich mit dem Gärtlein bescheiden, statt noch einmal anzufangen und vielleicht hereinzubringen, was früher am rechten Glück gefehlt hat?«

Die Frau Entriß hatte beide Hände still auf ihren Knien liegen und hörte aufmerksam dem Freier zu, der allmählich warm wurde und wiederholt seine rechte Hand ausstreckte, als fordere er sie auf, sie zu nehmen und fest-zuhalten. Sie tat aber nichts dergleichen, sie saß ganz still und genoß es, ohne es wirklich mit den Gedanken zu erfassen, daß hier jemand gekommen war, um ihr Freundlichkeit und Liebe zu zeigen. Da sie weder Antwort gab noch aus ihrem seltsamen Traumgefühle aufsah, fuhr Schlotterbeck nach einer Pause zu reden fort. Gütig und hoffnungsvoll stellte er ihr vor, wie es sein und werden könnte, wenn sie einverstanden wäre, wie da an einem andern, neuen Orte ohne unliebe Erinnerungen sich ein friedlich fleißiges Leben führen ließe, etwas mehr aus dem Vollen, mit einem größeren Garten und einem reichlicheren Monatsgeld, wobei dennoch jährlich zurückgelegt würde. Er sprach, von ihrem Anblick besänftigt und von dem rotgelben Abendscheine leicht und wohlig geblendet, recht mild mit halber Stimme, zufrieden, daß sie wenigstens zuhörte. Und sie hörte und schwieg, von einer angenehmen Müdigkeit in der Seele leicht gelähmt. Es ward ihr nicht völlig bewußt, daß das eine Werbung und eine Entscheidung für ihr Leben bedeute, auch schuf dieser Gedanke ihr weder Erregung noch Qual, denn sie dachte keine Sekunde daran, das für ernst zu nehmen. Aber die Minuten gingen so gleitend und leicht und wie von einer Musik getragen, daß sie benommen lauschte und keines Entschlusses fähig war, auch nicht des kleinen, den Kopf zu schütteln oder aufzustehen.

Wieder hielt Schlotterbeck inne, sah sie fragend an und sah sie unverändert mit niedergeschlagenen Augen und fein geröteten Wangen verharren, als lausche sie einer Musik. Ihre Bewegung verstand er nicht, denn er deutete sie zu seinen Gunsten, aber er fühlte doch den selben hingenommenen und traumhaften Zustand und hörte gleich ihr die merkwürdigen Augenblicke wie auf wohllautend rauschenden Flügeln durch das abendhelle Stüblein und durch sein Gemüt reisen.

Beiden schien es später, sie seien eine lange Zeit so halb verzaubert beieinander gesessen, doch waren es nur Minuten, denn die Sonne stand noch immer nah am Rand der jenseitigen Berge, als sie aus dieser Stille jäh erweckt wurden.

Im Nebenzimmer hatte sich die kranke Schwägerin aufgehalten und war, schon durch den ungewohnten Besuch in einige Angst geraten, bei dem langen, leisen Gespräch und Beisammensein der beiden von argen Ahnungen und Wahnvorstellungen befallen worden. Es schien ihr Ungewöhnliches und Gefährliches vorzugehen, und allmählich ergriff sie, die nur an sich selber zu denken vermochte, eine wachsende Furcht, der fremde Mann möchte gekommen sein, um sie fortzuholen. Denn eine argwöhnische Angst hiervor war das Ergebnis jenes Besuches der Magistratsherren gewesen, und seither konnte nichts noch so Geringes im Hause vorfallen, ohne daß die arme Jungfer mit Entsetzen an eine gewaltsame Hinwegführung denken mußte.

Darum kam sie jetzt, nachdem sie eine Weile gegen das Grauen gekämpft hatte, gewaltsam schluchzend in die Stube gelaufen, warf sich vor ihrer Schwägerin nieder und umfaßte ihre Knie unter Stöhnen und zuckendem Weinen, so daß Schlotterbeck erschrocken auffuhr und die Frau Entriß, plötzlich aus ihrer Benommenheit gerissen, alles wieder mit nüchternem Verstande wahrnahm und sich der vorigen Verlorenheit unwillig schämte.

Sie stand eilig auf, zog die Kniende mit sich empor, fuhr ihr mit tröstender Hand übers Haar und redete halblaut und eintönig auf sie ein wie auf ein heulendes Kind.

»Nein, nein Seelchen, nicht weinen! Gelt, du weinst jetzt nicht mehr? Komm, Kindchen, komm, wir sind vergnügt und kriegen was Gutes zum Nachtessen. Hast gemeint, er will dich fortnehmen? O, Dummes du, es nimmt dich niemand fort; nein, nein, darfst mir's glauben, kein

Mensch darf dir was tun. Nimmer weinen, Dummerlein, nimmer weinen!«

August Schlotterbeck sah mit Verlegenheit und auch mit Rührung zu, die Kranke weinte schon ruhiger und fast mit einem kindlichen Genuß, wiegte den Kopf hin und wider, klagte mit abnehmender Stimme und verzog ihr verzweifeltes Gesicht unter den noch laufenden Tränen unversehens zu einem blöden Kleinkinderlächeln. Doch kam sich der Besucher bei dem allem entbehrlich vor, er hustete darum ein wenig und sagte: »Das tut mir leid, Frau Entriß, hoffentlich geht es gut vorbei. Ich werde so frei sein und morgen wiederkommen, wenn ich darf.«

Erst in diesem Augenblick fiel der Frau alles aufs Herz, wie er um sie geworben und sie ihm zugehört und es geduldet habe, ohne daß sie doch willens war, ihn zu erhören. Sie erstaunte über sich selber, es konnte ja aussehen, als habe sie mit ihm gespielt. Nun durfte sie ihn nicht fortgehen und die Täuschung mitnehmen lassen, das sah sie ein, und sie sagte: »Nein, bleiben Sie da, es ist schon vorüber. Wir müssen reden.« Ihre Stimme war ruhig und ihr Gesicht unbewegt, aber die Röte der Sonne und die Röte der lieblichen Erregung war verglüht, und ihre Augen schauten klug und kühl, doch mit einem kleinen bangen Glanz von Trauer auf den Werber, der mit dem Hut in den Händen wieder niedersaß.

Sie setzte indessen die Schwägerin auf einen Stuhl und kehrte an ihren vorigen Platz zurück. »Wir müssen sie im Zimmer lassen«, sagte sie leise, »sonst wird sie wieder unruhig und macht Dummheiten. – Ich habe Sie vorher reden lassen, Herr Nachbar, ich weiß selber nicht warum, ich bin ein wenig müd gewesen. Hoffentlich haben Sie es nicht falsch gedeutet. Es ist nämlich schon lange mein fester Entschluß, mich nicht mehr zu verändern. Ich bin fast vierzig Jahre alt, und Sie werden gewiß reichlich fünfzig sein, in diesem Alter heiraten vorsichtige Leute nicht mehr. Daß ich Ihnen als einem freundlichen Nachbarn gut und dankbar bin, wissen Sie ja, und wenn Sie wollen, können wir es weiter so haben. Aber damit wollen wir zufrieden sein, wir könnten sonst den Schaden haben.«

Herr Schlotterbeck sah sie betrübt, doch freundlich an. Unter Umständen, dachte er, würde er jetzt ruhig abziehen und ihr recht geben. Allein der Glanz, den sie vor einer Viertelstunde im Gesicht gehabt hatte, war ihm noch wie ein ernsthaft schöner Spätsommerflor im Gedächtnis und hielt sein Begehren mit Macht am Leben. Wäre der Glanz nicht gewesen, er wäre betrübt, doch ohne Stachel im Herzen seiner Wege gegangen; so aber schien ihm, er habe das Glück schon wie einen zutraulichen Vogel auf dem Finger sitzen gehabt und nur den Augenblick des Zugreifens verpaßt. Und Vögel, die man schon so nahe gehabt, läßt man nicht ohne grimmige Hoffnung auf eine neue Gelegenheit zum Fang entrinnen. Außerdem, und trotz des Ärgers über ihr Entwischen, nachdem sie schon so fromm über seine Freiersrede erglüht war, hatte er sie jetzt viel lieber als noch vor einer Stunde. Bis dahin war es seine Meinung gewesen, eine angenehme und ersprießliche Vernunftheirat zu betreiben, nun aber hatte diese Abendstunde ihn vollends wahrhaft verliebt gemacht.

»Frau Entriß«, sagte er deshalb entschlossen, »Sie sind jetzt erschreckt worden und vielleicht von meinem Vorschlag zu sehr überrascht. Ich habe Sie lieb, und da Sie nur mit dem Verstand Widerstand leisten, kann ich mich nicht zufrieden geben wie ein Handelsmann, den man ein Haus weiterschickt. Sondern es ist meine Meinung, diesen Krieg weiterzuführen und Sie nach meinen Kräften zu belagern, damit es sich zeigt, wer der Stärkere ist.«

Auf diesen Ton war sie nicht gefaßt gewesen, er klang warm und schmeichelhaft in ihr Frauengemüt und tat ihr im Innern wohl wie ein erster Amselruf im Februar, wenn sie es auch nicht wahrhaben wollte. Doch war sie nicht gewohnt, so dunklen Regungen Macht zu gönnen, und fest entschlossen, den Angriff abzuwehren und ihre lieb-gewordene Freiheit zu behalten.

Sie sagte: »Sie machen mir ja Angst, Herr Nachbar! Die Männer bleiben eben länger jung als unsereins, und es tut mir leid, daß Sie mit meinem Bescheid nicht zufrieden sein wollen. Ich kann mich nicht wieder jung machen und verliebt tun, es käme nicht von Herzen. Auch ist mir mein Leben, so wie es jetzt ist, lieb und gewohnt geworden, ich habe meine Freiheit und keine Sorgen. Und da ist auch das arme Ding, meine Schwägerin, die mich braucht und die ich nicht im Stich lasse, das hab ich ihr versprochen und will dabei bleiben. – Aber was rede ich lang, wo nichts zu sagen ist! Ich will nicht, und ich kann nicht, und wenn Sie es gut mit mir meinen, so lassen Sie mir meinen Frieden und drohen mir nicht mit Belagerungen und dergleichen. Wenn Sie wollen, so vergessen wir das Heutige und bleiben gute Nachbarn. Im andern Fall kann ich Sie nimmer sehen.«

Schlotterbeck stand auf, verabschiedete sich jedoch noch nicht, sondern ging in erregten Gedanken, als wäre er im eigenen Hause, heftig auf und ab, um einen Weg aus dieser Not zu finden. Sie sah ihm eine Weile zu, ein wenig belustigt, ein wenig gerührt und ein wenig beleidigt, bis es ihr zu viel ward. Da rief sie ihn an: »Seien Sie nicht töricht, Herr Nachbar: wir wollen jetzt zu Nacht essen, und für Sie wird es auch Zeit sein.«

Aber er hatte eben jetzt seinen Entschluß gefunden. Er nahm seinen Hut, den er in der Aufregung weggelegt hatte, manierlich in die linke Hand, verbeugte sich und sagte: »Gut, ich gehe jetzt, Frau Entriß. Ich sage Ihnen jetzt adieu und werde Sie eine Zeitlang nimmer belästigen. Sie sollen mich nicht für gewalttätig halten. Aber ich komme wieder, sagen wir in vier, fünf Wochen, und ich bitte um nichts, als daß Sie in der Zeit sich diese Sache noch einmal in Gedanken betrachten. Ich reise fort, wenn ich wiederkomme, ist es nur, um Ihre Antwort zu holen.

Wenn Sie dann nein sagen, verspreche ich, damit zufrieden zu sein und werde dann Sie auch von meiner Nachbarschaft befreien. Sie sind das einzige, was mich noch in Gerbersau halten könnte. Also leben Sie recht wohl, und auf Wiedersehen.«

Er nahm den Türgriff in die Hand, warf einen Blick ins Zimmer zurück, den nur die Schwägerin erwiderte, und trat unbegleitet aus dem Haus in die noch lichte Dämmerung. Er schüttelte seine Faust gegen die schwachherauftönende Stadt, welcher er alle Schuld an Frau Entrißens Verstocktheit zuschrieb, und beschloß, sie so bald wie möglich für immer zu verlassen, sei es nun mit oder ohne Frau. Langsam tat er den kurzen Gang zu seiner Wohnung hinüber, nicht ohne mehrmals nach dem Nachbarhäuschen zurückzuschauen. Ganz fern stand am verglühten Himmel noch eine kleine Wolke, kaum ein Hauch, und blühte hinsterbend in einem sanften rosigen Goldduft dem ersten Stern entgegen. Bei ihrem Anblick fühlte der Mann noch einmal die feine Erregung der vergangenen Stunde vorüberziehen und schüttelte lächelnd den alten Kopf zu den Wünschen seines Herzens. Dann betrat er sein einsames Haus und fing noch am selben Abend an, sich für die Reise zu rüsten.

Am Nachmittag des andern Tages war er fertig, übergab die Schlüssel seiner Aufwärterin und den Koffer einem Dienstmann, seufzte befreit und ging davon, in die Stadt hinunter und dem Bahnhof zu, ohne im Vorbeigehen einen Blick in den Garten und die Fenster der Frau Entriß zu wagen. Sie aber sah ihn wohl, wie er vom Kofferträger begleitet, dahinging. Er tat ihr leid, und sie wünschte ihm von Herzen gute Erholung.

Für Frau Entriß begannen nun stille Tage. Ihr bescheidenes Leben glitt wieder in die vorige Einsamkeit zurück, es kam niemand zu ihr, und es schaute niemand mehr über ihren Gartenzaun herein. In der Stadt aber wußte man genau, daß sie mit allen Künsten nach dem reichen

Rußländer geangelt habe, und gönnte ihr seine Abreise, die natürlich keinen Tag verborgen blieb. Sie kümmerte sich nach ihrer Art um das alles nicht, sondern ging ruhig ihren Pflichten und Gewohnheiten nach. Es tat ihr leid, daß es mit Herrn Schlotterbeck so gegangen war. Doch war sie sich keiner Schuld bewußt und in langen Jahren an das Alleinleben so gewöhnt, daß sein Fortgehen ihr keinen ernstlichen Kummer machte. Sie sammelte Blumensamen von den verblühenden Beeten, goß am Morgen und Abend, erntete das Beerenobst, machte ein und tat mit zufriedener Emsigkeit die vielen Sommerarbeiten. Und dann machte ihr die Schwägerin unverhofft zu schaffen.

Diese hatte sich seit jenem Abend still verhalten, schien aber seither noch mehr als früher mit einer Angst zu kämpfen, welche eine Art von Verfolgungswahnsinn war und in einem mißtrauischen Träumen von Entführung und Gewalttaten bestand. Der heiße Sommer, der ungewöhnlich viel Gewitter brachte, tat ihr auch nicht gut, und schließlich konnte Frau Entriß kaum mehr auf eine halbe Stunde zu Einkäufen ausgehen, da die Kranke das Alleinbleiben nicht mehr ertrug. Das elende Wesen fühlte sich nur in der nächsten Nähe der Pflegerin sicher und umgab die geplagte Frau mit Seufzen, Händeringen und scheuen Blicken einer grundlosen Furcht. Am Ende mußte sie den Arzt holen, vor dem die Kranke in neues Entsetzen geriet und der nun alle paar Tage zur Beobachtung wiederkam. Für die Gerbersauer war das wieder ein Grund, von erneuter Mißhandlung und behördlicher Kontrolle zu erzählen.

Unterdessen war August Schlotterbeck nach Wildbad gefahren, wo es ihm jedoch zu heiß und zu lebhaft wurde, so daß er bald wieder aufpackte und weiterfuhr, diesmal nach Freudenstadt, das ihm von Jugendzeiten her bekannt war. Dort gefiel es ihm recht wohl, er fand die Gesellschaft eines schwäbischen Fabrikanten, mit dem er gut Freund wurde und über technische und kaufmännische Dinge seiner Erfahrung reden konnte. Mit diesem Manne, der Viktor Trefz hieß und gleich ihm selber weit in der Welt herumgekommen war, machte er täglich lange Spaziergänge in den kühlen Wäldern. Herr Trefz besaß im Osten des Landes eine Lederwarenfabrik von altem und bekanntem Ruf. Es entstand zwischen den beiden eine höfliche Vertrautheit und gegenseitige Hochschätzung, denn Schlotterbeck zeigte in der Lederbranche vortreffliche Kenntnisse und außerdem eine Bekanntschaft mit dem Weltmarkt, die für einen Privatier erstaunlich war. So währte es nicht lange, bis er dem Fabrikanten seine Geschichte und Lage genauer mitteilte, und es wollte beiden scheinen, sie könnten unter Umständen einmal auch in Geschäften recht gute Kameraden werden.

Die erhoffte Erholung fand Schlotterbeck also reichlich; er vergaß sogar für halbe Tage seinen schwebenden Handel mit der Witwe in Gerbersau. Den alten Geschäftsmann belebte und erregte die Unterhaltung mit einem gewiegten Kollegen und die Aussicht auf etwaige neue Unternehmungen nicht wenig, und die Bedürfnisse seines Herzens zogen sich, da er ihnen nie allzuvielen Raum gegönnt hatte, bescheidentlich zurück. Nur wenn er allein war, etwa abends vor dem Einschlafen, suchte ihn das Bild der Frau Entriß heim und machte ihn wieder warm. Doch auch dann schien ihm die Angelegenheit nicht mehr gar so gewichtig. Er dachte an jenen Abend im Häuschen der Nachbarin und fand schließlich, sie habe nicht völlig unrecht gehabt. Er sah ein, daß der Mangel an Arbeit und das Alleinhausen zu einem großen Teil an seinen Heiratsgedanken schuld gewesen seien.

Auf einem Spaziergang wurde er von Herrn Trefz eingeladen, diesen Herbst ihn zu besuchen und seinen Betrieb anzuschauen. Es war noch mit keinem Wort von geschäftlichen Beziehungen die Rede gewesen, doch wußten beide, wie es stand und daß der Besuch sehr wohl zu einer Teilhaberschaft und Vergrößerung des Geschäfts führen könnte. Schlotterbeck nahm dankend an und nannte dem Freunde die Bank, bei der er sich über ihn erkundigen könne.

»Danke, es ist gut«, sagte Trefz, »das Weitere besprechen wir dann, falls Sie Lust haben, an Ort und Stelle.«

Damit fühlte sich August Schlotterbeck dem Leben wiedergewonnen. Fröhlich stieg er an jenem Tag in sein Bett und schlief ein, ohne heut ein einziges Mal an seine Witwe gedacht zu haben. Er ahnte nicht, daß diese eben jetzt eine recht üble Zeit habe und seinen Beistand hätte brauchen können. Die Schwägerin war unter der Beobachtung des Oberamtsarztes noch scheuer und unheimlicher geworden und machte das kleine Häuschen zu einem Ort des Jammers, indem sie bald schrie wie am Spieß, bald rastlos und schwer seufzend die Treppen auf und ab stieg und durch die Stuben wanderte, bald auch sich in ihrer Kammer einschloß und eingebildete Belagerungen unter Gebet und Winseln bestand. Das arme Geschöpf mußte immerfort bewacht werden, und der geängstigte Doktor drängte zur Fortschaffung und Versorgung in einer Anstalt. Frau Entriß widersetzte sich dem, solange sie konnte. Sie hatte sich an die Nähe der schwermütigen Jungfer in langen Jahren gewöhnt, auch hoffte sie, es werde dieser schlimme Zustand nicht lange dauern, und schließlich fürchtete sie die bedenklichen Kosten, die ihr entstehen könnten. Sie wollte gern der Unglücklichen ihr Leben lang kochen, waschen und aufwarten, ihre Launen ertragen und sich um sie sorgen; aber die Aussicht, es möchte für dies zerstörte Leben vielleicht jahrelang ihr Erspartes dahingehen und in einen Sack ohne Boden rinnen, war ihr furchtbar. So hatte sie außer der täglichen Sorge um die Gemütskranke auch noch diese Angst und Last zu tragen, und sie fing trotz ihrer Zähigkeit an, etwas vom Fleisch zu fallen und im Gesicht ein wenig zu altern.

Von dem allem wußte Schlotterbeck kein Wort. Er war der Meinung, die Witwe sitze vergnügt in ihrem kleinen Hause und sei womöglich froh, den lästigen Bewerber für eine Weile loszusein.

Dies stimmte aber nun schon nicht mehr. Zwar hatte die Abreise des Herrn Schlotterbeck nicht die Folge gehabt, ihr nach dem Entfernten Sehnsucht zu wecken und ihr sein Bild zärtlich zu verklären, doch wäre sie jetzt in ihrer Not ganz froh gewesen, einen Freund und Berater zu haben. Ja sie hätte, falls es mit der Schwägerin schlimm gehen sollte, sich wohl auch die Bewerbung des reichen Mannes noch einmal näher und freundlicher angesehen.

In Gerbersau war unterdessen das Gespräch über die Abreise Schlotterbecks und ihre vermutliche Bedeutung und Dauer verstummt, da man jetzt an der Witwe Entriß wieder für eine Weile die Mäuler voll hatte. Und während unter den Tannenbäumen von Freudenstadt die beiden Geschäftsleute sich immer besser verstanden und schon deutlicher von künftigen gemeinsamen Unternehmungen miteinander plauderten, saß daheim in der Spitalgasse der Buchbinder Pfrommer zwei lange Abende an einem Schreiben an seinen Vetter, dessen Wohl und Zukunft ihm gar sehr am Herzen lag. Einige Tage später hielt August Schlotterbeck diesen Brief, der auf das beste Papier mit einem goldenen Rand geschrieben war, verwundert in den Händen und las ihn langsam zweimal durch. Er lautete:

»Lieber und werter Vetter Schlotterbeck!

Der Herr Aktuar Schwarzmantel, der neulich eine Schwarzwaldtour gemacht hat, hat uns berichtet, daß er Dich in Freudenstadt gesehen und daß Du wohl bist und in der Linde logierst. Das hat uns gefreut, und möchte ich Dir an diesem schönen Ort eine gute Erholung wünschen. Wenn man es vermag, ist ja eine solche Sommerkur immer sehr gut, ich war auch einmal ein paar Tage in Herrenalb, weil ich krank gewesen war, und hat mir vorzügliche Dienste getan. Wünsche also nochmals besten Erfolg, und wird unser heimatlicher Schwarzwald mit seinem Tannenrauschen auch Dir gewiß nur gut gefallen.

Lieber Vetter, wir haben alle Sehnsucht nach Dir, und wenn Du nach guter Erholung wieder heimkommst, wird es Dir gewiß in Gerbersau wieder recht gut gefallen. Der Mensch hat doch nur eine Heimat, und wenn es auch draußen in der Welt viel Schönes geben mag, kann man doch bloß in der Heimat wirklich glücklich sein. Du hast Dich auch in der Stadt sehr beliebt gemacht, alle freuen sich, bis Du wiederkommst.

Es ist nur gut, daß Du gerade jetzt verreist bist, wo es in Deiner Nachbarschaft wieder so arg zugeht. Ich weiß es nicht, ob es Dir schon bekannt ist. Die Frau Entriß hat jetzt also doch ihre kranke Schwägerin hergeben müssen. Sie war so mit ihr umgegangen, daß das unglückliche Geschöpf es nimmer hat aushalten können und hat Tag und Nacht um Hilfe gerufen, bis man den Oberamtsarzt geholt hat. Da hat sich gezeigt, daß es mit der kranken Jungfer furchtbar stand, und trotzdem hat die Entriß darauf bestehen und sie um jeden Preis dabehalten wollen, man kann sich denken warum. Aber jetzt ist ihr das Handwerk gelegt, man hat ihr die Schwägerin weggenommen, und vielleicht muß sie sich noch anderswo verantworten. Dieselbe ist im Narrenhaus in Zwiefalten untergebracht worden, und die Entriß muß tüchtig für sie zahlen. Warum hat sie früher so an der Kranken gespart!

Wie man das arme Ding fortgebracht hat, das hättest Du sehen sollen, es war ein Jammer. Sie hatten einen Wagen genommen, da saß die Entriß, der Oberamtsarzt, ein Wärter aus Zwiefalten drin und die Patientin. Da fing sie an und hat den ganzen Weg geschrien wie verrückt, daß alles nachgelaufen ist, bis auf den Bahnhof. Auf dem Heimweg hat die Entriß dann allerlei zu hören gekriegt, ein Bub hat ihr sogar einen Stein nachgeworfen.

Lieber Vetter, falls ich Dir hier irgend etwas besorgen kann, tue ich es sehr gern. Du bist ja dreißig Jahre lang von der Heimat fortgewesen, aber das macht nichts, und für meine Verwandten ist mir, wie Du weißt, nichts zuviel. Meine Frau läßt Dich auch grüßen.

Ich wünsche Dir gutes Wetter für Deine Sommerfrische. In dem Freudenstadt droben wird es schon kühler sein als hier in dem engen Loch, wir haben sehr heiß und viel Gewitter. Im Bayrischen Hof hat es vorgestern eingeschlagen, aber kalt.

Wenn Du etwas brauchst, stehe ich ganz zur Verfügung. In alter Treue Dein Vetter und Freund

Lukas Pfrommer.«

Herr Schlotterbeck las diesen Brief aufmerksam durch, steckte ihn in die Tasche, zog ihn wieder heraus und las ihn nochmals, übersetzte ihn aus dem Gerbersauerischen ins Deutsche und suchte sich die geschilderten Begebenheiten vor Augen zu denken. Dabei ergriff ihn Scham und Zorn, er sah das arme Frauchen verhöhnt und preisgegeben, mit Tränen kämpfen und ohne Trost allein sitzen. Je mehr er es überlegte und je deutlicher er alles sah und begriff, desto mehr schwand sein stilles Schmunzeln über den briefschreibenden Vetter dahin. Er war über ihn und über ganz Gerbersau herzlich empört und wollte schon Rache beschließen, da fiel ihm allmählich ein, wie wenig er selber in dieser letzten Zeit an die Frau Entriß gedacht hatte. Er hatte Pläne geschmiedet und sich gute Tage gegönnt, und währenddessen war es der lieben Frau übel gegangen, sie hatte es schwer gehabt und vielleicht auf seinen Beistand gehofft.

Indem er das bedachte, begann er sich zu schämen. Was war jetzt zu tun? Jedenfalls wollte er sofort heimreisen. Ohne Verzug rief er den Wirt, ordnete für morgen früh seine Abreise an und teilte dies auch dem Herrn Trefz mit. Während er seinen Koffer packte, vergaß er die

Scham und den Zorn und alle Bedenken und verfiel in eine Heiterkeit, die ihn den ganzen Abend nicht mehr verließ. Es war ihm klargeworden, daß alle diese Geschichten nur Wasser auf seine Mühle seien. Die Schwägerin war fort, Gott sei Dank, die Frau Entriß saß vereinsamt und traurig und hatte wohl auch Geldsorgen, da war es Zeit, daß er nochmals vor sie trat und in dem abendsonnigen Stüblein ihr sein Angebot wiederholte. Vergnügt verbrachte er den Abend mit Herrn Trefz bei einem guten Markgräfler Wein. Die Männer stießen auf ein gutes Wiedersehen und eine weiterdauernde Freundschaft an, der Wirt trank ein Glas mit und hoffte, beide gute Gäste im nächsten Jahr wiederzusehen.

Am anderen Morgen stand Schlotterbeck zeitig an der Eisenbahn und erwartete den Zug. Der Wirt hatte ihn begleitet und drückte ihm nochmals die Hand, der Hausknecht hob den Koffer in den Wagen und bekam sein Trinkgeld, der Zug fuhr dahin, und nach einigen ungeduldigen Stunden war die Reise getan und Schlotterbeck wandelte an dem grüßenden Stationsvorstand vorbei in die Stadt hinein.

Er nahm nur ein kurzes Frühstück im Adler, der am Weg lag, ließ sich dort den Rock abbürsten und ging alsdann geraden Weges zu Frau Entriß hinauf. Das Tor war verschlossen, und er mußte ein paar Augenblicke warten, bis die Hausfrau daherkam und mit einem fragenden Gesicht – denn sie hatte ihn nicht kommen sehen – die Tür auftat. Da sie ihn erkannte, wurde sie rot und versuchte, ein strenges Gesicht zu machen, er trat aber mit freundlichem Gruß herein, und sie führte ihn in die Stube.

Sein Kommen hatte sie überrascht. Sie hatte in der vergangenen Zeit wenig an ihn denken können, doch war seine Wiederkunft ihr immerhin kein Schrecken mehr, sondern eher ein Trost. Er sah das auch, trotz ihrer Stille und künstlichen Kühle, sehr wohl und machte ihr und sich selber die Sache leicht, indem er sie herzhaft an beiden Schultern faßte, ihr halb lachend ins rote Gesicht schaute und fragte: »Es ist jetzt recht, nicht wahr?«

Da wollte sie lächeln und noch ein wenig sprödeln und Worte machen; aber unversehens übernahm sie die Bewegung, die Erinnerung an so viel Sorge und Bitterkeit dieser Wochen, die sie bis zum Augenblick tapfer und trocken durchgemacht hatte, und sie brach zu seinem und ihrem Schrecken plötzlich in Tränen aus. Bald hernach aber erschien auf ihren Wangen wieder der schüchterne Glücksschein, den Herr Schlotterbeck vom letztenmal her kannte, sie lehnte sich an ihn, ließ sich von ihm umfangen, und als nach einem sanften Kusse der Bräutigam sie auf einen Stuhl niedersetzte, sagte er wohlgemut: »Gott sei Dank, das stimmt also. Aber auf den Herbst wird das Häusel verkauft, oder willst du um jeden Preis in dem Nest hier bleiben?«   (1909)

Haus zum Frieden

*Aufzeichnungen
eines Herrn im Sanatorium*

Das Haus »Zum Frieden«, in dem ich seit etwa einem Jahr wohne, führt den bescheidenen und freundlichen Namen »Kuranstalt« und hält etwa die Mitte zwischen Hotel und Sanatorium. Es beherbergt denn auch hauptsächlich solche Gäste, welche für das Leben in einem richtigen Hotel nicht mehr frisch und widerstandsfähig, für den Entschluß aber, in ein richtiges Sanatorium zu gehen, noch nicht mutig oder verzweifelt genug sind. In diesem Sinne wird das Haus von seinen geschickten und erfahrenen Besitzerinnen geführt: man genießt Achtung als Gast, fein gefärbt durch zurückhaltende Teilnahme und unmerklich leise Beaufsichtigung auf den Korridoren; vor unseren sehr freundlichen Zimmern mischt sich unter die rücksichtsvoll gedämpften, doch gröberen Schritte der Dienstbosten der leise, beruhigend milde Gang der Krankenschwester. Wer, so wie ich zum Beispiel, nicht eine spezielle strengere, etwa diätetische oder Liege- oder Entziehungskur gebraucht, dem ist in diesem Hause nur durch das Rauchverbot und den Zehnuhrschluß der Haustür eine gelinde Freiheitsbeschränkung auferlegt, in welche – wie es natürlich ist – sich jedermann still und willig fügt. Nur einer meiner Mitgäste, den ich nicht nennen will, pflegte in der ersten Zeit nach seiner Ankunft auf einem halbdunkeln Absatz der Dienerschaftstreppe heimlich Zigarren zu rauchen, stand jedoch auf die freundlichen Vorstellungen unserer Wirtinnen hin von dieser Übung ab. Geistige Getränke sind nicht beliebt, doch ist ein Glas Wein bei Tisch gestattet.

Unsere Kuranstalt nimmt nur höchstens zwanzig Gäste auf. Fünf oder sechs schwerer Kranke leben ausschließlich in ihren Zimmern; diese kenne ich nicht und habe einige von ihnen noch nie zu Gesicht bekommen; wir anderen sind fast alle einander vorgestellt und pflegen untereinander eine etwas gedämpfte, sanfte Art von Geselligkeit, ohne einander zu stören und ohne Opfer voneinander zu verlangen. Feste Gruppen haben sich wohl kaum gebildet, soweit ich es beobachten kann, außer etwa unter den Frauen; doch gibt es eine deutlich erkennbare Oberschicht oder Aristokratie derer, die schon lange Zeit im Hause und von dessen Ton und Geist einander angeähnlt sind, und eine etwas unsichere und schüchterne Art von Zusammengehörigkeitsgefühl unter den erst in jüngster Zeit Angekommenen. Mag dies auch anderwärts, ja in vielen gewöhnlichen Hotels sich so verhalten, so spielt doch hier im Verkehr der Gäste untereinander die Zeit ihres Hierweilens eine besondere Rolle, da unser Haus »Zum Frieden« eben seine ganz eigene Atmosphäre und Stimmung hat und eine besondere seelische und geistige Angewöhnung und Schulung von seinen Gästen fordert oder doch wünscht. Allein hiervon kann erst später die Rede sein.

Um grundsätzliche Irrtümer auszuschließen, sei es gleich gesagt: unsere distinguierte kleine Kuranstalt ist nicht irgendeiner medizinischen Spezialität, einer bestimmten Krankheit oder Gruppe von Krankheiten gewidmet; unsere Doktoren sind weder Lungen- noch Herz-Spezialisten, auch nicht etwa Psychiater, sondern es leben hier kränkliche, schonungs- und stärkungsbedürftige Menschen jeder Art. Sie finden hier Ruhe, Waldluft, Bäder, freundliche Pflege, bequeme Spazierwege, mildes Klima, sowie eine gute, klug geführte, anpassungsfähige Küche, und es sind hier schon alle möglichen Arten von Patienten, vom Fettleibigen bis zur Bleichsüchtigen, vom Rheumatiker bis zum nervösen Melancholiker zu Gast gewesen.

Das Leben, das wir Gäste und Patienten hier führen, ist

vielleicht wenig von dem in andern klimatischen Kurorten verschieden; sein Hauptmerkmal ist die zeitweilige oder dauernde Abgeschiedenheit vom sogenannten Alltag und normalen Leben, von der Tätigkeit, den Berufen, Erregungen und Mühsalen des Erwerbslebens, Geschäfte werden hier nicht gemacht und besprochen, man weiß nichts von Börse und Industrie, spricht nur selten und ohne Leidenschaft von Politik. Die Internationalität unserer Gesellschaft ergibt von selbst Mehrsprachigkeit und eine ganz mechanische, räumliche, doch angenehme Erweiterung des Unterhaltungshorizontes. Neben dem Deutschen ist die vorherrschende Sprache nicht Englisch, sondern Französisch. Kinder sind nicht im Hause.

Was nun den Geist unseres Hauses betrifft, so ist er der unseres Oberarztes, des Professors, dessen Assistent sein Schüler und Gesinnungsgenosse ist. Die wissenschaftliche und ärztliche Eigenart und Weltanschauung des Professors zu umschreiben, darf ich natürlich nicht wagen, dazu müßte ich ja zumindest seines Ranges sein; ich begnüge mich mit einigen Notizen über meine Beobachtungen und Eindrücke. Unser Professor sucht und sieht und behandelt nicht Krankheiten, sondern Menschen. Es liegt ihm nicht so sehr daran, die abnormen Herzgeräusche eines Herzkranken, das Loch in der Lunge eines Schwindsüchtigen zu bekämpfen und wegzuschaffen, als vielmehr diesen Kranken das Leben zu erleichtern, ihnen innerhalb der Bedingungen ihrer beschränkten oder geschädigten Natur eine möglichst günstige und erträgliche Lebensweise zu bieten oder anzuerziehen. Er scheut nicht vor Unheilbaren zurück, er gibt Schwerbedrohte nicht auf, er sucht nicht minder die Minuten des Sterbenden wie die Jahre des Leichtkranken erträglich und womöglich freundlich zu machen. Er will die Naturen nicht zwingen und vergewaltigen, er will nicht zarte Leute robust und hagere fett machen, sondern er will nur einem jeden das Verharren in seiner Haut und Person, auch wenn sie noch zu krank ist, ermöglichen und erleichtern. Dazu gehört nun vor allem, daß er jedem Leidenden die Einsicht in sein eigenes Wesen und Leiden eröffne und erhelle, daß er jeden lehre, sein eigenes Leben innerlich zu verstehen, ernst zu nehmen und zu achten. Er beschleicht und erlegt die Zerstörer der Lust und des Lebens, indem er in der Vernunft und im Gemüt des Kranken selber dem Leiden Feinde und Gegenkräfte erzieht. Hierin sehe ich den Angelpunkt seiner Kunst, die er mit allen Listen, Vorteilen und Werkzeugen der Wissenschaft und medizinischen Technik emsig unterstützt. Eine vorurteilslose, edle Achtung vor allen Erscheinungen der lebendigen Natur, eine nahezu moralfreie Beurteilung jedes menschlichen Zustandes, aller Lebenslagen, Leidenschaften, Verirrungen – das ist sein Fundament. Und sein Ideal, so möchte ich glauben, ist ein Zustand der Menschheit, in welchem jeder Geringste auf diesem Boden stünde und wo leidenschaftslose Vernunft die Gedanken, Urteile und Taten der Menschen und Völker leiten würde.

Wir Gäste sind übrigens nicht, wie man etwa denken möchte, lauter müde Menschen. Es sind einige prächtige, naive, ungebrochen lebensfrohe Leute dabei, zum Beispiel ein sehr schwerer Herr aus Breslau, welchem es um eine Verminderung seines Leibesumfangs und Gewichtes zu tun ist. Ich empfinde immer eine gewisse Freude, wenn ich ihn sehe oder draußen seine Stimme höre oder seinen zugleich schweren und elastischen Schritt auf den Treppen. Ich denke manchmal über ihn nach, doch würde es mir nie gelingen, ihn zu beschreiben. Es ist nicht allzu schwer, komplizierte Charaktere intellektueller Menschen zu beschreiben, da man diese analysieren und auseinanderlegen kann; nur ein großer Künstler aber vermag das Einfache, Unzerlegbare, naiv Urtümliche wiederzugeben. Der Herr aus Breslau hat komplizierte und intellektuelle Menschen nicht ungern; er hat sich mit zwei solchen, wohl den Gebildetsten und Klügsten von uns, befreundet, wandelt mit ihnen spazieren, sitzt neben ihnen bei Tisch und hat eine sichtliche Freude daran, ihren Gesprächen und geistvollen Streitereien zuzuhören. Bei solchen Diskussionen sitzt oder geht er neben ihnen, ohne selber je ein Wort zu äußern, aber mit einem beinah leidenschaftlichen Interesse, einer innigen Freude und Hingabe zuhörend, wobei sein breites Riesengesicht vor Genugtuung über die Wort- und Geistesturniere seiner Nachbarn und vor Wohlwollen für beide Parteien richtig strahlen kann. Diese naiven, einfachen Menschen bleiben aber leider alle nicht gar lange hier. Sie werden einfach wieder gesund, sie legen ihre Leiden ab wie einen alten Hut, oder aber, wenn äußere Mittel nicht anschlagen und unser Professor in seiner psychischen Behandlung aktiver zu werden beginnt, schrecken sie zurück und reisen entschlossen davon. Ich fürchte sehr, auch unser fettleibiger Gast gehöre zu dieser Gattung; wir verlören viel an ihm, wenn er ginge. Allein schon der Klang seiner Stimme im Speisesaal oder Garten bringt einen Hauch von Frische, Harmlosigkeit und froher Vitalität in unser Haus.

Reist ein solcher Gast nun ab, so bedauern wir es zwar, aber wir empfinden sein Gesundwerden und Abreisen als durchaus natürlich und richtig; man hat bei seinem letzten Händedruck das Gefühl, er sei ohne alle Zweifel und Sorgen in bezug auf den Ort, wohin er reist, und das Leben, das er dort führen wird; er kehrt ins Glück zurück, ins Normale und Gültige, man braucht nichts für ihn zu fürchten. Ganz anders ist es, wenn einer der Schwierigen, Komplizierten und Problematischen seinen Abschied nimmt, sei es, daß es ihm nicht mehr gefällt, sei es, daß er die Kosten für die Pension nicht mehr aufzubringen vermag, sei es, daß er gesonnen ist, zu einem Laster zurückzukehren, das er hier sich völlig abzugewöhnen nicht imstande war. Wenn ein solcher abreist, dann trauern wir um ihn zwar weit weniger als um jene Naiven und Normalen, aber wir fühlen uns bedrückt, bedroht, von Ahnungen und Mahnungen angerührt, mit denen wir uns nicht gerne auseinandersetzen.

Ein anderer von unsern Hausgenossen, der mich eine Zeitlang recht sehr interessierte, ist ein bekannter Schriftsteller. In der ersten Zeit nach seiner Ankunft umgab er sich mit einer trotzigen und rührenden Einsamkeit, welche wir alle der Überarbeitung und einem tiefen Ruhebedürfnis zuschrieben und entsprechend respektierten. Dies war jedoch ein Irrtum. Der noch ziemlich junge Herr stellte sich niemandem vor, speiste allein an einem kleinen Extratisch und vermied jede Teilnahme an unsern nachbarlichen Gesprächen. Es sah wie Müdigkeit aus, so als möge er sein Gehirn schon gar nicht mehr benützen, oder auch wie Stolz, als fürchte er sich davor, seine erhabene Gedankenwelt mit unserer niederen zu vermischen. Er sah sehr reserviert und auch ein wenig scheu aus, und mit Ausnahme einiger Frauen, denen er leid tat, hielten wir alle im stillen diesen Einsiedler für einen recht hochmütigen Mann, den wir gern in Ruhe ließen.

Es zeigte sich, daß wir ihm unrecht getan hatten. Bei einer geringfügigen Gelegenheit, wo er mit einer älteren Dame im Hause ins Gespräch geriet und nicht entrinnen konnte – er hatte ihren Liegestuhl im Garten mit dem seinen verwechselt –, bei dieser Gelegenheit legte er nicht nur eine gutmütige, zartfühlende, jedoch gänzlich formlose Höflichkeit an den Tag, sondern gab auch, da die Dame ihn zur Fortführung des Gesprächs ermunterte, ein erstaunlich reges, offenbar bisher mit Anstrengung unterdrücktes Bedürfnis nach Geselligkeit zu erkennen. Es war ihm nicht etwa peinlich, das Eis seiner stolzen Isolierung gebrochen zu sehen, vielmehr trat er tief aufatmend wie aus einem luftleeren Raum hervor und näherte sich von jenem Tag an auch uns andern mit Zutrauen.

Die eine Ursache dieser Verwandlung konnten wir alle nun sehr bald erkennen: der berühmte Mann war ohne gesellschaftliche Erziehung und wußte sich, zumal im Gefühl seiner innern Überlegenheit über die durchschnittliche Gesellschaftswelt, seines Mangels nicht anders zu erwehren als durch sein schroffes und finsteres Auftreten, das seinem Wesen nicht entsprach und unter welchem er selber litt.

Nun kam aber noch ein Zweites hinzu. Als Träger eines bekannten Namens, dessen Umgang vielen erwünscht gewesen wäre und dem man selbst einen noch höheren Grad von Formlosigkeit wohl hätte hingehen lassen, sah er sich einem Interesse ausgesetzt, das ihm unverdient und auf Mißverständnissen zu beruhen schien. Er verdankte seinen noch ziemlich jungen Ruhm einem Theaterstück, dessen Erfolg ihn über Nacht aus Armut und dunkler Einsamkeit gerissen hatte und dessen Titel jedem Gebildeten geläufig war. Dieses erfolgreiche Drama war aber nicht etwa eine neue Arbeit des Verfassers, sondern ein frühes Jugendwerk, das manche Jahre unveröffentlicht bei ihm gelegen hatte. Er war mit dieser Dichtung, die ein ihm befreundeter Schauspieler entdeckt und halb wider seinen Willen herausgebracht hatte, nicht mehr einverstanden und hätte sie am liebsten verleugnet. So war sein Erfolg und Emporkommen für ihn schon von allem Anfang an eine zweischneidige Sache gewesen und hatte ihm den Genuß und das Hochgefühl niemals gebracht, um die jedermann ihn beneidete. Er hatte deshalb auch nicht, wie es nahe zu liegen schien, sein äußeres Glück dazu benützt, Versäumtes nachzuholen und sich als begünstigter Neuling in die Welt des Wohlstandes und der guten Formen zu begeben, wozu er längst noch jung und beweglich genug gewesen wäre. Vielmehr hatte er sich aus der früheren unfreiwilligen Vereinsamung in eine neue, selbstgewählte hinübergeflüchtet, deren Innehaltung ihm Mühe und Sorgen machte. So galt er für selbstzufrieden oder genügsam, während er sich nach den Wundern der Welt und Weite sehnte, und galt für grob und eingebildet, während er sehr verwundbar und innerlich bescheiden war. Seine Hoffnung war gewesen, sich durch neue, reifere Werke den vorweggenommenen Kranz und das gute Gewissen dazu erst zu verdienen. Aber jenem Erstlingswerk gegenüber, das nun eben ein Schlager gewesen war, konnten seine folgenden Arbeiten es nur zu leidlichen Achtungserfolgen bringen; er war und blieb für alle Welt einzig der Verfasser jenes ersten Stückes.

Noch während ich mit meinen Gedanken mit dem so einfachen Rätsel dieses scheinbar komplizierten Menschen suchend beschäftigt war, erweckte ein kleines Erlebnis mein wirkliches Mitgefühl für den Schriftsteller. Er lag eines Nachmittags im entferntesten Winkel des Gartens in seinem Liegestuhl allein, und ich konnte ihn von meiner Hängematte aus sehr wohl sehen und beobachten, ohne daß er meine Nähe ahnte. Die schickliche Zeit, ihn darauf aufmerksam zu machen, daß er nicht ungesehen allein sei, hatte ich schon versäumt, und da er ganz ruhig lag, erschien meine ungewollte Horcherschaft mir verzeihlich. Der hagere Mann ruhte still ausgestreckt, hatte die Brille abgenommen und blickte mit kurzsichtigen, doch ziemlich klaren Augen lange Zeit regungslos ins Grüne. Ich unterließ es, ihn weiter zu beobachten und glaubte ihn längst eingeschlummert, da kein Laut von ihm zu hören war, als ich ihn nach etwa einer Stunde unvermutet tief aufseufzen hörte. Ich blickte unwillkürlich hinüber und sah ihn noch immer in genau derselben Haltung verharren, er blickte starr ins Grüne, seufzte noch mehrmals, schüttelte den kantigen Kopf, und nun sagte er laut und langsam vor sich hin: »Lieber Gott! Lieber Gott!« Mehr geschah nicht, seine Züge blieben unverändert, resigniert und gleichsam etwas erstaunt, wie die eines tief Leidenden. Aber die zwei klagenden oder flehenden Worte schienen viel zu sagen und klangen außerordentlich traurig und hoffnungslos wie eine Art von fragender Anklage an das Leben und ohne die geringste Erwartung einer Antwort. Bei einem alten Manne hätten sie mir wenig Eindruck gemacht, aber bei diesem noch nicht Vierzigjährigen überraschte und erschreckte mich allein schon die Tatsache, daß er laut mit sich selber sprach, und dann dieser Ton, dieser klagende Klang voll Traurigkeit und Verzicht, als wäre in die beiden kindlichen Worte Irrsal und bange Ausweglosigkeit eines unverstandenen Schicksals geflossen.

Von damals an dauerte es nicht mehr lange, bis ich diesen armen Menschen vollends verstand oder doch zu verstehen glaubte. Vielleicht ist das der Grund, daß er mich neuestens wenig mehr interessiert, obwohl er im Gespräch zuweilen sehr gescheite Dinge sagen kann. Vielleicht aber – ich weiß es nicht – ziehen meine Gedanken sich aus einer Art von Scheu und Selbstschutz wieder mehr von ihm zurück, seit ich sein Problem erfühlt und die Gefährdung dieses Lebens erspürt habe. Mir scheint, er ist zwar ohne Zweifel ein ungewöhnlicher und sehr begabter Mensch, jedoch nicht der, den man seiner Berühmtheit nach in ihm sucht und erwartet, sein Ruf, sein Name ist größer als er, er füllt ihn nicht aus. Und vielleicht ist wirklich jenes erste Werk, für das er kaum noch verantwortlich sein will, sein bestes gewesen, das er weder überbieten noch vergessen machen kann. Vielleicht . . . Denn gewiß ist er seit der Zeit, in der er es einst geschrieben hat, feiner, gescheiter, weiter geworden, aber möglicherweise ist ihm damit doch viel von seiner Kraft und Ursprünglichkeit verlorengegangen.

Er selbst, so scheint mir, denkt nicht so. Ich glaube, er denkt und hofft jetzt nicht mehr, durch ein neues und besseres Werk ein zweites Mal seine Zeitgenossen anzurufen und Erfolg und Einfluß zu gewinnen. Er denkt, scheint mir, jetzt an die Welt und an seine Wirkung in ihr zu wenig, und zu viel an sich selbst, an seine Sorge, an sein Seelenheil. Er glaubt wahrscheinlich an sein künftiges

Werk und an seine Kraft dazu noch immer, nur will er es jetzt gewissermaßen nur für sich selbst machen, als Rechtfertigung seines Daseins und Rechtfertigung seiner frühern Erfolge, und hat die Gedanken an seine Wirkung nach außen für eine Weile, oder auch für immer, beiseite gelegt.

Die vorzügliche Methode unseres Professors hat sich nämlich an dem Dramendichter bisher zwar schön bewährt, es scheint mir aber ihre weitere Wirkung an einem toten Punkt steckenzubleiben. Der Glaube des Literaten, es liege seinem Übelbefinden, seiner Schlaflosigkeit und seinen mancherlei Beschwerden ein körperliches Leiden zugrunde, dieser Glaube war ein Wahn, und der Wahn ist durch den Arzt aufgedeckt und zerstört worden. Der Leidende hat eingesehen, daß teils seine ganze seelische Veranlagung, teils das Besondere seines inneren Schicksals, teils aber auch seine eigene Charakterschwäche, sein Mangel an Erziehung und Selbsterziehung, an Einordnung und Anpassung, die einzigen Ursachen seines wenig erfreulichen Zustandes sind, und er schien anfänglich auf gutem Wege zur endgültigen Erkenntnis und damit zum endgültigen gelassenen Hinnehmen seines Lebens zu sein. In diesem Weg ist er aber wieder irre geworden und bleibt zögernd stehen. Soweit ist mein Wissen um ihn einwandfrei. Darüber hinaus kann ich nur Vermutungen und Ahnungen haben. Und da will mir scheinen, unser Mann zögere aufgrund eines vielleicht richtigen instinktiven Gefühles, er scheue nämlich vor der Bahn der reinen Erkenntnis und der Lebensklugheit deswegen zurück, weil seine innere Stimme ihm sagt, er werde mit den unbeherrschten dunklen Regungen seiner Seele auch die schöpferische Kraft als Künstler verlieren. Er hat die Wahl, entweder seine Gedanken- und Seelenstruktur zu Ende zu führen und damit ein stetigeres, leidloseres, wenn auch gedämpftes Lebensgefühl zu gewinnen, oder aber seinen Dämon fernerhin im Dunkeln walten zu lassen und zugunsten seltener trunkener und gehobener Stunden auf jenes stabilere Glück der Ruhe zu verzichten. Er wird von Apollo abfallen und zu Dionysos zurückkehren.

Wenn ich dies bedenke und betrachte, dann kommen mir betrübliche Gedanken. Unser Mitpatient steht auf einem gefährlichen Boden, es ist mir bange um ihn. Obwohl er noch ziemlich jung und ohne ernste körperliche Leiden ist, kann ich mich nicht meinen Gedanken über ihn hingeben, ohne daß sie ein unangenehmes Thema streifen – ja, und da fällt mir ein: dies ist wohl die eigentliche Ursache, warum ich mich, nachdem ich eine gewisse Stufe der Einsicht erlangt habe, wieder von der Beschäftigung mit diesem Manne abzuwenden begann. Ja, so ist es. Ich sagte, er stehe auf einem gefährlichen Boden. Während sein Betragen noch wie zu Anfang zwischen einer beinah kindlichen Hingenommenheit und Beeinflußbarkeit und zwischen einem Insichversinken und blinden Starren ins Bodenlose schwankt, scheint er doch im Erkennen fortgeschritten zu sein.

Es steht hinter ihm nicht nur der Professor, von dessen überlegener Intelligenz und gütiger Teilnahme er abhängig geworden ist. Es steht hinter ihm noch ein anderer. Und es würde mir ein Schmerz zwar, aber keine Überraschung sein, wenn der unsichere Mensch sich eines Tages gewaltsam vom Leben befreien sollte. Ich könnte auch, wenn ich es wirklich so kommen sähe, ihn nicht daran zu hindern versuchen.

Und obwohl ich den Dichter um dieser kindlichen Unsicherheit wegen ein wenig verachten muß, ich, der ich mein Leben bis zu seinem natürlichen Ende zu tragen mich entschlossen und fähig weiß, so muß ich doch in diesem unglücklichen Mann eine göttliche Gabe und Macht verehren, die ich, um ehrlich zu sein, weit über meine geringe Weisheit und vielleicht auch noch höher als die des Professors stellen muß. Ich habe einigermaßen gelernt, den Erscheinungen des Lebens unbefangen und erkennend ins Gesicht zu sehen, aber von der geheimnisvollen und wunderbaren Gabe des Künstlers, vor allem des Dichters, von seiner Magie, von seiner Schöpferkraft, von seiner Fähigkeit, Menschen zu gestalten, statt sie nur zu studieren und zu verstehen, habe ich nichts in mir, und ich halte von dieser Gabe außerordentlich viel. Ich muß sie ehren, auch wo sie mir in trübem Gefäß begegnet.

Was übrigens den Selbstmord betrifft, so haben wir da eine wunderliche Figur in unserem merkwürdigen Hause, eine verwöhnte Dame, die eigentlich ganz gesund ist und dank ihrer gesellschaftlichen Stellung und ihres Vermögens sich des Lebens zu freuen allen Anlaß und alle Möglichkeiten hätte. Aber sie lebt von ihrem Mann getrennt, es heißt die Ehescheidung werde vorbereitet, und so ist sie zeitweilig gewissermaßen von ihrem normalen Leben abgetrennt und macht eine Zeit der Kasteiung oder doch des Übergangs zu neuen Lebensstufen durch, was ihr große Mühe und täglichen Verdruß bereitet.

Diese Dame nun, die vermutlich bald wieder obenauf schwimmen und das Versäumte hemmungslos nachholen wird, hat sich entweder in unsern Professor verliebt, oder möchte ihn doch auf eine beinah gewaltsame, eifersüchtige und ausschließliche Weise um ihre Person und ihr Wohlbefinden bemüht sehen. Sie hat noch nicht gemerkt, daß sie ihm dann am liebsten, oder am wenigsten unlieb ist, wenn sie sich vergißt und ihre harmlos heitere, genießerische Natur zum Vorschein kommt, was nicht selten der Fall ist. Sie hat sich nun aber in eine Rolle hineingespielt und gesteigert, deren Durchführung ihr Pflicht erscheint, in die Rolle der Unglücklichen, Unverstandenen, unschuldig Leidenden und äußerst Hilfsbedürftigen. Allmählich hat sie diese Rolle mit vielen reichen Einzelheiten und Zieraten ausgebaut, und greift immer einmal wieder zu einem ihrer derbsten und wenigst diskreten Mittel, um ihre Person und Notlage in den Augen der Umwelt und namentlich des verehrten Arztes zur Geltung zu bringen. Dies Mittel ist die Drohung mit dem Selbstmord. Immer wieder findet die gutmütige Krankenschwester im Zimmer dieser Dame, wo sie eigentlich ganz entbehrlich wäre, aber täglich mit allerlei Handreichungen beschäftigt wird, an auffälliger Stelle ein Fläschchen oder Röhrchen stehen, dessen Etikett Unheil droht und womöglich mit einem Totenkopf geschmückt ist. Man läßt das jeweils eine Weile unbeachtet, bis sie ungeduldig wird und entweder wirklich irgend etwas Unbekömmliches zu sich nimmt oder doch durch im Bett bleiben, Verweigern der Mahlzeiten und stöhnendes Elend andeutet, daß sie es getan habe. Es sind dies die einzigen Anlässe, bei welchen man unsern Professor schon ernstlich ärgerlich und ungeduldig hat werden sehen. Einmal soll er ihr gedroht haben, sie bei nächstem Anlaß wegzuschicken.

»Wir brauchen unsre Zimmer und unsre Pflegerin für wirklich Kranke«, soll er ihr neulich gesagt haben. Dann weint sie und verspricht, gehorsam und vernünftig zu sein. Und zwischenhinein, an manchen Tagen, geht ihre eigentliche, gesunde und gute Natur mit ihr durch, sie vergißt die Rolle und gewinnt unsre Sympathien zurück durch die Harmlosigkeit ihres Lachens oder die Frische ihres Appetits.

Mit weit größerem Erfolg als bei dem Schriftsteller hat die Weisheit unseres Wohltäters sich an einem Manne bewährt, der früher ganz im Bann eines bedenklichen Dämons stand und der zwar für immer an den Folgen seiner Schwäche zu tragen haben wird, den Dämon selbst aber vollkommen überwunden hat. Das ist der Archivar B. aus Schweden.

Dieser kleine, schwächlich aussehende Herr, mit dem etwas schwer beweglichen, stillen, heiteren, guten Blick, der seit langer Zeit hier lebt und in seiner strengen Diät noch niemals eine Versündigung begangen hat, besitzt das erstaunlichste Gedächtnis, das ich je bei einem Menschen angetroffen habe. Früher mag ihm dies auf dem Gebiet der historischen Wissenschaften zugute gekommen sein. Mich interessiert dabei nur die außerordentliche Klarheit der Erinnerung, mit welcher Herr B. sein eigenes Leben umfaßt. Man sollte nicht glauben, daß er bis vor einigen Jahren Alkoholiker, eine Art Quartalsäufer, gewesen ist.

Im äußeren Lebensgang des Archivars ist wenig Auffallendes und Eigentümliches gewesen, mit Ausnahme jener zeitweiligen Trunksucht. Er lernte das Trinken als junger Mensch in einem Kreise bohemisierender Künstler und Müßiggänger, mit dem ihn nichts verband als seine unglückliche Liebe zu einer hübschen zweideutigen Frau, die sich in jener bunten und munteren Umgebung als umworbene Emanzipierte gefiel. Diesen Kreis unordentlicher Existenzen verließ er in Bälde wieder, doch verfolgte ihn seine Leidenschaft für die schöne Person noch lange und ließ ihn nicht zu einem gesicherten Leben kommen; denn nach Pausen der guten Haltung, der Selbstüberwindung und verhältnismäßigen Wohlbefindens, ergriff ihn immer wieder Einsamkeitsgefühl und Elend, und dann trank er. Einmal vertrank er sein Vierteljahresgehalt mit ein paar zufällig aufgelesenen Kumpanen innerhalb weniger Tage mit Champagner und Likören. Doch hielt er sich im Amt, viele Jahre lang und oftmals seiner Familie wie seiner Begabung wegen verschont, bis ein besonders wilder Anfall auch dem ein Ende machte. Der Trinker war wieder in üble Gesellschaft geraten, demolierte in der Trunkenheit, von einem Schiffsheizer und zwei Matrosen unterstützt, Fenster und Buffet eines eleganten Cafés, das ihn nicht hatte einlassen wollen, und schlug sich bis aufs Blut mit der Polizei herum. Da erhielt er seine Entlassung, doch wurde ihm eine Pension zugestanden, von welcher er seither lebt.

Bekannte empfahlen ihn an unsern Professor, dem es gelang, ihm das Trinken vollkommen zu verleiden. Indessen stellten sich lästige Folgen des Lasters und jahrelanger Vernachlässigung ein und hinderten ihn, wieder ein Amt oder eine ständige Arbeit zu übernehmen. Nun lebt er also seit langem hier, unser ältester Gast, oft recht leidend und zeitweilig unfähig zu gehen. Aber er ist heiter und überlegen; er hat gelernt, seinem leiblichen Befinden als einem unwichtigen Geschehen nachsichtig zuzuschauen. Niemals kann er einen Wagen nehmen, niemals Blumen kaufen, oder sich kleine Erleichterungen und Vergnügungen verschaffen; sein Geld reicht nur eben hin, um das kleinste Zimmerchen des Hauses und die Kost zu bezahlen. Doch wird er nicht schlechter bedient als der Reichste, denn alle haben ihn gern. An seinen guten Tagen, wenn er die kleine Strecke bis zum Kurpark gehen kann, bittet er in der Küche um Brotreste, welche er den Goldfischen, den Schwänen und Rehen mitbringt.

Wenn ich einmal in die Lage käme, einen Freund zu brauchen, so würde ich ohne Besinnen zu dem Herrn Archivar gehen. Er steht am höchsten von uns allen, den Professor vielleicht ausgenommen. Wir alten Gäste und Patienten sind nicht sehr gesprächig, wir sind zufrieden, einander zuzunicken und dieselbe leichte Luft einer gemeinsamen Erkenntnis und Schulung um uns zu fühlen. Nur zuweilen, wenn der Archivar längere Zeit an sein Kämmerchen gefesselt ist, setze ich mich für Stunden zu ihm. Er weiß, daß ich ihn gern erzählen höre, und er berichtet mir klar und lückenlos in schönen Bilderreihen, von den verschiedensten Zeiten seines Lebens, nicht viel anders, als blättere er in der Geschichte langverblichener Könige untergegangener Völker. Er hat gelernt, zeitlos zu denken. Er ist, außer dem Professor, der einzige Mensch auf Erden, vor dem ich eine ganz reine, ganz vollkommene Verehrung empfinden kann.

Den Grad von Seelenheiterkeit, den der schwedische Gelehrte erreicht hat, finde ich bei keinem Menschen wieder, leider am wenigsten bei mir selber, trotz aller Bemühungen um dies edle Gut der Güter. Einzig unsere gute Schwester Sophie, die Krankenpflegerin, kommt ihm nahe. Da ich körperlicher Pflege selten bedarf, stehe ich ihr weniger nahe als manche andre Gäste; doch glaube ich nicht, daß irgendeiner für sie mehr Bewunderung und Dankbarkeit empfinden kann als ich. Tadellos, sauber und lächelnd geht sie in ihrer Tracht mit dem leisen Pflegerinnenschritt durch das Haus, rotwangig mit hellen lieben Augen, und ohne daß man mit ihr redet, tut ihr Vorübergehen, ihre Nähe, ihr Morgengruß, ihr vertrauliches Zunicken, einem wohl. Den Schriftsteller kann sie an seinen unleidlichsten Tagen durch ein paar freundliche Fragen in ihrem schwäbischen Dialekt gefügig und gut machen. Nur der Schwede ist ihr noch überlegen; wenn sie ihn an seinen Leidenstagen besucht hat, kommt sie aus seinem Zimmer so heiter und dankbar zurück wie von einem Sonntagsausflug. Er ist auch der einzige, dem sie manchmal ihre Klagen und Sorgen zuträgt. Er schaut sich ihre Angelegenheiten an, redet mit ihr darüber auf seine bedächtig-heitere Weise, erklärt, rückt die Sachen an ihren Platz, zeigt, was groß und was klein, was dringend und was läßlich ist, und was eben noch Last und Bleigewicht war, fliegt als Schmetterling und Seifenblase davon. Auch von unserer Wirtin und Hausmutter ließe sich Gutes sagen, und noch mehr vom Assistenzarzt, aber das kann ein andermal geschehen.

Das Schreiben dieser Aufzeichnungen, das ich neulich in einer guten Stunde mit wahrem Vergnügen begann, fängt an, mir schwerzufallen, mir etwas von meiner Ruhe zu nehmen; ich fühle, daß es bald ein Ende damit nehmen wird. Wenn ich nachmittags meine zwei Stunden in der Halle liege, so muß ich beständig an diese Schreiberei denken, mich über unser Haus und über uns alle besinnen, und finde kaum mehr jene tiefe Gedankenruhe wieder, die ich sonst in diesen Stunden fast immer erreichte.

»Wer aber sind Sie denn?« wird man fragen. »Wer sind Sie, der Sie dies schreiben, der Sie über Menschen und Schicksale sich ein Urteil erlauben?«

Noch vor einigen Monaten hätte ich auf die Frage bereitwillig und ausführlich Antwort gegeben. Denn im ersten halben Jahr meines Hierseins tat ich wenig anderes als über mich selber nachdenken, ich darf wohl sagen bis zu unangenehmer Klarheit. Seither jedoch ist mein Interesse an mir selbst bedeutend gesunken, ich finde jeden andern Gegenstand des Nachdenkens würdiger und befriedigender.

So könnte ich denn die Feder hinlegen, könnte es gut sein lassen und die Spielerei aufgeben. Aber je mehr ich die Nutzlosigkeit, ja vielleicht Albernheit dieser Beschäftigung einsehe und empfinde, desto klarer wird mir, daß sie nichts andres ist als eine verkappte Ketzerei und Konfessionslust, also im Grunde einfach ein neuer, hoffentlich letzter Rückfall in Zweifelsucht und Sentimentalität.

Denn so sehr ich es anfangs vor mir selbst zu verbergen trachtete, mein tiefstes, mein echtestes und heißestes Interesse gilt nicht unserem Leben im Haus »Zum Frieden«, sondern geht den verbotenen Weg nach außen, in die Welt. Und mir scheint, mit Ausnahme des Schweden geht es uns allen so, obwohl keiner davon reden mag. Ich schließe es aus den Mienen meiner Mitgäste, wenn sie Bücher lesen oder Post bekommen, und aus den Blicken, mit welchen sie manchmal einem Trupp Feldarbeiter, ein paar Kindern, einem Heuwagen, ja einem Hund auf der Straße nachsehen.

Und ich muß sagen: Wir alle, die wir mit voller Einsicht uns der Resignation und der Vernunft befleißigen, wir alle, die wir unsere Unfähigkeit zum alltäglichen und gesunden Leben wohl kennen und deren Ideal ein Leben der Vernunft und Einsicht und klugen Milde ist – ach, wir hungern alle nach der Welt draußen, nach dem dummen, sinnlosen, törichten, grausamen Alltagsleben. Da draußen ist keine Einsicht, keine Resignation, keine Milde, keine Weisheit, da ist Unvernunft, Triebleben und Ziellosigkeit, Zufall, Rausch und Sünde, Wahn, Irrsal und Lärm. Aber das alles lieben wir, nach alledem hungern wir – denn es ist das Leben! Und wenn es wirklich die höchste Stufe des Menschentums ist, Erkenntnis höher als Tat zu schätzen, dann sind wir noch Kinder und auf den untersten Stufen.

Und nun möchte ich wohl wissen, was ich nie erfahren werde: Ist es unsrem großen Lehrer und Wohltäter, dem Professor, wirklich ernst mit seinem Ideal? Oder ist seine Methode und sein ganzes Ideal am Ende nichts andres als eine Art von Morphium, eine Betäubung und Ablenkung für uns Kranke, Verirrte, zum rechten Leben unfähig Gewordene? *(1909)*

Ladidel

Der junge Herr Alfred Ladidel wußte von Kind auf das Leben leicht zu nehmen. Es war sein Wunsch gewesen, sich den höheren Studien zu widmen, doch als er mit einiger Verspätung die zu den oberen Gymnasialklassen führende Prüfung nur notdürftig bestanden hatte, entschloß er sich nicht allzu schwer, dem Rat seiner Lehrer und Eltern zu folgen und auf diese Laufbahn zu verzichten. Und kaum war dies geschehen und er als Lehrling in der Schreibstube eines Notars untergebracht, so lernte er einsehen, wie sehr Studententum und Wissenschaft doch meist überschätzt werden und wie wenig der wahre Wert eines Mannes von bestandenen Prüfungen und akademischen Semestern abhänge. Gar bald schlug diese Ansicht Wurzel in ihm, überwältigte sein Gedächtnis und veranlaßte ihn manchmal, unter Kollegen zu erzählen, wie er nach reiflichem Überlegen gegen den Wunsch der Lehrer diese scheinbar einfachere Laufbahn erwählt habe und daß dies der klügste Entschluß seines Lebens gewesen sei, wenn er ihn auch ein Opfer gekostet habe. Seinen Altersgenossen, die in der Schule geblieben waren und die er jeden Tag mit ihren Büchermappen auf der Gasse antraf, nickte er mit Herablassung zu und freute sich, wenn er sie vor ihren Lehrern die Hüte ziehen sah. Tagsüber stand er geduldig unter dem Regiment seines Notars, der es den Anfängern nicht leicht machte. Am Abend übte er mit Kameraden die Kunst des Zigarrenrauchens und des sorglosen Flanierens durch die Gassen, auch trank er im Notfall unter seinesgleichen ein Glas Bier, obwohl er seine von der Mama erbettelten Taschengelder lieber zum Konditor trug, wie er denn auch im Kontor, wenn die andern zum Vesper ein Butterbrot mit Most genossen, stets etwas Süßes verzehrte, sei es nun an schmalen Tagen nur ein Brötchen mit Eingemachtem oder in reichlichern Zeiten ein Mohrenkopf, Butterteigkipfel oder Makrönchen.

Indessen hatte er seine erste Lehrzeit abgebüßt und war mit Stolz nach der Hauptstadt verzogen, wo es ihm überaus wohl gefiel. Erst hier kam der höhere Schwung seiner Natur zur vollen Entfaltung. Schon früher hatte sich der Jüngling zu den schönen Künsten hingezogen gefühlt und nach Schönheit und Ruhm Begierde getragen. Jetzt galt er unter seinen jüngeren Kollegen und Freunden unbestritten für einen famosen Bruder und begabten Kerl, der in Angelegenheiten der Geselligkeit und des Geschmacks als Führer galt und um Rat gefragt wurde. Denn hatte er schon als Knabe mit Kunst und Liebe gesungen, gepfiffen, deklamiert und getanzt, so war er in allen diesen schönen Übungen seither zum Meister geworden, ja er hatte neue dazu gelernt. Vor allem besaß er eine Gitarre, mit der er Lieder und spaßhafte Verslein begleitete und bei jeder Geselligkeit Beifall erntete, ferner machte er zuweilen Gedichte, die er aus dem Stegreif nach bekannten Melodien zur Gitarre vortrug, und ohne die Würde seines Standes zu verletzen, wußte er sich auf eine Art zu kleiden, die ihn als etwas Besonderes, Geniales kennzeichnete. Namentlich schlang er seine Halsbinden mit einer kühnen, freien Schleife, die keinem andern so gelang, und wußte sein hübsches braunes Haar edel und kavaliermäßig zu kämmen.

Wer den Alfred Ladidel sah, wenn er an einem geselligen Abend des Vereins Quodlibet tanzte und die Damen unterhielt oder wenn er im Verein Fidelitas, im Sessel zurückgelehnt, seine kleinen lustigen Liedlein sang und dazu auf der am grünen Bande hängenden Gitarre mit zärtlichen Fingern harfte, und wie er dann abbrach und den lauten Beifall bescheidentlich abwehrte und sinnend leise auf den Saiten weiterfingerte, bis alles stürmisch um einen neuen Gesang bat, der mußte ihn hochschätzen, ja beneiden. Da er außer seinem kleinen Monatsgehalt von Hause ein anständiges Sackgeld bezog, konnte er sich diesen gesellschaftlichen Freuden ohne Sorgen hingeben und tat es mit Zufriedenheit und ohne Schaden, da er trotz seiner Weltfertigkeit in manchen Dingen fast noch ein Kind geblieben war. So trank er noch immer lieber Himbeerwasser als Bier und nahm, wenn es sein konnte, statt mancher Mahlzeit lieber eine Tasse Schokolade und ein paar Stücklein Kuchen beim Zuckerbäcker. Die Streber und Mißgünstigen unter seinen Kameraden, an denen es natürlich nicht fehlte, nannten ihn darum das Baby und nahmen ihn trotz aller schönen Künste nicht ernst. Dies war das einzige, was ihm je und je betrübte Stunden machte.

Mit der Zeit kam dazu allerdings noch ein anderer Schatten. Seinem Alter gemäß begann der junge Herr Ladidel den hübschen Mädchen sinnend nachzuschauen und war beständig in die eine oder andere verliebt. Das bereitete ihm aber bald mehr Pein als Lust, denn während sein Liebesverlangen wuchs, sanken sein Mut und Unternehmungsgeist auf diesem Gebiet immer mehr. Wohl sang er daheim in seinem Stüblein zum Saitenspiel viele verliebte und gefühlvolle Lieder, in Gegenwart schöner Mädchen aber entfiel ihm der Mut. Wohl war er immer ein vorzüglicher Tänzer, aber seine Unterhaltungskunst ließ ihn im Stich, wenn er versuchen wollte, einiges von seinen Gefühlen kundzutun. Desto gewaltiger redete und sang und glänzte er dann freilich im Kreis seiner Freunde, allein er hätte ihren Beifall und alle seine Lorbeeren gerne für einen Kuß vom Mund eines schönen Mädchens hingegeben.

Diese Schüchternheit, die zu seinem übrigen Wesen nicht recht zu passen schien, hatte ihren Grund in einer Unverdorbenheit des Herzens, welche ihm seine Freunde gar nicht zutrauten. Diese fanden, wenn ihre Begierde es wollte, ihr Liebesvergnügen da und dort in kleinen Verhältnissen mit Dienstmädchen und Köchinnen, wobei es zwar verliebt zuging, von Leidenschaft und idealer Liebe oder gar von ewiger Treue und künftigem Ehebund aber keine Rede war. Und ohne dies alles mochte der junge Herr Ladidel sich die Liebe nicht vorstellen.

Dabei sahen ihn, ohne daß er es zu bemerken wagte, die Mädchen gern. Ihnen gefiel sein hübsches Gesicht, seine Tanzkunst und sein Gesang, und sie hatten auch das schüchterne Begehren an ihm gern und fühlten, daß unter seiner Schönheit und zierlichen Bildung ein unverbrauchtes und halb kindliches Herz sich verbarg.

Allein von diesen geheimen Sympathien hatte er einstweilen nichts, und wenn er auch in der Fidelitas noch immer Bewunderung genoß, ward doch der Schatten tiefer und bänglicher und drohte sein Leben allmählich fast zu verdunkeln. In solchen üblen Zeiten legte er sich mit gewaltsamem Eifer auf seine Arbeit, war zeitweilig ein musterhafter Notariatsgehilfe und bereitete sich abends mit Fleiß auf das Amtsexamen vor, teils um seine Gedanken auf andere Wege zu zwingen, teils um desto eher und sicherer in die ersehnte Lage zu kommen, als ein Werber, ja mit gutem Glück als ein Bräutigam auftreten zu können. Allerdings währten diese Zeiten niemals lange, da Sitzleder und harte Kopfarbeit seiner Natur nicht angemessen waren. Hatte der Eifer ausgetobt, so griff der Jüngling wieder zur Gitarre, spazierte zierlich und sehnsüchtig in den hauptstädtischen Straßen oder schrieb Gedichte in sein Heftlein. Neuerdings waren diese meist verliebter und gefühlvoller Art, und sie bestanden aus Worten und Versen, Reimen und hübschen Wendungen, die er in Liederbüchlein da und dort gelesen und behalten hatte. Diese setzte er zusammen, ohne weiteres dazu zu tun, und so entstand ein sauberes Mosaik von gangbaren Ausdrücken beliebter Liebesdichter. Es bereitete ihm Vergnügen, diese Verslein mit sauberer

Kanzleihandschrift ins Reine zu schreiben, und er vergaß darüber oft für eine Stunde seinen Kummer ganz. Auch sonst lag es in seiner glücklichen Natur, daß er in guten wie bösen Zeiten gern ins Spielen geriet und darüber Wichtiges und Wirkliches vergaß. Schon das tägliche Herstellen seiner äußeren Erscheinung gab einen hübschen Zeitvertreib, das Führen des Kammes und der Bürste durch das halblange braune Haar, das Wichsen und sonstige Liebkosen des kleinen, lichten Schnurrbärtchens, das Schlingen des Krawattenknotens, das genaue Abbürsten des Rockes und das Reinigen und Glätten der Fingernägel. Weiterhin beschäftigte ihn häufig das Ordnen und Betrachten seiner Kleinodien, die er in einem Kästchen aus Mahagoniholz verwahrte. Darunter befanden sich ein Paar vergoldeter Manschettenknöpfe, ein in grünen Sammet gebundenes Büchlein mit der Aufschrift »Vergißmeinnicht«, worein er seine nächsten Freunde ihre Namen und Geburtstage eintragen ließ, ein aus weißem Bein geschnitzter Federhalter mit filigranfeinen gotischen Ornamenten und einem winzigen Glassplitter, der, wenn man ihn gegen das Licht hielt und hineinsah, eine Ansicht des Niederwalddenkmals enthielt, des weiteren ein Herz aus Silber, das man mit einem unendlich kleinen Schlüsselchen aufschließen konnte, ein Sonntagstaschenmesser mit elfenbeinerner Schale und eingeschnitzten Edelweißblüten, endlich eine zerbrochene Mädchenbrosche mit mehreren zum Teil ausgesprungenen Granatsteinen, welche der Besitzer später bei einer festlichen Gelegenheit zu einem Schmuckstück für sich selber verarbeiten zu lassen gedachte. Daß es ihm außerdem an einem dünnen, eleganten Spazierstöcklein nicht fehlte, dessen Griff den Kopf eines Windhundes darstellte, sowie an einer Busennadel in Form einer goldenen Leier, versteht sich von selbst.

Wie der junge Mann seine Kostbarkeiten und Glanzstücke verwahrte und wert hielt, so trug er auch sein kleines, ständig brennendes Liebesfeuerlein getreu mit sich herum, besah es je nachdem mit Lust oder Wehmut und hoffte auf eine Zeit, da er es würdig verwenden und von sich geben könne.

Mittlerweile kam unter den Kollegen ein neuer Zug auf, der Ladidel nicht gefiel und seine bisherige Beliebtheit und Autorität stark erschütterte. Irgendein junger Privatdozent der Technischen Hochschule begann abendliche Vorlesungen über Volkswirtschaft zu halten, die namentlich von den Angestellten der Schreibstuben und niedern Ämter fleißig besucht wurden. Ladidels Bekannte gingen alle hin, und in ihren Zusammenkünften erhoben sich nun feurige Debatten über soziale Angelegenheiten und innere Politik, an welchen Ladidel weder teilnehmen wollte noch konnte. Er langweilte und ärgerte sich dabei, und da über dem neuen Geiste seine früheren Künste von den Kameraden fast vergessen und kaum mehr begehrt wurden, sank er mehr und mehr von seiner einstigen Höhe herab in ein ruhmloses Dunkel. Anfangs kämpfte er noch und nahm mehrmals Bücher mit nach Hause, allein er fand sie hoffnungslos langweilig, legte sie mit Seufzen wieder weg und tat auf die Gelehrsamkeit wie auf den Ruhm Verzicht.

In dieser Zeit, da er den hübschen Kopf weniger hoch trug, vergaß er eines Freitags, sich rasieren zu lassen, was er immer an diesem Tage sowie am Dienstag zu besorgen pflegte. Darum trat er auf dem abendlichen Heimweg, da er längst über die Straße hinausgegangen war, wo sein Barbier wohnte, in der Nähe seines Speisehauses in einen bescheidenen Friseurladen, um das Versäumte nachzuholen; denn ob ihn auch Sorgen bedrückten, mochte er dennoch keiner Gewohnheit untreu werden. Auch war ihm die Viertelstunde beim Barbier immer ein kleines Fest; er hatte nichts dagegen, wenn er etwa warten mußte, sondern saß alsdann vergnügt auf seinem Sessel, blätterte in einer Zeitung und betrachtete die mit Bildern geschmückten Anpreisungen von Seifen, Haarölen und Bartwichsen an der Wand, bis er an die Reihe kam und mit Genuß den Kopf zurücklegte, um die vorsichtigen Finger des Gehilfen, das kühle Messer und zuletzt die zärtliche Puderquaste auf seinen Wangen zu fühlen.

Auch jetzt flog ihn die gute Laune an, da er den Laden betrat, den Stock an die Wand stellte und den Hut aufhängte, sich in den weiten Frisierstuhl lehnte und das Rauschen des duftenden Seifenschaumes vernahm. Es bediente ihn ein junger Gehilfe mit aller Aufmerksamkeit, rasierte ihn, wusch ihn ab, hielt ihm den ovalen Handspiegel vor, trocknete ihm die Wangen, fuhr spielend mit der Puderquaste darüber und fragte höflich: »Sonst nichts gefällig?« Dann folgte er dem aufstehenden Gaste mit leisem Tritt, bürstete ihm den Rockkragen ab, empfing das wohlverdiente Rasiergeld und reichte ihm Stock und Hut. Das alles hatte den jungen Herrn in eine gütige und zufriedene Stimmung gebracht, er spitzte schon die Lippen, um mit einem wohligen Pfeifen auf die Straße zu treten, da hörte er den Friseurgehilfen, den er kaum angesehen hatte, fragen: »Verzeihen Sie, heißen Sie nicht Alfred Ladidel?«

Er faßte den Mann ins Auge und erkannte sofort seinen ehemaligen Schulkameraden Fritz Kleuber in ihm. Nun hätte er unter andern Umständen diese Bekanntschaft mit wenig Vergnügen anerkannt und sich gehütet, einen Verkehr mit einem Barbiergehilfen anzufangen, dessen er sich vor Kollegen zu schämen gehabt hätte. Allein er war in diesem Augenblick gut gestimmt, und außerdem hatten sein Stolz und Standesgefühl in dieser Zeit bedeutend nachgelassen. Darum geschah es ebenso aus guter Laune wie aus einem Bedürfnis nach Freundschaftlichkeit und Anerkennung, daß er dem Friseur die Hand hinstreckte und rief. »Schau, der Fritz Kleuber! Wir werden doch noch Du zueinander sagen? Wie geht dir's?« Der Schulkamerad nahm die dargebotene Hand und das Du fröhlich an, und da er im Dienst war und keine Zeit hatte, verabredeten sie eine Zusammenkunft für den Sonntagnachmittag.

Auf diese Stunde freute der Barbier sich sehr, und er war dem alten Kameraden dankbar, daß er trotz seinem vornehmern Stande sich ihrer Schulfreundschaft hatte erinnern mögen. Fritz Kleuber hatte für den Nachbarssohn und Klassengenossen immer eine gewisse Verehrung gehabt, da jener ihm in allen Lebenskünsten überlegen gewesen war, und Ladidels zierliche Erscheinung hatte ihm auch jetzt wieder tiefen Eindruck gemacht. Darum bereitete er sich am Sonntag, sobald sein Dienst getan war, mit Sorgfalt auf den Besuch vor und legte seine besten Kleider an. Ehe er in das Haus trat, in dem Ladidel wohnte, wischte er die Stiefel mit einer Zeitung ab, dann stieg er freudig die Treppen empor und klopfte an die Türe, an der er Alfreds Visitenkarte leuchten sah.

Auch dieser hatte sich ein wenig vorbereitet, da er seinem Landsmann und Jugendfreund gern einen glänzenden Eindruck machen wollte. Er empfing ihn mit großer Herzlichkeit und hatte einen vortrefflichen Kaffee mit Gebäck auf dem Tische stehen, zu dem er Kleuber burschikos einlud.

»Keine Umstände, alter Freund, nicht wahr? Wir trinken unsern Kaffee zusammen und machen nachher einen Spaziergang, wenn dir's recht ist.«

Gewiß, es war ihm recht, er nahm dankbar Platz, trank Kaffee und aß Kuchen, bekam alsdann eine Zigarette und zeigte über diese schöne Gastlichkeit eine unverstellte Freude. Sie plauderten bald im alten heimatlichen Ton von den vergangenen Zeiten, von den Lehrern und Mitschülern und was aus diesen allen geworden sei. Der Friseur mußte ein wenig erzählen, wie es ihm seither gegangen und wo er überall herumgekommen sei, dann hub der andre an und berichtete ausführlich über sein Leben und seine Aussichten. Und am Ende nahm er die Gitarre von der Wand, stimmte und zupfte, fing zu singen an und sang Lied um Lied, lauter lustige Sachen, daß dem Friseur vor Lachen die Tränen in den Augen standen. Sie verzichteten auf den Spaziergang und beschauten stattdessen einige von Ladidels Kostbarkeiten, und darüber kamen sie in ein Gespräch über das, was jeder von ihnen sich unter einer feinen Lebensführung vorstellte. Da waren freilich des Barbiers Ansprüche an das Glück um vieles bescheidener als die seines Freundes, aber am Ende spielte er ganz ohne Absicht einen Trumpf aus, mit dem er dessen Achtung und Neid gewann. Er erzählte nämlich, daß er eine Braut in der Stadt habe, und lud den Freund ein, bald einmal mit ihm in ihr Haus zu gehen, wo er willkommen sein werde.

»Ei sieh«, rief Ladidel, »du hast eine Braut! So weit bin ich leider noch nicht. Wißt ihr denn schon, wann ihr heiraten könnt?«

»Noch nicht ganz genau, aber länger als zwei Jahre warten wir nimmer, wir sind schon über ein Jahr versprochen. Ich habe ein Muttererbe von dreitausend Mark, und wenn ich dazu noch ein oder zwei Jahre fleißig bin und was erspare, können wir wohl ein eigenes Geschäft aufmachen. Ich weiß auch schon wo, nämlich in Schaffhausen in der Schweiz, da habe ich zwei Jahre gearbeitet, der Meister hat mich gern und ist alt und hat mir noch nicht lang geschrieben, wenn ich soweit sei, überlasse er mir seine Sache am liebsten und nicht zu teuer. Ich kenne ja das Geschäft gut von damals her, es geht recht flott und ist gerade neben einem Hotel, da kommen viele Fremde, und außer dem Geschäft ist ein Handel mit Ansichtskarten dabei.«

Er griff in die Brusttasche seines braunen Sonntagsrokkes und zog eine Brieftasche heraus, darin hatte er sowohl den Brief des Schaffhausener Meisters wie auch eine in Seidenpapier eingeschlagene Ansichtskarte mitgebracht, die er seinem Freund zeigte.

»Ah, der Rheinfall!« rief Alfred, und sie schauten das Bild zusammen an. Es war der Rheinfall in einer purpurnen bengalischen Beleuchtung, der Friseur beschrieb alles, kannte jeden Fleck darauf und erzählte davon und von den vielen Fremden, die das Naturwunder besuchen, kam dann wieder auf seinen Meister und dessen Geschäft, las seinen Brief vor und war voller Eifer und Freude, so daß sein Kamerad schließlich auch wieder zu Wort kommen und etwas gelten wollte. Darum fing er an vom Niederwalddenkmal zu sprechen, das er selber zwar nicht gesehen hatte, wohl aber ein Onkel von ihm, und er öffnete seine Schatztruhe, holte den beinernen Federhalter heraus und ließ den Freund durch das kleine Gläslein schauen, das die Pracht verbarg. Fritz Kleuber gab gerne zu, daß das eine nicht mindere Schönheit sei als sein roter Wasserfall, und überließ bescheiden dem andern wieder das Wort, der sich nun nach dem Gewerbe seines Gastes erkundigte. Das Gespräch ward lebhaft, Ladidel wußte immer Neues zu fragen, und Kleuber gab gewissenhaft und treulich Auskunft. Es war vom Schliff der Rasiermesser, von den Handgriffen beim Haarschneiden, von Pomaden und Ölen die Rede, und bei dieser Gelegenheit zog Fritz eine kleine Porzellandose mit feiner Pomade aus der Tasche, die er seinem Freund und Wirt als ein bescheidenes Gastgeschenk anbot. Nach einigem Zögern nahm dieser die Gabe an, die Dose ward geöffnet und berochen, ein wenig probiert und endlich auf den Waschtisch gestellt.

Mittlerweile war es Abend geworden, Fritz wollte bei seiner Braut speisen und nahm Abschied, nicht ohne sich für das Genossene freundlich zu bedanken. Auch Alfred fand, es sei ein schöner und wohlverbrachter Nachmittag gewesen, und sie wurden einig, sich am Dienstag- oder Mittwochabend wieder zu treffen.

Zweites Kapitel

Inzwischen fiel es Fritz Kleuber ein, daß er sich für die Sonntagseinladung und den Kaffee bei Ladidel revanchieren und auch ihm wieder eine Ehre antun müsse. Darum schrieb er ihm montags einen Brief mit goldenem Rand und einer ins Papier gepreßten Taube und lud ihn ein, am Mittwochabend mit ihm bei seiner Braut, dem Fräulein Meta Weber in der Hirschengasse, zu speisen.

Auf diesen Abend bereitete Alfred Ladidel sich mit Sorgfalt vor. Er hatte sich über das Fräulein Meta Weber erkundigt und in Erfahrung gebracht, daß sie neben einer ebenfalls noch ledigen Schwester von einem lang verstorbenen Kanzleischreiber Weber abstammte, also eine Beamtentochter war, so daß er mit Ehren ihr Gast sein konnte. Diese Erwägung und auch der Gedanke an die noch ledige Schwester veranlaßten ihn, sich besonders schön zu machen und auch im voraus ein wenig an die Konversation zu denken.

Wohlausgerüstet erschien er gegen acht Uhr in der Hirschengasse und hatte das Haus bald gefunden, ging aber nicht hinein, sondern auf der Gasse auf und ab, bis nach einer Viertelstunde sein Freund Kleuber daherkam. Dem schloß er sich an, und sie stiegen hintereinander in die hochgelegene Wohnung der Jungfern hinauf. An der Glastüre empfing sie die Witwe Weber, eine schüchterne kleine Dame mit einem besorgten alten Leidensgesicht, das dem Notariatskandidaten wenig Frohes zu versprechen schien. Er grüßte, ward vorgestellt und in den Gang geführt, wo es dunkel war und nach der Küche duftete. Von da ging es in eine Stube, die war so groß und hell und fröhlich, wie man es nicht erwartet hätte; und vom Fenster her, wo Geranien im Abendschein tief wie Kirchenfenster leuchteten, traten munter die zwei Töchter der Witwe. Diese waren ebenfalls freudige Überraschungen und überboten das Beste, was sich von der kleinen alten Frau erwarten ließ, um ein Bedeutendes.

»Grüß Gott«, sagte die eine und gab dem Friseur die Hand.

»Meine Braut«, sagte er zu Ladidel, und dieser näherte sich dem hübschen Mädchen mit einer Verbeugung ohne Tadel, zog die hinterm Rücken versteckte Hand hervor und bot der Jungfer einen Maiblumenstrauß dar, den er unterwegs gekauft hatte. Sie lachte und sagte Dank und schob ihre Schwester heran, die ebenfalls lachte und hübsch und blond war und Martha hieß. Dann setzte man sich unverweilt an den gedeckten Tisch zum Tee und einer mit Kressensalat bekränzten Eierspeise. Während der Mahlzeit wurde fast kein Wort gesprochen, Fritz saß neben seiner Braut, die ihm Butterbrote strich, und die alte Mutter schaute mühsam kauend um sich, mit dem unveränderlichen kummervollen Blick, hinter dem es ihr recht wohl war, der aber auf Ladidel einen beängstigenden Eindruck machte, so daß er wenig aß und sich bedrückt und still verhielt.

Nach Tisch blieb die Mutter zwar im Zimmer, verschwand jedoch in einem Lehnstuhl am Fenster, dessen Gardinen sie zuvor geschlossen hatte, und schien zu schlummern. Die Jugend blühte dafür munter auf, und die Mädchen verwickelten den Gast in ein neckendes und kampflustiges Gespräch, wobei Fritz seinen Freund unterstützte. Von der Wand schaute der selige Herr Weber aus einem kirschholzenen Rahmen hernieder, außer seinem Bildnis aber war alles in dem behaglichen Zimmer hübsch und frohgemut, von den in der Dämmerung verglühenden Geranien bis zu den Kleidern und Schühlein der Mädchen und bis zu einer an der Schmalwand hängenden Mandoline. Auf diese fiel, als das Gespräch ihm anfing heiß zu machen, der Blick des Gastes, er äugte heftig hinüber und drückte sich um eine fällige Antwort, die ihm Not machte, indem er sich erkundigte, welche von den Schwestern denn musikalisch sei und die Mandoline spiele. Das blieb nun an Martha hängen, und sie wurde sogleich von Schwester und Schwager ausgelacht, da die Mandoline seit den Zeiten einer längst verwehten Backfischschwärmerei her kaum mehr Töne von sich gegeben hatte. Dennoch bestand Herr Ladidel darauf, Martha müsse etwas vorspielen, und bekannte sich als einen unerbittlichen Musikfreund. Da das Fräulein durchaus nicht zu bewegen war, griff schließlich Meta nach dem Instrument und legte es vor sie hin, und da sie abwehrend lachte und rot wurde, nahm Ladidel die Mandoline an sich und klimperte leise mit suchenden Fingern darauf herum.

»Ei, Sie können es ja«, rief Martha. »Sie sind ein Schöner, bringen andre Leute in Verlegenheit und können es nachher selber besser.«

Er erklärte bescheiden, das sei nicht der Fall, er habe kaum jemals so ein Ding in Händen gehabt, hingegen spiele er allerdings seit mehreren Jahren die Gitarre.

»Ja«, rief Fritz, »ihr solltet ihn nur hören! Warum hast du auch das Instrument nicht mitgebracht? Das mußt du nächstes Mal tun, gelt!«

Der Abend ging hin wie auf Flügeln. Als die beiden Jünglinge Abschied nahmen, erhob sich am Fenster klein und sorgenvoll die vergessene Mutter und wünschte eine gute Nacht. Fritz ging noch ein paar Gassen weiter mit Ladidel, der des Vergnügens und Lobes voll war.

In der stillgewordenen Weberschen Wohnung wurde gleich nach dem Weggang der Gäste der Tisch geräumt und das Licht gelöscht. In der Schlafstube hielten wie gewöhnlich die beiden Mädchen sich still, bis die Mutter eingeschlafen war. Alsdann begann Martha, anfänglich flüsternd, das Geplauder.

»Wo hast du denn deine Maiblumen hingetan?«

»Du hast's ja gesehen, ins Glas auf dem Ofen.«

»Ach ja. Gut Nacht!«

»Ja, bist müd?«

»Ein bißchen.«

»Du, wie hat dir denn der Notar gefallen? Ein bissel geschleckt, nicht?«

»Warum?«

»Na, ich habe immer denken müssen, mein Fritz hätte Notar werden sollen und dafür der andere Friseur. Findest du nicht auch? Er hat so was Süßes.«

»Ja, ein wenig schon. Aber er ist doch nett und hat Geschmack. Hast du seine Krawatte gesehen?«

»Freilich.«

»Und dann, weißt du, er hat etwas Unverdorbenes. Anfangs war er ja ganz schüchtern.«

»Er ist auch erst zwanzig Jahr. – Na, gut Nacht also!«

Martha dachte noch eine Weile, bis sie einschlief, an den Alfred Ladidel. Er hatte ihr gefallen, und sie ließ eine kleine Kammer in ihrem Herzen für den hübschen Jungen offen, falls er eines Tages Lust hätte, einzutreten und Ernst zu machen. Denn an einer bloßen Liebelei war ihr nicht gelegen, teils weil sie diese Vorschule schon vor Zeiten hinter sich gebracht hatte (woher noch die Mandoline rührte), teils weil sie nicht Lust hatte, noch lange neben der um ein Jahr jüngeren Meta unverlobt einherzugehen.

Auch dem Notariatskandidaten war das Herz nicht unbewegt geblieben. Zwar lebte er noch in dem dumpfen Liebesdurst eines kaum flügge Gewordenen und verliebte sich in jedes hübsche Töchterlein, das er zu sehen bekam; und es hatte ihm eigentlich Meta besser gefallen. Doch war diese nun einmal schon Fritzens Braut und nicht mehr zu haben, und Martha konnte sich neben jener wohl auch zeigen; so war Alfreds Herz im Laufe des Abends mehr und mehr nach ihrer Seite geglitten und trug ihr Bildnis mit dem hellen, schweren Kranz von blonden Zöpfen in unbestimmter Verehrung davon.

Bei solchen Umständen dauerte es nur wenige Tage, bis die kleine Gesellschaft wieder in der abendlichen Wohnstube beisammensaß; nur daß diesmal die jungen Herren später gekommen waren, da der Tisch der Witwe eine so häufige Bewirtung von Gästen nicht vermocht hätte. Dafür brachte Ladidel seine Gitarre mit, die ihm Fritz mit Stolz vorantrug. Der Musikant wußte es so einzurichten, daß zwar seine Kunst zur Geltung kam und reichen Beifall erweckte, er aber doch nicht allein blieb und alle Kosten trug. Denn nachdem er einige Lieder vorgetragen und in Kürze die Kunst seines Gesanges und Saitenspiels entfaltet hatte, zog er die andern mit ins Spiel und stimmte lauter Weisen an, die gleich beim ersten Takt von selber zum Mitsingen verlockten.

Das Brautpaar, von der Musik und der festlichen Stimmung erwärmt und benommen, rückte nahe zusammen und sang nur leise und strophenweise mit, dazwischen plaudernd und sich mit verstohlenen Fingern streichelnd, wogegen Martha dem Spieler gegenüber saß, ihn im Auge behielt und alle Verse freudig mitsang. Als beim Abschiednehmen in dem schlecht erleuchteten Gang das Brautpaar seine Küsse tauschte, standen die beiden andern eine Minute lang verlegen wartend da. Im Bett brachte sodann Meta die Rede wieder auf den Notar, wie sie ihn immer nannte, dieses Mal voller Anerkennung und Lob. Aber die Schwester sagte nur ja, ja, legte den blonden Kopf auf beide Hände und lag lange still und wach, ins Dunkle schauend und tief atmend. Später als die Schwester schon schlief, stieß Martha einen langen, leisen Seufzer aus, der jedoch keinem gegenwärtigen Leide galt, sondern nur einem dumpfen Gefühl für die Unsicherheit aller Liebeshoffnungen entsprang und den sie nicht wiederholte. Vielmehr entschlief sie bald darauf mit einem Lächeln auf dem frischen Mund.

Der Verkehr gedieh behaglich weiter, Fritz Kleuber nannte den eleganten Alfred mit Stolz seinen Freund. Meta sah es gerne, daß ihr Verlobter nicht allein kam, sondern den Musikanten mitbrachte, und Martha gewann den Gast desto lieber, je mehr sie seine fast noch kindliche Harmlosigkeit erkannte. Ihr schien, dieser hübsche und lenksame Jüngling wäre recht zu einem Mann für sie geschaffen, mit dem sie sich zeigen und auf den sie stolz sein könnte, ohne ihm doch jegliche Herrschaft überlassen zu müssen.

Auch Alfred, der mit seinem Empfang bei den Weberschen sehr zufrieden war, spürte in Marthas Freundlichkeit eine Wärme, die er bei aller Schüchternheit wohl zu schätzen wußte. Eine Liebschaft und Verlobung mit dem schönen, stattlichen Mädchen wollte ihm in kühnen Stunden nicht ganz unmöglich, zu allen Zeiten aber begehrenswert und lockend erscheinen.

Dennoch geschah von beiden Seiten nichts Entscheidendes, und das hatte manche Gründe. Vor allem hatte Martha an dem jungen Mann im längeren Umgang manches Unreife und Knabenhafte entdeckt und es rätlich gefunden, einem noch so unerfahrenen Jüngling den Weg zum Glück nicht allzusehr zu erleichtern. Sie sah wohl, daß es ihr ein leichtes wäre, ihn an sich zu nehmen und festzuhalten, aber es erschien ihr billig, daß der junge Herr es nicht allzu leicht habe und nicht am Ende gar den Eindruck gewänne, sie habe sich ihm nachgeworfen. Immerhin war es ihr Wille, ihn zu bekommen, und sie beschloß, ihn einstweilen wohl im Auge zu behalten und gerüstet den Zeitpunkt zu erwarten, da er seines Glückes würdig sein würde.

Bei Ladidel waren es andere Bedenken, die ihm die Zunge banden. Da war zuerst seine Schüchternheit, die ihn immer wieder dazu brachte, seinen Beobachtungen zu mißtrauen und an der Einbildung, er werde geliebt und begehrt, zu verzweifeln. Sodann fühlte er sich dem Mädchen gegenüber sehr jung und unfertig – nicht mit Unrecht, obwohl sie kaum drei oder vier Jahre älter sein konnte als er. Und schließlich erwog er in ernsthaften Stunden mit Bangen, auf welch unfesten Grund seine äußere Existenz gebaut war. Je näher nämlich das Jahr heranrückte, in dem er die bisherige untergeordnete Tätigkeit beenden und im Staatsexamen seine Fähigkeit und Wissenschaft kundtun mußte, desto dringender wurden seine Zweifel. Wohl hatte er alle hübschen, kleinen Übungen und Äußerlichkeiten des Amtes rasch und sicher erlernt, er machte im Büro eine gute Figur und spielte den beschäftigten Schreiber vortrefflich; aber das Studium der Gesetze fiel ihm schwer, und wenn er an alles das dachte, was im Examen verlangt wurde, brach ihm der Schweiß aus.

Zuweilen sperrte er sich verzweifelt in seiner Stube ein und beschloß, den steilen Berg der Wissenschaft im Sturm zu nehmen. Kompendien, Gesetzbücher und Kommentare lagen auf seinem Tisch, er stand morgens früh auf und setzte sich fröstelnd hin, er spitzte Bleistifte und machte sich genaue Arbeitspläne für Wochen voraus. Aber sein Wille war schwach, er hielt niemals lange aus, er fand immer andres zu tun, was im Augenblick nötiger und wichtiger schien; und je länger die Bücher dalagen und ihn anschauten, desto bitterer ward ihr Inhalt.

Inzwischen wurde seine Freundschaft mit Fritz Kleuber immer fester. Es geschah zuweilen, daß Fritz ihn abends aufsuchte und, wenn es eben nötig schien, sich erbot, ihn zu rasieren. Dabei fiel es Alfred ein, diese Hantierung selber zu probieren, und Fritz ging mit Vergnügen darauf ein. Auf seine ernsthafte und beinah ehrerbietige Art zeigte er dem hochgeschätzten Freund die Handgriffe, lehrte ihn ein Messer tadellos abziehen und einen guten, haltbaren Seifenschaum schlagen. Alfred zeigte sich, wie der andre vorausgesagt hatte, überaus gelehrig und fingerfertig. Bald vermochte er nicht nur sich selber schnell und fehlerlos zu barbieren, sondern auch seinem Freund und Lehrmeister diesen Dienst zu tun, und er fand darin ein Vergnügen, das ihm manchen von den Studien verbitterten Tag auf den Abend noch rosig machte. Eine ungeahnte Lust bereitete es ihm, als Fritz ihn auch noch in das Haarflechten einweihte. Er brachte ihm nämlich, von seinen schnellen Fortschritten entzückt, eines Tages einen künstlichen Zopf aus Frauenhaar mit und zeigte ihm, wie ein solches Kunstwerk entstehe. Ladidel war sofort begeistert für dieses zarte Handwerk und machte sich mit geduldigen Fingern daran, die Strähne zu lösen und wieder ineinander zu flechten. Es gelang ihm bald, und nun kam Fritz mit schwereren und feineren Arbeiten, und Alfred lernte spielend, zog das lange seidne Haar mit Feinschmeckerei durch die Finger, vertiefte sich in die Flechtarten und Frisurstile, ließ sich bald auch das Lokkenbrennen zeigen und hatte nun bei jedem Zusammensein mit dem Freund lange Unterhaltungen über fachmännische Dinge. Er schaute nun auch die Frisuren aller Frauen und Mädchen, denen er begegnete, mit prüfendem und lernendem Auge an und überraschte Kleuber durch manches treffende Urteil.

Nur bat er ihn wiederholt und dringend, den beiden Fräulein Weber nichts von diesem Zeitvertreib zu sagen. Er fühlte, daß er mit dieser neuen Kunst dort wenig Ehre ernten würde. Und dennoch war es sein Lieblingstraum und verstohlener Herzenswunsch, einmal die langen blonden Haare der Jungfer Martha in seinen Händen zu haben und ihr neue, kunstvolle Zöpfe zu flechten.

Darüber vergingen die Tage und Wochen des Sommers. Es war in den letzten Augusttagen, da nahm Ladidel an einem Spaziergang der Familie Weber teil. Man wanderte das Flußtal hinauf zu einer Burgruine und ruhte in deren Schatten auf einer schrägen Bergwiese vom Gehen aus. Martha war an diesem Tag besonders freundlich und vertraulich mit Alfred umgegangen, nun lag sie in seiner Nähe auf dem grünen Hang, ordnete einen Strauß von späten Feldblumen, tat ein paar silbrige zitternde Grasblüten hinzu und sah gar lieb und reizend aus, so daß Alfred den Blick nicht von ihr lassen konnte. Da bemerkte er, daß etwas an ihrer Frisur aufgegangen war, rückte ihr nahe und sagte es, und zugleich wagte er es, streckte seine Hände nach den blonden Zöpfen aus und erbot sich, sie in Ordnung zu bringen. Martha aber, einer solchen Annäherung von ihm ganz ungewohnt, wurde rot und ärgerlich, wies ihn kurz ab und bat ihre Schwester, das Haar aufzustecken. Alfred schwieg betrübt und ein wenig verletzt, schämte sich und nahm später die Einladung, bei Frau Weber zu speisen, nicht an, sondern ging nach der Rückkehr in die Stadt sogleich seiner Wege.

Es war die erste kleine Verstimmung zwischen den Halbverliebten, und sie hätte wohl dazu dienen können, ihre Sache zu fördern und in Gang zu bringen. Doch ging es umgekehrt, und es kamen andere Dinge dazwischen.

Drittes Kapitel

Martha hatte es mit ihrem Verweis nicht schlimm gemeint und war nun erstaunt, als sie wahrnahm, daß Alfred eine Woche und länger ihr Haus mied. Er tat ihr ein wenig leid, und sie hätte ihn gerne wiedergesehen. Als er aber acht und zehn Tage ausblieb und wirklich zu grollen schien, besann sie sich darauf, daß sie ihm das Recht zu einem so liebhabermäßigen Betragen niemals eingeräumt habe. Nun begann sie selber zu zürnen. Wenn er wiederkäme und den gnädig Versöhnten spielen würde, wollte sie ihm zeigen, wie sehr er sich getäuscht habe.

Indessen war sie selbst im Irrtum, denn Ladidels Ausbleiben hatte nicht Trotz, sondern Schüchternheit und Furcht vor Marthas Strenge zur Ursache. Er wollte einige Zeit vergehen lassen, bis sie ihm seine damalige Zudringlichkeit vergeben und er selber die Dummheit vergessen und die Scham überwunden habe. In dieser Bußzeit spürte er deutlich, wie sehr er sich schon an den Umgang mit Martha gewöhnt hatte und wie sauer es ihn ankommen würde, auf die warme Nähe eines lieben Mädchens wieder zu verzichten. Er hielt es denn auch nicht länger als bis in die Mitte der zweiten Woche aus, rasierte sich eines Tages sorgfältig, schlang eine neue Binde um und sprach bei den Weberschen vor, diesmal ohne Fritz, den er nicht zum Zeugen seiner Beschämtheit machen wollte.

Um nicht mit leeren Händen und lediglich als Bettler zu erscheinen, hatte er sich einen Plan ausgedacht. Es stand für die letzte Woche des September ein großes Fest- und Preisschießen bevor, worauf die ganze Stadt schon rüstete. Zu dieser Lustbarkeit gedachte Alfred Ladidel die beiden Fräulein Weber einzuladen und hoffte damit eine hübsche Begründung seines Besuches wie auch gleich einen Stein im Brett bei Martha zu gewinnen.

Ein freundlicher Empfang hätte den Verliebten, der seit Tagen seiner Einsamkeit übersatt war, getröstet und zum treuen Diener gemacht. Nun hatte aber Martha, durch sein Ausbleiben verletzt, sich hart und streng gemacht. Sie grüßte kaum, als er die Stube betrat, überließ Empfang und Unterhaltung ihrer Schwester und ging, mit Abstauben beschäftigt, im Zimmer ab und zu, als wäre sie allein. Ladidel war sehr eingeschüchtert und wagte erst nach einer Weile, da sein verlegenes Gespräch mit Meta versiegte, sich an die Beleidigte zu wenden und seine Einladung vorzubringen.

Die aber war jetzt nicht mehr zu fangen. Alfreds demütige Ergebenheit bestärkte nur ihren Beschluß, das Bürschlein diesmal in die Kur zu nehmen und ihm die Krallen zu stutzen. Sie hörte kühl zu und lehnte die Einladung ab mit der Begründung, es stehe ihr nicht zu, mit jungen Herren Feste zu besuchen, und was ihre Schwester angehe, so sei diese verlobt und es sei Sache ihres Bräutigams, sie einzuladen, falls er dazu Lust habe.

Da griff Ladidel nach seinem Hut, verbeugte sich kurz und ging davon wie ein Mann, der bedauert, an einer falschen Türe angeklopft zu haben, und nicht im Sinn hat, wiederzukommen. Meta versuchte zwar, ihn zurückzuhalten und ihm zuzureden, Martha aber hatte seine Verbeugung mit einem Nicken kühl erwidert, und Alfred war es nicht anders zumute, als hätte sie ihm für immer abgewinkt.

Einen geringen Trost gewährte ihm der Gedanke, daß er sich in dieser Sache männlich und stolz gezeigt habe. Zorn und Trauer überwogen jedoch; grimmig lief er nach Hause, und als am Abend Fritz Kleuber ihn besuchen wollte, ließ er ihn an der Tür klopfen und wieder gehen, ohne sich zu zeigen. Die Bücher sahen ihn ermahnend an, die Gitarre hing an der Wand, aber er ließ alles liegen und hängen, ging aus und trieb sich den Abend in den Gassen herum, bis er müde war. Dabei fiel ihm alles ein, was er je Böses über die Falschheit und Wandelbarkeit der Weiber hatte sagen hören und was ihm früher als ein leeres und scheelsüchtiges Geschwätz erschienen war. Jetzt begriff er alles und fand auch die bittersten Worte zutreffend.

Es vergingen einige Tage, und Alfred hoffte beständig, gegen seinen Stolz und Willen, es möchte etwas geschehen, ein Brieflein oder eine Botschaft durch Fritz kommen, denn nachdem der erste Groll vertan war, schien ihm eine Versöhnung doch nicht ganz außer der Möglichkeit, und sein Herz wandte sich über alle Gründe hinweg zu dem bösen Mädchen zurück. Allein es geschah nichts, und es kam niemand. Das große Schützenfest jedoch rückte näher, und ob es dem betrübten Ladidel gefiel oder nicht, er mußte tagaus tagein sehen und hören, wie jedermann sich bereitmachte, die glänzenden Tage zu feiern. Es wurden Bäume errichtet und Girlanden geflochten, Häuser mit Tannenzweigen geschmückt und Torbögen mit Inschriften, die große Festhalle am Wasen war fertig und ließ schon Fahnen flattern, und dazu tat der Herbst seine schönste Bläue auf.

Obwohl Ladidel sich wochenlang auf das Fest gefreut hatte und obwohl ihm und seinen Kollegen ein freier Tag oder gar zwei bevorstanden, verschloß er sich doch der Freude gewaltsam und hatte fest im Sinn, die Festlichkeiten mit keinem Auge zu betrachten. Mit Bitterkeit sah er Fahnen und Laubgewinde, hörte da und dort hinter offenen Fenstern die Musikkapellen Proben halten und die Mädchen bei der Arbeit singen, und je mehr die Stadt von Erwartung und Vorfreude scholl und tönte, desto feindseliger ging er in dem Getümmel seinen finstern Weg, das Herz voll grimmiger Entsagung. In der Schreibstube hatten die Kollegen schon seit einiger Zeit von nichts als dem Fest gesprochen und Pläne ausgeheckt, wie sie der Herrlichkeit recht schlau und gründlich froh werden wollten. Zuweilen gelang es Ladidel, den Unbefangenen zu spielen und so zu tun, als freue auch er sich und habe seine Absichten und Pläne; meistens aber saß er schweigend an seinem Pult und trug einen wilden Fleiß zur Schau. Dabei brannte ihm die Seele nicht nur um Martha und den Verdruß mit ihr, sondern mehr und mehr auch um die große Festlichkeit, auf die er so lang und freudig gewartet hatte und von der er nun nichts haben sollte.

Seine letzte Hoffnung fiel dahin, als Kleuber ihn aufsuchte, wenige Tage vor dem Beginn des Festes. Dieser machte ein betrübtes Gesicht und erzählte, er wisse gar nicht, was den Mädchen zu Kopf gestiegen sei, sie hätten seine Einladung zum Fest abgelehnt und erklärt, in ihren Verhältnissen könne man keine Lustbarkeiten mitmachen. Nun machte er Alfred den Vorschlag, mit ihm zusammen sich frohe Festtage zu schaffen, es geschehe den spröden Jungfern ganz recht, wenn er nun eben ohne sie den einen oder andern Taler draufgehen lasse. Allein Ladidel widerstand auch dieser Versuchung. Er dankte freundlich, erklärte aber, er sei nicht recht wohl und wolle auch die freie Zeit dazu benutzen, um in seinen Studien weiterzukommen. Von diesen Studien hatte er seinem Freunde früher so viel erzählt und so viel Kunstausdrücke und Fremdwörter dabei angewendet, daß Fritz in tiefem Respekt keine Einwände wagte und traurig wieder ging.

Indessen kam der Tag, da das Schützenfest eröffnet werden sollte. Es war Sonntag, und das Fest sollte die ganze Woche dauern. Die Stadt hallte von Gesang, Blechmusik, Böllerschießen und Freudenrufen wider, aus allen Straßen her kamen und sammelten sich Züge, Vereine aus dem ganzen Lande waren angekommen. Allenthalben schallte Musik, und die Ströme der Menschen und die Weisen der Musikkapellen trafen am Ende alle vor der Stadt am Schützenhaus zusammen, wo das Volk seit dem Morgen zu Tausenden wartend stand. Schwarz drängte der Zug in dickem Fluß heran, schwer wankten die Fahnen darüber und stellten sich auf, und eine Musikbande um die andere schwenkte rauschend auf den gewaltigen Platz. Auf alle diese Pracht schien eine heitere Sonntagssonne hernieder. Die Bannerträger hatten dicke Tropfen auf den geröteten Stirnen, die Festordner schrien heiser und rannten wie Besessene umher, von der Menge gehänselt und durch Zurufe angefeuert; wer in der Nähe war und Zutritt fand, nahm die Gelegenheit wahr, schon um diese frühe Stunde an den wohlversehenen Trinkhallen einen frischen Trunk zu erkämpfen.

Ladidel saß in seiner Stube auf dem Bett und hatte noch nicht einmal Stiefel an, so wenig schien ihm an der Freude gelegen. Er trug sich jetzt, nach langen ermüdenden Nachtgedanken, mit dem Vorsatz, einen Brief an Martha zu schreiben. Nun zog er aus der Tischlade sein Schreibzeug und einen Briefbogen mit seinem Monogramm hervor, steckte eine neue Feder ins Rohr, machte sie mit der Zunge naß, prüfte die Tinte und schrieb alsdann in einer runden, elegant ausholenden Kanzleischrift zunächst die Adresse, an das wohlgeborene Fräulein Martha Weber in der Hirschgasse, zu eigenen Händen. Mittlerweile stimmte ihn das aus der Ferne herübertönende Geblase und Festgelärme elegisch, und er fand es gut, seinen Brief mit der Schilderung dieser Stimmung anzufangen. So begann er mit Sorgfalt:

»Sehr geehrtes Fräulein!

Erlauben Sie mir, mich an Sie zu wenden. Es ist Sonntagmorgen, und die Musik spielt von ferne, weil das Schützenfest beginnt. Nur ich kann an demselben nicht teilnehmen und bleibe daheim.«

Er überlas die Zeilen, war zufrieden und besann sich weiter. Da fiel ihm noch manche schöne und treffende Wendung ein, mit welcher er seinen betrübten Zustand schildern konnte. Aber was dann? Es wurde ihm klar, daß dies alles nur insofern einen Wert und Sinn haben konnte, als es die Einleitung zu einer Liebeserklärung und Werbung wäre. Und wie konnte er dies wagen? Was er auch dachte und ausfand, es hatte alles keinen Wert, solange er nicht sein Examen und damit die Berechtigung zur Werbung hatte.

Also saß er wieder unschlüssig und verzweifelt. Eine Stunde verging, und er kam nicht weiter. Das ganze Haus lag in tiefer Ruhe, da alles draußen war, und über die Dächer hinweg jubelte die ferne Musik. Ladidel hing seiner Trauer nach und bedachte, wieviel Freude und Lust ihm heute verlorenging und daß er kaum in langer Zeit, ja vielleicht niemals wieder Gelegenheit haben würde, eine so große und glänzende Festlichkeit zu sehen. Darüber überfiel ihn ein Mitleid mit sich selber und ein unüberwindliches Trostbedürfnis, dem die Gitarre nicht zu genügen vermochte.

Darum tat er gegen Mittag das, was er durchaus nicht hatte tun wollen. Er zog seine Stiefel an und verließ das Haus, und während er nur hin und wider zu wandeln meinte und bald wieder daheim sein und an den Brief und an sein Elend denken wollte, zogen ihn Musik und Lärm und Festzauber von Gasse zu Gasse, wie der Magnetberg ein Schiff, und unversehens stand er beim Schützenhaus. Da wachte er auf und schämte sich seiner Schwäche und meinte seine Trauer verraten zu haben, doch währte alles dies nur Augenblicke, denn die Menge trieb und toste betäubend, und Ladidel war nicht der Mann, in diesem Jubel fest zu bleiben oder wieder zu gehen.

Ladidel trieb ohne Ziel und ohne Willen umher, von der Menge mitgenommen, und sah und hörte und roch und atmete so viel Erregendes ein, daß ihm wohlig schwindelte. Es rauschte aus Trompeten und Hörnern da und dort und überall feurige Blechmusik, und in Pausen drang von der Ferne her, wo das Tafeln begonnen hatte, eindringlich und süß die weichere Musik von Geigen und Flöten. Außerdem geschah auf Schritt und Tritt in der Menge des Volkes viel Sonderbares, Erheiterndes und Erschreckendes, es wurden Pferde scheu, Kinder fielen um und schrien, ein vorzeitig Betrunkener sang unbekümmert, als wäre er allein, sein Lied. Händler zogen rufend umher mit Orangen und Zuckerwaren, mit Luftballons für die Kinder, mit Backwerk und mit künstlichen Blumensträußen für die Hüte der Burschen, abseits drehte sich unter heftiger Orgelmusik ein Karussell. Hier hatte ein Hausierer laute Händel mit einem Käufer, der nicht zahlen wollte, dort führte ein Polizeidiener ein verlaufenes Büblein an der Hand.

Dieses heftige Leben sog der betäubte Ladidel in sich und fühlte sich beglückt, an einem solchen Treiben teilzunehmen und Dinge mit Augen zu sehen, von denen man noch lange im ganzen Lande reden würde. Es war ihm wichtig, zu hören, um welche Stunde man den König erwarte, und als es ihm gelungen war, in die Nähe der Ehrenhalle zu dringen, wo die Tafel auf einer fahnengeschmückten Höhe stattfand, sah er mit Bewunderung und Verehrung den Oberbürgermeister, die Stadtvorstände und andre Würdenträger mit Orden und Abzeichen zumitten des Ehrentisches sitzen und speisen und weißen Wein aus geschliffenen Gläsern trinken. Flüsternd nannte man die Namen der Männer, und wer etwas Weiteres über sie wußte oder gar schon mit ihnen zu tun gehabt hatte, fand dankbare Zuhörer. Daß das alles vor seinen Augen vor sich ging und soviel Glück zu schauen ihm vergönnt war, machte einen jeden glücklich. Auch der kleine Ladidel staunte und bewunderte und fühlte sich groß und bedeutend als Zuschauer solcher Dinge; er sah ferne Tage voraus, da er Leuten, die weniger glücklich waren und nicht hatten dabei sein können, die ganze Herrlichkeit genau beschreiben würde.

Das Mittagessen vergaß er ganz, und als er nach einigen Stunden Hunger verspürte, setzte er sich in das Zelt eines Zuckerbäckers und verzehrte ein paar Stücke Kuchen. Dann eilte er, um ja nichts zu versäumen, wieder ins Gewühl und war so glücklich, den König zu sehen, wenn auch nur von hinten. Nun erkaufte er sich den Eintritt zu den Schießständen, und wenn er auch vom Schießwesen nichts verstand, sah er doch mit Vergnügen und Spannung den Schützen zu, ließ sich einige berühmte Helden zeigen und betrachtete mit Ehrfurcht das Mienenspiel und Augenzwinkern der Schießenden. Alsdann suchte er das Karussell auf und sah ihm eine Weile zu, wandelte unter den Bäumen in der frohen Menschenflut, kaufte eine Ansichtskarte mit dem Bildnis des Königs, hörte alsdann lange Zeit einem Marktschreier zu, der seine Waren ausrief und einen Witz um den andern machte, und weidete seine Augen am Anblick der geputzten Volksscharen. Errötend entwich er von der Bude eines Photographen, dessen Frau ihn zum Eintritt eingeladen und unter dem Gelächter der Umstehenden einen entzückenden jungen Don Juan genannt hatte. Und immer wieder blieb er stehen, um einer Musik zuzuhören, bekannte Melodien mitzusummen und sein Stöcklein im Takt dazu zu schwingen.

Über dem allem wurde es Abend, das Schießen hatte ein Ende, und es begann da und dort ein Zechen in Hallen oder unter Bäumen. Während der Himmel noch in zartem Lichte schwamm und Türme und ferne Berge in der Herbstabendklarheit standen, glommen hier und dort schon Lichter und Laternen auf. Ladidel ging in seinem Rausch dahin und bedauerte das Sinken des Tages. Die Bürgerschaft eilte nun heimwärts zum Abendessen, müdgewordene Kinder ritten taumelnd auf den Schultern der Väter, die eleganten Wagen verschwanden. Dafür regten sich Lust und Übermut der Jugend, die sich auf Tanz und Wein freute, und wie es auf dem Platz und den Gassen leerer ward, tauchte da und dort und an jeder Ecke ein Liebespaar auf, Arm in Arm voll Ungeduld und Ahnung nächtlicher Lust.

Um diese Stunde begann die Fröhlichkeit Ladidels sich zu verlieren wie das hinschwindende Tageslicht. Ergriffen und traurig werdend, strich der einsame Jüngling durch den Abend. Es kicherte kein Liebespaar an ihm vorbei, dem er nicht nachsah, und als nun in einem Garten unter hohen schwarzen Kastanien mit lockender Pracht Reihen von roten Papierampeln aufglühten und aus eben diesem Garten her eine weiche, sehnliche Musik ertönte, da folgte er dem Ruf der heißen, flüsternden Geigen und trat ein. An langen Tischen aß und trank viel junges Volk, dahinter wartete ein großer Tanzplan erst halb erleuchtet. Der junge Mann nahm am leeren Ende eines Tisches Platz und verlangte Wein und Essen. Dann ruhte er aus, atmete die Gartenluft und horchte auf die Musik, aß ein weniges und trank langsam in kleinen Schlucken den ungewohnten Wein. Je länger er in die roten Lampen schaute, die Geigen spielen hörte und den Duft der Festnacht atmete, desto einsamer und elender kam er sich vor. Wohin er blickte, sah er rote Wangen und begierige Augen leuchten, junge Burschen in Sonntagskleidern mit kühnen und herrischen Blicken, Mädchen im Putz mit verlangenden

Augen und tanzbereiten, unruhigen Füßen. Und er war noch nicht lange mit seinem Abendessen fertig, als die Musik mit erneuter Wucht und Süße anstimmte, der Tanzplatz von hundert Lichtern strahlte und Paar auf Paar in Eile sich zum Tanze drängte.

Ladidel sog langsam an seinem Wein, um noch eine Weile dableiben zu können, und als der Wein doch schließlich zu Ende war, konnte er sich nicht entschließen, heimzugehen. Er ließ nochmals ein kleines Fläschchen kommen und saß und starrte und fiel in eine stachelnde Unruhe, als müsse allem zum Trotz an diesem Abend ihm ein Glück blühen und etwas vom Überfluß der Wonne auch für ihn abfallen. Und wenn es nicht geschah, so schrieb er sich in Leid und Trotz das Recht zu, wenigstens dem Fest und seinem Unglück zu Ehren den ersten Rausch seines Lebens zu trinken. Und so stiegen, je heftiger rings um ihn die Freude tobte, sein Unglück sowohl wie sein Trostbedürfnis höher und rissen den Unbeschützten zur Übertreibung und zum Rausche hin.

Viertes Kapitel

Während Ladidel vor seinem Weinglas am Tisch saß und mit heißen Augen in das Tanzgewühl blickte, vom roten Licht der Ampeln und vom raschen Takt der Musik bezaubert und seines Kummers bis zur Verzweiflung überdrüssig, hörte er plötzlich neben sich eine leise Stimme, die fragte: »Ganz allein?«

Schnell wandte er sich um und sah über die Lehne der Bank gebeugt ein hübsches Mädchen mit schwarzen Haaren, mit einem weißen linnenen Hütlein und einer roten leichten Bluse angetan. Sie lachte mit einem hellroten Mund, während ihr um die erhitzte Stirn und die dunkeln Augen ein paar lose Locken hingen. »Ganz allein?« fragte sie mitleidig und schelmisch, und er gab Antwort: »Ach ja, leider.« Da nahm sie sein Weinglas, fragte mit einem Blick um Erlaubnis, sagte Prosit und trank es in einem durstigen Zug aus. Er sah dabei ihren schlanken Hals, der bräunlich aus dem roten leichten Stoff empor-stieg, und indessen sie trank, fühlte er mit heftig klopfen-dem Herzen, daß sich hier ein Abenteuer anspinne.

Um doch etwas zur Sache zu tun, schenkte Ladidel das leere Glas wieder voll und bot es dem Mädchen an. Aber sie schüttelte den Kopf und blickte rückwärts nach dem Tanzplatz, wo soeben eine neue Musik erscholl.

»Tanzen möcht ich«, sagte sie und sah dem Jüngling in die Augen, der augenblicklich aufstand, sich vor ihr ver-beugte und seinen Namen nannte.

»Ladidel heißen Sie? Und mit dem Vornamen? Ich heiße Fanny.«

Sie nahm ihn an sich, und beide tauchten in den Strom und Schwall des Walzers, den Ladidel noch nie so ausge-zeichnet getanzt hatte. Früher war er beim Tanzen ledig-lich seiner Geschicklichkeit, seiner flinken Beine und fei-nen Haltung froh geworden und hatte dabei stets daran gedacht, wie er aussehe, und ob er auch einen guten Ein-druck mache. Jetzt war daran nicht zu denken. Er flog in einem feurigen Wirbel mit, hingeweht und wehrlos, aber glücklich und im Innersten erregt. Bald zog und schwang ihn seine Tänzerin, daß ihm Boden und Atem verloren-ging, bald lag sie still und eng an ihn gelehnt, daß ihre Pulse an seinen schlugen und ihre Wärme die seine ent-fachte.

Als der Tanz zu Ende war, legte Fanny ihren Arm in den ihres Begleiters und zog ihn mit sich weg. Tief atmend wandelten sie langsam einen Laubengang entlang, zwi-schen vielen anderen Paaren, in einer Dämmerung voll warmer Farben. Durch die Bäume schien tief der Nacht-himmel mit blanken Sternen herein, von der Seite her spielte, von beweglichen Schatten unterbrochen, der rote Schein der Festampeln, und in diesem ungewissen Licht bewegten sich plaudernd die ausruhenden Tänzer, die Mädchen in weißen und hellfarbigen Kleidern und Hüten, mit bloßen Hälsen und Armen, manche mit Fächern versehen, die gleich Pfauenrädern spielten. Ladidel nahm das alles nur als einen farbigen Nebel wahr, der mit Musik und Nachtluft zusammenfloß und daraus nur hin und wieder im nahen Vorbeistreifen ein helles Gesicht mit funkelnden Augen, ein offener lachender Mund mit glänzenden Zähnen, ein zärtlich gebogener weißer Arm für Augenblicke deutlich hervorschimmerte.

»Alfred!« sagte Fanny leise.

»Ja, was?«

»Gelt, du hast auch keinen Schatz? Meiner ist nach Amerika.«

»Nein, ich hab keinen.«

»Willst du nicht mein Schatz sein?«

»Ich will schon.«

Sie lag ganz in seinem Arm und bot ihm den feuchten Mund. Liebestaumel wehte in den Bäumen und Wegen; Ladidel küßte den roten Mund und küßte den weißen Hals und den bräunlichen Nacken, die Hand und den Arm seines Mädchens. Er führte sie, oder sie ihn, an einen Tisch abseits im tiefen Schatten, ließ Wein kommen und trank mit ihr aus einem Glas, hatte den Arm um ihre Hüfte gelegt und fühlte Feuer in allen Adern. Seit einer Stunde war die Welt und alles Vergangene hinter ihm versunken und ins Bodenlose gefallen, um ihn wehte allmächtig die glühende Nacht, ohne Gestern und ohne Morgen.

Auch die hübsche Fanny freute sich ihres neuen Schatzes und ihrer blühenden Jugend, jedoch weniger rückhaltlos und gedankenlos als ihr Liebster, dessen Feuer sie mit der einen Hand zu mehren, mit der andern abzuwehren bemüht war. Der schöne Tanzabend gefiel auch ihr wohl, und sie tanzte ihre Touren mit heißen Wangen und blitzenden Augen; doch war sie nicht gesonnen, darüber ihre Absichten und Zwecke zu vergessen.

Darum erfuhr Ladidel im Laufe des Abends, zwischen Wein und Tanz, von seiner Geliebten eine lange traurige Geschichte, die mit einer kranken Mutter begann und mit Schulden und drohender Obdachlosigkeit endete. Sie bot dem bestürzten Liebhaber diese bedenklichen Mitteilungen nicht auf einmal dar, sondern mit vielen Pausen, während deren er sich stets wieder erholen und neue Glut fassen konnte, sie bat ihn sogar, nicht allzuviel daran zu denken und sich den schönen Abend nicht verderben zu lassen, bald aber seufzte sie wieder tief auf und wischte sich die Augen. Bei dem guten Ladidel wirkte denn auch, wie bei allen Anfängern, das Mitleid eher entflammend als niederschlagend, so daß er das Mädchen gar nicht mehr aus den Armen ließ und ihr zwischen Küssen goldene Berge für die Zukunft versprach.

Sie nahm es hin, ohne sich getröstet zu zeigen, und fand dann plötzlich, es sei spät, und sie dürfe ihre arme kranke Mutter nicht länger warten lassen. Ladidel bat und flehte, wollte sie dabehalten oder zumindest begleiten, schalt und klagte und ließ auf alle Weise merken, daß er die Angel geschluckt habe und nimmer entrinnen könne.

Mehr hatte Fanny nicht gewollt. Sie zuckte hoffnungslos die Achseln, streichelte Ladidels Hand und bat ihn, nun für immer von ihr Abschied zu nehmen. Denn wenn sie bis morgen abend nicht im Besitz von hundert Mark sei, so werde sie samt ihrer armen Mama auf die Straße gesetzt werden und könne für das, wozu die Verzweiflung sie dann treiben würde, nicht einstehen. Ach, sie wollte ja gern lieb sein und ihrem Alfred jede Gunst gewähren, da sie ihn nun einmal so schrecklich liebe, aber unter diesen Umständen sei es doch besser, auseinanderzugehen und sich mit der ewigen Erinnerung an diesen schönen Abend zu begnügen.

Dieser Meinung war Ladidel nicht. Ohne sich viel zu besinnen, versprach er, das Geld morgen abend herzubringen, und schien fast zu bedauern, daß sie seine Liebe auf keine größere Probe stelle.

»Ach, wenn du das könntest!« seufzte Fanny. Dabei schmiegte sie sich an ihn, daß er beinahe den Atem verlor.

»Verlaß dich drauf«, sagte er. Und nun wollte er sie nach Hause begleiten, aber sie war so scheu und hatte plötzlich eine so furchtbare Angst, man möchte sie sehen und ihr guter Ruf möchte notleiden, daß er mitleidig nachgab und sie allein ziehen ließ.

Darauf schweifte er noch wohl eine Stunde lang umher. Da und dort tönte aus Gärten und Zelten noch nächtliche Festlichkeit. Erhitzt und müde kam er endlich nach Hause, ging zu Bett und fiel sogleich in einen unruhigen Schlaf, aus dem er schon nach einer Stunde wieder erwachte. Da brauchte er lange, um sich aus einem zähen Wirrwarr verliebter Träume zurechtzufinden. Die Nacht stand bleich und grau im Fenster, die Stube war dunkel und alles still, so daß Ladidel, der nicht an schlaflose Nächte gewöhnt war, verwirrt und ängstlich in die Finsternis blickte und den noch nicht verwundenen Rausch des Abends im Kopf rumoren fühlte. Irgend etwas, was er vergessen hatte und woran zu denken ihm doch notwendig schien, quälte ihn eine gute Weile. Am Ende klärte sich jedoch die peinigende Trübe, und der ernüchterte Träumer wußte wieder, um was es sich handle. Und nun drehten seine Gedanken sich die ganze lange Nacht hindurch um die Frage, woher das Geld kommen solle, das er seinem Schätzchen versprochen hatte. Er begriff nicht mehr, wie er das Versprechen hatte geben können, es mußte in einer Bezauberung geschehen sein. Auch trat ihm der Gedanke, sein Wort zu brechen, nahe und sah gar friedlich aus. Doch gewann er den Sieg nicht, zum Teil, weil eine ehrliche Gutmütigkeit den Jüngling abhielt, eine Notleidende umsonst auf die zugesagte Hilfe warten zu lassen. Noch mächtiger freilich war die Erinnerung an Fannys Schönheit, an ihre Küsse und die Wärme ihres Leibes, und die sichere Hoffnung, das alles schon morgen ganz zu eigen zu haben. Darum entschlug und schämte er sich des Gedankens, ihr untreu zu werden, und wandte allen Scharfsinn daran, einen Weg zu dem versprochenen Geld zu ersinnen. Allein je mehr er sann und spann, desto größer ward in seiner Vorstellung die Summe und desto unmöglicher ihre Erlangung.

Als Ladidel am Morgen grau und müde, mit verwachten Augen und schwindelndem Kopf, ins Kontor trat und sich an seinen Platz setzte, wußte er noch immer keinen Ausweg. Er war in der Frühe schon bei einem Pfandleiher gewesen und hatte seine Uhr und Uhrkette samt allen seinen kleinen Kostbarkeiten versetzen wollen, doch war der saure und beschämende Gang vergeblich gewesen, denn man hatte ihm für das Ganze nicht mehr als zehn Mark geben wollen. Nun bückte er sich traurig über seine Arbeit und brachte eine öde Stunde über Tabellen hin, da kam mit der Post, die ein Lehrling brachte, ein kleiner Brief für ihn. Erstaunt öffnete er das zierliche Kuvert, steckte es in die Tasche und las heimlich das kleine rosenrote Billett, das er darin gefunden hatte. »Liebster, gelt du kommst heut abend? Mit Kuß deine Fanny.«

Das gab den Ausschlag. Ladidel beschloß, um jeden Preis sein Versprechen zu halten. Das Brieflein verbarg er in der Brusttasche und zog es je und je heimlich hervor, um daran zu riechen, denn es hatte einen feinen warmen Duft, der ihm wie Wein zu Kopfe stieg.

Schon in den Überlegungen der vergangenen Nacht war der Gedanke in ihm aufgestiegen, im Notfall das Geld auf eine verbotene Weise an sich zu bringen, doch hatte er diesen Plänen keinen Raum in sich gegönnt. Nun kamen sie wieder und waren stärker und schmeichelnder geworden. Ob ihm auch vor Diebstahl und Betrug im Herzen graute, so wollte ihm doch der Gedanke, es handle sich dabei nur um eine erzwungene Anleihe, deren Erstattung ihm heilig sein würde, mehr und mehr einleuchten. Über die Art der Ausführung aber zerbrach er sich vergeblich den Kopf. Er brachte den Tag verstört und bitter hin, sann und plante, und er wäre am Ende betrübt, doch unbefleckt, aus dieser Prüfung hervorgegangen, wenn ihn nicht am Abend, in der letzten Stunde, eine allzu verlockende Gelegenheit doch noch zum Schelm gemacht hätte.

Der Prinzipal gab ihm Auftrag, da und dahin einen Wertbrief zu senden, und zählte ihm die Banknoten hin. Es waren sieben Scheine, die er zweimal durchzählte. Da widerstand er nicht, brachte mit zitternder Hand eines von den Papieren an sich und siegelte die sechse ein, die denn auch zur Post kamen und abreisten.

Die Tat wollte ihn reuen, schon als der Lehrling den Siegelbrief wegtrug, dessen Aufschrift nicht mit seinem Inhalt stimmte. Von allen Arten der Unterschlagung schien ihm diese nun die törichteste und gefährlichste, da im besten Fall nur Tage vergehen konnten, bis das Fehlen des Geldes entdeckt und Bericht darüber einlaufen würde. Als der Brief fort und nichts zu bessern war, hatte der im Bösen unbewanderte Ladidel das Gefühl eines Selbstmörders, der den Strick um den Hals und den Schemel schon weggestoßen hat, nun aber gern doch noch leben möchte. Drei Tage kann es dauern, dachte er, vielleicht aber auch nur einen, dann bin ich meines guten Rufes, meiner Freiheit und Zukunft ledig, und alles um die hundert Mark, die nicht einmal für mich sind. Er sah sich verhört, verurteilt, mit Schande fortgejagt und ins Gefängnis gesteckt und mußte zugeben, daß das alles durchaus verdient und in Ordnung sei.

Erst auf dem Weg zum Abendessen fiel ihm ein, es könnte am Ende auch besser ablaufen. Daß die Sache gar nicht entdeckt werden würde, wagte er zwar nicht zu hoffen; aber wenn nun das Geld auch fehlte, wie wollte man beweisen, daß er der Dieb war? Mit dem Sonntagsrock und seiner besten Wäsche angetan, erschien er eine

Stunde später auf dem Tanzplatz. Unterwegs war seine Zuversicht zurückgekehrt, oder es hatten doch die wieder erwachten heißen Wünsche seiner Jugend die Angstgefühle übertäubt.

Es ging auch an diesem Abend lebhaft zu, doch fiel es Ladidel heute auf, daß der Ort nicht von der guten Bürgerschaft, sondern zumeist von geringeren Leuten und auch von manchen verdächtig Aussehenden besucht war. Als er sein Viertel Landwein getrunken hatte und Fanny noch nicht gekommen war, befiel ihn ein Mißbehagen an dieser Gesellschaft, und er verließ den Garten, um draußen hinterm Zaun zu warten. Da lehnte er in der Abendkühle an einer finstern Stelle des Geheges, sah in das Gewühl und wunderte sich, daß er gestern inmitten derselben Leute und bei derselben Musik so glücklich gewesen war und so ausgelassen getanzt hatte. Heute wollte ihm alles weniger gefallen; von den Mädchen sahen viele frech und liederlich aus, die Burschen hatten üble Manieren und unterhielten selbst während des Tanzes ein lärmendes Einverständnis durch Schreie und Pfiffe. Auch die roten Papierlaternen sahen weniger festlich und leuchtend aus, als sie ihm gestern erschienen waren. Er wußte nicht, ob nur Müdigkeit und Ernüchterung, oder ob sein schlechtes Gewissen daran schuld sei; aber je länger er zuschaute und wartete, desto weniger wollte der Festrausch wieder kommen, und er nahm sich vor, mit Fanny, sobald sie käme, von diesem Ort wegzugehen.

Als er wohl eine Stunde gewartet hatte, sah er am jenseitigen Eingang des Gartens sein Mädchen ankommen, in der roten Bluse und mit dem weißen Segeltuchhütchen, und betrachtete sie neugierig. Da er so lang hatte warten müssen, wollte er nun auch sie ein wenig necken und warten lassen, auch reizte es ihn, sie so aus dem Verborgenen zu belauschen.

Die hübsche Fanny spazierte langsam durch den Garten und suchte; und da sie Ladidel nicht fand, setzte sie sich beiseite an einen Tisch. Ein Kellner kam, doch winkte sie ihm ab. Dann sah Ladidel, wie sich ein Bursche näherte, der ihm schon gestern als ein vorlauter Patron aufgefallen war. Er schien sie gut zu kennen, und soweit Ladidel sehen konnte, fragte sie ihn eifrig nach etwas, wohl nach ihm, und der Bursche zeigte nach dem Ausgang und schien zu erzählen, der Gesuchte sei dagewesen, aber wieder fortgegangen.

Nun begann Ladidel Mitleid zu haben und wollte zu ihr eilen, doch sah er in demselben Augenblick mit Schrecken, wie der unangenehme Bursche die Fanny ergriff und mit ihr zum Tanz antrat. Aufmerksam beobachtete er sie beide, und wenn ihm auch ein paar grobe Liebkosungen des Mannes das Blut ins Gesicht trieben, so schien doch das Mädchen gleichgültig zu sein, ja ihn abzuwehren.

Kaum war der Tanz zu Ende, so ward Fanny von ihrem Begleiter einem andern zugeschoben, der den Hut vor ihr zog und sie höflich zur neuen Tour aufforderte. Ladidel wollte ihr zurufen, wollte über den Zaun zu ihr hinein, doch kam er nicht dazu, und er mußte in trauriger Betäubung zusehen, wie sie dem Fremden zulächelte und mit ihm den Schottischen begann. Und während des Schottischen sah er sie schön mit dem andern tun und seine Hände streicheln und sich an ihn lehnen, gerade wie sie es gestern ihm selbst getan hatte, und er sah den Fremden warm werden und sie fester umfassen und am Schluß des Tanzes mit ihr durch die dunkleren Laubengänge wandeln, wobei das Paar dem Lauscher peinlich nahe kam und er ihre Worte und Küsse gar deutlich hören konnte.

Da ging Alfred Ladidel heimwärts, mit tränenden Augen, das Herz voll Scham und Wut und dennoch froh, der Hure entgangen zu sein. Junge Leute kehrten von den Festplätzen heim und sangen, Musik und Gelächter drang aus den Gärten; ihm aber klang alles wie ein Hohn auf ihn und alle Lust, und wie vergiftet. Als er heimkam, war er todmüde und hatte kein Verlangen mehr als schlafen. Und da er seinen Sonntagsrock auszog und gewohnterweise seine Falten glatt strich, knisterte es in der Tasche, und er zog unversehrt den blauen Geldschein hervor. Unschuldig lag das Papier im Kerzenschein auf dem Tisch; er sah es eine Weile an, schloß es dann in die Schublade und schüttelte den Kopf dazu. Um das zu erleben, hatte er nun gestohlen und sein Leben verdorben.

Gegen eine Stunde lag er noch wach, doch dachte er in dieser Zeit nicht mehr an Fanny und nicht mehr an die hundert Mark, sondern er dachte an Martha Weber und daran, daß er sich nun alle Wege zu ihr verschüttet habe.

Fünftes Kapitel

Was er jetzt zu tun habe, wußte Ladidel genau. Er hatte erfahren, wie bitter es ist, sich vor sich selber schämen zu müssen, und stand sein Mut auch tief, so war er dennoch fest entschlossen, mit dem Geld und einem ehrlichen Geständnis zu seinem Prinzipal zu gehen und von seiner Ehre und Zukunft zu retten, was noch zu retten wäre.

Darum war es ihm nicht wenig peinlich, als am folgenden Tage der Notar nicht ins Kontor kam. Er wartete bis Mittag und vermochte seinen Kollegen kaum in die Augen zu blicken, da er nicht wußte, ob er morgen noch an diesem Platz stehen und als ihresgleichen gelten werde.

Nach Tisch erschien der Notar wieder nicht, und es verlautete, er sei unwohl und werde heut nimmer ins Geschäft kommen. Da hielt Ladidel es nicht länger aus. Er ging unter einem Vorwand weg und geradenwegs in die Wohnung seines Prinzipals. Man wollte ihn nicht vorlassen, er bestand aber mit Verzweiflung darauf, nannte seinen Namen und begehrte in einer wichtigen Sache den Herrn zu sprechen. So wurde er in ein Vorzimmer geführt und aufgefordert zu warten.

Die Dienstmagd ließ ihn allein, er stand in Verwirrung und Angst zwischen plüschbezogenen Stühlen, lauschte auf jeden Ton im Hause und hatte das Sacktuch in der Hand, da ihm ohne Unterlaß der Schweiß über die Stirne lief. Auf einem ovalen Tisch lagen goldverzierte Bücher, Schillers Glocke und der Siebziger Krieg, ferner stand dort ein Löwe aus grauem Stein und in Stehrahmen eine Menge von Photographien. Es sah hier feiner, doch ähnlich aus wie in der schönen Stube von Ladidels Eltern, und alles mahnte an Ehrbarkeit, Wohlstand und Würde. Die Photographien stellten lauter wohlgekleidete Leute vor, Brautpaare im Hochzeitsstaat, Frauen und Männer von guter Familie und zweifellos bestem Rufe, und von der Wand schaute ein wohl lebensgroßer Mannskopf herab, dessen Züge und Augen Ladidel an das Bildnis des verstorbenen Vaters bei den Weberschen Damen erinnerten. Zwischen so viel bürgerlicher Würde sank der Sünder in seinen eigenen Augen von Augenblick zu Augenblick tiefer, er fühlte sich durch seine Übeltat von diesem Kreise ausgeschlossen und unter die Ehrlosen geworfen, von denen keine Photographien gemacht und unter Glas gespannt und in den guten Stuben aufgestellt werden.

Eine große Wanduhr von der Art, die man Regulatoren nennt, schwang ihren messingenen Perpendikel hin und wider, und einmal, nachdem Ladidel schon recht lang gewartet hatte, räusperte sie sich leise und tat sodann einen tiefen, schönen, vollen Schlag. Der arme Jüngling schrak auf, und in demselben Augenblick trat ihm gegenüber der Notar durch die Türe. Er beachtete Ladidels Verbeugung nicht, sondern wies sogleich befehlend auf einen Sessel, nahm selber Platz und sagte: »Was führt Sie her?«

»Ich wollte«, begann Ladidel, »ich hatte, ich wäre –« Dann aber schluckte er energisch und stieß heraus: »Ich habe Sie bestehlen wollen.«

Der Notar nickte und sagte ruhig: »Sie haben mich

sogar wirklich bestohlen, ich weiß es schon. Es ist vor einer Stunde telegraphiert worden. Sie haben also wirklich einen von den Hundertmarkscheinen genommen?«

Statt der Antwort zog Ladidel den Schein aus der Tasche und streckte ihn dar. Erstaunt nahm der Herr ihn in die Finger, spielte damit und sah Ladidel scharf an.

»Wie geht das zu? Haben Sie schon Ersatz geschafft?«

»Nein, es ist derselbe Schein, den ich weggenommen hatte. Ich habe ihn nicht gebraucht.«

»Sie sind ein Sonderling, Ladidel. Daß Sie das Geld genommen hätten, wußte ich sofort. Es konnte ja sonst niemand sein. Und außerdem wurde mir gestern erzählt, man habe Sie am Sonntagabend auf dem Festplatz in einer etwas verrufenen Tanzbude gesehen. Oder hängt es nicht damit zusammen?«

Nun mußte Ladidel erzählen, und so sehr er sich Mühe gab, das Beschämendste zu unterdrücken, es kam wider seinen Willen doch fast alles heraus. Der alte Herr unterbrach ihn nur zwei-, dreimal durch kurze Fragen, im übrigen hörte er gedankenvoll zu und sah zuweilen dem Beichtenden ins Gesicht, sonst aber zu Boden, um ihn nicht zu stören.

Am Ende stand er auf und ging in der Stube hin und wider. Nachdenklich nahm er eine von den Photographien in die Hand. Plötzlich bot er das Bild dem Übeltäter hin, der in seinem Sessel ganz zusammengebrochen kauerte.

»Sehen Sie«, sagte er, »das ist der Direktor einer großen Fabrik in Amerika. Er ist ein Vetter von mir, Sie brauchen es ja nicht jedermann zu erzählen, und er hat als junger Mensch in einer ähnlichen Lage wie Sie tausend Mark entwendet. Er wurde von seinem Vater preisgegeben, mußte hinter Schloß und Riegel und ging nachher nach Amerika.«

Er schwieg und wanderte wieder umher, während Ladidel das Bild des stattlichen Mannes ansah und einigen

Trost daraus zog, daß also auch in dieser ehrenwerten Familie ein Fehltritt vorgekommen sei und daß der Sünder es doch noch zu etwas gebracht habe und nun gleich den Gerechten gelte und sein Bild zwischen den Bildern unbescholtener Leute stehen dürfe.

Inzwischen hatte der Notar seine Gedanken zu Ende gesponnen und trat zu Ladidel, der ihn schüchtern anschaute.

Er sagte fast freundlich: »Sie tun mir leid, Ladidel. Ich glaube nicht, daß Sie schlecht sind, und hoffe, Sie kommen wieder auf rechte Wege. Am Ende würde ich es sogar wagen und Sie behalten. Aber das wäre für uns beide unerquicklich und ginge gegen meine Grundsätze. Und einem Kollegen kann ich Sie auch nicht empfehlen, wenn ich auch an Ihre guten Vorsätze gern glauben will. Wir wollen also die Sache zwischen uns für getan ansehen, ich werde niemand davon sagen. Aber bei mir bleiben, können Sie nicht.«

Ladidel war zwar überfroh, die böse Sache so menschlich behandelt zu sehen. Da er sich aber nun ans Freie gesetzt und so ins Ungewisse geschickt fand, verzagte er doch und klagte: »Ach, was soll ich aber jetzt anfangen?«

»Etwas Neues«, rief der Notar, und unversehens lächelte er. »Seien Sie ehrlich, Ladidel, und sagen Sie: wie wäre es Ihnen wohl nächstes Frühjahr im Staatsexamen gegangen? Schauen Sie, Sie werden rot. Nun, wenn Sie auch schließlich den Winter über noch manches hätten nachholen können, so hätte es doch schwerlich gereicht, und ich hatte ohnehin schon seit einiger Zeit die Absicht, darüber mit Ihnen zu reden. Jetzt ist ja die beste Gelegenheit dazu. Meine Überzeugung, und vielleicht im stillen auch Ihre, ist die, daß Sie Ihren Beruf verfehlt haben. Sie passen nicht zum Notar und überhaupt nicht ins Amtsleben. Nehmen Sie an, Sie seien im Examen durchgefallen, und suchen Sie recht bald einen anderen Beruf, in dem Sie es weiterbringen können.

Am besten fahren Sie gleich morgen nach Hause. Und jetzt adieu. Wenn Sie mir später einmal Bericht geben, wird es mich freuen. Nur jetzt den Kopf nicht hängen lassen und keine neuen Dummheiten machen! – Adieu denn, und grüßen Sie den Herrn Vater von mir!«

Er gab dem Bestürzten die Hand, drückte ihm die seine kräftig und schob ihn, der noch reden wollte, zur Tür.

Damit stand unser Freund auf der Gasse. Er hatte im Kontor nur ein paar schwarze Ärmelschoner zurückgelassen, an denen war ihm nichts gelegen, und er zog es vor, sich dort nicht mehr zu zeigen. Allein so betrübt er war und so sehr ihm vor der Heimfahrt und dem Vater graute, auf dem Grund seiner Seele war er doch dankbar und beinahe vergnügt, der furchtbaren Angst vor Polizei und Schande ledig zu sein; und während er langsam durch die Straßen ging, schlich auch der Gedanke, daß er nun kein Examen mehr vor sich habe, als ein tröstlicher Lichtstrahl in sein Gemüt, das von den vielen Erlebnissen dieser Tage auszuruhen und aufzuatmen begehrte.

So begann ihm beim Dahinwandeln allmählich auch das ungewohnte Vergnügen, werktags um diese Tageszeit frei durch die Stadt zu spazieren, recht wohl zu gefallen. Er blieb vor den Auslagen der Kaufleute stehen, betrachtete die Kutschpferde, die an den Ecken warteten, schaute auch zum zartblauen Herbsthimmel hinan und genoß für eine Stunde ein unverhofftes Feriengefühl. Dann kehrten seine Gedanken in den alten Kreis zurück, und als er in der Nähe seiner Wohnung um eine Gassenecke bog, mußte ihm gerade eine hübsche junge Dame begegnen, die der Martha Weber ähnlich sah. Da fiel ihm alles wieder recht aufs Herz, und er mußte sich vorstellen, was wohl die Martha denken und sagen würde, wenn sie seine Geschichte erführe. Erst jetzt fiel ihm ein, daß sein Fortgehen von hier ihn nicht nur von Amt und Zukunft, sondern auch aus der Nähe des geliebten Mädchens entführe. Und alles um diese Fanny.

Je mehr ihm das klar wurde, desto stärker wurde sein Verlangen, nicht ohne einen Gruß an Martha fortzugehen. Schreiben mochte er ihr nicht, es blieb ihm nur der Weg durch Fritz Kleuber. Darum kehrte er, kurz vor dem Hause, um und suchte Kleuber in seiner Rasierstube auf.

Der gute Fritz hatte eine ehrliche Freude, ihn wiederzusehen. Doch deutete Ladidel ihm nur in Kürze an, er müsse aus besonderen Gründen seine Stelle verlassen und wegreisen.

»Nein, aber!« rief Fritz betrübt. »Da müssen wir aber wenigstens noch einmal zusammensein, wer weiß, wann man sich wieder sieht! Wann mußt du denn reisen?«

Alfred überlegte. »Morgen muß ich doch noch packen. Also übermorgen.«

»Dann mache ich mich morgen abend frei und komme zu dir, wenn dir's recht ist.«

»Ja, gut. Und gelt, wenn du wieder zu deiner Braut kommst, sagst du viele Grüße von mir – an alle!«

»Ja, gern. Aber willst du nicht selber noch hingehen?«

»Ach, das geht jetzt nimmer. – Also morgen!«

Trotzdem überlegte er diesen und den ganzen folgenden Tag, ob er es nicht doch tun solle. Allein er fand nicht den Mut dazu. Was hätte er sagen und wie seine Abreise erklären sollen? Ohnehin überfiel ihn heute eine heillose Angst vor der Heimreise und vor seinem Vater, vor den Leuten daheim und der Schande, der er entgegenging. Und er packte nicht, er fand nicht einmal den Mut, seiner Wirtin die Stube zu kündigen. Statt all dies Notwendige zu tun, saß er und füllte Bogen mit Entwürfen zu einem Brief an seinen Vater.

»Lieber Vater! Der Notar kann mich nicht mehr brauchen –«

»Lieber Vater! Da ich doch zum Notar nicht recht passe –.« Es war nicht leicht, das Schreckliche sanft und doch deutlich zu sagen. Aber es war immerhin leichter, diesen Brief zusammenzudichten als heimzufahren und zu sagen: Da bin ich wieder, man hat mich fortgejagt. Und so ward denn bis zum Abend der Brief wirklich fertig.

Am Abend war er mürbe und mitgenommen, und Kleuber fand ihn so milde und weich wie noch nie. Er hatte ihm, als ein Abschiedsgeschenk, eine kleine geschliffene Glasflasche mit edlem Odeur mitgebracht. Die bot er ihm hin und sagte: »Darf ich dir das zum Andenken mitgeben? Es wird schon noch in den Koffer gehen.« Indessen sah er sich um und rief verwundert: »Du hast noch gar nicht gepackt! Soll ich dir helfen?«

Ladidel sah ihn unsicher an und meinte: »Ja, ich bin noch nicht so weit. Ich muß noch auf einen Brief warten.«

»Das freut mich«, sagte Fritz, »so hat man doch Zeit zum Adieusagen. Weißt du, wir könnten eigentlich heut abend miteinander zu den Webers gehen. Es wäre doch schade, wenn du so wegreisen würdest.«

Dem armen Ladidel war es, als ginge eine Tür zum Himmel auf und würde im selben Augenblick wieder zugeschlagen. Er wollte etwas sagen, schüttelte aber nur den Kopf, und als er sich zwingen wollte, würgten die Worte ihn in der Kehle, und unversehens brach er vor dem erstaunten Fritz in ein Schluchzen aus.

»Ja, lieber Gott, was hast du?« rief er erschrocken. Ladidel winkte schweigend ab, aber Kleuber war darüber, daß er seinen bewunderten und stolzen Freund in Tränen sah, so ergriffen und gerührt, daß er ihn in die Arme nahm wie einen Kranken, ihm die Hände streichelte und ihm in unbestimmten Ausdrücken seine Hilfe anbot.

»Ach, du kannst mir nicht helfen«, sagte Alfred, als er wieder reden konnte. Doch ließ Kleuber ihm keine Ruhe, und schließlich kam es Ladidel wie eine Erlösung vor, einer so wohlmeinenden Seele zu beichten, so daß er nachgab. Sie setzten sich einander gegenüber, Ladidel wandte sein Gesicht ins Dunkle und fing an: »Weißt du, damals als wir zum erstenmal miteinander zu deiner Braut gegangen sind –« und erzählte weiter, von seiner Liebe zu Martha, von ihrem Streit und Auseinanderkommen, und wie leid ihm das tue. Sodann kam er auf das Schützenfest zu sprechen, auf seine Verstimmung und Verlassenheit, von der Tanzwirtschaft und der Fanny, von dem Hundertmarkschein, und wie dieser unverwendet geblieben sei, endlich von dem gestrigen Gespräch mit dem Notar und seiner jetzigen Lage. Er gestand auch, daß er das Herz nicht habe, so vor seinen Vater zu kommen, daß er ihm geschrieben habe und nun mit Schrecken des Kommenden warte.

Dem allem hörte Fritz Kleuber still und aufmerksam zu, betrübt und in der Seele aufgewühlt durch solche Ereignisse. Als der andre schwieg und das Wort an ihm war, sagte er leise und schüchtern: »Da tust du mir leid.« Und obschon er selber gewiß niemals im Leben einen Pfennig veruntreut hatte, fuhr er fort: »Es kann ja jedem so etwas passieren, und du hast ja das Geld auch wieder zurückgebracht. Was soll ich da sagen? Die Hauptsache ist jetzt, was du anfangen sollst.«

»Ja, wenn ich das wüßte! Ich wollt, ich wär tot.«

»So darfst du nicht reden«, rief Fritz. »Weißt du denn wirklich nichts?«

»Gar nichts. Ich kann jetzt Steinklopfer werden.«

»Das wird nicht nötig sein. – Wenn ich nur wüßte, ob es dir keine Beleidigung ist – –«

»Was denn?«

»Ja, ich hätte einen Vorschlag. Ich fürchte nur, es ist eine Dummheit von mir, und du nimmst es übel.«

»Aber sicher nicht! Ich kann mir's gar nicht denken.«

»Sieh, ich denke mir so – du hast ja hie und da dich für meine Arbeiten interessiert und hast selber zum Vergnügen es damit probiert. Du hast auch viel Genie dafür und könntest es bald besser als ich, weil du geschickte Finger hast und so einen feinen Geschmack. Ich meine, wenn sich vielleicht nicht gleich etwas Besseres findet, ob du es nicht mit unserem Handwerk probieren möchtest?«

Ladidel war erstaunt; daran hatte er nie gedacht. Das Gewerbe eines Barbiers war ihm bisher zwar nicht schimpflich, doch aber wenig edel vorgekommen. Nun aber war er von jener hohen Stufe herabgesunken und hatte wenig Grund mehr, irgendein ehrliches Gewerbe gering zu achten. Das fühlte er auch; und daß Fritz sein Talent so rühmte, tat ihm wohl. Er meinte nach einigem Besinnen: »Das wäre vielleicht gar nicht das Dümmste. Aber weißt du, ich bin doch schon erwachsen, und auch an einen andern Stand gewöhnt; da würde ich schwer tun, noch einmal als Lehrbub bei irgendeinem Meister anzufangen.«

Fritz nickte. »Wohl, wohl. So ist es auch nicht gemeint!«

»Ja, wie denn sonst?«

»Ich meine, du könntest bei mir lernen, was noch zu lernen ist. Entweder warten wir, bis ich mein eigenes Geschäft habe, das dauert nimmer lang. Du könntest aber auch schon jetzt zu mir kommen. Mein Meister nähme ganz gern einen Volontär, der geschickt ist und keinen Lohn will. Dann würde ich dich anleiten, und sobald ich mein eigenes Geschäft anfange, kannst du bei mir eintreten. Es ist ja vielleicht nicht leicht für dich, dich dran zu gewöhnen; aber wenn man eine gute Kundschaft hat, ist es doch kein übles Geschäft.«

Ladidel hörte mit angenehmer Verwunderung zu und spürte, daß hier sein Schicksal sich entschied. War es auch vom Notar zum Friseur ein gewisser Rückschritt, so empfand er doch die innige Befriedigung eines Mannes, der seinen wahren Beruf entdeckt und den ihm bestimmten Weg gefunden hat.

»Du, das ist ja großartig«, rief er glücklich und streckte Kleuber die Hand hin. »Jetzt ist mir erst wieder wohl in meiner Haut. Mein Alter wird ja vielleicht nicht gleich einverstanden sein, aber er muß es ja einsehen. Gelt, du redest dann auch ein Wort mit ihm?«

»Wenn du meinst –«, sagte Fritz schüchtern.

Nun war Ladidel so entzückt von seinem zukünftigen Beruf und so voll Eifers, daß er begehrte, augenblicklich eine Probe abzulegen. Kleuber mochte wollen oder nicht, er mußte sich hinsetzen und sich von seinem Freund rasieren, den Kopf waschen und frisieren lassen. Und siehe, es glückte alles vorzüglich, kaum daß Fritz ein paar kleine Ratschläge zu geben hatte. Ladidel bot ihm Zigaretten an, holte den Weingeistkocher und setzte Tee an, plauderte und setzte seinen Freund durch diese rasche Heilung von seinem Trübsinn nicht wenig in Erstaunen. Fritz brauchte länger, um sich in die veränderte Stimmung zu finden, doch riß Alfreds Laune ihn endlich mit, und wenig fehlte, so hätte dieser wie in früheren vergnügten Zeiten die Gitarre ergriffen und Schelmenlieder angestimmt. Es hielt ihn davon nur der Anblick des Briefes an seinen Vater ab, der noch auf dem Tische lag und ihn am spätern Abend nach Kleubers Weggehen noch lang beschäftigte. Er las ihn wieder durch, war nicht mehr mit ihm zufrieden und faßte am Ende den Entschluß, nun doch heimzufahren und seine Beichte selber abzulegen. Nun wagte er es, da er einen Ausweg aus der Trübsal wußte.

Sechstes Kapitel

Als Ladidel von dem Besuch bei seinem Vater wiederkehrte, war er zwar etwas stiller geworden, hatte aber seine Absicht erreicht und trat für ein halbes Jahr als Volontär bei Kleubers Meister ein. Fürs erste sah er damit seine Lage bedeutend verschlechtert, da er nichts mehr verdiente und das Monatsgeld von zu Hause sehr sparsam bemessen war. Er mußte seine hübsche Stube aufgeben und eine geringe Kammer nehmen, auch sonst trennte er sich von manchen Gewohnheiten, die seiner neuen Stellung nicht mehr angemessen schienen. Nur die Gitarre blieb bei ihm und half ihm über vieles weg, auch konnte er seiner Neigung zu sorgfältiger Pflege seines Haupthaares und Schnurrbartes, seiner Hände und Fingernägel jetzt ohne Beschränkung frönen. Er schuf sich nach kurzem Studium eine Frisur, die jedermann bewunderte, und ließ seiner Haut mit Bürsten, Pinseln, Salben, Seifen, Wassern und Pudern das Beste zukommen. Was ihn jedoch mehr als dies alles beglückte, war die Befriedigung, die er im neuen Berufe fand, und die innerliche Gewißheit, nunmehr ein Metier zu betreiben, das seinen Talenten entsprach und in dem er Aussicht hatte, Bedeutendes zu leisten.

Anfänglich ließ man ihn freilich nur untergeordnete Arbeiten tun. Er mußte Knaben die Haare schneiden, Arbeiter rasieren und Kämme und Bürsten reinigen, doch erwarb er durch seine Fertigkeit im Flechten künstlicher Zöpfe bald seines Meisters Vertrauen und erlebte nach kurzem Warten den Ehrentag, da er einen wohlgekleideten, vornehm aussehenden Herrn bedienen durfte. Dieser war zufrieden und gab ein Trinkgeld, und nun ging es Stufe für Stufe vorwärts. Ein einziges Mal schnitt er einem Kunden in die Wange und mußte Tadel über sich ergehen lassen, im übrigen erlebte er beinahe nur Anerkennung und Erfolge. Besonders war es Fritz Kleuber, der ihn bewunderte und nun erst recht für einen Auserwählten ansah. Denn wenn er selber auch ein tüchtiger Arbeiter war, so fehlte ihm doch sowohl die Erfindungskraft, die für jeden Kopf die entsprechende Frisur zu schaffen weiß, wie auch das leichte, unterhaltende, angenehme Wesen im Umgang mit der Kundschaft. Hierin war Ladidel bedeutend, und nach einem Vierteljahr begehrten schon die verwöhnteren Stammgäste immer von ihm bedient zu werden. Er verstand es auch, nebenher seine Herren zum häufigeren Ankauf neuer Pomaden, Bartwichsen und Seifen, teurer Bürstchen und Kämme zu überreden; und in der Tat mußte in diesen Dingen jedermann seinen Rat willig und dankbar hinnehmen, denn er selbst sah beneidenswert tadellos und wohlbestellt aus.

Da die Arbeit ihn so in Anspruch nahm und befriedigte, trug er jede Entbehrung leichter, und so hielt er auch die lange Trennung von Martha Weber geduldig aus. Ein Schamgefühl hatte ihn gehindert, sich ihr in seiner neuen Gestalt zu zeigen, ja er hatte Fritz inständig gebeten, seinen neuen Stand vor den Damen zu verheimlichen. Dies war allerdings nur eine kurze Zeit möglich gewesen. Meta, der die Neigung ihrer Schwester zu dem hübschen Notar nicht unbekannt geblieben war, hatte sich hinter Fritz gesteckt und bald alles herausbekommen. So konnte sie der Schwester nach und nach ihre Neuigkeiten enthüllen, und Martha erfuhr nicht nur den Berufswechsel ihres Geliebten, den er jedoch aus Gesundheitsrücksichten vorgenommen habe, sondern auch seine unverändert treue Verliebtheit. Sie erfuhr ferner, daß er sich seines neuen Standes vor ihr schämen zu müssen meine und jedenfalls nicht eher sich wieder zeigen möge, als bis er es zu etwas gebracht und begründete Aussichten für die Zukunft habe.

Eines Abends war in dem Mädchenstübchen wieder vom »Notar« die Rede. Meta hatte ihn über den Schellenkönig gelobt, Martha aber sich wie immer spröde verhalten und es vermieden, Farbe zu bekennen.

»Paß auf«, sagte Meta, »der macht so schnell voran, daß er am Ende noch vor meinem Fritz ans Heiraten kommt.«

»Meinetwegen, ich gönn's ihm ja.«

»Und dir aber auch, nicht? Oder tust du's unter einem Notar durchaus nicht?«

»Laß mich aus dem Spiel! Der Ladidel wird schon wissen, wo er sich eine zu suchen hat.«

»Das wird er, hoff ich. Bloß hat man ihn zu spröd

empfangen, und jetzt ist er scheu und findet den Weg nimmer recht. Dem, wenn man einen Wink gäbe, er käm auf allen vieren gelaufen.«

»Kann schon sein.«

»Wohl. Soll ich winken?«

»Willst denn du ihn haben? Du hast doch deinen Bartscherer, mein ich.«

Meta schwieg nun und lachte in sich hinein. Sie sah wohl, wie ihrer Schwester ihre vorige Schärfe leid tat. Sie sann auf Wege, den Scheugewordenen wieder herzulocken, und hörte Marthas verheimlichten Seufzern mit einer kleinen Schadenfreude zu.

Mittlerweile meldete sich von Schaffhausen her Fritzens alter Meister wieder und ließ wissen, er wünsche nun bald sich einen Feierabend zu gönnen. Da frage er an, wie es mit Kleubers Absichten stehe. Zugleich nannte er die Summe, um welche sein Geschäft ihm feil sei, und wieviel davon er angezahlt haben müsse. Diese Bedingungen waren billig und wohlmeinend, jedoch reichten Kleubers Mittel dazu nicht hin, so daß er in Sorgen umherging und diese gute Gelegenheit zum Selbständigwerden und Heiratenkönnen zu versäumen fürchtete. Und endlich überwand er sich und schrieb ab, und erst dann erzählte er die ganze Sache Ladidel.

Der schalt ihn, daß er ihn das nicht habe früher wissen lassen, und machte sogleich den Vorschlag, er wolle die Angelegenheit vor seinen Vater bringen. Wenn der zu gewinnen sei, könnten sie ja das Geschäft gemeinsam übernehmen.

Der alte Ladidel war überrascht, als die beiden jungen Leute mit ihrem Anliegen zu ihm kamen, und wollte nicht sogleich daran. Doch hatte er zu Fritz Kleuber, der sich seines Sohnes in einer entscheidenden Stunde so wohl angenommen hatte, ein gutes Vertrauen, auch hatte Alfred von seinem jetzigen Meister ein überaus lobendes Zeugnis mitgebracht. Ihm schien, sein Sohn sei jetzt auf gutem

Wege, und er zögerte, ihm nun einen Stein darauf zu werfen. Nach einigen Tagen des Hin- und Widerredens entschloß er sich und fuhr selber nach Schaffhausen, um sich alles anzusehen.

Der Kauf kam zustande, und die beiden Kompagnons wurden von allen Kollegen beglückwünscht. Kleuber beschloß im Frühjahr Hochzeit zu halten und bat sich Ladidel als ersten Brautführer aus. Da war ein Besuch im Hause Weber nicht mehr zu umgehen. Ladidel kam in Fritzens Gesellschaft daher und konnte vor Herzklopfen kaum die vielen Treppen hinaufkommen. Oben empfing ihn der gewohnte Duft und das gewohnte Halbdunkel. Meta begrüßte ihn lachend, und die alte Mutter schaute ihn ängstlich und bekümmert an. Hinten in der hellen Stube aber stand Martha ernsthaft und etwas blaß in einem dunklen Kleide, gab ihm die Hand und war diesmal kaum minder verwirrt als er selber. Man tauschte Höflichkeiten, fragte nach der Gesundheit, trank aus kleinen altmodischen Kelchgläsern einen hellroten süßen Stachelbeerwein und besprach dabei die Hochzeit und alles dazu Gehörige. Herr Ladidel bat sich die Ehre aus, Fräulein Marthas Kavalier sein zu dürfen, und wurde eingeladen, sich nun auch wieder fleißiger im Hause zu zeigen. Beide sprachen miteinander nur höfliche und unbedeutende Worte, sahen einander aber heimlich an, und jedes fand den andren auf eine nicht auszudrückende, doch reizende Art verändert. Ohne es einander zu sagen, wußten und spürten sie, daß auch der andre in dieser Zeit gelitten habe, und beschlossen heimlich, einander nicht wieder ohne Grund weh zu tun. Zugleich merkten sie auch beide mit Verwunderung, daß die lange Trennung und das Trotzen sie einander nicht entfremdet, sondern näher gebracht habe, und es wollte ihnen scheinen, nun sei die Hauptsache zwischen ihnen in Ordnung.

So war es denn auch, und dazu trug nicht wenig bei, daß Meta und Fritz die beiden nach schweigendem

Übereinkommen wie ein versprochenes Paar ansahen. Wenn Ladidel ins Haus kam, so schien es allen selbstverständlich, daß er Marthas wegen komme und vor allem mit ihr zusammensein wolle. Ladidel half treulich bei den Vorbereitungen zur Hochzeit mit und tat es so eifrig und mit dem Herzen, als gälte es seine eigene Heirat. Verschwiegen aber und mit unendlicher Kunst erdachte er sich für Martha eine herrliche neue Frisur.

Einige Tage vor der Hochzeit nun, da es im Hause drüber und drunter ging, erschien er eines Tages feierlich, wartete einen Augenblick ab, da er mit Martha allein war, und eröffnete ihr, es liege ihm eine gewagte Bitte an sie auf dem Herzen. Sie ward rot und glaubte alles zu ahnen, und wenn sie den Tag auch nicht gut gewählt fand, wollte sie doch nichts versäumen und gab bescheiden Antwort, er möge nur reden. Ermutigt brachte er dann seine Bitte vor, die auf nichts andres zielte als auf die Erlaubnis, dem Fräulein für den Festtag mit einer neuen von ihm ausgedachten Frisur aufwarten zu dürfen.

Verwundert willigte Martha ein, daß eine Probe gemacht werde. Meta mußte helfen, und nun erlebte Ladidel den Augenblick, daß sein alter Wunsch in Erfüllung ging und er Marthas lange blonde Haare in den Händen hielt. Zu Anfang wollte diese zwar haben, daß Meta allein sie frisiere und er nur mit Rat beistehe. Doch ließ dieses sich nicht durchführen, sondern bald mußte er mit eigener Hand zugreifen und verließ nun den Posten nicht mehr. Als das Haargebäude seiner Vollendung nahe war, ließ Meta die beiden allein, angeblich nur für einen Augenblick, doch blieb sie lange aus. Inzwischen war Ladidel mit seiner Kunst fertig geworden. Martha sah sich im Spiegel königlich verschönt, und er stand hinter ihr, da und dort noch bessernd. Da überkam ihn die Ergriffenheit, daß er dem schönen Mädchen mit leiser Hand liebkosend über die Schläfe strich. Und da sie sich beklommen umwandte und ihn still mit nassen Augen ansah, geschah es von selbst, daß er sich über sie beugte und sie küßte und, von ihr in Tränen festgehalten, vor ihr kniete und als ihr Liebhaber und Bräutigam wieder aufstand.

»Wir müssen es der Mama sagen«, war alsdann ihr erstes schmeichelndes Wort, und er stimmte zu, obwohl ihm vor der betrübten alten Witwe ein wenig bange war. Als er jedoch vor ihr stand und Martha an der Hand führte und um ihre Hand anhielt, schüttelte die alte Frau nur ein wenig den Kopf, sah sie beide ratlos und bekümmert an und hatte nichts dafür und nichts dagegen zu sagen. Doch rief sie Meta herbei, und nun umarmten sich die Schwestern, lachten und weinten, bis Meta plötzlich stehenblieb, die Schwester mit beiden Armen von sich schob, sie dann festhielt und begierig ihre Frisur bewunderte.

»Wahrhaftig«, sagte sie zu Ladidel und gab ihm die Hand, »das ist Ihr Meisterstück. Aber gelt, wir sagen jetzt du zueinander?«

Am vorbestimmten Tag fand mit Glanz die Hochzeit und zugleich die Verlobungsfeier statt. Darauf reiste Ladidel in Eile nach Schaffhausen, während die Kleubers in derselben Richtung ihre Hochzeitsreise antraten. Der alte Meister übergab Ladidel das Geschäft, und der fing sofort an, als hätte er nie etwas anderes getrieben. In den Tagen bis zu Kleubers Ankunft half der Alte mit, und es war nötig, denn die Ladentür ging fleißig. Ladidel sah bald, daß hier sein Weizen blühe, und als Kleuber mit seiner Frau auf dem Dampfschiff von Konstanz her ankam und er ihn abholte, packte er schon auf dem Heimweg seine Vorschläge zur künftigen Vergrößerung des Geschäfts aus.

Am nächsten Sonntag spazierten die Freunde samt der jungen Frau zum Rheinfall hinaus, der um diese Jahreszeit reichlich Wasser führte. Hier saßen sie zufrieden unter jungbelaubten Bäumen, sahen das weiße Wasser strömen und zerstäuben und redeten von der vergangenen Zeit.

»Ja«, sagte Ladidel nachdenklich und schaute auf den tobenden Strom hinab, »nächste Woche wäre mein Examen gewesen.«

»Tut dir's nicht leid?« fragte Meta. Ladidel gab keine Antwort. Er schüttelte nur den Kopf und lachte. Dann zog er aus der Brusttasche ein kleines Paket, machte es auf und brachte ein halbes Dutzend feine kleine Kuchen hervor, von denen er den andern anbot und sich selber nahm.

»Du fängst gut an«, lachte Fritz Kleuber. »Meinst du, das Geschäft trage schon so viel?«

»Es trägt's«, nickte Ladidel im Kauen. »Es trägt's und muß noch mehr tragen.«   *(1908)*

Hawang ist ein kleines Dorf, von dem man nie gehört hätte, wenn nicht neuerdings eine große Dampfziegelei dort entstanden wäre. Diese Ziegelei war auch schuld, daß die von Bitrolfingen nach Kempflisheim führende Lokalbahn schließlich bis Hawang weitergeführt wurde. Und da ich früher eine Vorliebe für kleine Orte hatte, die am Ende von unbekannten Lokalbahnen liegen, traf ich eines Tages gegen den Sommer hin in Hawang ein, mietete bei Bauern eine Kammer und richtete mich aufs Bleiben ein. Ich wollte ein Werk schreiben, das nur in der Stille und Ungestörtheit eines solchen Landaufenthaltes gedeihen konnte, und dessen verschiedene Dispositionen und Anfänge ich heute noch als ein Andenken an schöne Jugendjahre aufbewahre.

Natürlich zeigte es sich bald, daß auch Hawang nicht der Ort war, an dem mein Werk fertig werden konnte. Aber sonst gefiel mir die Gegend, und da das Einpacken, Aufbrechen und Abschiednehmen immer eine unerfreuliche Sache ist, blieb ich fürs erste, wo ich war und beschloß, in Hawang um einen schönen Sommer älter zu werden. Ich lag viel am Waldrand und sah den Bauern bei den Juniarbeiten zu, fischte heimlicherweise im Tälisbach, besah mir den Betrieb der Dampfziegelei und erzählte abends den müden Hausleuten von meinen Reisen und Plänen, bis sie es satt hatten und nicht mehr zuhörten.

Alsdann entstand eine Zeit der Langeweile. Wenn ich morgens aus dem Bett war, so um 7 Uhr, wanderte ich durchs Dorf und besann mich lange, welchen Weg ich einschlagen solle. Manchmal ging ich dem Wald zu bergan, manchmal links talabwärts gegen die Ziegelei, manchmal talauf um zu angeln, und zuweilen kehrte ich auch am Ende der Dorfstraße wieder um, ging heim und setzte mich in den Obstgarten, wo ich die kleinen, grünen Äpfel im Laube reifen sah und die Bienen und Hummeln im Kraut sumsen hörte. Einigemale ging ich auch zum Bahnhof, einem drei Meter langen Gebäude aus Wellblech, sah den einzigen täglichen Zug ankommen und abfahren, jemand aussteigen oder niemand aussteigen, wie es sich traf, und gerade hier am Bahnhof überkam mich das Bewußtsein der Langeweile am meisten. Einst fing ich ein Gespräch mit dem Vorstand an, erfuhr die Frachttarife der Bahn und die Entfernungen aller Stationen in Kilometern und fragte schließlich, nur weil der Tag so lang war und ich die Unterhaltung nicht schon wieder eingehen lassen wollte, ob es auf dieser Bahn auch Abonnementsbillette gebe. Der Stationsvorsteher gab mir genaue Auskunft. Es gab Billette von hier nach Bitrolfingen, die für vierundzwanzig Fahrten galten und so und so viel kosteten. Die Ermäßigung gegenüber den gewöhnlichen Billetten war, wie mir der Vorstand ausrechnete, ganz bedeutend, und jeder, der hier wohnte und zuweilen in Bitrolfingen zu tun hatte, besaß selbstverständlich ein solches Abonnement. Ich weiß nicht mehr genau, wie es ging, aber am Ende fühlte ich, schon weil ich den höflichen Beamten so lange in Anspruch genommen hatte, die Verpflichtung, mir ein Abonnement zu kaufen. Und nun konnte ich jeden Tag, wenn ich Lust hatte, nach Bitrolfingen fahren, nur heute nicht mehr, denn der Zug war schon abgegangen.

Am folgenden Mittag erschien ich mit dem angenehmen Gefühl, etwas zu tun und ein Ziel vor mir zu haben, auf dem Bahnhof und wartete auf die Abfahrt des Zuges. Reisende waren außer mir nicht da, aber es wurden zwei Wagen Ziegel angehängt, und nachdem mein Wagen schön von der Mittagssonne durchwärmt war, fuhren wir mit Getöse ab. Der Schaffner erschien sogleich, machte das erste Loch in meine gelbe Abonnementskarte und ließ sich, da ich nun Stammgast war, in ein Gespräch mit mir ein, das mich bis Kempflisheim aufs beste unterhielt. Dort hielten wir eine Rast und nahmen zwei Passagiere auf. Der eine schlief sogleich in seiner Ecke ein. Der andere, den ich auf einen Viehhändler taxierte, nahm den Schaffner in Beschlag, und dieser ging, meiner nicht mehr achtend, auf die Unterhaltung mit dem älteren Stammgast so eifrig ein, daß ich die Hoffnung aufgab, ihn nochmals an mich zu fesseln, und zum Fenster hinausschaute.

Da lernte ich mancherlei Neues kennen. Die Namen der Stationen bis Bitrolfingen, deren nicht wenige sind, könnte ich jetzt noch auswendig hersagen. Die Bahnhöfe waren zum Teil auch wieder aus Wellblech, doch gab es auch drei steinerne, namentlich den von Wärisbühel, von dem noch zu reden sein wird. Allmählich wurde unser Wagen recht voll, doch setzte sich niemand zu mir, da ich fremd war, und ich fuhr fort, die Fluren, Wälder und Ortschaften anzuschauen. Bei jedem Bahnhof stand ein Wirtshaus, und an jedem hing dasselbe Schild »Gasthaus zur Eisenbahn«. An jeder Station war ein Vorstand mit roter Kappe, und hinter der kleinen, staubigen Fensterscheibe seines Quadratmeterstübleins sah man einen Telegraphenapparat: ein Messingrädchen mit einem unendlichen, schmalen Papierstreifen darüber.

Ich sah viel auf dieser Fahrt, was ich nicht alles beschreiben kann. Einiges habe ich wieder vergessen, anderes sitzt schon locker und wird wohl mit der Zeit auch verstauben und versinken – eins aber habe ich nicht vergessen und werde es wohl auch nie vergessen. Das ist der Bahnhof von Wärisbühel.

Dieser Bahnhof fiel schon dadurch auf, daß er aus Stein gebaut war und nicht nur ein Erdgeschoß wie die andern, sondern ein oberes Stockwerk mit vier Fenstern besaß. Unten stand der Vorstand, hinter seiner Glastür glänzte geheimnisvoll das kleine Messingrad, neben der Tür hing ein Briefkasten und darunter saß am Boden ein kleiner Bub mit einem weißen Spitzerhund. Dies alles nahm ich aber nur mit einem flüchtigen Blick wahr. Dann wandte ich den Blick nach oben, wo die vier Fenster lachten. Es war eine Freude, sie zu sehen, auf jedem der Simse standen wohl sechs grüne Töpfe, und daraus hingen ganze Mengen von Nelken herunter, in allen Farben, namentlich aber weiße und rote. Man meinte sogar, durch die staubige, dicke Bahnhofsluft ihren Duft zu spüren.

Es war das Hübscheste, das ich auf der ganzen Fahrt gesehen hatte. Seit einigen Stationen war eine gewisse Schwere und Beklemmung über mich gekommen, welche der in Hawang zurückgelassenen Langeweile unheimlich ähnlich sah, und ich hatte mit Kummer an die dreiundzwanzig Billette gedacht, die ich noch zu verfahren hatte. Beim Anblick des stattlichen Bahnhofs und der nelkengeschmückten Fenster nun stieg wieder Freude und Lebenslust in meiner Seele auf, ich spann menschenfreundliche Phantasien und gab nichts mehr verloren.

Und wie denn eine Freude selten allein kommt, ging mir auch hier hinter dem Nelkenwunder noch ein anderer Zauber auf, obwohl es eine gute Weile dauerte, bis ich ihn entdeckte. Zum Glück hielten wir an dieser bedeutenden Station über eine Viertelstunde, und nachdem ich mein Auge mit Muße an den lieben Blumen gelabt hatte, tat sich mir noch etwas Schöneres kund. Nämlich im dritten Fenster, halb hinter den Blumentöpfen verborgen, stand geheimnisvoll in der dunklen Stube ein schönes Mädchen mit schwarzem Haar und hellen Wangen, die schaute aufmerksam und neugierig zu uns herunter. Das liebe Kind, dachte ich, da steht sie nun und schaut herab, vielleicht bei jedem Zug, und langweilt sich und sucht ein neues Gesicht und einen kurzen Schimmer von draußen, um nachher den langen stillen Tag daran zu denken und etwas zum Sinnen zu haben. Sie gefiel mir und tat mir leid, obwohl ich nichts von ihr wußte, und ich hatte mein Vergnügen daran, wie sie hinter ihrem hängenden Gärtlein hervorschaute.

Indem fiel ihr Blick auch auf mich, und ich zog den meinen bescheiden zurück, wagte aber nach einiger Weile doch wieder hinzusehen, und da stand sie immer noch und sah mich an, gerade mich, und ich konnte nicht gleich wieder wegsehen, sondern sah ein paar Sekunden lang gerade in ihre dunklen Augen hinein. Sie blieb regungslos stehen und hielt den Blick aus, ohne zu blinzeln, so daß ich der erste war, der verlegen ward und wegschaute. Da fuhr auch der Zug wieder munter davon und tat eilig, und ich saß still auf meinem Bänklein und dachte lauter schöne Sachen. Der Tag und die Fahrt und das Abonnement freute mich jetzt wieder. Ich besann mich, ob ihr Haar schwarz oder vielleicht doch nur braun gewesen sei, und dachte mir aus, was sie jetzt wohl tun möge, etwa die Blumen gießen und einen Strauß davon auf ihren Tisch stellen, wo sie ihre Nähsachen und kleinen Besitztümer hat, ein Buch und ein paar Photographien, ein Nadelbüchslein aus Elfenbein und einen Mops oder Löwen aus Marmorstein.

Stationen gingen vorüber, und ich merkte es kaum, als wär es ein Schnellzug. Am Ende kamen wir nach Bitrolfingen und mußten alle aussteigen. Da hatte ich drei Stunden Zeit, mir das Städtlein anzusehen, ein Bier zu trinken und zu erfahren, daß die Sakristei mit den alten Schnitzereien heut geschlossen und der Mesner nicht zu Hause sei. Was lag daran, ich würde ja bald wieder herkommen. Mein Bier trank ich in einem Wirtsgarten unter runden Kastanienkronen, und um die Heimkehr nicht zu versäumen, ging ich zeitig zum Bahnhof zurück, wo ich durchs Fensterlein dem Beamten beim Telegraphieren zusah. Doch merkte ich bald, daß hier die Verhältnisse großartiger waren. Der Vorstand schickte mehrmals unwillige Blicke heraus, da mein Zuschauen ihn ärgerte, und da ich noch stehen blieb, riß er das Fenster auf und rief: »Was gibt's? Wollen Sie ein Billett? Der Zug geht erst in einer halben Stunde!«

Ich zog den Hut und sagte: »Nein, danke. Ich habe ein Abonnement.« Da wurde er höflicher und duldete mich weiter am Fenster, während er seinen Papierstreifen punktierte. Die Zeit verging, man konnte einsteigen. Es wurde schon abendlich, als wir dahinfuhren, aber die Tage sind im Juni lang, und als wir nach Wärisbühel kamen, stand noch immer die Sonne am Himmel und schien gar golden und warm auf die Bahnhoffenster und die farbigen Nelkenstöcke. Das Mädchen, nach dem ich diesmal ohne Zeitversäumnis ausschaute, war nicht da, und da schien mir der ganze Glanz überflüssig und verschwendet. Aber gerade als es vorne wieder schnob und zischte, und der Schaffner, dem nahen Feierabend entgegen, mit verdoppeltem Eifer die Türen zuschlug, da erschien am dritten Fenster groß und schön das dunkelhaarige Mädchen, lächelte auf den abdampfenden Zug herunter und machte das Freudenflämmlein in mir wieder hoch aufgehen. Mir schien diesmal, ihr Haar sei doch nicht ganz schwarz, sondern habe einen hellen, ja fast goldenen Schein in sich verborgen, doch mochte das auch vielleicht nur von der Abendsonne herkommen.

Zufrieden mit meiner Reise und dem so hingebrachten halben Tag kam ich in Hawang an, wo ich wieder der einzige Fahrgast war und vom Vorstand mit einer ermunternden Art von Kollegialität begrüßt wurde, als hinge ich durch mein Abonnement nun nahe mit dem Eisenbahnwesen zusammen. Daheim in meiner Bauernkammer sah mich alles ein wenig trostlos an, als sei ich recht lange Zeit fort gewesen, und vor dem Einschlafen nahm ich mir vor, am anderen Tag wieder nach Bitrolfingen zu reisen. Dann wäre vermutlich die Sakristei mit den kunstgeschichtlichen Raritäten geöffnet, das Bier würde unter den schattigen Kastanien wieder vortrefflich schmecken, der dortige Bahnbeamte würde den Stammgast in mir erkennen und freundlicher sein, mir vielleicht sogar das Telegraphieren zeigen, worauf ich längst neugierig war.

Möglicherweise würde auch in Wärisbühel das Fräulein wieder hinter den Nägelein stehen, auf alle Fälle aber würden die Nelken da sein, und die Fahrt kostete mich ja gewissermaßen nichts.

Dennoch aber blieb ich den anderen Tag in Hawang. Es war mir eingefallen, jenes Fräulein könnte doch am Ende finden, ich komme ihretwegen schon wieder, und möchte beleidigt sein oder mich sonst falsch beurteilen. So blieb ich denn da, besuchte die Dampfziegelei und lag den Nachmittag mit einem Reclamheftchen im Heu, bis der Hunger mich ins Dorf trieb.

Am nächsten Mittag jedoch schien mir die Reise doch angängig. Ich konnte ja, falls das schöne Mädchen kein freundliches Gesicht machte, mich in den Wagen zurückziehen und sie nur verstohlen betrachten. Auch wollte ich nun die Altertümer von Bitrolfingen entschieden einmal sehen und auch sonst die Gelegenheit benutzen, mit meinem Billett diese Gegend recht kennen zu lernen und mancherlei Beobachtungen und Studien zu machen. Darum reiste ich mit gutem Gewissen ab, sah den Schläfer und den Viehhändler und die meisten anderen Mitreisenden von vorgestern wieder einsteigen, gab dem Schaffner eine Zigarre und fühlte mich in dem Zug schon recht eingebürgert und zugehörig. Etwas vor Wärisbühel stellte ich mich auf die Lauer und sah bald das steinerne Gebäude, den Briefkasten und die Blumenfenster auftauchen, wo ich mir im Herzen eine kleine Heimat und Gedankenherberge errichtet hatte. Auch wich ich gar nicht vom Platz, als an ihrem alten Orte das Mädchen erschien und sich den Zug ansah. Sie schaute zuerst nach dem kleinen Coupé im vorderen Wagen, unserer zweiten Klasse, die jedoch leer war, dann nach unseren Fenstern, und da entdeckte sie mich richtig, sah mir wieder ins Gesicht, und mir schien, sie habe ein ganz kleines, schönes Lächeln darin aufgetan, das ich zwar keineswegs auf mich beziehen durfte, das ich aber als ein schönes und fröhliches Ereignis in der Stille unbedenklich mitfeierte. Sie stand wieder etwas in der Stube zurück, daß nicht jeder sie sehen konnte, und ihr Haar sah jetzt wieder völlig schwarz aus, auch die Augen im hellen, blassen Gesicht dunkelten tief. Im Abfahren schaute ich immer noch hinauf und behielt sie im Auge, und auch sie blieb stehen, und ich sah sie noch, als sie schon ganz klein und undeutlich wurde. Mir kam es vor, sie lächle jetzt überaus lieb und herzlich, gerade auf mich zu, doch war das mehr ein Spiel meiner Einbildung als Wahrheit, denn ihr Gesicht war in solcher Entfernung nur noch als ein lichter Fleck zu erkennen.

Da ich nicht wußte, wie sie hieß, und mich auch nicht getraute, jemand zu fragen, konnte ich mich auf der ganzen Fahrt darüber besinnen und schöne Namen für sie ausdenken. Hedwig schien mir anfänglich das Richtige und Schönste, doch sah ich bald wieder ein, daß Gertrud doch weit schöner und passender war, und nun hatte sie bei mir den Namen Gertrud, und wenn ich zu meinen Gedanken von vorgestern die heutigen Vorstellungen und den Namen tat, so hatte ich von der Unbekannten schon ein recht gutes Bild.

In Bitrolfingen sah ich die Sakristei und die alten geschnitzten Stuhllehnen und gemeißelten Grabtafeln verwichener Herren und Kleriker, hielt jedoch nicht allzu lange dabei aus und war beizeiten wieder auf der Station, wo unsere Lokomotive geölt wurde und Wasser bekam. Der Vorstand erwiderte meinen Gruß höflich und fragte sogar, ob ich aus Wärisbühel komme. Als ich sagte, nein, aus Hawang, rühmte er die Entwicklung der dortigen Ziegelei und sprach die Vermutung aus, ich sei dort angestellt. Ich ließ ihn bei diesem Glauben, der mir nur förderlich sein konnte, und da ich in den Zug stieg, war mir's, als täte ich das schon zum hundertsten Male, und als hätte ich wirklich auf der Lokalbahn und in der Gegend etwas zu suchen.

Die Sonne schien abendlich und golden über die Wiesen und roten Dächer, als wir nach Wärisbühel kamen, der kleine Bub war auch wieder da, diesmal ohne den Spitzerhund, und droben stand schon wartend das Mädchen, hatte einen Sonnenstrahl in den Haaren und auch einen Abglanz davon auf dem Gesicht, so daß ich sie recht deutlich betrachten konnte. Ich schätzte sie auf zwanzig Jahre. Und dieses Mal war es keine Einbildung – als der Zug anzog und ins Rollen kam, glühte auf ihrem hellroten Mund ein klares, herziges Lächeln auf, und mit diesem Lächeln im Gesicht sah sie mir in die Augen, daß mir das Herz lachte und zitterte. Schau, dachte ich, sie kennt dich noch und nimmt dir nichts übel! Und es tat mir in der Seele wohl, daß ich mir nun vorstellen durfte, sie denke vielleicht auch an mich, wie ich an sie und mache sich Gedanken über den fremden jungen Mann.

Nun war ich also, wenn auch nicht zum erstenmale verliebt, und dieser Zustand gefiel mir äußerst wohl. Die Langeweile war vollständig vergangen, und ich schämte mich vor mir selber, daß ich in der schönen Gegend noch kürzlich so taub und faul umhergetrottelt war. Die Wälder lagen jetzt am Morgen so königlich und friedvoll hinter den hellen Feldern, wie der herrlichste Dichter es nicht sagen konnte, und die Berge in der Ferne schauten so still und gedankenvoll herüber, daß ich beständig zu schauen und zu denken hatte und mir der nächste Tag schnell und leicht verging wie noch keiner in diesem Dorf. Überall war Gottes Schöpfung am Werk und alles glänzte von Licht und Lebenswonne.

Dennoch genügte die Pracht mir nicht lange, und ich fuhr schon nach zwei Tagen wieder den alten Weg. Ja, sie war am Fenster, und wenn ich recht sah, so hatte sie beinah auf mich gewartet und war nun froh, mich wiederzusehen. Wenigstens machte sie ein stilles Freudengesicht und sah mich aus den dunklen Augen auf eine solche Weise an, daß es mir über die Haut ging, wie wenn sie mir einen Kuß gegeben hätte. Und kaum hatte ich das gedacht, da stach mich auch schon die Lust, und ich nahm mir im Herzen vor, früh oder spät von diesem schönen Geschöpf einen Kuß zu erhalten, was mir als äußerster Hort der Seligkeit und dennoch vielleicht nicht allzu kühn gewünscht erschien. Von einem schönen, ernsthaften Mädchen auf den Mund geküßt zu werden, das war mir immer schon als ein wunderlicher Traum vor der Seele gestanden, doch hatte es sich nie ereignen wollen. Jetzt aber schien mir alles möglich, und ich empfand, daß diese Sache im Begriff war, ein richtiges Abenteuer zu werden. Wohl hätte ich ihr gleich jetzt zunicken oder heimlich winken können, doch schien mir das immerhin viel gewagt, und ich beschloß die Rückfahrt abzuwarten und mir diesen Schritt bis dahin zu bedenken.

Damit hatte ich für die Fahrt und für den Aufenthalt in Bitrolfingen und noch für die Rückreise genug zu sinnen, und am Ende blieb es bei dem Entschluß, sie heute durch irgendein Zeichen oder Winken zu grüßen. Wenn sie dann Antwort gab, so war es gut, und ich konnte weiter sehen, wenn nicht, so konnte sie mich eben nicht leiden, und ich mochte dann weitere Jahre ungeküßt herumlaufen.

Es gelang mir auch, den Entschluß auszuführen. In Wirklichkeit hatte ich kaum die Gertrud erblickt, so nickte ich ihr zu und machte eine grüßende Bewegung mit der Hand. Es geschah beides sehr vorsichtig und wenig deutlich, doch entging es ihr nicht, und sie gab zu meiner Freude Antwort, indem sie lächelte und zweimal mit dem Kopfe nickte.

Nun wäre ich am liebsten sofort ausgestiegen und durch die Tür und die Treppe zu ihr hinauf gesprungen. Ich schaute ihr nochmals fragend ins Gesicht, und sie steckte abermals ihr leuchtendes Lächeln wie eine festliche Freudenfahne aus. Da verbreitete sich die Gewißheit, daß sie mich wohl leiden und meine Verehrung gerne dul-

den möge, über mein Gemüt wie ein herzhafter Morgen-
schein, und ich war bereit, auf ihren Wunsch mich unter
die Räder zu legen. Indem fuhr der Zug wieder ab, ich
nahm mit einem stillen Gruße Abschied und reiste durch
die Abendpracht heimwärts wie durch ein verklärtes
Land.

Das war eine schöne Stunde, wohl eine von den schönsten, an die ich zu denken weiß. Sie lachte in ihrem goldenen Schein, erwärmte mir das junge Herz und gab meinen Gedanken rosige Flügel, damit ich leicht und selig in
alle Jugendparadiese flog. Und sie neigte sich, ohne daß
ich dessen achtnahm, und war vorbei, ehe ich es wußte,
wie jedes Glück.

Nun hatte das Abenteuer mich entzündet, und auf das
stille Gefühl des Glücks und der Erfüllung folgte ein Plä-
nebauen und Mehrbegehren und zugleich eine Angst und
Verzagtheit, denn ich hatte in Liebessachen keinerlei Erfahrung. Zwei Tage gingen mir mit fruchtlosem Nachsin-
nen verloren. Mein Wunsch war, nun nach Wärisbühel zu
fahren, dort auszusteigen und auf irgendeine Weise mit
ihr zusammenzukommen. Ohne mir allzu kühne Hoffnungen zu machen, meinte ich doch es erleben zu sollen,
daß mich ein schönes Mädchen freundlich empfange und
mir einen Kuß gebe. Doch, sobald ich mir ausdachte, wie
es alsdann wäre, wenn ich dort am Bahnhof stünde, wie
ich zu ihr kommen und was ich zu ihr sagen solle, daß ihr
Vater und vielleicht ihre Mutter da sein würden, dann
stand alles wie ein Berg vor mir und erschien mir unmöglich. Auch meine Gewißheit verließ mich wieder ganz.
Wohl hatte sie mir freundlich zugenickt und mich ange-
lächelt, ja, aber was wollte das bedeuten? Am Ende hatte
sie das schon manchem Vorüberreisenden getan, in aller
Unschuld, und wenn ich nun käme und stünde da und
begehrte mehr, wie würde das aussehen? Sie wußte ja
nichts von mir, noch viel weniger als ich von ihr. War sie

denn für meine frechen Träume verantwortlich? Ach, sie hatte mir gegeben, was sie gern gab, einen Gruß und einen Abglanz ihrer Lieblichkeit, und ich wollte jetzt kommen und Ansprüche machen!

Am dritten Tage wußte ich mir keinen Rat, als wiederum zu reisen. Dann konnte ich immer noch in Wärisbühel aussteigen oder weiterfahren, wie es sich gab. Unruhig ging ich an die Station und wartete den Zug ab. Ich stieg ein, der Schaffner grüßte vertraulich und machte mir ein neues rundes Löchlein in mein Abonnement, der Viehhändler kam auch wieder, und vor den Scheiben zogen die wohlbekannten Bilder vorbei, von denen mir immer eines glückbringend und das nächste verhängnisvoll vorkommen wollte.

Wir kamen am Ende, so lang es mir auch dauerte, nach Wärisbühel. Da wollte mir der Herzschlag stehen bleiben, als ich die Gertrud in einem braunen Kleid am Bahnhof stehen sah, eine große Tasche in der Hand, und bei ihr den Vorstand und den kleinen Buben und eine kleine, magere Frau, wohl die Mutter. Sie und die Tochter waren in Reisekleidern, und das Mädchen hatte rote Augen und Tränen auf den Backen stehen.

Sie gab dem Vorstand einen Kuß in seinen blonden Bart und stieg mit der Mutter ein. Und sie stiegen in meinen Wagen, nahmen ganz in meiner Nähe Platz. Ich wagte nicht, sie anzusehen, bis der Zug im Fahren war, und sie aus dem offenen Fenster zurückwinkte. Da konnte ich sie betrachten und sehen, daß sie wahrhaftig wunderschön war. Ihre Haare waren dunkelbraun, und ihre Augen ebenso, aus den Abschiedstränen lächelte sie schon wieder mit demselben hellroten Munde, mit dem sie damals mir zugelächelt hatte. Sie setzte sich nun und plauderte mit der Mutter; mich sah sie nicht oder schien mich doch nicht zu kennen. Und ich hörte das halbe Gespräch, und daß sie wirklich die Tochter war, und dann sprach sie von einem Robert, und dann von ihrem Mann, und ich begriff allmählich, daß sie verheiratet und bei den Alten zu Besuch gewesen war.

In Bitrolfingen verschwand sie mit ihrer Mutter im Wartesaal, und zwar im Wartesaal zweiter Klasse, obschon sie in der dritten fuhr, und mir fiel ein, wie oft ich mich darüber geärgert hatte, Reisende der dritten Klasse im Wartesaal der zweiten warten zu sehen. Freilich war sie die Tochter eines Bahnbeamten.

Als ich das nächstemal denselben Weg fuhr, hatte ich meinen Koffer mit und reiste weiter, in eine andere Gegend. Das Abonnement hatte ich meinem Hauswirt geschenkt. Und es kamen andere Zeiten, ich vergaß das meiste, nur die Namen der Stationen nicht, und nicht die Nelkenfenster. Ich blieb weiterhin ungeküßt, und wenn auch das inzwischen anders geworden ist, so wollte doch die schöne Gertrud und meine törichte Reisephantasie nicht ganz aus meiner Seele weichen, sondern blieb verborgen darin wohnen und sieht mich noch heute zu manchen Stunden fast wie eine wirkliche Jugendliebe und wie ein wirkliches Jugendglück an.　　　　　*(1909)*

Die Stadt

»Es geht vorwärts!« rief der Ingenieur, als auf der gestern neugelegten Schienenstrecke schon der zweite Eisenbahnzug voll Menschen, Kohlen, Werkzeugen und Lebensmitteln ankam. Die Prärie glühte leise im gelben Sonnenlicht, blaudunstig stand am Horizont das hohe Waldgebirge. Wilde Hunde und erstaunte Präriebüffel sahen zu, wie in der Einöde Arbeit und Getümmel anhob, wie im grünen Lande Flecken von Kohlen und von Asche und von Papier und von Blech entstanden. Der erste Hobel schrillte durch das erschrockene Land, der erste Flintenschuß donnerte auf und verrollte am Gebirge hin, der erste Amboß klang helltönig unter raschen Hammerschlägen auf. Ein Haus aus Blech entstand, und am nächsten Tag eines aus Holz, und andere, und täglich neue, und bald auch steinerne. Die wilden Hunde und Büffel blieben fern, die Gegend wurde zahm und fruchtbar, es wehten schon im ersten Frühjahr Ebenen voll grüner Feldfrucht, Höfe und Ställe und Schuppen ragten daraus auf, Straßen schnitten durch die Wildnis.

Der Bahnhof wurde fertig und eingeweiht, und das Regierungsgebäude, und die Bank, mehrere kaum um Monate jüngere Schwesterstädte erwuchsen in der Nähe. Es kamen Arbeiter aus aller Welt, Bauern und Städter, es kamen Kaufleute und Advokaten, Prediger und Lehrer, es wurde eine Schule gegründet, drei religiöse Gemeinschaften, zwei Zeitungen. Im Westen wurden Erdölquellen gefunden, es kam großer Wohlstand in die junge Stadt. Noch ein Jahr, da gab es schon Taschendiebe, Zuhälter, Einbrecher, ein Warenhaus, einen Alkoholgegnerbund, einen Pariser Schneider, eine bayrische Bierhalle. Die Konkurrenz der Nebenstädte beschleunigte das Tempo. Nichts fehlte mehr, von der Wahlrede bis zum Streik, vom Kinotheater bis zum Spiritistenverein. Man konnte französischen Wein, norwegische Heringe, italienische Würste, englische Kleiderstoffe, russischen Kaviar in der Stadt haben. Es kamen schon Sänger, Tänzer und Musiker zweiten Ranges auf ihren Gastreisen in den Ort.

Und es kam auch langsam die Kultur. Die Stadt, die anfänglich nur eine Gründung gewesen war, begann eine Heimat zu werden. Es gab hier eine Art, sich zu grüßen, eine Art, sich im Begegnen zuzunicken, die sich von den Arten in andern Städten leicht und zart unterschied. Männer, die an der Gründung der Stadt teilgehabt hatten, genossen Achtung und Beliebtheit, ein kleiner Adel strahlte von ihnen aus. Ein junges Geschlecht wuchs auf, dem erschien die Stadt schon als eine alte, beinahe von Ewigkeit stammende Heimat. Die Zeit, da hier der erste Hammerschlag erschollen, der erste Mord geschehen, der erste Gottesdienst gehalten, die erste Zeitung gedruckt worden war, lag fern in der Vergangenheit, war schon Geschichte.

Die Stadt hatte sich zur Beherrscherin der Nachbarstädte und zur Hauptstadt eines großen Bezirkes erhoben. An breiten, heiteren Straßen, wo einst neben Aschenhaufen und Pfützen die ersten Hütten aus Brettern und Wellblech gestanden hatten, erhoben sich ernst und ehrwürdig Amtshäuser und Banken, Theater und Kirchen. Studenten gingen schlendernd zur Universität und Bibliothek, Krankenwagen fuhren leise zu den Kliniken, der Wagen eines Abgeordneten wurde bemerkt und begrüßt; in zwanzig gewaltigen Schulhäusern aus Stein und Eisen wurde jedes Jahr der Gründungstag der ruhmreichen Stadt mit Gesang und Vorträgen gefeiert. Die ehemalige Prärie war von Feldern, Fabriken, Dörfern bedeckt und von zwanzig Eisenbahnlinien durchschnitten, das Gebirge war nahegerückt und durch eine Bergbahn bis ins Herz der Schluchten erschlossen. Dort, oder fern am Meer, hatten die Reichen ihre Sommerhäuser.

Ein Erdbeben warf, hundert Jahre nach ihrer Gründung, die Stadt bis auf kleine Teile zu Boden. Sie erhob sich von neuem, und alles Hölzerne ward nun Stein, alles Kleine groß, alles Enge weit. Der Bahnhof war der größte des Landes, die Börse die größte des ganzen Erdteils, Architekten und Künstler schmückten die verjüngte Stadt mit öffentlichen Bauten, Anlagen, Brunnen, Denkmälern. Im Laufe dieses neuen Jahrhunderts erwarb sich die Stadt den Ruf, die schönste und reichste des Landes und eine Sehenswürdigkeit zu sein. Politiker und Architekten, Techniker und Bürgermeister fremder Städte kamen gereist, um die Bauten, Wasserleitungen, die Verwaltung und andere Einrichtungen der berühmten Stadt zu studieren. Um jene Zeit begann der Bau des neuen Rathauses, eines der größten und herrlichsten Gebäude der Welt, und da diese Zeit beginnenden Reichtums und städtischen Stolzes glücklich mit einem Aufschwung des allgemeinen Geschmacks, der Baukunst und Bildhauerei vor allem, zusammentraf, ward die rasch wachsende Stadt ein keckes und wohlgefälliges Wunderwerk. Den innern Bezirk, dessen Bauten ohne Ausnahme aus einem edlen, hellgrauen Stein bestanden, umschloß ein breiter grüner Gürtel herrlicher Parkanlagen, und jenseits dieses Ringes verloren sich Straßenzüge und Häuser in weiter Ausdehnung langsam ins Freie und Ländliche. Viel besucht und bewundert wurde ein ungeheures Museum, in dessen hundert Sälen, Höfen und Hallen die Geschichte der Stadt von ihrer Entstehung bis zur letzten Entwicklung dargestellt war. Der erste, ungeheure Vorhof dieser Anlage stellte die ehemalige Prärie dar, mit wohlgepflegten Pflanzen und Tieren und genauen Modellen der frühesten elenden Behausungen, Gassen und Einrichtungen. Da lustwandelte die Jugend der Stadt und betrachtete den Gang ihrer Geschichte, vom Zelt und Bretterschuppen an, vom ersten unebenen Schienenpfad bis zum Glanz der großstädtischen Straßen. Und sie lernten daran, von ihren Lehrern geführt und unterwiesen, die herrlichen Gesetze der Entwicklung und des Fortschritts begreifen, wie aus dem Rohen das Feine, aus dem Tier der Mensch, aus dem Wilden der Gebildete, aus der Not der Überfluß, aus der Natur die Kultur entstehe.

Im folgenden Jahrhundert erreichte die Stadt den Höhepunkt ihres Glanzes, der sich in reicher Üppigkeit entfaltete und eilig steigerte, bis eine blutige Revolution der unteren Stände dem ein Ziel setzte. Der Pöbel begann damit, viele von den großen Erdölwerken, einige Meilen von der Stadt entfernt, anzuzünden, so daß ein großer Teil des Landes mit Fabriken, Höfen und Dörfern teils verbrannte, teils verödete. Die Stadt selbst erlebte zwar Gemetzel und Greuel jeder Art, blieb aber bestehen und erholte sich in nüchternen Jahrzehnten wieder langsam, ohne aber das frühere flotte Leben und Bauen je wieder zu vermögen. Es war während ihrer üblen Zeit ein fernes Land jenseits der Meere plötzlich aufgeblüht, das lieferte Korn und Eisen, Silber und andere Schätze mit der Fülle eines unerschöpften Bodens, der noch willig hergibt. Das neue Land zog die brachen Kräfte, das Streben und Wünschen der alten Welt gewaltsam an sich, Städte blühten dort über Nacht aus der Erde, Wälder verschwanden, Wasserfälle wurden gebändigt.

Die schöne Stadt begann langsam zu verarmen. Sie war nicht mehr Herz und Gehirn einer Welt, nicht mehr Markt und Börse vieler Länder. Sie mußte damit zufrieden sein, sich am Leben zu erhalten und im Lärm neuer Zeiten nicht ganz zu erblassen. Die müßigen Kräfte, soweit sie nicht nach der fernen neuen Welt fortschwanden, hatten nichts mehr zu bauen und zu erobern und wenig mehr zu handeln und zu verdienen. Statt dessen keimte in dem nun alt gewordenen Kulturboden ein geistiges Leben, es gingen Gelehrte und Künstler von der stillwerdenden Stadt aus, Maler und Dichter. Die Nachkommen derer, welche einst auf dem jungen Boden die ersten Häuser erbaut hatten, brachten lächelnd ihre Tage in stiller, später Blüte geistiger Genüsse und Bestrebungen hin, sie malten die wehmütige Pracht alter moosiger Gärten mit verwitternden Statuen und grünen Wassern und sangen in zarten Versen vom fernen Getümmel der alten heldenhaften Zeit oder vom stillen Träumen müder Menschen in alten Palästen.

Damit klangen der Name und Ruhm dieser Stadt noch einmal durch die Welt. Mochten draußen Kriege die Völker erschüttern und große Arbeiten sie beschäftigen, hier wußte man in verstummter Abgeschiedenheit den Frieden walten und den Glanz versunkener Zeiten leise nachdämmern: stille Straßen, von Blütenzweigen überhangen, wetterfarbene Fassaden mächtiger Bauwerke über lärmlosen Plätzen träumend, moosbewachsene Brunnenschalen in leiser Musik von spielenden Wassern überronnen.

Manche Jahrhunderte war die alte träumende Stadt für die jüngere Welt ein ehrwürdiger und geliebter Ort, von Dichtern besungen und von Liebenden besucht. Doch drängte das Leben der Menschheit immer mächtiger nach anderen Erdteilen hin. Und in der Stadt selbst begannen die Nachkommen der alten einheimischen Familien auszusterben oder zu verwahrlosen. Es hatte auch die letzte geistige Blüte ihr Ziel längst erreicht, und übrig blieb nur verwesendes Gewebe. Die kleineren Nachbarstädte waren seit längeren Zeiten ganz verschwunden, zu stillen Ruinenhaufen geworden, zuweilen von ausländischen Malern und Touristen besucht, zuweilen von Zigeunern und entflohenen Verbrechern bewohnt.

Nach einem Erdbeben, das indessen die Stadt selbst verschonte, war der Lauf des Flusses verschoben und ein Teil des verödeten Landes zu Sumpf, ein anderer dürr geworden. Und von den Bergen her, wo die Reste uralter Steinbrücken und Landhäuser zerbröckelten, stieg der Wald, der alte Wald, langsam herab. Er sah die weite Gegend öde liegen und zog langsam ein Stück nach dem andern in seinen grünen Kreis, überflog hier einen Sumpf mit flüsterndem Grün, dort ein Steingeröll mit jungem, zähem Nadelholz.

In der Stadt hausten am Ende keine Bürger mehr, nur noch Gesindel, unholdes, wildes Volk, das in den schiefen, einsinkenden Palästen der Vorzeit Obdach nahm und in den ehemaligen Gärten und Straßen seine mageren Ziegen weidete. Auch diese letzte Bevölkerung starb allmählich in Krankheiten und Blödsinn aus, die ganze Landschaft war seit der Versumpfung von Fieber heimgesucht und der Verlassenheit anheimgefallen.

Die Reste des alten Rathauses, das einst der Stolz seiner Zeit gewesen war, standen noch immer sehr hoch und mächtig, in Liedern aller Sprachen besungen und ein Herd unzähliger Sagen der Nachbarvölker, deren Städte auch längst verwahrlost waren und deren Kultur entartete. In Kinder-Spukgeschichten und melancholischen Hirtenliedern tauchten entstellt und verzerrt noch die Namen der Stadt und der gewesenen Pracht gespenstisch auf, und Gelehrte ferner Völker, deren Zeit jetzt blühte, kamen zuweilen auf gefährlichen Forschungsreisen in die Trümmerstädte, über deren Geheimnisse die Schulknaben entfernter Länder sich begierig unterhielten. Es sollten Tore von reinem Gold und Grabmäler voll von Edelsteinen dort sein, und die wilden Nomadenstämme der Gegend sollten aus alten fabelhaften Zeiten her verschollene Reste einer tausendjährigen Zauberkunst bewahren.

Der Wald aber stieg weiter von den Bergen her in die Ebene, Seen und Flüsse entstanden und vergingen, und der Wald rückte vor und ergriff und verhüllte langsam das ganze Land, die Reste der alten Straßenmauern, der Paläste, Tempel, Museen, und Fuchs und Marder, Wolf und Bär bevölkerten die Einöde.

Über einem der gestürzten Paläste, von dem kein Stein mehr am Tage lag, stand eine junge Kiefer, die war vor einem Jahr noch der vorderste Bote und Vorläufer des heranwachsenden Waldes gewesen. Nun aber schaute auch sie schon wieder weit auf jungen Wuchs hinaus.

»Es geht vorwärts!« rief ein Specht, der am Stamme hämmerte, und sah den wachsenden Wald und den herrlichen, grünenden Fortschritt auf Erden zufrieden an.

(1910)

Doktor Knölges Ende

Herr Doktor Knölge, ein ehemaliger Gymnasiallehrer, der sich früh zur Ruhe gesetzt und privaten philologischen Studien gewidmet hatte, wäre gewiß niemals in Verbindung mit den Vegetariern und dem Vegetarismus gekommen, wenn nicht eine Neigung zu Atemnot und Rheumatismen ihn einst zu einer vegetarischen Diätkur getrieben hätte. Der Erfolg war so ausgezeichnet, daß der Privatgelehrte von da an alljährlich einige Monate in irgendeiner vegetarischen Heilstätte oder Pension zubrachte, meist im Süden, und so trotz seiner Abneigung gegen alles Ungewöhnliche und Sonderbare in einen Verkehr mit Kreisen und Individuen geriet, die nicht zu ihm paßten und deren seltene, nicht ganz zu vermeidende Besuche in seiner Heimat er keineswegs liebte.

Manche Jahre hatte Doktor Knölge die Zeit des Frühlings und Frühsommers oder auch die Herbstmonate in einer der vielen freundlichen Vegetarierpensionen an der südfranzösischen Küste oder am Lago Maggiore hingebracht. Er hatte vielerlei Menschen an diesen Orten kennengelernt und sich an manches gewöhnt, an Barfußgehen und langhaarige Apostel, an Fanatiker des Fastens und an vegetarische Gourmands. Unter den letzteren hatte er manche Freunde gefunden, und er selbst, dem sein Leiden den Genuß schwerer Speisen immer mehr verbot, hatte sich zu einem bescheidenen Feinschmecker auf dem Gebiete der Gemüse und des Obstes ausgebildet. Er war keineswegs mit jedem Endiviensalat zufrieden und hätte niemals eine kalifornische Orange für eine italienische gegessen. Im übrigen kümmerte er sich wenig um den Vegetarismus, der für ihn nur ein Kurmittel war, und interessierte sich höchstens gelegentlich für alle die famosen sprachlichen Neubildungen auf diesem Gebiete, die ihm als einem Philologen merkwürdig waren. Da gab es Vegetarier, Vegetarianer, Vegetabilisten, Rohkostler, Frugivoren und Gemischtkostler!

Der Doktor selbst gehörte nach dem Sprachgebrauch der Eingeweihten zu den Gemischtkostlern, da er nicht nur Früchte und Ungekochtes, sondern auch gekochte Gemüse, ja auch Speisen aus Milch und Eiern zu sich nahm. Daß dies den wahren Vegetariern, vor allem den reinen Rohkostlern strenger Observanz, ein Greuel war, entging ihm nicht. Doch hielt er sich den fanatischen Bekenntnisstreitigkeiten dieser Brüder fern und gab seine Zugehörigkeit zur Klasse der Gemischtkostler nur durch die Tat zu erkennen, während manche Kollegen, namentlich Österreicher, sich ihres Standes auf den Visitenkarten rühmten.

Wie gesagt, Knölge paßte nicht recht zu diesen Leuten. Er sah schon mit seinem friedlichen, roten Gesicht und der breiten Figur ganz anders aus als die meist hageren, asketisch blickenden, oft phantastisch gekleideten Brüder vom reinen Vegetarismus, deren manche die Haare bis über die Schultern hinab wachsen ließen und deren jeder als Fanatiker, Bekenner und Märtyrer seines speziellen Ideals durchs Leben ging. Knölge war Philolog und Patriot, er teilte weder die Menschheitsgedanken und sozialen Reformideen noch die absonderliche Lebensweise seiner Mitvegetarier. Er sah so aus, daß an den Bahnhöfen und Schiffhaltestellen von Locarno oder Pallanza ihm die Diener der weltlichen Hotels, die sonst jeden »Kohlrabiapostel« von weitem rochen, vertrauensvoll ihre Gasthäuser empfahlen und ganz erstaunt waren, wenn der so anständig aussehende Mensch seinen Koffer dem Diener einer Thalysia oder Ceres oder dem Eselsführer des Monte Verità übergab.

Trotzdem fühlte er sich mit der Zeit in der ihm fremden Umgebung ganz wohl. Er war ein Optimist, ja beinahe ein Lebenskünstler, und allmählich fand er unter den Pflanzenessern aller Länder, die jene Orte besuchten, namentlich unter den Franzosen, manchen friedliebenden und rotwangigen Freund, an dessen Seite er seinen jungen Salat und seinen Pfirsich ungestört in behaglichen Tischgesprächen verzehren konnte, ohne daß ihm ein Fanatiker der strengen Observanz seine Gemischtkostlerei oder ein reiskauender Buddhist seine religiöse Indifferenz vorwarf.

Da geschah es, daß Doktor Knölge erst durch die Zeitungen, dann durch direkte Mitteilungen aus dem Kreise seiner Bekannten von der großen Gründung der Internationalen Vegetarier-Gesellschaft hörte, die ein gewaltiges Stück Land in Kleinasien erworben hatte und alle Brüder der Welt bei mäßigsten Preisen einlud, sich dort besuchsweise oder dauernd niederzulassen. Es war eine Unternehmung jener idealistischen Gruppe deutscher, holländischer und österreichischer Pflanzenesser, deren Bestrebungen eine Art von vegetarischem Zionismus waren und dahin zielten, den Anhängern und Bekennern ihres Glaubens ein eigenes Land mit eigener Verwaltung irgendwo in der Welt zu erwerben, wo die natürlichen Bedingungen zu einem Leben vorhanden wären, wie es ihnen als Ideal vor Augen stand. Ein Anfang dazu war diese Gründung in Kleinasien. Ihre Aufrufe wandten sich »an alle Freunde der vegetarischen und vegetabilistischen Lebensweise, der Nacktkultur und Lebensreform«, und sie versprachen so viel und klangen so schön, daß auch Herr Knölge dem sehnsüchtigen Ton aus dem Paradiese nicht widerstand und sich für den kommenden Herbst als Gast dort anmeldete.

Das Land sollte Obst und Gemüse in wundervoller Zartheit und Fülle liefern, die Küche des großen Zentralhauses wurde vom Verfasser der »Paradiese« geleitet, und als besonders angenehm empfanden viele den Umstand, daß es sich dort ganz ungestört ohne den Hohn der argen Welt würde leben lassen. Jede Art von Vegetarismus und von Kleidungsreformbestrebung war zugelassen, und es gab kein Verbot als das des Genusses von Fleisch und Alkohol.

Und aus allen Teilen der Welt kamen flüchtige Sonderlinge, teils, um dort in Kleinasien endlich Ruhe und Behagen in einem ihrer Natur gemäßen Leben zu finden, teils, um von den dort zusammenströmenden Heilsbegierigen ihren Vorteil und Unterhalt zu ziehen. Da kamen flüchtig gegangene Priester und Lehrer aller Kirchen, falsche Hindus, Okkultisten, Sprachlehrer, Masseure, Magnetopathen, Zauberer, Gesundbeter. Dieses ganz kleine Volk exzentrischer Existenzen bestand weniger aus Schwindlern und bösen Menschen als aus harmlosen Betrügern im Kleinen, denn große Vorteile waren nicht zu gewinnen, und die meisten suchten denn auch nichts anderes als ihren Lebensunterhalt, der für einen Pflanzenesser in südlichen Ländern sehr wohlfeil ist.

Die meisten dieser in Europa und Amerika entgleisten Menschen trugen als einziges Laster die so vielen Vegetariern eigene Arbeitsscheu mit sich. Sie wollten nicht Gold und Genuß, Macht und Vergnügen, sondern sie wollten vor allem ohne Arbeit und Belästigung ihr bescheidenes Leben führen können. Mancher von ihnen hatte zu Fuß ganz Europa wiederholt durchmessen als bescheidener Türklinkenputzer bei wohlhabenden Gesinnungsgenossen oder als predigender Prophet oder als Wunderdoktor, und Knölge fand bei seinem Eintreffen in Quisisana manchen alten Bekannten, der ihn je und je in Leipzig als harmloser Bettler besucht hatte.

Vor allem aber traf er Größen und Helden aus allen Lagern des Vegetariertums. Sonnenbraune Männer mit langwallenden Haaren und Bärten schritten alttestamentlich in weißen Burnussen auf Sandalen einher, andere trugen Sportkleider aus heller Leinwand. Einige ehrwürdige Männer gingen nackt mit Lendentüchern aus Bastgeflecht eigener Arbeit. Es hatten sich Gruppen und sogar organisierte Vereine gebildet, an gewissen Orten trafen sich die Frugivoren, an anderen die asketischen Hungerer, an anderen die Theosophen oder Lichtanbeter. Ein Tempel war von Verehrern des amerikanischen Propheten Davis erbaut, eine Halle diente dem Gottesdienst der Neo-Swedenborgisten.

In diesem merkwürdigen Gewimmel bewegte sich Doktor Knölge anfangs nicht ohne Befangenheit. Er besuchte die Vorträge eines früheren badischen Lehrers namens Klauber, der in reinem Alemannisch die Völker der Erde über die Geschehnisse des Landes Atlantis unterrichtete, und bestaunte den Yogi Vishinanda, der eigentlich Beppo Cinari hieß und es in jahrzehntelangem Streben dahin gebracht hatte, die Zahl seiner Herzschläge willkürlich um etwa ein Drittel vermindern zu können.

In Europa zwischen den Erscheinungen des gewerblichen und politischen Lebens hätte diese Kolonie den Eindruck eines Narrenhauses oder einer phantastischen Komödie gemacht. Hier in Kleinasien sah das alles ziemlich verständig und gar nicht unmöglich aus. Man sah zuweilen neue Ankömmlinge in Verzückung über diese Erfüllung ihrer Lieblingsträume mit geisterhaft leuchtenden Gesichtern oder in hellen Freudentränen umhergehen, Blumen in den Händen, und jeden Begegnenden mit dem Friedenskuß begrüßend.

Die auffallendste Gruppe war jedoch die der reinen Frugivoren. Diese hatten auf Tempel und Haus und Organisation jeder Art verzichtet und zeigten kein anderes Streben als das, immer natürlicher zu werden und, wie sie sich ausdrückten, »der Erde näher zu kommen«. Sie wohnten unter freiem Himmel und aßen nichts, als was von Baum oder Strauch zu brechen war. Sie verachteten alle anderen Vegetarier unmäßig, und einer von ihnen erklärte dem Doktor Knölge ins Gesicht, das Essen von Reis und Brot sei genau dieselbe Schweinerei wie der Fleischgenuß, und zwischen einem sogenannten Vegetarier, der Milch zu sich nehme, und irgendeinem Säufer und Schnapsbruder könne er keinen Unterschied finden.

Unter den Frugivoren ragte der verehrungswürdige Bruder Jonas hervor, der konsequenteste und erfolgreichste Vertreter dieser Richtung. Er trug zwar ein Lendentuch, doch war es kaum von seinem behaarten braunen Körper zu unterscheiden, und er lebte in einem kleinen Gehölz, in dessen Geäste man ihn mit gewandter Hurtigkeit sich bewegen sah. Seine Daumen und große Zehen waren in einer wunderbaren Rückbildung begriffen, und sein ganzes Wesen und Leben stellte die beharrlichste und gelungenste Rückkehr zur Natur vor, die man sich denken konnte. Wenige Spötter nannten ihn unter sich den Gorilla, im übrigen genoß Jonas die Bewunderung und Verehrung der ganzen Provinz.

Auf den Gebrauch der Sprache hatte der große Rohkostler Verzicht getan. Wenn Brüder oder Schwestern sich am Rande seines Gehölzes unterhielten, saß er zuweilen auf einem Ast zu ihren Häupten, grinste ermunternd oder lachte mißbilligend, gab aber keine Worte von sich und suchte durch Gebärden anzudeuten, seine Sprache sei die unfehlbare der Natur und werde später die Weltsprache aller Vegetarier und Naturmenschen sein. Seine nächsten Freunde waren täglich bei ihm, genossen seinen Unterricht in der Kunst des Kauens und Nüsseschälens und sahen seiner fortschreitenden Vervollkommnung mit Ehrfurcht zu, doch hegten sie die Besorgnis, ihn bald zu verlieren, da er vermutlich binnen kurzem, ganz eins mit der Natur, sich in die heimatliche Wildnis der Gebirge zurückziehen werde.

Einige Schwärmer schlugen vor, diesem wundersamen Wesen, das den Kreislauf des Lebens vollendet und den Weg zum Ausgangspunkt der Menschwerdung zurückgefunden hatte, göttliche Ehren zu erweisen. Als sie jedoch eines Morgens bei Aufgang der Sonne in dieser Absicht das Gehölz aufsuchten und ihren Kult mit Gesang begannen, erschien der Gefeierte auf seinem großen Lieblingsast, schwang sein gelöstes Lendentuch höhnisch in Lüften und bewarf die Anbeter mit harten Pinienzapfen.

Dieser Jonas der Vollendete, dieser »Gorilla«, war unserem Doktor Knölge im Innersten seiner bescheidenen Seele zuwider. Alles, was er in seinem Herzen je gegen die Auswüchse vegetarischer Weltanschauung und fanatisch-tollen Wesens schweigend bewegt hatte, trat ihm in dieser Gestalt schreckhaft entgegen und schien sogar sein eigenes maßvolles Vegetariertum grell zu verhöhnen. In der Brust des anspruchslosen Privatgelehrten erhob sich gekränkt die Würde des Menschen, und er, der so viele Andersmeinende gelassen und duldsam ertragen hatte, konnte an dem Wohnort des Vollkommenen nicht vorübergehen, ohne Haß und Wut gegen ihn zu empfinden. Und der Gorilla, der auf seinem Ast alle Arten von Gesinnungsgenossen, Verehrern und Kritikern mit Gleichmut betrachtet hatte, fühlte ebenfalls wider diesen Menschen, dessen Haß sein Instinkt wohl witterte, eine zunehmende tierische Erbitterung. Sooft der Doktor vorüber kam, maß er den Baumbewohner mit vorwurfsvoll beleidigten Blicken, die dieser mit Zähnefletschen und zornigem Fauchen erwiderte.

Schon hatte Knölge beschlossen, im nächsten Monat die Provinz zu verlassen und nach seiner Heimat zurückzukehren, da führte ihn, beinahe wider seinen Willen, in einer strahlenden Vollmondnacht ein Spaziergang in die Nähe des Gehölzes. Mit Wehmut dachte er früherer Zeiten, da er noch in voller Gesundheit als ein Fleischesser und gewöhnlicher Mensch unter seinesgleichen gelebt hatte, und im Gedächtnis schöner Jahre begann er unwillkürlich ein altes Studentenlied vor sich hin zu pfeifen.

Da brach krachend aus dem Gebüsch der Waldmensch hervor, durch die Töne erregt und wild gemacht. Bedrohlich stellte er sich vor dem Spaziergänger auf, eine ungefüge Keule schwingend. Aber der überraschte Doktor war so erbittert und erzürnt, daß er nicht die Flucht ergriff, sondern die Stunde gekommen fühlte, da er sich mit seinem Feinde auseinandersetzen müsse. Grimmig lächelnd verbeugte er sich und sagte mit so viel Hohn und Beleidigung in der Stimme, als er aufzubringen vermochte: »Sie erlauben, daß ich mich vorstelle. Doktor Knölge.«

Da warf der Gorilla mit einem Wutschrei seine Keule fort, stürzte sich auf den Schwachen und hatte ihn im Augenblick mit seinen furchtbaren Händen erdrosselt. Man fand ihn am Morgen, manche ahnten den Zusammenhang, doch wagte niemand etwas gegen den Affen Jonas zu tun, der gleichmütig im Geäste seine Nüsse schälte. Die wenigen Freunde, die sich der Fremde während seines Aufenthaltes im Paradiese erworben hatte, begruben ihn in der Nähe und steckten auf sein Grab eine einfache Tafel mit der kurzen Inschrift: Dr. Knölge, Gemischtkostler aus Deutschland. *(1910)*

Emil Kolb

Die geborenen Dilettanten, aus welchen ein so großer Teil der Menschheit zu bestehen scheint, könnte man als Karikaturen der Willensfreiheit bezeichnen. Indem sie nämlich die ursprüngliche Fähigkeit jedes originellen Menschen entbehren, den Ruf der Natur im eigenen Innern zu vernehmen, treiben sie leichtsinnig und unentschlossen in einem Leben scheinbarer Willkür dahin.

Zu diesen Vielen gehörte auch der Knabe Emil Kolb in Gerbersau, und der Zufall (da man bei solchen Menschen doch wohl nicht vom Schicksal reden darf) brachte es dahin, daß er mit seinem Dilettantentum nicht gleich vielen anderen zu Ehren und Wohlstand, sondern zu Unehre und Elend kam, obwohl er um nichts schlimmer war als Tausende seiner Art.

Emil Kolbs Vater war ein Flickschuster. Es war diesem Manne die Gabe versagt, im Walten der Natur und in der Entfaltung menschlicher Schicksale das unabänderlich Notwendige zu erkennen und anzuerkennen; deshalb hielt er denn auch, was seinem Tun und Leben versagt war, wenigstens seinen Wünschen und müßigen Träumen für erlaubt und schwelgte gerne in Vorstellungen eines anderen, reicheren, schöneren Lebens, soweit seine auf das Materielle gerichtete Phantasie dessen fähig war.

Kaum hatte diesem Flickschuster sein Weib einen leidlich rüstigen Knaben geboren, so übertrug er seine Schwärmereien auf dessen Zukunft, und damit rückte dies alles, was bisher nur Gedankensünde und Fabelvergnügen gewesen war, in ein bestimmtes Licht des Möglichen. Der junge Emil Kolb spürte diese väterlichen Wünsche und Träume schon früh als eine warme und treibende Luft um sich und gedieh darin wie der Kürbis im Dünger, er nahm sich gleich in den ersten Schuljahren vor, der Messias seiner armen Familie zu werden und später einmal unerbittlich alles zu ernten, was das Glück ihm nach so langen Entbehrungen der Eltern und Vorfahren schuldete. Emil Kolb fühlte den Mut in sich, einmal das Schicksal eines Gewaltigen auf sich zu nehmen, eines Bürgermeisters oder Millionärs, und wäre heute schon eine goldene Kutsche mit vier Schimmeln bei seines Vaters Hause vorgefahren, so hätte keine Schüchternheit ihn abgehalten, sich hineinzusetzen und die ehrerbietigen Grüße der Mitbürger einzustreichen.

Schon früh erschienen ihm die wenigen originellen Menschen, die er kennenlernte, lächerlich und geradezu närrisch, daß sie es vorzogen, Idealen zu opfern und einen nutzlosen Ehrgeiz zu pflegen, statt ihre Gaben einem glatten baren Lohne dienstbar zu machen. So zeigte er auch für alle jene Fächer der Schulwissenschaft reichlichen Eifer, die von den Dingen dieser Erde handeln, wogegen ihm die Beschäftigung mit Geschichten und Sagen der Vorzeit, mit Gesang, Turnen und anderen ähnlichen Dingen als ein reiner Zeitvertreib erschien.

Eine besondere Hochachtung jedoch hatte der junge Streber vor der Kunst der Sprache, worunter er aber nicht die Torheiten der Dichter verstand, sondern die Pflege des Ausdruckes zugunsten realer geschäftlicher Handlungen und Vorteile. Er las alle Dokumente geschäftlicher oder rechtlicher Natur, von der einfachen Rechnung oder Quittung bis zum öffentlichen Anschlag oder Zeitungsaufruf, mit reiner Bewunderung. Denn er sah gar wohl, daß die Sprache solcher Kunsterzeugnisse, von der gemeinen Sprache der Gasse ebenso weit entfernt wie nur irgendeine tolle Dichtung, geeignet sei, Eindruck zu machen, Macht zu üben und über Unverständige Vorteile zu erlangen. In seinen Schulaufsätzen strebte er diesen Vorbildern beharrlich nach und brachte manche Blüte hervor, die einer Kanzlei kaum unwürdig gewesen wäre.

Eben diese Vorliebe für den feinen Kanzleistil gab den Anlaß und Ankergrund für Emil Kolbs einzige Freundschaft. Der Lehrer hatte seine Klasse einst einen Aufsatz über den Frühling verfassen und mehrere dieser Arbeiten von ihren Urhebern vorlesen lassen. Da tat mancher zwölfjährige Schüler seine ersten scheuen Flüge in das Land der schaffenden Phantasie, und frühe Bücherleser schmückten ihre Aufsätze mit begeisterten Nachbildungen der Frühlingsschilderungen gangbarer Dichter. Es war von Amselruf und von Maifesten die Rede, und ein besonders Belesener hatte sogar das Wort Philomele gebraucht. Alle diese Schönheiten aber hatten den zuhörenden Emil nicht zu rühren vermocht, er fand das alles blöd und töricht. Da kam, vom Lehrer aufgerufen, der Sohn des Kannenwirts, Franz Remppis, an die Reihe, seinen Aufsatz vorzulesen. Und gleich bei den ersten Worten: »Es ist nicht zu bestreiten, daß der Frühling immerhin eine sehr angenehme Jahreszeit genannt zu werden verdient« – merkte Kolb mit entzücktem Ohre den Klang einer ihm verwandten Seele, lauschte scharf und beifällig und ließ sich kein Wort entgehen. Dies war der Stil, in welchem das Wochenblatt seine Berichte aus Stadt und Land abzufassen pflegte und den Emil selbst schon mit einiger Sicherheit anzuwenden wußte.

Nach dem Schluß der Schule sprach Kolb dem Mitschüler seine Anerkennung aus, und von der Stunde ab hatten die beiden Knaben das Gefühl, einander zu verstehen und zueinander zu gehören.

Emil begann damit, daß er die Gründung einer gemeinschaftlichen Sparkasse vorschlug. Er wußte die Vorteile des Zusammenlegens und der gegenseitigen Ermunterung zur Sparsamkeit so beredt darzulegen, daß Franz Remppis darauf einging und sich bereit erklärte, sein Erspartes dieser Kasse anzuvertrauen. Doch war er klug genug, darauf zu bestehen, daß das Geld so lange in seinen Händen bleibe, bis auch der Freund eine bare Einlage gemacht habe, und da es hierzu niemals kommen wollte, versank der Plan, ohne daß Emil an ihn erinnern oder

Franz ihm den Versuch der Überlistung übelgenommen hätte. Ohnehin fand Kolb sehr bald einen Weg, seine kümmerlichen Umstände vorteilhaft mit den weit besseren des Wirtssohnes zu verknüpfen, indem er seinen Kameraden gegen kleine Geschenke und eßbare Gaben in manchen Schulfächern mit seinen Fähigkeiten aushalf. Das dauerte bis zum Ende der Schulzeit, und gegen das Versprechen eines Honorars von fünfzig Pfennigen lieferte Emil Kolb dem Franz die mathematische Arbeit im Abgangsexamen, welches sie auf diese Weise beide wohl bestanden. Emil hatte sogar so gute Zeugnisse eingeheimst, daß sein Vater darauf schwor, an dem Jungen sei ein Gelehrter verlorengegangen. Allein an fernere Studien war nicht zu denken. Doch gab sich der Vater Kolb jede Mühe und tat manchen sauren Bittgang, um seinem Sohne einen besonderen Platz im Leben zu verschaffen und seine Hoffnungen auf eine glänzende Zukunft nach Kräften zu fördern. Und es gelang ihm, seinen Knaben als Lehrling im Bankgeschäft der Brüder Dreiß unterzubringen. Damit schien ihm ein bedeutender Schritt nach oben hin getan und eine Gewähr für die Erfüllung weit kühnerer Träume gegeben.

Für junge Gerbersauer, die sich dem Kaufmannsberuf widmen wollten, gab es keine hoffnungsreichere Eröffnung dieser Laufbahn als die Lehrlingsschaft bei den Brüdern Dreiß. Deren Bank und Warengeschäft war alt und hochangesehen, und die Herren hatten jedes Jahr die Wahl unter den besten Schülern der obersten Klassen, deren sie jährlich einen oder zwei als Lehrlinge in ihr Geschäft aufnahmen. So hatten sie stets, da die Lehrzeit dreijährig war, zwischen vier und sechs junger Leute in der Lehre, welche zwar die Kost, sonst aber für ihre Arbeit keine Entschädigung erhielten. Dafür konnten sie dann den Lehrbrief des alten ehrwürdigen Hauses als eine überall im Lande gültige Empfehlung ins Leben mitnehmen.

Dieses Jahr war Emil Kolb der einzige neu eintretende Lehrling. Er fand jedoch die Ehre gering und recht teuer bezahlt; denn als jüngster Lehrbub war er derjenige, an welchem alle älteren, auch schon die vom vorigen Jahr, die Stiefel glaubten abreiben zu müssen. Wo etwas im Hause zu tun war, das zu tun sich jeder scheute und zu gut hielt, da rief man nach Emil, dessen Name immerzu gleich einer Dienstbotenglocke durchs Haus erschallte, so daß der junge Mensch nur selten Zeit fand, in einer Kellerecke hinter den Erdölfässern oder auf dem Dachboden bei den leeren Kisten eine kurze Weile seinen Träumen vom Glanz der Zukunft nachzuhängen. Es entschädigte ihn für dies rauhe Leben nur die Rechnung auf den Glanz späterer Tage und die gute reichliche Kost des Hauses. Die Brüder Dreiß, die mit ihrem Lehrlingswesen gute Geschäfte machten und sich außerdem noch einen gut zahlenden Volontär hielten, pflegten an allem zu sparen, nur am Essen für ihre Leute nicht. So konnte der junge Kolb sich jeden Tag dreimal vollständig satt essen, was er mit Eifer tat, und wenn er trotzdem in Bälde lernte, über die Verpflegung zu schimpfen, so war das nur eine zum Brauch der Lehrlinge gehörende Übung, welcher er mit derselben Treue oblag wie dem Stiefelwichsen am Morgen und dem Rauchen gestohlener Zigaretten am Abend.

Ein Kummer war es ihm gewesen, daß er beim Eintritt in diese Vorhölle seines Berufes sich von dem Freund hatte trennen müssen. Franz Remppis wurde von seinem Vater in eine auswärtige Lehrstelle verdingt und erschien eines Tages, um von Emil Abschied zu nehmen. Franzens Trost, daß sie beide einander fleißig schreiben wollten, leuchtete dem armen Emil wenig ein; denn er wußte nicht, woher er das Geld für die Briefmarken hätte nehmen sollen.

Wirklich kam schon bald ein Brief aus Lächstetten, worin Remppis von seinem Einstand am neuen Ort berichtete. Dieses Schreiben regte Emil zu einer langen, sorgfältigen Antwort an, mit deren Abfassung er mehrere Abende hinbrachte, deren Absendung ihm jedoch fürs erste nicht möglich war. Endlich gelang es ihm doch, und er sah es vor sich selbst als eine halbe Rechtfertigung an, daß sein erster Fehltritt dem edlen Gefühle der Freundschaft entsprang. Er mußte nämlich einige Briefe zur Post tragen, und da es eben eilte, gab der Oberlehrling ihm die Briefmarken dazu in die Hand, die er unterwegs aufkleben solle. Diese Gelegenheit nahm Emil wahr. Er beklebte den Brief an Franz, den er in der Brusttasche bei sich trug, mit einer der hübschen neuen Briefmarken und steckte dafür einen von den Geschäftsbriefen ohne Marke in den Postkasten.

Mit dieser Tat begab er sich über eine Grenze, die für ihn besonders gefährlich und lockend war. Wohl hatte er auch zuvor schon je und je, gleich den anderen Lehrbuben, Kleinigkeiten zu sich gesteckt, die seinen Herren gehörten, etwa ein paar gedörrte Zwetschgen oder eine Zigarre. Allein diese Näschereien verübte ein jeder mit heilem Gewissen, sie stellten eine flotte Gebärde dar, womit der Täter vor sich selber prahlte und seine Zugehörigkeit zum Hause und dessen Vorräten dartat. Hingegen war mit dem Diebstahl der Briefmarke etwas anderes geschehen, etwas Schwereres, ein heimlicher Raub an Geldeswert, den keine Gewohnheit und kein Beispiel entschuldigten. Es schlug denn auch dem jungen Missetäter das Herz, und einige Tage lang war er zu jeder Stunde darauf gefaßt, daß sein Vergehen entdeckt werde. Es ist selbst für leichtsinnige Menschen und auch für solche, die schon im Vaterhaus genascht haben, dennoch der erste richtige Diebstahl ein unheimliches Erlebnis, und mancher trägt schwerer daran als an weit größeren Sünden.

Emil litt einige Angst vor der möglichen Entdeckung, aber als die Tage gingen und die Sonne wieder schien und die Geschäfte ihren Gang dahinliefen, als wäre nichts geschehen und als habe er nichts zu verantworten, da erschien ihm diese Möglichkeit, in allem Frieden aus fremder Tasche Nutzen zu ziehen, als ein Ausweg aus hundert Nöten, ja vielleicht als der ihm bestimmte Weg zum Glück. Denn da ihn die Arbeit und Geschäfte nur als ein mühsamer Umweg zum Erwerb und Vergnügen zu freuen vermochten, da er stets nur das Ziel und nie den Weg bedachte, mußte die Erfahrung, daß man unter Umständen sich ungestraft allerlei Vorteile erstehlen könne, ihn gewaltig in Versuchung führen.

Und dieser Versuchung widerstand er nicht. Es gibt für einen Menschen seines Alters hundert kleine schwer entbehrte Dinge, welchen ein Kind armer Eltern stets einen doppelten Wert beimißt. Sobald Emil Kolb begonnen hatte, mit der Vorstellung weiteren unredlichen Erwerbs zu spielen, sobald der Besitz eines Nickelstücks, ja einer Silbermünze ihm keine Unmöglichkeit mehr schien, richtete sich sein Verlangen lüstern auf viele kleine Sachen, an die er zuvor kaum gedacht hatte. Da besaß sein Mitlehrling Färber ein Taschenmesser mit einer Säge und einem Stahlrädchen zum Glasschneiden daran, und obwohl das Sägen und Glasschneiden ihm durchaus kein Bedürfnis war, wollte ihm doch der Besitz eines solchen Prachtstücks überaus wünschenswert vorkommen. Und nicht übel wäre es auch, am Sonntag eine solche blau und braun gefärbte Krawatte zu tragen, wie sie jetzt bei den feineren Lehrjungen die Mode waren. Sodann war es ärgerlich genug zu sehen, wie die vierzehnjährigen Fabrikbuben am Feierabend schon zum Bier gingen, während ein Kaufmannslehrling, schon um ein Jahr älter und im Rang so viel höher als jene, jahraus jahrein kein Wirtshaus von innen zu sehen bekam. Und war es nicht ebenso mit den Mädchen? Sah man nicht manchen halbwüchsigen Stricker oder Weber aus den Fabriken schon am Sonntag mit den Kolleginnen Arm in Arm gehen? Und ein junger Kaufmann sollte seine ganze drei- oder vierjährige

Lehrzeit erst abwarten müssen, ehe er imstande wäre, einem hübschen Mädel das Karussellfahren zu bezahlen und eine Brezel anzubieten?

Diesen Übelständen beschloß der junge Kolb ein Ende zu machen. Es war weder sein Gaumen für die herbe Würze des Bieres noch sein Herz und Auge für die Reize der Mädchen reif, aber er strebte selbst im Vergnügen fremden Zielen nach und wünschte nichts, als so zu sein und zu leben wie die angesehenen und flotten unter seinen Kollegen.

Bei aller Torheit war Emil aber gar nicht dumm. Er bedachte seine Diebeslaufbahn nicht minder sorgfältig, als er zuvor seine erste Berufswahl bedacht hatte, und es blieb seinem Nachdenken nicht verborgen, daß auch dem besten Dieb stets ein Feind am Wege lauere. Es durfte durchaus nicht geschehen, daß er je erwischt wurde, darum wollte er lieber einige Mühe daran wenden und die Sache weitläufig vorbereiten, als einem verfrühten Genuß zuliebe den Hals wagen. So überlegte und untersuchte er alle Wege zum verbotenen Gelde, die ihm etwa offenstanden, und fand am Ende, daß er sich bis zum nächsten Jahr gedulden müsse. Er wußte nämlich, wenn er sein erstes Lehrjahr tadelfrei abdiene, so würden die Herren ihm die sogenannte Portokasse übertragen, welche stets der zweitjüngste Lehrling zu führen hatte. Um also seine Herren im kommenden Jahre bequemer bestehlen zu können, diente ihnen der Jüngling nun mit der größten Aufmerksamkeit. Er wäre darüber beinahe seinem Entschluß untreu und wieder ehrlich geworden; denn der ältere von seinen Prinzipalen, der seinen Eifer bemerkte und mit dem armen Schustersöhnlein Mitleid hatte, gab ihm gelegentlich einen Zehner oder wandte ihm solche Besorgungen zu, welche ein Trinkgeld abzuwerfen versprachen. So kam er zuweilen in den Besitz kleinen Geldes und brachte es dazu, noch mit ehrlich verdientem Geld sich eine von den braun und blau gescheckten Krawatten zu kaufen, womit die Feinen unter seinen Kollegen sich am Sonntag schmückten.

Mit dieser Halsbinde angetan, tat der junge Herr seinen ersten Schritt in die Welt der Erwachsenen und feierte sein erstes Fest. Bisher hatte er sich wohl des Sonntags manchmal den Kameraden angeschlossen, wenn sie langsam und unentschlossen durch die sonnigen Gassen bummelten, vorübergehenden Kollegen ein Witzwort nachriefen und recht heimatlos und verstoßen sich umhertrieben, aus der farbigen Kinderwelt ohne Gnade entlassen und in die Welt der Männer noch nicht aufgenommen.

Nun aber sollte auch er zum erstenmal seit der Schulzeit einen festlichen Sonntag mitfeiern. Sein Freund Remppis hatte in Lächstetten, wie es schien, mehr Glück gehabt als Emil daheim. Und neulich hatte er einen Brief geschrieben, der den Freund Kolb zum Kauf der feinen Halsbinde veranlaßt hatte:

»Lieber, sehr geehrter Freund!

Im Besitz Deines Werten vom 12. hujus bin in der angenehmen Lage, Dich für kommenden Sonntag, 23. hj., zu kleiner Fidelität einzuladen. Unser Verein jüngerer Angehöriger des Handelsstandes macht am Sonntag seinen Jahresausflug und möchte nicht verfehlen, Dich dazu herzlich einzuladen. Erwarte Dich bald nach Mittag, da erst noch bei meinem Chef essen muß. Werde Sorge tragen, daß alles Deine Anerkennung findet, und bitte, Dich sodann ganz als meinen Gast betrachten zu dürfen. Selbstverständlich sind auch Damen eingeladen! Zusagendenfalls erbitte Antwort wie sonst poste restante Merkur 01137. Deinem Werten mit Vergnügen entgegensehend empfiehlt sich mit Gruß Dein

Franz Remppis, Mitglied des V.j.A.d.H.«

Sofort hatte Emil Kolb geantwortet:

»Lieber, sehr geehrter Freund!

In umgehender Beantwortung Deines Geschätzten von gestern sage für Deine gütige Einladung besten Dank, und wird es mir ein Vergnügen sein, derselben Folge zu leisten. Die Aussicht auf die Bekanntschaft mit den werten Herren und Damen Eures löblichen Vereins ist mir so wertvoll wie schmeichelhaft, und kann ich nicht umhin, Dich zu dem regen gesellschaftlichen Leben von Lächstetten zu beglückwünschen. Alles Weitere auf unser demnächstiges mündliches Zusammentreffen verschiebend, verbleibe mit besten Grüßen Dein ergebener Freund

Emil Kolb.

P. S. In Eile erlaube mir noch speziellen Dank für die geschäftliche Seite Deiner Einladung, von welcher dankbar Gebrauch machen werde, da zur Zeit meine Kasse größeren Ansprüchen nicht gewachsen sein dürfte.

Dein treuer Obiger.«

Nun war dieser Sonntag gekommen. Es war gegen Ende Juni, und da seit einigen Tagen heißes Sommerwetter eingetreten war, sah man überall die Heuernte im vollem Gange. Emil hatte für den ganzen Tag ohne Schwierigkeit Urlaub, jedoch kein Geld für die kleine Eisenbahnfahrt nach Lächstetten erhalten. Darum machte er sich zeitig am Vormittag auf den Weg und war bis zur verabredeten Stunde lang genug unterwegs, um sich die bevorstehenden Freuden und Ehren in reichlicher Fülle und Schönheit ausdenken zu können. Daneben tat er an günstigen Orten auch den eben reifenden Kirschen Ehre an und kam bequem zur rechten Zeit in Lächstetten an, das er noch nie gesehen hatte. Nach den Schilderungen seines Freundes Remppis hatte er sich diese Stadt in vollem Gegensatz zu dem schlechten, spießigen Gerbersau als einen glänzenden Ort herrlichster Lebenslust vorgestellt und war nun etwas enttäuscht, die Gassen, Plätze, Häuser und Brunnen eher geringer und schmuckloser zu finden als in der Vaterstadt. Auch das Geschäftshaus Johann Löhle, in welchem sein Freund die Geheimnisse des Handels erlernen sollte, konnte sich mit dem stattlichen Hause der Brüder Dreiß in Gerbersau nicht messen. Dies alles stimmte Emils Erwartungen und Freudebereitschaft einigermaßen herab, doch stärkten diese kritischen Wahrnehmungen seinen Mut und seine Hoffnung, er würde neben der weltgewandten Jugend dieser Stadt bestehen können.

Eine Weile umstrich der Ankömmling das Handelshaus, ging hin und wider und wagte nur hie und da schüchtern einen Liedanfang zu pfeifen, der in früheren Zeiten als Signal zwischen Remppis und ihm gegolten hatte. Nach einiger Zeit erschien der Gesuchte denn auch in einem Mansardenfensterchen, winkte hinab und wies den Freund durch Zeichen an, ihn nicht vor dem Hause, sondern unten am Marktplatz zu erwarten.

Bald kam Franz daher, und sogleich sank Emils Kritiklust zusammen, da er den Schulfreund in einem neuen Anzug mit einem steifen, unmäßig hohen Hemdkragen und sogar mit Manschetten geschmückt sah.

»Servus!« rief der junge Remppis fröhlich. »Jetzt kann es also losgehen. Hast du Zigarren?«

Und da Emil keine hatte, schob er ihm eine kleine Handvoll in die Brusttasche.

»Schon recht, du bist ja mein Gast. Ums Haar hätte ich heut nicht freigekriegt, der Alte war verflucht scharf. Aber jetzt wollen wir marschieren.«

So sehr das flotte Wesen Emil gefiel, so konnte er eine Enttäuschung doch nicht verbergen. Er war zu einem Vereinsausflug eingeladen, er hatte Fahnen und vielleicht sogar Musik erwartet.

»Ja, wo ist denn euer Verein jüngerer Angehöriger des Handelsstandes?« fragte er mißtrauisch.

»Der wird schon kommen. Wir können doch nicht unter den Fenstern der Prinzipale ausrücken! Die gönnen einem sowieso kein Vergnügen. Nein, wir treffen uns vor der Stadt.«

Bald hatten sie ein kleines Gehölz und ein altes schäbiges Wirtshaus erreicht, wo sie rasch eintraten, nachdem Franz sich scharf umgesehen hatte, ob niemand ihn beobachte. Drinnen wurden sie von sechs oder sieben anderen Lehrlingen empfangen, die alle vor hohen Biergläsern saßen und Zigarren rauchten. Remppis stellte seinen Landsmann den Kameraden vor, und Emil ward feierlich willkommen geheißen.

»Sie gehören wohl alle zu dem Verein?« fragte er.

»Gewiß«, wurde ihm geantwortet. »Wir haben diesen Verein ins Leben gerufen, um die Interessen unseres Standes zu fördern, vor allem aber, um unter uns die Geselligkeit zu pflegen. Wenn Sie einverstanden sind, Herr Kolb, so wollen wir jetzt aufbrechen.«

Schüchtern fragte Emil seinen Freund nach den Damen, die doch eingeladen seien, und erfuhr, daß man diese später im Wald zu treffen hoffe.

Munter wanderten die jungen Leute in den glänzenden Sommertag hinein. Es fiel Emil auf, mit welchem Eifer Franz sich seiner Vaterstadt rühmte, die er in seinen Briefen beinahe verleugnet hatte.

»Ja, unser Gerbersau!« pries der Freund. »Nicht wahr, Emil, da geht es anders zu als hierzuland! Und was es dort für schöne Mädchen gibt!«

Emil stimmte etwas befangen zu, wurde dann gesprächig und erzählte freimütig, wie wenig groß und schön er Lächstetten im Vergleich mit Gerbersau finde. Einige von den jungen Leuten, die schon in Gerbersau gewesen waren, gaben ihm recht. Bald sprach ein jeder drauf los, rühmte ein jeder seine Stadt und Herkunft, wie es da ein anderes und flotteres Leben sei als in diesem verdammten Nest, und die paar geborenen Lächstettener, die dabei waren, gaben ihnen recht und schimpften auf die eigene Heimat. Sie alle waren voll unerlöster Kindlichkeit und zielloser Freiheitsliebe, sie rauchten ihre Zigarren und rückten an ihren hohen Stehkragen und taten so männlich und wild als sie konnten. Emil Kolb fand sich rasch in diesen Ton, den er daheim wohl auch schon gehört und ein wenig geübt hatte, und wurde mit allen gut Freund.

Eine halbe Stunde weiter draußen erwartete sie eine kleine Gesellschaft von vier halbwüchsigen Mädchen in hellen Sonntagskleidern. Es waren Töchter geringer Häuser, denen es an Beaufsichtigung fehlte und die zum Teil schon als Schulmädel mit Schülern oder Lehrbuben zärtliche Verhältnisse unterhielten. Sie wurden dem Emil Kolb als Fräulein Berta, Luise, Emma und Agnes vorgestellt. Zwei von ihnen hatten schon feste Verhältnisse und hängten sich sofort an ihre Verehrer, die beiden anderen gingen lose nebenher und gaben sich Mühe, die ganze Gesellschaft zu unterhalten. Es war nämlich nach dem Hinzutritt der Damen die frühere lärmende Gesprächigkeit der Jünglinge plötzlich erkaltet und an deren Stelle eine verlegen schweigsame Liebenswürdigkeit getreten, in deren Bann auch Franz und Emil fielen. Alle diese jungen Leute waren eigentlich noch Kinder, und ihnen allen fiel es leichter, die Manieren von Männern nachzuahmen, als sich ihrem eigenen Alter und Wesen gemäß zu benehmen. Sie alle wären im Grunde lieber ohne Mädchen gewesen oder hätten doch mit diesen wie mit ihresgleichen geschwatzt und gescherzt, aber das schien nicht anzugehen, und da sie alle wohl wußten, daß die Mädchen ohne Erlaubnis ihrer Eltern und unter Gefahren für ihren Ruf diese Wege gingen, suchte ein jeder von diesen jungen Handelsleuten das zu spielen, was er sich nach Hörensagen und Lektüre unter einem Kavalier vorstellte. Die Mädchen waren überlegen und gaben den Ton an, der auf eine empfindsame Schwärmerei gestimmt war, und sie alle, die nach Verlust der Kindesunschuld doch der Liebe noch nicht fähig waren, bewegten sich recht ängstlich und befangen in einer phantastisch verlogenen Sphäre zierlicher Sentimentalität.

Emil genoß als Fremder besondere Aufmerksamkeit, und Fräulein Emma verstrickte ihn bald in ein Gespräch über seine Herkunft und Lebensumstände, wobei Emil sich nicht übel bewährte, da er nur Fragen zu beantworten hatte. Bald wußte das Mädchen alles Wissenswerte über den jungen Mann, den sie sich zum Kavalier für diesen Tag erlesen hatte; nur war freilich des Jünglings Auskunft über sich und sein Leben nur ein poetischer Zeitvertreib. Denn wenn Fräulein Emma nach dem Stande seines Vaters fragte, schien ihm das Wort Flickschuster gar zu schroff, und er umschrieb die Sache, indem er erklärte, sein Papa habe ein Schuhgeschäft. Alsbald sah des Fräuleins Phantasie ein glänzendes Schaufenster voll schwarzer und farbiger Schuhwaren, dem ein solcher Duft von Wohlhabenheit entstieg, daß ihre weiteren Fragen immer schon einen guten Teil solchen Glanzes als vorhanden voraussetzten und den Schusterssohn unvermerkt zu immer kräftigeren Beschönigungen der Wirklichkeit nötigten. Es entstand aus Fragen und Antworten eine angenehme Legende. Nach derselben war Emil der etwas streng gehaltene, doch geliebte Sohn wohlhabender Eltern, den seine Neigung und Begabung früh von den Schulstunden zum Handel hingeführt hatte. Er erlernte als Volontär, welches Wort auf Rechnung der Emma kam, in einem mächtigen alten Handelshaus die Obliegenheiten seines künftigen Berufes und war heute, durch das herrliche Wetter verlockt, herübergekommen, um seinen Schulfreund Franz zu besuchen. Was die Zukunft betraf, so konnte Emil ohne Gefahr die Farben verschwenden, und je weniger von Wirklichkeit und Gegenwart, je mehr von Zukunft und Hoffnung die Rede war, desto mehr kam er ins Feuer, und desto besser gefiel er dem Fräulein Emma. Diese hatte von ihrer Abstammung nichts und von ihren übrigen Verhältnissen nur so viel erzählt, daß sie als zartfühlende Tochter einer wenig begüterten und leider auch etwas herrischen Witwe manches zu leiden habe, das sie jedoch kraft eines tapferen Herzens zu ertragen wisse.

Auf den jungen Kolb machten sowohl diese moralischen Eigenschaften wie auch das Äußere des Fräuleins einen starken Eindruck. Vielleicht und vermutlich hätte er sich in irgendeine andere, sofern sie nicht gerade häßlich war, ebenso verliebt. Es war das erstemal, daß er so mit einem Mädchen ging und daß ein Mädchen solches Interesse für ihn zeigte. Feierlich lauschte er den Erzählungen der Emma und gab sich Mühe, keine Höflichkeit zu versäumen. Es blieb ihm nicht verborgen, daß sein Auftreten und sein Erfolg bei Emma ihm Ansehen verlieh und daß es namentlich dem Franz imponierte.

Da man der Damen wegen nicht wagte, in einer Herberge einzukehren, wurden in der Nähe eines Dorfes zwei von den Jünglingen um Proviant ausgeschickt. Sie kehrten mit Brot und Käse, Bierflaschen und Gläsern wieder, und es ergab sich ein heiteres Gelage im Grünen. Emil, der den ganzen Tag auf den Beinen und ohne Mittagbrot gewesen war, griff nun mit eifrigem Hunger nach den guten Sachen und war der fröhlichste von allen. Doch mußte er die bittere Erfahrung machen, daß nicht alles Wohlschmeckende auch wohltut und daß seine Kräfte im Schlürfen männlicher Genüsse noch die eines Kindes waren. Er erlag mit Schmach dem dritten oder vierten Glas Bier und mußte den Heimweg nach Lächstetten als Nachzügler unter des Freundes Obhut zurücklegen.

Wehmütig nahm er am Abend von dem Franz Abschied und trug ihm Grüße an die Kameraden und an die lieben Fräulein auf, die er nicht mehr zu Gesicht bekommen hatte. Großmütig hatte ihm Franz Remppis ein Billett für die Eisenbahn geschenkt, und während er im Fahren durchs Fenster die Landschaft abendlich werden und

verglühen sah, empfand er alle Ernüchterung der Rückkehr zur Arbeit und Entbehrung voraus.

Nach vier Tagen schrieb er seinem Freunde:

»Lieber Freund!

In Anbetracht des verflossenen Sonntags möchte nicht
unterlassen, Dir nochmals meinen Dank auszusprechen.
Zu meinem lebhaften Bedauern ist mir unterwegs jenes
Versehen passiert, und hoffe ich sehr, es möchte Dir und
den Herren und Damen den schönen Festtag nicht gestört
haben. Namentlich wäre ich Dir äußerst verpflichtet,
wenn Du die Güte haben wolltest, dem Fräulein Emma
einen Gruß von mir und meine Bitte um Entschuldigung
für jenes Unglück zu bestellen. Zugleich wäre ich sehr
gespannt, Deine Ansicht über Fräulein Emma erfahren zu
dürfen, da ich nicht verhehlen kann, daß ebendiese mir
völlig zugesagt und ich eventuell nicht abgeneigt wäre,
bei späterem Anlaß an selbe mit ernsteren Anträgen heranzutreten. Diesbezüglich Deine strengste Diskretion er-
bittend und voraussetzend verbleibe mit besten Grüßen
in freundschaftlicher Ergebenheit   Dein Emil Kolb.«

Franz gab hierauf nie eine richtige Antwort. Er ließ wissen, daß der Gruß ausgerichtet sei und daß die Herren
vom Verein sich freuen würden, Emil bald einmal wieder
bei sich zu sehen. Der Sommer ging hin, und die Freunde
sahen sich in Monaten nur ein einziges Mal bei einer Zusammenkunft im Dorfe Walzenbach, das in der Mitte
zwischen Lächstetten und Gerbersau liegt und wohin
Emil den Schulfreund bestellt hatte. Es kam jedoch keine
richtige Wiedersehensfreude auf, denn Emil hatte keinen
anderen Gedanken, als etwas über das Fräulein Emma zu
erfahren, und Franz wußte seinen Fragen nach ihr immer
wieder auszuweichen. Er hatte nämlich seit jenem Sonntag selbst seine Blicke auf diese Jungfer gerichtet und seinen Freund bei ihr auszustechen versucht. Unschöner-

weise hatte er damit begonnen, daß er dessen Legende zerstört und seine geringe Herkunft ohne Schonung dargetan hatte. Zum Teil wegen dieses Verrates am Freunde, noch mehr aber wegen einer sogenannten Hasenscharte, welche Franz am Mund hatte und die der Emma mißfiel, wies sie ihn sehr kühl ab, wovon Emil jedoch nichts erfuhr. Und nun saßen die alten Freunde einander unoffen und enttäuscht gegenüber und waren beim Auseinandergehen am Abend nur darin einig, daß keiner von beiden eine baldige Wiederholung dieser Zusammenkunft für notwendig hielt.

Im Geschäft der Brüder Dreiß hatte sich Emil indessen nützlich gemacht und so viel Vertrauen erworben, daß im Herbst, nach dem Avancement des ältesten Lehrlings und dem Eintritt eines neuen, die Prinzipale dem Jüngling die Portokasse übergaben. Es wurde ihm ein Stehpult angewiesen und zugleich Büchlein und Kasse übergeben, ein flaches Kästlein aus grünem Drahtgeflecht, worin oben die Bogen mit Briefmarken, unten aber das bare Geld lagen.

Der Jüngling, am Ziele langer Wünsche und Pläne angelangt, verwaltete in der ersten Zeit die paar Taler seiner Kasse mit Gewissenhaftigkeit. Seit Monaten mit dem Gedanken vertraut, aus dieser Quelle zu schöpfen, nahm er nun doch keinen Pfennig an sich. Diese Ehrlichkeit wurzelte nur zum Teil in der Furcht und in der klugen Voraussetzung, man werde seine Führung in dieser ersten Zeit besonders genau beobachten. Vielmehr war es ein Gefühl von Feierlichkeit und innerer Befriedigung, das ihn gut machte und vom Bösen abhielt. Emil sah sich, im Besitz eines eigenen Stehpultes im Kontor und als Verwalter baren Geldes, in die Reihe der Erwachsenen und Geachteten emporgerückt; er genoß diese Stellung mit Andacht und sah auf den soeben neu eingetretenen jüngsten Lehrling mit Mitleid hernieder. Diese gütige und weiche Stimmung hielt ihn gefangen. Allein wie den schwachen Burschen eine Stimmung vom Bösen abzuhalten vermochte, so genügte auch eine Stimmung, ihn an seine üblen Vorsätze zu erinnern und diese zur Ausführung zu bringen.

Es begann, wie alle Sünden junger Geschäftsleute, an einem Montag. Dieser Tag, an welchem nach kurzer Sonntagsfreiheit und mancher Lustbarkeit die Nebel des Dienstes, des Gehorchenmüssens und der Arbeit sich wieder für so lange Tage senken, ist auch für fleißige und tüchtige junge Menschen eine Prüfung, zumal wenn auch die Vorgesetzten den Sonntag der Lust geweiht und alle gute Laune einer Woche im voraus verbraucht haben.

Es war ein Montag zu Anfang des November. Die beiden älteren Lehrlinge waren tags zuvor samt dem Volontär in der Vorstellung einer durchreisenden Theatergruppe gewesen und hatten nun, durch das gemeinsame seltene Erlebnis heimlich verbunden, viel untereinander zu flüstern. Der Volontär, ein junger Lebemann aus der Hauptstadt, ahmte an seinem Stehpult Grimassen und Gebärden eines Komikers nach und weckte die Erinnerung an gestrige Genüsse jeden Augenblick von neuem. Emil, der den regnerischen Sonntag zu Hause hingebracht hatte, horchte mit Neid und Ärger hinüber. Der jüngere Chef hatte ihn am frühen Morgen schon in bitterer Montagslaune angebrummt, allein und ausgeschlossen stand er an seinem Platz, während die anderen ans Theater dachten und ihn ohne Zweifel bemitleideten.

In diesem Augenblick erschallte draußen auf dem Marktplatz ein schmetternder Trompetenstoß, der sich zweimal wiederholte. Das Signal, seit einigen Tagen der ganzen Stadt vertraut, kündete den Ausrufer der Schauspielerfamilie an, der auch sogleich auf dem Platz erschien, sich auf die Vortreppe des Rathauses schwang und mit rollender Stimme verkündete: »Meine Herrschaften! Damen und Herren! Es findet heute abend die unwiderruflich letzte Vorstellung der bekannten Truppe

Elvira statt. Zur Aufführung gelangt das berühmte Stück ›Der Graf von Felsheim oder Vaterfluch und Brudermord‹. Zu dieser unwiderruflich allerletzten Hauptgalavorstellung wird alt und jung hiermit ergebenst eingeladen. Trara! Trara! Am Schlusse findet eine Verlosung wertvoller Gegenstände statt! Jeder Inhaber einer Karte zum ersten und zweiten Rang erhält vollständig gratis ein Los. Trara! Trara! Letztes Auftreten der berühmten Truppe! Letztes Auftreten auf Wunsch zahlreicher Kunstfreunde! Heute abend halb acht Uhr Kassenöffnung!«

Dieser Lockruf mitten in der Trübe des nüchternen Montagmorgens traf den Lehrling ins Herz. Die Gebärden und Gesichter des Volontärs, das Tuscheln der Kollegen, bunte wirre Vorstellungen von Glanz und Genuß flossen zu dem glühenden Verlangen zusammen, endlich auch einmal dies alles zu sehen und zu genießen, und das Verlangen ward alsbald zum Vorsatz, denn die Mittel waren ja in seiner Hand.

An diesem Tage schrieb Emil Kolb zum erstenmal falsche Zahlen in sein kleines sauberes Kassabüchlein und nahm einige Nickelstücke von dem ihm Anvertrauten weg. Aber obwohl dies schlimmer war als vor Monaten jener Diebstahl einer Briefmarke, blieb doch diesmal sein Herz ruhig. Er hatte sich seit langem an den Gedanken dieser Tat gewöhnt, er fürchtete keine Entdeckung, ja er fühlte einen leisen Triumph, als er sich abends vom Prinzipal verabschiedete. Da ging er nun hinweg, das Geld des Mannes in seiner Tasche, und er würde es noch oft so machen, und der dumme Kerl würde nichts merken.

Das Theater machte ihn sehr glücklich. In großen Städten, hatte er sagen hören, gab es noch weit größere und glänzendere Theater, und da gab es Leute, die jeden Abend hineingingen, immer auf die besten Plätze. So wollte er es auch einmal haben.

Von da an hatte die Portokasse des Hauses Dreiß ein unsichtbares Loch, durch welches immerzu ein kleiner dünner Geldfluß entwich und dem Lehrling Kolb gute Tage machte. Das Theater freilich zog hinweg in andere Städte, und ähnliches kam sobald nicht wieder. Aber da war bald eine Kirchweih in Hängstett, bald auf dem Brühel ein Karussell, und außer dem Fahrgeld und Bier oder Kuchen war meistens dazu auch ein neuer Hemdkragen oder Schlips unentbehrlich. Ganz allmählich wurde der arme junge Mensch zu einem verwöhnten Manne, der sich überlegt, wo er am kommenden Sonntag vergnügt sein will. Er hatte bald gelernt, daß es beim Vergnügen auf anderes ankommt, als aufs Notwendige, und tat mit Genuß Dinge, die er früher für Sünde und Dummheit gehalten hätte. Beim Bier schrieb er an die jungen Herren in Lächstetten Ansichtskarten, und wo er sonst ein trockenes Brot verzehrt hatte, fragte er nun nach Wurst und Käse dazu, er lernte in Wirtschaften herrisch nach Senf und Zündhölzern verlangen und den Zigarettenrauch durch die Nase blasen.

Immerhin mußte er in solchem Verbrauch seines Wohlstandes vorsichtig sein und durfte nicht immer auftreten, wie es ihm gerade Spaß gemacht hätte. Die paar ersten Male spürte er auch vor dem Monatsende und der Kontrolle seiner Kasse ziemliches Bangen. Aber stets ging alles gut, und nirgends fand sich eine Nötigung, den begonnenen Unfug einzustellen. So wurde Kolb, wie jeder Gewohnheitsdieb, trotz aller Vorsicht am Ende sicher und blind.

Und eines Tages, da er wieder das Portogeld für sieben Briefe statt für vier aufgeschrieben hatte und da sein Herr ihm den falschen Eintrag vorhielt, blieb er frech dabei, es müßten sieben Briefe gewesen sein. Und da der Herr Dreiß sich dabei zu beruhigen schien, ging Emil friedlich seiner Wege. Am Abend aber setzte sich der Herr, ohne daß der Schelm davon wußte, hinter sein Büchlein und studierte es sorgsam durch. Denn es war ihm nicht nur der größere Portoverbrauch in letzter Zeit aufgefallen, sondern es hatte ihm heute ein Gastwirt aus der Vorstadt erzählt, der junge Kolb komme neuerdings am Sonntag öfter zu ihm und scheine mehr für Bier auszugeben, als der Vater ihm dafür geben könne. Und nun hatte der Kaufherr geringe Mühe, das Übel zu übersehen und die Ursache mancher Veränderung im Wesen und Treiben seines jungen Kassierers zu erkennen.

Da der ältere Bruder Dreiß gerade auf Reisen war, ließ der jüngere der Sache zunächst ihren Lauf, indem er nur täglich in der Stille die kleinen Unterschlagungen betrachtete und notierte. Er sah, daß sein Verdacht dem jungen Mann nicht Unrecht getan hatte, und wunderte sich ärgerlich über die geschickte Sachlichkeit, mit der ihn der Bursche so lange Zeit hintergangen und bestohlen hatte.

Der Bruder kehrte zurück, und am folgenden Morgen beriefen die beiden Herren den Sünder in ihr Privatkontor. Da versagte denn doch die erworbene Sicherheit des Gewissens; kaum hatte Emil Kolb die beiden ernsten Gesichter der Prinzipale und in des einen Händen sein Kassenbüchlein erblickt, so wurde er weiß im Gesicht und verlor den Atem.

Hier begannen Emils schlimme Tage. Als würde ein schmucker Marktplatz durchsichtig und man sähe unterm Boden Kloaken und trübes Wasser rinnen, von Gewürm bevölkert und übelriechend, so lag der unreine Grund dieses scheinbar harmlosen jungen Lebens häßlich aufgedeckt vor seinen und seiner Herren Augen da. Das Schlimmste, was er je gefürchtet, war hereingebrochen, und es war übler, als er gedacht hätte. Alles Saubere, Ehrliche, das bisher in seinem Leben gewesen war, versank und war weg, sein Fleiß und Gehorsam war nicht gewesen, es blieb von einem fleißigen Leben zweier Jahre nichts übrig als die Schmach seines Vergehens.

Emil Kolb, der bis dahin einfach ein kleiner Schelm und bescheidener Hausdieb gewesen war, wurde nun zu dem, was die Zeitungen ein Opfer der Gesellschaft nennen.

Denn die beiden Brüder Dreiß waren nicht darauf eingerichtet, in ihren vielen Lehrbuben junge Menschen mit jungen wartenden Schicksalen zu sehen, sondern nur eben Arbeiter, deren Unterhalt wenig kostete und die für Jahre eines nicht leichten Dienstes noch dankbar sein mußten. Sie konnten nicht sehen, daß hier ein verwahrlostes junges Leben an der Wende stand, wo es ins Dunkel hinabgeht, wenn nicht ein guter Mensch zu helfen bereit ist. Einem jungen Dieb zu helfen wäre ihnen im Gegenteil als Sünde und Torheit erschienen. Sie hatten einem Buben aus armem Hause Vertrauen geschenkt und ihr Haus geöffnet, nun hatte dieser Mensch sie hintergangen und ihr Vertrauen mißbraucht – das war eine klare Sache. Die Herren Dreiß waren sogar edel und kamen überein, den armen Kerl nicht der Polizei zu übergeben. Sie entließen ihn vielmehr, ausgescholten und zerschmettert, und trugen ihm auf, er möge zu seinem Vater gehen und ihm selber sagen, weshalb man ihn in einem anständigen Handelshause nicht mehr brauchen könne.

Die Brüder Dreiß waren ehrenwerte Männer und auf ihre Art wohlmeinend, sie waren nur gewohnt, in allem Geschehenden »Fälle« zu sehen, auf welche sie je nachdem eine der Regeln bürgerlichen Tuns anwenden mußten. So war auch Emil Kolb für sie nicht ein gefährdeter und untersinkender Mensch, sondern ein bedauerlicher Fall, welchen sie nach allen Regeln ohne Härte erledigten.

Sie waren sogar über das notwendige Maß pflichtbewußt und gingen am folgenden Tag selber zu Emils Vater, um mit ihm zu reden, die Sache zu erzählen und etwa mit einem Rat zu dienen. Aber der Vater Kolb wußte noch gar nichts von dem Unglück. Sein Sohn war gestern nicht nach Hause gekommen, er war davongelaufen und hatte die Nacht im Freien hingebracht. Zur Stunde, da seine Prinzipale ihn beim Vater suchten, stand er frierend und hungrig überm Tal am Waldrand und hatte sich, im Selbsterhaltungsdrang gegen die Versuchung freiwilligen Untergangs, so hart und trotzig gemacht, wie es dem schwachen Jungen sonst in Jahren nicht möglich gewesen wäre.

Sein erster Gedanke war gewesen, nur zu flüchten, sich zu verbergen und die Augen zu schließen, da er die Schande wie einen giftigen Schatten über sich fühlte. Erst allmählich, da er einsah, er müsse zurückkehren und irgendwie das Leben weiterführen, hatte sein Lebenswille sich zu Trotz verhärtet, und er hatte sich vorgenommen, den Brüdern Dreiß das Haus anzuzünden. Indessen war auch diese Rachlust vergangen. Emil sah ein, wie sehr er sich den weiteren Weg zu jedem Glück erschwert habe, und kam mit seinen Gedanken zu dem Schluß, es sei ihm nun doch jeder lichte Pfad verbaut und er müsse nun erst recht und mit verdoppelten Kräften den Weg des Bösen gehen, um doch noch auf seine Weise recht zu behalten und das Schicksal zu zwingen.

Der entsetzte kleine Flüchtling von gestern kehrte nach einer durchfrorenen Nacht als ein junger Bösewicht nach der Heimat zurück, auf Schmach und üble Behandlung gefaßt und zum Krieg gegen die Gesetze dieser schnöden Welt gewillt.

Nun wäre es an seinem Vater gewesen, ihn in eine ernsthafte Kur zu nehmen und den geschwächten Willen nicht vollends zu brechen, sondern langsam wieder zu erheben und zum Guten zu wenden. Das war indessen mehr, als der Schuster Kolb vermochte. So wenig wie sein Sohn vermochte dieser Mann das Gesetz des Zusammenhanges von Ursache und Wirkung zu erkennen oder doch zu fühlen. Statt die Entgleisung seines Sprößlings als eine Folge seiner schlechten Erziehung zu nehmen und den Versuch einer Besserung an sich und dem Kind zu beginnen, tat Herr Kolb so, als sei von seiner Seite her alles in Ordnung und als habe er Grund gehabt, von seinem

Söhnlein nur Gutes zu erwarten. Freilich, Vater Kolb hatte nie gestohlen, doch war in seinem Hause der Geist nie gewesen, der allein in den Seelen der Kinder das Gewissen wecken und der Lust zur Entartung trotzen kann.

Der zornige, gekränkte Mann empfing den heimkehrenden Sünder wie ein Höllenwächter bellend und fauchend, er rühmte ohne Grund den guten Ruf seines Hauses, ja er rühmte seine redliche Armut, die er sonst hundertmal verwünscht hatte, und lud alles Elend, alle Last und Enttäuschung seines Lebens auf den halbwüchsigen Sohn, der sein Haus in Schande gebracht und seinen Namen in den Schmutz gezogen habe. Alle diese Ausdrücke kamen nicht aus seinem erschrockenen und völlig ratlosen Herzen, sondern er befolgte damit eine Regel und erledigte einen Fall ähnlich und trauriger, als es die Herren Dreiß getan hatten.

Emil hielt den Kopf gesenkt und schwieg, er fühlte sich elend, aber doch dem ohnmächtig wetternden Alten überlegen. Alles was der Vater vom besudelten Namen und vom Zuchthaus schrie, kam ihm nichtig vor; wenn er irgendeine andere Unterkunft der Welt gewußt hätte, wäre er ohne Antwort hinweggegangen. Er war in der überlegenen Lage dessen, dem alles einerlei ist, weil er soeben von dem bitteren Wasser der Verzweiflung und des Grauens getrunken hat. Dagegen verstand er die Mutter wohl, die hinten am Tische saß und still weinte; aber er fand keinen Weg zu ihr, der er am wehesten getan hatte und von der er doch am ehesten Mitleid erwartete.

Das Haus Kolb war nicht in der Lage, einen nahezu erwachsenen Sohn unbeschäftigt herumsitzen zu haben.

Der Meister Kolb, als er sich vom ersten Schrecken aufgerafft hatte, hatte zwar noch alles versucht, dem Schlingel trotz allem eine Zukunft zu ermöglichen. Aber ein Lehrling, den die Brüder Dreiß weggejagt hatten, fand in Gerbersau keinen Boden mehr. Nicht einmal der Schreinermeister Kiderle, der doch im Blatt einen Lehrbuben bei freier Kost gesucht hatte, konnte sich entschließen, den Emil aufzunehmen.

Schließlich, als eine Woche nutzlos verstrichen war, sagte der Vater: »Ja, wenn alles nicht hilft, mußt du halt in die Fabrik!«

Er war auf Widerstand gefaßt, aber Emil sagte: »Mir ist's recht. Aber den Hiesigen mach ich die Freude nicht, daß sie mich in die Fabrik gehen sehen.«

Daraufhin fuhr Herr Kolb mit seinem Sohn nach Lächstetten hinüber. Da sprach er beim Fabrikanten Erler vor, der tannene Faßspunden herstellte, fand aber kein Gehör, und dann beim Walkmüller, der ebenfalls dankte, und ging schließlich auch noch in die Maschinenstrickerei, wo er im Werkführer zu seiner Überraschung einen alten Bekannten fand, der nach wenig Worten den jungen Menschen auf Probe zu nehmen einwilligte.

Vater Kolb war froh, als am folgenden Montag sein Sohn das Haus verließ, um sein Fabriklerleben in Lächstetten zu beginnen. Auch dem Sohn war es wohl, daß er aus den Augen der Eltern kam. Er nahm Abschied, als wäre es für wenige Tage, und hatte doch fest im Sinne, sich daheim nicht mehr zu zeigen.

Der Eintritt in die Fabrik fiel ihm trotz aller desperaten Vorsätze doch nicht leicht. Wer einmal gewohnt war, über den Pöbel die Nase zu rümpfen, dem ist es ein saurer Bissen, wenn er selber den guten Rock ausziehen und zu den Verachteten zählen soll.

Emil hatte sich darauf verlassen, daß er an seinem Freund Remppis einen Trost finden werde. Er hatte nicht gewagt, seinen Freund im Hause des Prinzipals aufzusuchen, begegnete ihm aber gleich am zweiten Abend auf der Gasse. Erfreut trat er auf ihn zu und rief ihn beim Namen.

»Grüß Gott, Franz, das freut mich aber! Denk, ich bin jetzt auch in Lächstetten!«

Der Freund aber machte gar kein frohes Gesicht. »Ich

weiß schon«, sagte er kühl, »man hat es mir geschrieben.«

Sie gingen miteinander die Gasse hinab. Emil suchte einen leichten Ton anzustimmen, aber die Mißachtung, die der Freund ihm zeigte, drückte ihn nieder. Er versuchte zu erzählen, zu fragen, ein Zusammentreffen am Sonntag zu verabreden; aber auf alles antwortete Franz Remppis kühl und vorsichtig. Er habe jetzt so wenig Zeit, und gerade heut erwarte ihn ein Kamerad in einer wichtigen Angelegenheit, und auf einmal war er weg, und Emil ging allein durch den Abend zu seiner ärmlichen Schlafstelle, erzürnt und traurig. Er nahm sich vor, dem Freunde bald seine Untreue in einem bewegten Brief vorzuhalten, und fand in diesem Vorsatz einigen Trost.

Allein auch hierin kam ihm Franz zuvor. Schon am folgenden Tag erhielt der Fabrikler beim abendlichen Nachhausekommen einen Brief, den er mit Sorge öffnete und mit Schrecken las:

»Geehrter Emil!

Unter Bezugnahme auf unser Mündliches von gestern möchte ich Dir nahelegen, künftighin auf unsere bisherigen angenehmen Beziehungen zu verzichten. Ohne Dir zu nahe treten zu wollen, dürfte es doch angezeigt sein, daß jeder von uns seinen Umgang im Kreise seiner Standesgenossen sucht. Ebendaher erlaube mir auch vorzuschlagen, uns künftig gegebenenfalls lieber mit dem höflichen Sie anzureden.

Ergebenst grüßend Ihr ehemaliger

Franz Remppis.«

Auf dem Weg des jungen Kolb, der von da an stetig abwärts führte, war hier der Punkt des letzten Zurückschauens, der letzten Besinnung, ob es nicht auch anders hätte gehen können, ja ob nicht jetzt noch eine Wandlung möglich wäre. Nach einigen Tagen lag dies alles abgetan dahinten, und der junge Mensch lief vollends blindlings in der engen Sackgasse seines Schicksals weiter.

Die Arbeit in der Fabrik war nicht so schlimm, wie sie ihm geschildert worden war. Er hatte zu Anfang nur Handlangerdienste zu tun, Kisten zu öffnen und zu vernageln, Körbe mit Wolle in die Säle zu tragen, Gänge zum Magazin und zur Reparaturwerkstätte zu besorgen. Es dauerte jedoch nicht lange, so bekam er probeweise einen Strickstuhl zu besorgen, und da er sich anstellig zeigte, saß er in Bälde an seinem eigenen Stuhl und arbeitete im Akkord, so daß es ganz von seinem Fleiß und Willen abhing, wieviel Geld er in der Woche verdienen wollte. Dieses Verhältnis gefiel dem jungen Burschen sehr wohl, und er genoß seine Freiheit mit grimmigem Behagen, indem er am Feierabend und Sonntag mit den wildesten Kameraden aus der Fabrik bummeln ging. Da gab es keinen Prinzipal mehr, der in häßlicher Nähe kontrollierend saß, und keine Hausordnung eines alten strengen Handelshauses, keine Eltern und nicht einmal ein Standesbewußtsein, das störende Forderungen machen konnte. Geld verdienen und Geld verbrauchen war des Lebens Sinn, und das Vergnügen bestand neben Bier und Tanzen und Zigarren vor allem im Gefühl frecher Unabhängigkeit, womit man am Sonntag den schwarzgekleideten Kaufleuten und anderen Philistern ins Gesicht grinsen konnte, ohne daß es jemand gab, der einem verbieten und befehlen durfte.

Dafür, daß es ihm mißlungen war, aus seinem geringen Vaterhaus in die höheren Stände emporzugelangen, rächte sich Emil Kolb nun an diesen höheren Ständen. Er fing, wie billig, oben an und ließ den lieben Gott seine Verachtung fühlen, indem er weder Predigt noch Katechese je besuchte und dem Pfarrer, den er zu grüßen gewohnt gewesen war, beim Begegnen auf der Straße vergnügt den Rauch seiner Zigarre ins Gesicht blies. Schön war es auch, am Abend sich vor das beleuchtete Schaufenster zu stellen, hinter welchem der Lehrling Remppis noch saure Abendstunden an der Arbeit war, oder in den Laden selbst hineinzugehen und mit dem baren Geld in der Hosentasche eine gute Wurst zu verlangen.

Das Schönste aber waren ohne Zweifel die Mädchen. In der ersten Zeit hielt sich Emil den Frauensälen der Fabrik fern, bis er eines Tages in der Mittagspause aus dem Saal der Sortiererinnen eine junge Mädchengestalt hervortreten sah, die er alsbald wiedererkannte. Er lief hinüber und rief sie an.

»Fräulein Emma! Kennen Sie mich noch?«

Erst in diesem Augenblick fiel ihm ein, unter welch anderen Umständen er das Mädchen im vorigen Jahre kennengelernt hatte und wie wenig sein jetziger Zustand dem entsprach, was er ihr damals von sich erzählt hatte. Auch sie schien sich jener Unterhaltungen noch wohl zu erinnern, denn sie grüßte ihn ziemlich kalt und meinte: »So, Sie sind's? Ja, was tun denn Sie hier?«

Doch gewann er das Spiel, indem er mit lebhafter Galanterie antwortete: »Es versteht sich doch von selbst, daß ich nur Ihretwegen hier bin!«

Das Fräulein Emma hatte seit dem Sonntagsausflug mit dem Verein jüngerer Angehöriger des Handelsstandes ein wenig an Anmut verloren, hingegen sehr an Lebenserfahrung und Kühnheit gewonnen. Nach einer kurzen Prüfungszeit bemächtigte sie sich des jungen Liebhabers entschieden, der nun seine Sonntage stolz und herrisch am Arm der Schönen verbummelte und an Tanzplätzen und Ausflugsorten seine junge Mannheit sehen ließ.

Genug Geld zu haben und ohne lästige Kontrolle nach seinem Belieben ausgehen zu dürfen, war für Kolb ein lang ersehntes Vergnügen, dessen er jetzt schwelgerisch genoß. Trotzdem aber und trotz seines Liebesfrühlings war es ihm nicht völlig wohl. Was ihm fehlte, war die Lust des unrechtmäßigen Besitzes und der Kitzel des schlechten Gewissens. Zum Stehlen gab es in seinem jetzigen Leben kaum eine Gelegenheit. Nichts ist dem Menschen schwerer zu entbehren als ein Laster, und wenige Laster sind so zäh wie das der Diebe. Außerdem hatte der junge Mensch einen Haß gegen die Reichen und Angesehenen in sich gebildet, aus deren Reihen er ausgestoßen war, und mit dem Haß ein Verlangen, diese Leute nach Möglichkeit zu überlisten und zu schädigen. Das Gefühl, am Samstagabend mit einigen wohlverdienten Talern im Beutel aus der Fabrik zu gehen, war ganz angenehm. Aber jenes Gefühl, heimlich über fremde Gelder zu verfügen und einen dummen Kerl von Prinzipal beliebig prellen zu können, war doch köstlicher gewesen.

Darum sann Emil Kolb mitten in seinem Glücke immer gieriger auf neue Möglichkeiten zu unehrlichem Erwerb. Es kam neuerdings manchmal vor, daß er ohne Geld war, obwohl er über seinen Bedarf verdiente. Die Energie eines planmäßigen Denkens, welche er zu redlichen Zwecken kaum aufbrachte, fand er in seinen Diebesplänen wieder. Geduldig suchte er Gelegenheit und Ort eines größeren Unternehmens ausfindig zu machen, und da er durch die heimatlichen Erfahrungen gewitzt war, schien es ihm richtig, diesmal das eigene Geschäft zu schonen und etwas Entlegeneres zu suchen. Da stach ihm der Laden ins Auge, wo Franz Remppis als Lehrling diente, das größte Geschäft des Städtchens.

Das Haus Johann Löhle in Lächstetten entsprach etwa dem der Brüder Dreiß in Gerbersau. Es führte außer Kolonialwaren und landwirtschaftlichen Geräten alle Artikel des täglichen Gebrauches, vom Briefpapier und Siegellack bis zu Kleiderstoffen und eisernen Öfen, und hielt nebenher eine kleine Bank. Den Laden kannte Emil Kolb genau, er war oft genug darin gewesen und über die Standorte mancher Kiste und Lade sowie über Ort und Beschaffenheit der Kasse wohl unterrichtet. Über die sonstigen Räume des Hauses wußte er durch frühere Erzählungen seines Freundes einigermaßen Bescheid, und was ihm zu wissen noch unentbehrlich schien, erfragte er bei gelegentlichen Besuchen des Ladens. Er sagte etwa, wenn er abends gegen sieben Uhr den Laden betrat, zum Hausknecht oder jüngsten Lehrling: »Na, jetzt ist bald Feierabend!« Sagte er dann: »Noch lange nicht, es kann halb neun werden«, so fragte Emil weiter. »So, so; aber dann kannst du wenigstens gleich weglaufen, das Ladenschließen wird nicht deine Sache sein.« Und dann erfuhr er, daß der Prokurist oder der Sohn des Prinzipals immer als letzter das Geschäft verlasse, und richtete nach alledem seine Pläne ein.

Darüber verging die Zeit, und es war seit seinem Eintritt in die Fabrik schon ein Jahr vergangen. Diese lange Zeit war auch an dem Fräulein Emma nicht spurlos vorübergegangen. Sie begann etwas gealtert und unfrisch auszusehen; was aber ihren Liebhaber am meisten erschreckte, war der nicht mehr zu verbergende Umstand, daß sie ein Kind erwartete. Das verdarb ihm die Lächstetter Luft, und je näher die Niederkunft heranrückte, desto fester wurde in Kolb der Vorsatz, noch vor diesem Ereignis den Ort zu verlassen. Er erkundigte sich daher fleißig nach auswärtigen Arbeitsgelegenheiten und stellte fest, daß er gute Aussichten habe, wenn er sich der Schweiz zuwenden würde.

Auf den Plan einer Erleichterung des Johann Löhleschen Ladens jedoch dachte er deswegen nicht zu verzichten. Es schien ihm gut und schlau, seinen Abgang aus der Stadt mit der Tat zu verbinden. Darum hielt er eine letzte Übersicht über alle seine Mittel und Aussichten, schloß die Rechnung befriedigt ab und vermißte zur Ausführung seines Unternehmens nichts als ein wenig Mut. Der kam ihm jedoch während einer sehr unfrohen Unterredung mit der Emma, so daß er im Ärger der Stunde ungesäumt den Weg des Schicksals betrat und beim Aufseher für die nächste Woche kündigte. Es wurde ihm ohne Erfolg zum Dableiben geraten, und da er vom Wandern nicht abzubringen war, versprach ihm der Aufseher ein gutes Zeugnis und eine Empfehlung an mehrere Schweizer Fabriken mitzugeben.

So setzte er denn den Tag seiner Abreise fest, und am Abend zuvor beschloß er den Handstreich bei Johann Löhle auszuführen. Er war auf den Einfall gekommen, sich am Abend in das Haus einschließen zu lassen. So suchte er denn, gegen Abend vor dem Hause lungernd, schon mit seinem Zeugnis und Wanderpaß in der Tasche, einen Eingang und fand ihn in einem Augenblick, da niemand in der Nähe schien, durch das große, weit offen stehende Hoftor. Vom Hof schlich er sich still in das Magazin hinüber, das mit dem Laden in unmittelbarer Verbindung stand, und blieb zwischen Fässern und hohen Kisten verborgen, bis es nachtete und das Leben im Geschäft erlosch. Gegen acht Uhr war es in dem Raum schon völlig dunkel, eine Stunde später verließ der junge Herr Löhle das Geschäft, schloß hinter sich ab und verschwand nach dem oberen Stockwerk, wo seine Wohnung lag.

Der im finstern Magazin versteckte Dieb wartete zwei ganze Stunden, ehe er den Mut fand, einen Schritt zu tun. Dann wurde es ringsum still, auch von Straße und Marktplatz her war kaum ein Ton mehr zu hören, und Emil trat vorsichtig im Finstern aus seinem Loch hervor. Die Stille des großen, verödeten Raumes beengte ihm das Herz, und als er an der Türe zum Laden hin den Riegel zurückschob, kam ihm plötzlich zum Bewußtsein, daß Einbruch ein schweres Verbrechen sei und schwer bestraft werde. Nun aber, im Laden drinnen, nahm die Fülle der guten und schönen Dinge seine Aufmerksamkeit ganz gefangen. Es wurde ihm feierlich zumute, da er die Laden und Wandfächer voller Waren ansah. Da lagen in einem Glaskasten, nach Sorten geordnet, Hunderte von schönen Zigarren; Zuckerhüte und Feigenkränze, geräucherte lange Würste schauten ihn heiter an, und er konnte nicht widerstehen, fürs erste wenigstens eine Handvoll feiner Zigarren in seine Brusttasche zu stopfen.

Beim schwachen Schein seiner winzigen Laterne suchte er alsdann die Kasse auf, eine einfache Holzschieblade im Ladentisch, die jedoch verschlossen war. Aus Vorsicht, damit es ihn nicht verriete, hatte er keinerlei Werkzeuge mitgebracht und suchte sich nun im Laden selbst Stemmeisen, Zange und Schraubenzieher aus. Damit machte er das Schloß der Lade los und hatte bald die Kasse geöffnet. Begierig schaute er beim schwachen Licht hinein und sah in kleinen Abteilungen geordnet die Münzen liegen, leise glänzend, Zehner bei Zehner und Pfennig bei Pfennig. Er begann das Ausräumen mit den größeren Münzstücken, deren aber sehr wenige da waren, und hatte bald zu seiner zornigen Enttäuschung überrechnet, daß der ganze Inhalt höchstens zwanzig Mark betrage. Mit so wenigem hatte er nicht gerechnet und kam sich nun elend betrogen vor. Sein Zorn war so groß, daß er das Haus hätte anzünden mögen. Da war er nun, so sorgfältig vorbereitet, zum erstenmal in seinem Leben eingebrochen, hatte seine Freiheit riskiert und sich in schwere Gefahr begeben, um die paar elenden Geldstücke zu erbeuten! Den Haufen Kupfergeld ließ er verächtlich liegen, tat das andere in seinen Geldbeutel und hielt nun Umschau, was etwa sonst noch des Mitnehmens wert sein möchte. Da war nun genug des Begehrenswerten, aber lauter große und schwere Sachen, die ohne Hilfe nicht hinwegzubringen waren. Wieder kam er sich betrogen vor und war vor Enttäuschung und Kränkung dem Weinen nahe, als er, ohne mehr dabei zu denken, noch einige Zigarren und von einem großen Vorrat, der auf dem Tisch gestapelt lag, eine Handvoll Ansichtskarten zu sich steckte und den Laden verließ. Ängstlich suchte er, ohne Licht, den Weg durch das Magazin in den Hof zurück und erschrak nicht wenig, als das schwere Hoftor seinen Bemühungen nicht gleich nachgeben wollte. Verzweifelt arbeitete er am großen Riegel, der in seiner Steinritze am Boden spannte, und atmete tief auf, als er nachgab und das Tor langsam aufging. Er zog es hinter sich notdürftig zu und schritt nun mit einem merkwürdig kühlen Gefühl von Ernüchterung und Bangigkeit durch die toten nächtigen Gassen zu seiner Schlafstelle. Hier lag er ohne Schlaf, bis der Morgen graute. Da sprang er auf, wusch sich die Augen klar und trat mit dem alten kecken Gesicht bei den Hauswirten ein, um adieu zu sagen. Er bekam einen Kaffee eingeschenkt und viele gute Reisewünsche, nahm sein Bündel am Stock über die Schulter und ging zum Bahnhof. Und als im Städtchen der Tag erwachte und der Löhlesche Hausknecht beim Ladenöffnen die Kasse aufgebrochen fand, da fuhr Emil Kolb schon ein paar Meilen weiter durch ein schönes Waldland, das er vom Wagenfenster mit Neugierde betrachtete, denn es war die erste Reise seines Lebens.

Im Hause Johann Löhle erregte die Entdeckung des Verbrechens großen Sturm, und auch nachdem der Schaden festgestellt und als geringfügig erkannt war, summte die lüsterne Aufregung weiter und verbreitete sich durch die ganze Stadt. Polizei und Landjägerschaft erschien, nahm die übliche Reihe von symbolischen Handlungen vor und stieß die vor dem Hause sich drängende Menschenmenge hin und wider.

Auch der Amtsrichter erschien und besah sich die Sache, aber auch er konnte den Täter nicht finden noch ahnen. Es ward der Hausknecht und der Packer und die ganze Reihe der erschrockenen und dennoch über das Unerhörte heimlich entzückten Lehrlinge ins Verhör genommen, es wurde nach allen Käufern gefragt, die gestern den Laden beehrt hatten, doch alles war vergebens. An Emil Kolb dachte niemand.

Indessen dachte dieser selbst sehr häufig an das Haus Löhle zurück. Er las mit tiefem Bangen, hernach mit Genugtuung die heimatlichen Zeitungen, deren mehrere sich mit dem Fall beschäftigten, und da er sah, daß auf ihn gar kein Verdacht gefallen sei, freute er sich geschmeichelt seiner Geriebenheit und war trotz der kleinen Beute mit seinem ersten Einbruch zufrieden.

Noch war er auf der Wanderschaft und hielt sich gerade in der Gegend des Bodensees auf, denn er hatte wenig Eile und wollte unterwegs auch etwas sehen. Seine erste Empfehlung lautete nach Winterthur, wo er erst einzutreffen gedachte, wenn sein Geld knapp werden würde.

Behaglich saß er im Wirtshaus bei einer Wurst, deren Scheiben er bedachtsam und reichlich mit Senf bestrich, dessen Schärfe er sodann mit einem kühlen guten Bier bekämpfte. Darüber ward ihm wohl und fast wehmütig vor Erinnerung, so daß er ohne Groll an seine Emma denken konnte. Es schien ihm nun, sie habe es doch gut mit ihm gemeint. Je länger er daran kaute, desto mehr tat ihm das Mädel leid, und während er das dritte oder vierte Glas von dem guten Bier bestellte und erwartete, kam er zu dem Entschluß, ihr einen Gruß zu schreiben.

Vergnügt griff er in die Tasche, wo noch ein kleiner Vorrat von den Löhleschen Zigarren übrig war, und zog das kleine steife Päcklein heraus, worin die Lächstetтener Ansichtspostkarten waren. Die Kellnerin lieh ihm einen Bleistift, und während er ihn mit der Zungenspitze befeuchtete, schaute er das Bildchen auf der Karte zum erstenmal genauer an. Es stellte die untere Brücke in Lächstetten vor und war auf eine ganz neue Manier mit glänzenden Farben gedruckt, wie sie die arme Wirklichkeit nicht hat.

Mit Deutlichkeit malte er die Adresse, wobei ihm der Stift abbrach. Doch ließ er sich die Laune dadurch nicht verderben, schnitzte den Bleistift wieder zurecht und schrieb dann unter das schönfarbene Bild: »Gedenke Deiner in der Fremde und bin mit viel Grüßen Dein getreuer E. K.«

Diese zärtliche Karte bekam Emma zwar zu Gesicht, jedoch nicht ohne Verzögerung und nicht aus den Händen des Briefboten, sondern aus denen des Amtsrichters, der das Mädchen durch die plötzliche Vorladung auf sein Amtszimmer nicht wenig erschreckt hatte.

Es waren nämlich jene Ansichtskarten erst vor ganz wenigen Tagen in den Löhleschen Laden gekommen, und von dem ganzen Vorrat waren erst drei oder vier Stück verkauft worden, deren Käufer man hatte feststellen können. Es war daher auf die vom Dieb mitgenommenen Karten die Hoffnung seiner Entdeckung gesetzt worden, und die davon unterrichteten Postbeamten hatten die vom Bodensee her eintreffende Postkarte sofort erkannt und angehalten.

Damit ist die Geschichte Emil Kolbs zu Ende. Seine Einlieferung in Lächstetten verlief wie ein Volksfest, wobei der Triumph der Einwohnerschaft über den gefesselt einhergeführten achtzehnjährigen Dieb einer kleinen Ladenkasse alle jene Züge zeigt, welche dem Leser solcher Berichte den Verbrecher bemitleidenswert und die Einwohnerschaft verächtlich machen. Sein Prozeß dauerte nicht lange. Ob er nun aus dem Gefängnis, das ihn aufgenommen hat, zu längerem Aufenthalt in unsere Welt zurückkehren oder den Rest seines Lebens mit kleinen Pausen vollends in solchen Strafanstalten hinbringen wird, jedenfalls wird seine Geschichte uns wenig mehr zu sagen und zu lehren haben.   *(1910)*

Nachwort des Herausgebers

Erzählungen 1908-1910

Die Erzählung »Freunde« fällt in die Zeit von Hesses erster intensiver Beschäftigung mit den Schriften Arthur Schopenhauers. Sie brachte ihn auf ganz andere Weise als seine indienmissionierende Familie in Berührung mit dem Buddhismus. Den Weg über Schopenhauer, der aus dem materialistischen Weltbild herausführt, muß auch der junge Hans Calwer, Hauptfigur der 1907 entstandenen Erzählung nehmen, die im Tübinger Studentenmilieu spielt und in der Hesse erstmals die Problematik des Mitläufertums thematisiert. Durch seinen Austritt aus der fragwürdigen Geborgenheit einer Couleurstudenten-Verbindung bringt Hans seinen anhänglichen Freund und Bundesbruder Erwin in erhebliche Konflikte. Doch anderthalb Semester Burschenschaft mit ihrer Hierarchie nach Herkunft und Geld, ihrer Uniformierung, den Trink- und Hauboden-Ritualen und dem »fahnenweihmäßigen, an Männergesangsvereine erinnernden Redenhalten« sind mehr als genug für den eigenwilligen und künstlerisch begabten Hans. Er muß sich lösen und kann keine Rücksicht mehr nehmen auf seinen Freund und Trabanten Erwin, der sich nicht entschließen kann, diese Scheingeborgenheit zu verlassen. Auch in seinem Studium orientiert Hans sich neu, belegt das Buddha-Kolleg eines Orientalisten und befreundet sich dort mit dem etwas extravaganten, drei Jahre älteren Studenten Heinrich Wirth, der ihm imponiert, weil er nicht des Examens, sondern um der Sache selbst willen studiert und sein Wissen zu praktizieren versucht. Daß er den spartanischen Kurs seines neuen Freundes, durch Askese unabhängig von den Reizen des äußeren Lebens werden zu wollen, nur ein Stück weit begleiten kann, bis sich die Wege gabeln und er seine eigene Richtung verfolgen muß, ist prototypisch für den Autor wie seine künftigen Helden.

1948 entdeckte Hesse das verloren geglaubte Manuskript der »Freunde« unter seinen Papieren wieder und publizierte die Erzählung in der »Neuen Zürcher Zeitung« vom Januar 1949. Auf Zuschriften von Eugen Zeller und Walther Meier antwortete er damals: »Daß ich sie noch einmal drucken ließ, geschah, weil ich mit einem gewissen Erstaunen sah, wie schon diese frühe ziemlich kunstlose und in der Form konventionelle Erzählung sich aufs Ernstlichste mit den Problemen des Individuums, den Problemen Demians etc. befaßt ... ein zeitloses Paradigma, der Anruf an den Menschen, über Konvention und Durchschnitt hinweg, den Mut zu sich selbst zu haben.«

»Freunde« ist die längste Erzählung unseres Bandes. Hesses hat sie in keinen seiner Sammelbände aufgenommen und erst 1957, anläßlich seines 80. Geburtstages, also fünfzig Jahre nach ihrer Entstehung als bibliophile Einzelausgabe veröffentlicht. Ihren erstaunlichen Erfolg verdankt sie (die 1986 veröffentlichte Taschenbuchausgabe ist inzwischen in 100 Tsd. Exemplaren verbreitet) wohl auch dem wirklichkeitsnahen Abbild des deutschen Universitätslebens, dessen Rituale sich bis auf den heutigen Tag erhalten haben. Bemerkenswert dabei ist, daß Hesse weder Student war noch je mit dem Studentenleben sympathisiert hatte, wie er am 20.3.1903 Alfons Paquet mitteilte: »Mir sind sowohl die gelehrten wie die burschikosen Studenten zumeist ein Greuel ... In Tübingen, wo ich volle vier Jahre war und sehr viel mit Studenten zusammenlebte, bekam ich die ganze Sache gründlich über.« Seine Haltung zur »rationalisierten Geistigkeit« des Universitätsbetriebes hatte er schon 1895 zu Beginn seiner Tübinger Jahre den Freund Theodor Rümelin wissen lassen: »Hätte ich in der Literatur, zum Beispiel an einer Hochschule auch nur ein Pünktchen mehr lernen können als privatim? Gewiß nicht. Das Wissen liegt ja auf dem Markt und Selbststudium macht urteilsfähig. Speziell in Dingen, wo Ethik und Ästhetik mitspielt, ist eigenes Forschen weit wertvoller als Kolleghören ... auch Nationalökonomie lerne ich in Fabriken mehr als irgendwo anders.«

Ähnlich wie der melancholische Rückblick »Von der alten Zeit« (Bd. 3) handeln die Kurzgeschichten »Abschied«, »Die Wunder der Technik« und »Die Stadt« von der Zweischneidigkeit des sogenannten Fortschritts, einem Thema, dem sich Hesse diesmal auf humoristische und phantastische Weise nähert. Am überzeugendsten ist ihm dies wohl in der kleinen Erzählung »Die Stadt« geglückt, die zu den artistisch gelungensten und zugleich populärsten seiner Kurzgeschichten zählt. Im Zeitraffertempo auf nur sechs Seiten entrollt sie einen kompletten kultur- und entwicklungsgeschichtlichen Abriß unserer Zivilisation. In prototypischer Reihenfolge wird der Aufstieg und Niedergang eines menschlichen Siedlungsgebietes gezeigt. Was da unter der Devise »Es geht vorwärts!« mit der Erschließung von Erdölfeldern aus dem Boden gestampft wird und sich in profitorientierter Folgerichtigkeit von der Natur zur Kultur entwickelt und von ersten Wellblechhütten zu einer Metropole gedeiht, die vom Pariser Schneider bis zur bayrischen Bierhalle, von Taschendieben, Zuhältern und Einbrechern, vom Spiritistenverein bis zum Alkoholgegnerbund alles zu bieten hat, was ein Ballungszentrum ausmacht, ist eine Vorwegnahme von Fragestellungen, die heute, fast hundert Jahre nach der Entstehung dieser Parabel, aktueller sind denn je. Terroristische Angriffe auf die Raffinerien, mehrere Erdbeben, die das Versiegen der Ölquellen und eine Verlagerung des Flußlaufes bewirken, setzen dem Boom ein Ende, bis andernorts derselbe Prozeß von neuem beginnen kann. Der Schluß der Erzählung, die darauf hinausläuft, daß die Natur und der Wald sich schließlich das

verwüstete und unprofitabel gewordene Terrain zurück-
erobern, so daß nun ein Specht angesichts des »herrlich
grünenden Fortschritts« den Ausruf des Ingenieurs »Es
geht vorwärts!« wiederholen kann, ist von einer 1910
noch möglichen Zuversicht, als die Überbevölkerung
und Zerstörung unseres Planeten weniger absehbar waren.

»Abschied«, das schwermütige Resümee eines Lebens-
müden, erschien zu Hesses Lebzeiten u.d.T. »Das Lied
des Lebens« und »Der Dilettant« nur in Zeitungen und
Zeitschriften, während er die als Rahmenerzählung vor-
getragene Posse von seinem ungeschickten Freund Olaf
über »Die Wunder der Technik« niemals veröffentlicht
hat, sie fand sich als Typoskript im Nachlaß.

Daß die Realität zuweilen groteskere Blüten treibt als
die blühendste Phantasie sie sich auszumalen vermag,
zeigt die Erzählung »Aus dem Briefwechsel eines Dichters«, in der nur die Namen erfunden sind. Brief für Brief
dieser tragikomischen Korrespondenz, die der junge
Schriftsteller Hans Schwab darin mit Verlegern, Redak-
teuren und Autorenkollegen führt, könnte man in Hesses
eigenem Schriftwechsel aus den Jahren 1886 bis 1908 als
realitätsgetreu belegen. Sie zeigen die publizistischen Erfahrungen, die kaum einem jungen und noch unbekannten Autor erspart bleiben, bis er etabliert ist und die Me-
dien ihm das, was sie zunächst weit von sich gewiesen
haben, plötzlich aus den Händen reißen. Gleich das erste
Schreiben, worin Hans Schwab dem künftigen Verleger
seinen Roman »Paul Weigel« anbietet, ist inhaltlich fast
identisch mit Hesses Begleitbrief zum *Peter Camenzind*-
Manuskript. Wie Hesse ist Hans Schwab das Gegenteil
von selbstbewußt und geradezu kontraproduktiv bescheiden. Statt sich ins rechte Licht zu rücken, warnt er
seinen Verleger fast vor einer Veröffentlichung: »Fürs
große Publikum wird es keine Speise sein und erhebliche
Geschäfte werden sich damit nicht machen lassen.« Daß

der Verlag es dennoch damit wagt, grenzt fast an ein Wunder. Die Zeitschrift »Dichterlust«, welche für Gotteslohn Schwabs erste lyrische Talentproben abgedruckt hat, und sobald er um ein Honorar bittet, weitere Veröffentlichungen ablehnt, entspricht der Wiener Monatsschrift »Das deutsche Dichterheim«, wo Hesse 1896 seine ersten Verse publiziert hatte. Der Verlagsbuchhändler Biersohn, der sich von seinen Autoren die Herstellungskosten der Bücher finanzieren läßt, ist niemand anders als Edgar Pierson in Dresden, in dessen Verlag neben Hesse mit seinen *Romantischen Liedern* (1898/1899) auch Autoren wie Max Dauthendey, Arthur Schnitzler und Carl Sternheim als Selbstzahler debutiert haben. Schon in der vier Jahre zuvor entstandenen Erzählung »Das erste Abenteuer« (Bd. 3) kommt Pierson als ein Autorenfänger vor, dem er auf den Leim gegangen sei, weil dieser sich zwar die Druckkosten bezahlen ließ, die Autoren jedoch, entgegen seiner Zusage, nicht am Erlös der verkauften Bücher beteiligte, wie Hesse noch 1949 an Gotthilf Hafner schrieb. »Lump, schreibt und zahlt nie!«, lautet eine Randnotiz im Datennotizbuch des Verfassers.

Als dann Hans Schwabs Roman »Paul Weigel« ein Bestseller geworden war, erkundigt sich dieselbe Zeitschrift, die kurz zuvor noch eine seiner Novellen als »zu lyrisch« abgelehnt hatte, ob er vielleicht auch Novellen schreibe, die zu drucken ihr ein Vergnügen wäre. Authentisch ist auch der Vorschlag eines Redakteurs, der Hans Schwab darum gebeten hat, seinen gar zu schlichten Verfassernamen etwas extravaganter zu verfremden, oder der erpresserische Plagiatsvorwurf eines Schriftstellerkollegen, der von Schwab eine positive Besprechung seines eigenen Romans erwartet und im Gegenzug den »Paul Weigel« zu rezensieren verspricht.

Hans Schwabs Weigerung, seinem Verleger ein Porträtfoto für die Buchwerbung zu überlassen, da sein Äußeres das Publikum nichts anginge, findet seine Entsprechung in einem enttäuschten Antwortschreiben Samuel Fischers an Hesse vom 3.1.1904: »Es tut mir leid, daß sie den Abdruck Ihres Porträts, wie es scheint, als Indiskretion auffassen. Hätte ich ahnen können, daß Sie grundsätzlich gegen den Abdruck Ihres Porträts etwas einzuwenden haben, so hätte ich es gewiß unterlassen. Ich habe aber die Erfahrung gemacht, daß Autoren meines Verlages, deren Porträt ich im Prospekt nicht abdrucke, sich vernachlässigt fühlen. Also reden wir nicht mehr darüber, es wird geschehen, wie Sie es wünschen.« Außerdem begegnet man in Schwabs Korrespondenz wie in Hesses Schriftwechsel mit S. Fischer der Abneigung des auf Verkaufserfolge bedachten Verlegers, Gedichtbände zu veröffentlichen. Hesse, der sich zeitlebens mehr als Lyriker denn als Romancier verstand, mußte deshalb auch noch als arrivierter Autor seine Gedichtbücher fast zwei Jahrzehnte lang anderen Verlegern überlassen. Erst ab den zwanziger Jahren nahm sich endlich auch S. Fischer seiner Lyrik an.

Diese Geschichte, so speziell ihr Thema auch sein mag, schildert am Beispiel des Verlagswesens amüsant und detailgenau die Mechanismen des Kulturbetriebs, die bis auf den heutigen Tag dieselben geblieben sind. Nicht unerhörte Begebenheiten, sondern das Unerhörte des Alltäglichen und Unscheinbaren ist es, was die zeitlose Aktualität solcher Erzählungen ausmacht. Es ist die Glaubwürdigkeit des Authentischen und Selbsterlebten, die vom Spezialfall zum Prototypischen vordringt.

Zu einer Zäsur in Hesses Bodensee-Jahren kam es 1906/1907 durch den Bau eines eigenen Hauses in Gaienhofen. Denn mittlerweile war es durch die Geburt der Söhne Bruno und Heiner zu eng geworden in den wenigen kleinen Stuben des Bauernhäuschens, das Hesses Frau Mia 1904 gemietet hatte. Doch statt daß der mit dem Hausbau verbundene erste Wohlstand und Komfort den Dichter beflügelt hätten, führte die damit einhergehende Anbindung und Verbürgerlichung den Dreißigjährigen zu einer Krise. »Warum bist du so tot? Wann bist du das letztemal jung gewesen?« fragt sich der gleichaltrige Ich-Erzähler zu Beginn der Geschichte »Taedium vitae«, und hofft auf die regenerierende Wirkung einer Reise. Sein Ziel ist München, das auch Hesse gut kannte. Denn als Mitarbeiter der Zeitschrift »Simplicissimus« und der neuen Halbmonatsschrift »März«, deren Kulturteil er damals herausgab, waren in den Jahren 1906 bis 1908 mindestens zehn, oft mehrtägige Fahrten nach München erforderlich. Hier im Milieu der Schwabinger Boheme lernt der Erzähler die Kunstgewerbeschülerin Maria kennen, die ihm das Gefühl gibt, »wieder 19 Jahre alt und unversehrt zu sein.« Doch der Traum, mit ihrer Hilfe sein Leben noch einmal »mitten in den Strom lenken zu können«, zerschlägt sich, denn sie bevorzugt eine Gesellschaft, die nicht zu ihm paßt. Mit etwas anderer Versuchsanordnung ist dieser Stoff eine Variante der »Elisabeth«-Problematik, die Hesse sieben Jahre zuvor in Basel zu schaffen machte und die er nun parallel zu »Taedium vitae« mit den verschiedenen Fassungen des *Gertrud*-Romans erneut zu bewältigen versuchte.

Im April 1907, während am Bodensee Hesses erstes Haus errichtet wurde, unternahm der Dichter eine Expedition auf den Monte Verità bei Ascona, in der Hoffnung sein inneres Gleichgewicht durch eine vierwöchige Fastenkur und Rauchabstinenz stabilisieren zu können. Außerdem interessierte ihn diese Enklave von Aussteigern und exzentrischen Menschheitsbeglückern, die sich unter der Leitung des belgischen Industriellen-Sohnes Henri Oedenkoven zu einer streng vegetarischen Freikörper- und Naturheil-Kolonie entwickelt hatte. Dort entstand sein Bericht »In den Felsen. Notizen eines Naturmenschen« (SW 11, *Autobiographische Schriften*). Auf dem mit Edelkastanien bewachsenen Berg über dem Lago Maggiore bezog er eine kleine Bretterbude, lebte dort sieben Tage ohne feste Nahrung, begrub sich bis unter die Achseln in den Boden, um die so gepriesene »Heilkraft der Erde« zu erfahren, wobei es ihm vorkam, als müsse er »erstarren, Wurzeln schlagen und in ein pflanzliches oder mineralisches Dasein zurücksinken«. Doch der Gewinn, den diese Experimente ihm brachten, war offenbar doch dürftig. Außer etwas mehr Geduld und Bescheidenheit habe er davon wenig profitiert, notierte er nach seiner Rückkehr. Die drei Jahre später entstandenen Erzählungen »Dr. Knölges Ende« und »Der Weltverbesserer« (Bd. 5) schildern seine Erfahrungen mit dieser aus aller Herren Länder zusammengewürfelten Gesellschaft von »Kohlrabiaposteln« auf liebevoll ironische Weise: »Da gab es Vegetarier, Vegetarianer, Vegetabilisten, Rohkostler, Frugivoren und Gemischtkostler, deren Bestrebungen eine Art von vegetarischem Zionismus waren. Da kamen Priester und Lehrer aller Kirchen, falsche Hindus, Okkultisten, Masseure, Magnetopathen, Zauberer, Gesundbeter. Die meisten dieser in Amerika und Europa entgleisten Menschen trugen als einziges Laster die so vielen Aussteigern eigene Arbeitsscheu mit sich.« Doch 14 Jahre nach seiner asketischen Abstinenz auf dem Berg der Wahrheit wird Hesse in seiner Buddhalegende *Siddhartha* auf diese Exerzitien wieder zurückkommen und der durch die Askese gewonnenen Selbstdisziplin, der Fähigkeit zu »denken, warten und fasten«, eine für die Entwicklung seines Helden wegweisende Bedeutung einräumen.

In der Satire »Doktor Knölges Ende« wird das »Zurück zur Natur«-Ideal in Gestalt eines wieder zum Affen gewordenen Naturmenschen auf die Spitze getrieben und der Philologe Knölge zum Opfer des atavistischen Experimentes, die Evolution rückgängig machen zu wollen. Die Figur des zum Ausgangspunkt der Menschwerdung zurückkehrenden Affenmenschen Jonas geht auf einen Doktor Lerchel zurück, der sich, Allodola (ital. = Lerche) nannte. Hesse lernte ihn auf dem Monte Verità kennen.

Dort lebte Lerchel aus Angst vor Verfolgern in den Bäumen, denn er war, irgendeines Vergehens wegen, auf der Flucht.

Die Krise, in die sein nomadenhaftes Naturell Hesse seit 1907 getrieben hatte, als durch den Bau seines ersten eigenen Hauses eine Festlegung und Konsolidierung seiner Existenz vorprogrammiert schien, war indessen keineswegs überwunden. Die Depressionen nahmen auf eine Weise zu, daß er sich, um organische Ursachen auszuschließen, nun nach ärztlicher Hilfe umsah. Im Juni 1909 begab er sich nach Badenweiler in das Sanatorium von Professor Albert Fraenkel zu einer Kur, die ihren Niederschlag u.a. in der Erzählung »Haus zum Frieden« gefunden hat. Es ist eine lockere, fast tagebuchähnliche Chronik, die mit dem Porträt des Arztes einsetzt und unter den zwanzig Mitpatienten drei Charaktere genauer umreißt: einen Schriftsteller, eine vermögende Dame, die durch Selbstmorddrohungen die besondere Zuwendung des Arztes zu erzwingen versucht, und einen schwedischen Archivar, der von seiner Trunksucht geheilt werden will. Der nicht namentlich genannte Gründer des Sanatoriums, das in Wirklichkeit Villa Hedwig hieß, wird als ein Mediziner geschildert, »der nicht Krankheiten, sondern Menschen behandelt«, indem er versucht, den Patienten »innerhalb der Bedingungen ihrer beschränkten und beschädigten Natur eine möglichst günstige und erträgliche Lebensweise zu bieten oder anzuerziehen.«

Die Schilderung seiner Beobachtungen als Fiktion ermöglicht es Hesse, sich selbst im Porträt des Schriftstellers gewissermaßen von außen, aus dem Blickwinkel seiner Mitmenschen zu sehen und darzustellen. Die Fiktion in diesem ansonsten ziemlich wirklichkeitsnahen Bericht beginnt damit, daß der Ich-Erzähler sich als Dauergast vorstellt, der »seit etwa einem Jahr« das Sanatorium in Anspruch nimmt, während sich Hesse selbst nur fünf Wochen in der Villa Hedwig aufhielt. Den Schriftsteller schildert er als den menschenscheuen Verfasser eines Jugendwerkes, das »ein Schlager gewesen war«, weshalb alles Spätere an dieser Publikation gemessen wurde. Unschwer läßt sich in ihm der Verfasser des *Peter Camenzind* wiedererkennen, auch wenn es ein Theaterspiel ist, das sein fiktiver Doppelgänger veröffentlicht hat. Der Arzt kann ihn von der Befürchtung befreien, ein körperliches Leiden sei Ursache seiner Beschwerden. Vor die Wahl gestellt, die psychischen Anlässe seines Leidens zu therapieren auf die Gefahr hin, dabei »die schöpferische Kraft als Künstler zu verlieren«, entscheidet sich Hesse wie sein Protagonist dafür, »auf das stabilere Glück der Ruhe zu verzichten« und zu »Dionysos zurückzukehren.« Der Arzt, Professor Albert Fraenkel, der es verstand, bei den Beschwerden seiner Patienten stets die Kausalkette zu durchschauen, die Dinge an ihren Platz zu rücken, Wichtiges von Beiläufigem zu unterscheiden und »was eben noch Last und Bleigewicht war«, in eine Seifenblase zu verwandeln, ist nicht nur ein erfahrener Menschenkenner, sondern auch ein namhafter Internist gewesen, der 1906 durch seine Herztherapie mit Digitalis bekannt wurde, die intravenöse Strophantintherapie begründet und damit Medizingeschichte geschrieben hat. In den »Erinnerungen an Ärzte« hat ihm Hesse u.d.T. »Ein Arzt großen Stils« ein Gedenkblatt gewidmet (vgl. SW 12, *Gedenkblätter*).

Die märchenhafte Erzählung »Ein Mensch mit Namen Ziegler« ist, wie die Kurzgeschichte »Der Wolf« (Bd. 2), eine Parteinahme zugunsten der vom Menschen vergewaltigten Tierwelt. Beim Besuch eines historischen Museums entwendet Ziegler von den Exponaten einer Alchimistenküche eine geheimnisvolle Pille. Bevor er daraufhin den Tiergarten besucht, geht er zum Mittagessen. Obwohl er das rückständige Mittelalter mit seinen vergeblichen Goldmacherkünsten verachtet, kann er der Versuchung nicht widerstehen, mit einem Schluck Bier diese rätselhafte Tablette hinunterzuspülen, und bald schon muß er bemerken, was es damit auf sich hat. Denn im Zoo versteht er plötzlich die Sprache der Tiere. Dabei muß er erkennen, wieviel diese gefangenen und unterdrückten Wesen ihren Peinigern, den Menschen voraus haben. Das bringt sein bisheriges Weltbild so sehr ins Wanken, daß er darüber den Verstand verliert und von seinen Artgenossen gleichfalls in eine Anstalt, das heißt in einer anderen Art von Zoo, interniert wird.

Zurück in Hesses Heimatstadt Calw führen die letzten seiner »Gerbersau«-Erzählungen »Die Verlobung«, »Die Heimkehr«, »Ladidel«, »Emil Kolb« und »Der Zyklon« (Bd. 5).

Ein Thomas Mann verwandtes Sensorium für die innere Bedeutung äußerer Erscheinungsformen zeigt Hesse in »Die Verlobung«, der wohl tragikomischsten Liebesgeschichte, die er geschrieben hat. Hier werden die Erfahrungen eines kleinwüchsigen und etwas linkischen Kurzwarenhändlers festgehalten, dem erst nach bitteren Demütigungen die Augen für das Nächstliegende aufgehen: die Zuneigung eines unscheinbaren Mädchens, mit deren praktischer Lebensklugheit ihm mehr gedient ist als mit seiner Vorliebe für Teenager, die ihm unerreichbar sind. Schließlich nimmt die von ihm kaum Beachtete das Heft in die Hand und die Kette seiner Demütigungen findet ein Ende. Auf diese Frauengestalt wie fast alle Frauen in Hesses Erzählungen trifft Joseph Milecks Feststellung zu: »Sie unterscheiden sich völlig von den Männern. Sie sind aus derberem Stoff gemacht, stehen mit sich selbst im Einklang und werden besser mit dem Leben fertig. Ob Mutter oder Geliebte, sie sind reif, stark, geduldig, praktisch, vorsichtig und entschlossen. Sie ergreifen die Initiative in der Liebe und sind die leitende und stabilisierende Kraft im Leben der Männer« (Joseph Mileck, *Hermann Hesse. Dichter, Sucher, Bekenner*, Frankfurt am Main 1987, S. 54).

Die 1909 entstandene Geschichte »Die Heimkehr« hat Hesse erst in den dritten, 1912 erschienenen Auswahlband seiner Erzählungen *Umwege* aufgenommen, welcher die Irrgänge schildert, die nicht wenige Menschen machen müssen, um zu sich selber, ihrem Beruf, ihrer Liebe und ihrem Schicksal zu finden. »Diese Umwege«, schrieb Theodor Heuss in seiner Besprechung des Bandes vom 10.8.1912 in der Neckarzeitung, Heilbronn, »sind Leidenswege, Abirrungen, Kraftverschwendung. Sie führen leicht an Lüge und Verbrechen vorbei, aber dort, wo die Quelle des eigenen Wesens nicht verschüttet wurde, dort, wo liebreiche Frauenhände Steine und Geröll wegschaffen können, bahnt sich der Fluß des Lebens doch noch seine eigene Bahn.«

Der Sohn des Gerbers Schlotterbeck kehrt erst nach beträchtlichen Abschweifungen in seine Vaterstadt zurück. Schon als junger Mann hatte er sie verlassen und zunächst als Kaufmann in der Schweiz, in England und Amerika, schließlich als Fabrikant in Rußland ein Vermögen gemacht und dabei ein gutes Stück Welt gesehen. Als er nun, einer nostalgischen Regung zufolge, nach dreißigjähriger Abwesenheit seinen Lebensabend in der Heimat beschließen will, lernt er diese aus einem Blickwinkel kennen, der ihn rasch von den Illusionen heilt, die ihn nach Gerbersau zurückgeführt hatten. Kaum ist er dort eingetroffen, verbreitet sich die Nachricht von seiner Rückkehr wie »durch eine geheimnisvolle, drahtlose Telegraphie«. Ein Vetter, der ihn zu beerben hofft, stellt sich ein und der verlorene, wenn auch nicht gerade vermißte Sohn, wird zum Mittelpunkt des Interesses, der Spekulation und der kleinbürgerlichen Phantasie der Ortsansässigen. Doch als vermögender und weltläufiger Mann ist er der Mißgunst und dem legendenbildenden Rufmord, womit man in Gerbersau allen Nestflüchtigen und Andersgearteten begegnet, bei weitem nicht so ausgeliefert wie seine darüber menschenscheu gewordene Nachbarin Entriß. Auf welche Weise der Heimkehrer diese Frau und sich selbst vor weiterer Anteilnahme der Einheimischen zu bewahren versteht, erzählt Hesse mit der liebevollen Ironie des selber Betroffenen, dem die Distanzierung geglückt ist.

Wie in allen Erzählungen des Themenbandes *Umwege* (»Ladidel«, »Die Heimkehr«, »Der Weltverbesserer«, »Emil Kolb« und »Pater Matthias«) gelangt auch die Hauptfigur der Geschichte »Ladidel« erst auf Abwegen zu einem Ziel, das seinen Talenten gerecht wird. Diesmal schildert Hesse einen Abstieg auf der sozialen Leiter, die sich jedoch als Glücksfall erweist. Alfred Ladidel, ein etwas bequemer, selbstgefälliger, doch liebenswerter junger Stutzer, der als halbherziger Notariatskandidat des Prestiges wegen eine Beamtenlaufbahn anstrebt, gerät durch ein Mädchen, das ihm Liebe vortäuscht, um dabei einen Geldbetrag zu erlangen, auf die schiefe Bahn. Er entwendet das Geld seinem Lehrherrn, gesteht aber die Tat, nachdem er erkannt hat, daß auch er betrogen wurde. Aus seiner Position entlassen, entdeckt er über einen ehemaligen Schulfreund seine eigentliche Begabung, und statt ein unzufriedener, mittelmäßiger Beamter, wird aus ihm ein talentierter, tüchtiger und zufriedener Friseur. Die außerdem in die Handlung verwobene Schilderung von Ladidels Neigung zur Tochter einer ewig bekümmerten Kanzleischreiberswitwe, für die – wie damals üblich – eine Heirat erst nach beruflicher Selbständigkeit in Frage kommt, ist in ihrem Auf und Ab von vorgetäuschten Sprödigkeiten subtil beobachtet. Auch in dieser mit dem Lächeln des Menschenfreundes vorgetragenen Geschichte hat selbst die beiläufigste Episode eine die Sachlage durchleuchtende und belebende Bedeutung.

Die letzte der »Gerbersau«-Erzählungen unseres Bandes, »Emil Kolb«, nimmt im Gegensatz zu »Ladidel« einen deprimierenden Verlauf. Der Vater Emil Kolbs, ein unzufriedener Flickschuster, sucht in seinem Sohn wettzumachen, was er selbst im Leben nicht erreichte. Doch die Hoffnung des leichtfertigen Emil auf eine steile Karriere verläuft in umgekehrter Richtung. Beginnend mit einem Griff in die Portokasse wird er zum Kleptomanen, Gewohnheitsdieb und Einbrecher. Weil es ihm mißglückt war, in die höheren Stände aufzusteigen, glaubt er sich an deren Vertretern rächen zu müssen. Und bald ist der Moment erreicht, wo für den 18Jährigen kein intensiveres Lebensgefühl mehr denkbar ist als der Kitzel der kriminellen Tat wie für den Süchtigen die Droge. Da sich im entscheidenden Augenblick weder zu Hause noch unter seinen Vorgesetzten jemand findet, der Menschenkenner genug ist, um ihm aus seiner verfahrenen Lage heraushelfen zu können, sinkt er herab vom Kaufmann zum Fabrikarbeiter und Zuchthäusler.

Freude und Kummer über den Zauber und die Flüchtigkeit von Reisebekanntschaften mischen sich im Liebestraum der Erzählung »Wärisbühel«, die einmal mehr das Gefälle zwischen Imagination und Wirklichkeit thematisiert. Werkgeschichtlich bemerkenswert bei dieser in humoristischem Tonfall vorgetragenen Episode, die von einer hoffnungsvollen, doch trügerischen Blickbekanntschaft mit einer attraktiven jungen Frau handelt, ist der Name, den sich der Ich-Erzähler für sie ausdenkt. Er nennt sie Gertrud und verweist damit auf den Titel eines Manuskriptes, das zu Beginn der Erzählung erwähnt wird. Um die Arbeit daran fortzusetzen, begibt sich der Berichterstatter in die Ungestörtheit eines Landaufenthaltes. Tatsächlich vollendete Hesse 1909, also zur Zeit der Niederschrift des Wärisbühel-Erlebnisses die dritte und definitive Fassung seines Romans *Gertrud*, dessen zwei vorangegangene Versionen (vgl. SW 2, Seite 437 ff. u. 499 ff.) in der Kurzgeschichte vermerkt werden, wo von den »verschiedenen Dispositionen und Anfängen« die Rede ist, die er »noch heute als ein Andenken an schöne Jugendjahre aufbewahre«. Die Parallelität der Namen der weiblichen Hauptgestalten im Roman wie in der Wärisbühel-Geschichte ist natürlich kein Zufall, denn hier wird die Fernliebe des scheuen Ich-Erzählers zu den Gertrud genannten Frauen für die Handlung bedeutsam.

Was diese Erzählungen vom Inhaltlichen abgesehen ausmacht, ist die Kunst, mit der Hesse Natur- und Seelenstimmungen wiederzugeben vermag. Erstaunlich ist auch, wie lebendig und wahr seine Menschen vor uns stehen, so daß wir sofort ein Verhältnis zu ihnen gewinnen. Er zeigt nicht die Oberfläche, sondern erfaßt seine Gestalten von innen heraus, sieht sie nicht nur mit den Augen, sondern mit der Seele. Stoffhungrige Leser kommen dabei kaum auf ihre Rechnung. Nicht *was* seine Helden erleben, sondern *wie* sie es wahrgenommen haben, ist ihm wichtig.

Volker Michels

Quellennachweis

Freunde: Geschrieben 1907/1908. Manuskript im Deutschen Literaturarchiv, Marbach. Erstdruck in »Velhagen & Klasings Monatshefte«, Braunschweig vom Mai 1909. Einzelausgabe im Sommer 1957 als 75. Publikation der Oltener Bücherfreunde in 750 numerierten Exemplaren.

Abschied: Geschrieben 1908. Typoskript im Deutschen Literaturarchiv, Marbach. Erstdruck u.d.T. »Das Lied des Lebens« im Jahrbuch »Patria«, Berlin 1909. Erstmals in Buchform in H. Hesse, »Gesammelte Erzählungen«. Bd. 4 (»Innen und Außen«). Frankfurt am Main 1977.

Die Wunder der Technik: Geschrieben um 1908. Manuskript im Deutschen Literaturarchiv, Marbach. Erstmals in Buchform in H. Hesse, »Gesammelte Erzählungen«. Bd. 4, a.a.O., 1977.

Aus dem Briefwechsel eines Dichters: Geschrieben um 1908. Erstdruck in »Die Gegenwart«, Berlin vom 25.9. bis 2.10. 1909. Erstmals in Buchform in H. Hesse, »Gesammelte Erzählungen«. Bd. 4, a.a.O., 1977.

Taedium vitae: Erstdruck in »Die Neue Rundschau«, Berlin vom Juli 1908. Erstmals in Buchform in H. Hesse, »Die Erzählungen«. Frankfurt am Main 1973.

Die Verlobung: Manuskript u.d.T. »Die Jugendzeit des kleinen Ohngelt« im Deutschen Literaturarchiv, Marbach. Erstdruck u.d.T. »Eine Liebesgeschichte« in »März«, München von September bis Oktober 1908. Erstmals in Buchform in H. Hesse, »Nachbarn«. Berlin 1908.

Ein Mensch mit Namen Ziegler: Typoskript im Deutschen Literaturarchiv, Marbach. Erstdruck in »Simplicissimus«, München vom 21.12.1908. Erstmals in Buchform in H. Hesse, »Gedenkblätter«. Berlin 1935.

Die Heimkehr: Typoskript im H. Hesse-Editionsarchiv, Volker Michels, Offenbach am Main. Erstdruck in »Die Neue Rundschau«, Berlin vom April 1909. Erstmals in Buchform in H. Hesse, »Umwege«. Berlin 1912.

Haus zum Frieden. Aufzeichnungen eines Herrn im Sanatorium: Geschrieben im Juli 1909. Manuskript im Deutschen Literaturarchiv, Marbach. Erstdruck in »Süddeutsche Monatshefte« vom Mai 1910. Erstmals in Buchform in »Phaidon«. Ein Lesebuch, hrsg. von Ludwig Goldschneider. Phaidon-Verlag, Wien 1925, und H. Hesse, »Prosa aus dem Nachlaß«. Herausgegeben von Ninon Hesse. Frankfurt am Main 1965.

Ladidel: Geschrieben im September 1908. Erstdruck in »März«, München von Juli bis September 1909. Erstmals in Buchform in H. Hesse, »Umwege«, a.a.O., 1912.

Wärisbühel: Typoskript im Deutschen Literaturarchiv, Marbach. Erstdruck in »Licht und Schatten«, München vom Februar 1910. Erstmals in Buchform in H. Hesse, »Gesammelte Erzählungen«, Bd. 3 (»Der Europäer«). Frankfurt am Main 1977.

Die Stadt: Skizze. Geschrieben im Februar 1910. Erstdruck in »Licht und Schatten«, München vom März 1910. Erstmals in Buchform u.d.T. »Wie eine Stadt entsteht und vergeht« in »Der deutschen Jugend Wunderhorn«, Ullstein Verlag, Berlin 1927, und H. Hesse, »Traumfährte«. Neue Erzählungen und Märchen. Zürich 1945.

Doktor Knölges Ende: Geschrieben 1910. Typoskript im Deutschen Literaturarchiv, Marbach. Erstdruck in »Jugend«, München vom Oktober 1910. Erstmals in Buchform in H. Hesse, »Die Erzählungen«, a.a.O., 1973.

Emil Kolb: Geschrieben 1910. Erstdruck in »Die Neue Rundschau«, Berlin vom März 1911. Erstmals in Buchform in H. Hesse, »Umwege«, a.a.O., 1912.

Inhalt

Hermann Hesse
im Suhrkamp und im Insel Verlag
Eine Auswahl

Demian. Die Geschichte von Emil Sinclairs Jugend. st 4353.
293 Seiten

Die Heimkehr. st 4334. 66 Seiten

Narziß und Goldmund. Erzählung. st 4356. 465 Seiten

Siddhartha. Eine indische Dichtung. st 4354. 204 Seiten

Der Steppenwolf. st 4355. 421 Seiten

Unterm Rad. Erzählung. st 4352. 261 Seiten

Hermann Hesse Werkausgaben

**Das erzählerische Werk. Sämtliche Jugendschriften,
Romane, Erzählungen, Märchen und Gedichte.** Herausgegeben von Volker Michels. 10 Bände in Kassette.
Broschur. 6137 Seiten

**Das essayistische Werk. Autobiographische Schriften.
Betrachtungen und Berichte. Die politischen Schriften.** Herausgegeben von Volker Michels. 10 Bände in
Kassette. Broschur. 7127 Seiten

Mit dem Erstaunen fängt es an. Herkunft und Heimat.
Natur und Kunst. 208 Seiten. Gebunden. it 2899.
195 Seiten

Unerschrocken denken. Gedanken aus seinen Werken
und Briefen. Politik. Ratio. Wissen und Bewußtsein.
st 3974. 113 Seiten

Wer lieben kann, ist glücklich. Über die Liebe.
224 Seiten. Gebunden. it 2855. 211 Seiten

Biographien

Hugo Ball. Hermann Hesse. Sein Leben und sein Werk.
st 385. 188 Seiten

Gunnar Decker. Hermann Hesse. Der Wanderer und
sein Schatten. st 4458. 703 Seiten

Hermann Hesse. Schauplätze seines Lebens. Mit
zahlreichen Fotografien. Herausgegeben von Herbert
Schnierle-Lutz. it 1964. 345 Seiten

Michael Limberg. Hermann Hesse. Leben – Werk –
Wirkung. sb 1. 159 Seiten

Alois Prinz. »Und jedem Anfang wohnt ein Zauber
inne«. Die Lebensgeschichte des Hermann Hesse.
st 3742. 403 Seiten

Briefausgaben

Hermann Hesse. Ausgewählte Briefe. Erweiterte Ausgabe. Zusammengestellt von Hermann Hesse und Ninon Hesse. st 211. 567 Seiten

Hermann Hesse. Briefe an Freunde. Rundbriefe 1946–1962 und späte Tagebücher. Herausgegeben von Volker Michels. it 2642. 297 Seiten

Hermann Hesse. Die Antwort bist du selbst. Briefe an junge Menschen. Herausgegeben von Volker Michels. it 2583. 420 Seiten

Hermann Hesse. »Ich gehorche nicht und werde nicht gehorchen!«. Briefe 1881–1904. Herausgegeben von Volker Michels. Gebunden. 661 Seiten

»Aus dem Traurigen etwas Schönes machen« – Briefe. 1905–1915. Herausgegeben von Volker Michels. Leinen. 636 Seiten

Hermann Hesse. »Liebes Herz!« Briefwechsel mit seiner zweiten Frau Ruth. Herausgegeben von Ursula und Volker Michels. Mit Abbildungen. Gebunden. 644 Seiten

Hermann Hesse. Stufen des Lebens. Briefe. Mit einem Nachwort von Siegfried Unseld. IB 1231. Gebunden. 120 Seiten

Ninon Hesse. »Lieber, lieber Vogel«. Briefe an Hermann Hesse. Herausgegeben von Gisela Kleine. Mit Abbildungen. 619 Seiten. Gebunden. st 3373. 620 Seiten

Hermann Hesse / Hugo Ball und Emmy Ball-Hennings. Briefwechsel 1921–1927. Herausgegeben von Bärbel Reetz. Gebunden. 612 Seiten

Hermann Hesse / Conrad Haußmann. Von Poesie und Politik. Briefwechsel 1907–1922. Herausgegeben von Helga Abret. Gebunden. 407 Seiten

Hermann Hesse / Peter Weiss. »Verehrter großer Zauberer«. Briefwechsel 1937–1962. Gebunden. 249 Seiten

Hermann Hesse / Stefan Zweig. Briefwechsel. BS 1407. 206 Seiten

Gedichte

Bäume. Herausgegeben von Volker Michels. Mit farbigen Fotografien von Dagmar Morath und Zeichnungen von Hermann Hesse. IB 1393. 131 Seiten

Bäume. Betrachtungen und Gedichte. Mit Fotografien. Ausgewählt von Volker Michels. it 455. 144 Seiten

Die Gedichte. Herausgegeben und mit einem Nachwort von Volker Michels. 700 Seiten. Gebunden. it 2762. 847 Seiten

Stufen. Ausgewählte Gedichte. BS 342. 256 Seiten

Hermann Hesse als Maler

Farbe ist Leben. Eine Auswahl seiner schönsten Aquarelle. Vorgestellt von Volker Michels. it 1810. 176 Seiten

Magie der Farben. Aquarelle aus dem Tessin. Mit Betrachtungen und Gedichten. Auswahl und Nachwort von Volker Michels. it 482. 116 Seiten

Spiel mit Farben. Der Dichter als Maler. Mit etwa 300 Aquarellen von Hermann Hesse. Herausgegeben von Volker Michels. Gebunden. 276 Seiten

Tessin. Betrachtungen, Gedichte und Aquarelle des Autors. Herausgegeben und mit einem Nachwort von Volker Michels. it 1494. 307 Seiten

Mit Hermann Hesse auf Reisen

Engadiner Erlebnisse. Erinnerungen, Gedichte, Briefe und Aquarelle. Herausgegeben von Volker Michels. Mit farbigen Aquarellen des Dichters, Fotos und Zeichnungen. Gebunden. 147 Seiten

Mit Hermann Hesse durch Italien. Ein Reisebegleiter durch Oberitalien. Herausgegeben von Volker Michels. it 1120. 214 Seiten

Italien. Schilderungen, Tagebücher, Gedichte, Aufsätze, Buchbesprechungen und Erzählungen. Herausgegeben und mit einem Nachwort von Volker Michels. Mit zahlreichen Abbildungen und Fotografien. st 689. 536 Seiten

Die Nürnberger Reise. Mit Bildern von Pieter Jos van Limbergen und einem Nachwort von Siegfried Unseld. it 4279. 122 Seiten